Liam est né en 1986. Très tôt passionné de lecture, il découvre également le plaisir de l'écriture. Il puise son inspiration dans des lectures diverses et variées allant de Stephen King à Bret Easton Ellis, en passant par son auteur favori : Boris Vian. Il prend la plume en débutant par quelques nouvelles qui seront éditées. Après leur publication, il s'essaie à un format plus long. Encouragé par un nouveau contrat d'édition et la publication de son roman *Volatilisés*, Liam intensifie l'écriture et termine quelques mois plus tard *Cry for help*, qui remportera le concours thriller Fyctia pour être ensuite édité chez Inceptio Éditions.

LIAM FOST

CRY FOR HELP

INCEPTIO

Direction éditoriale : Guillaume Lemoust de Lafosse

ISBN : 978-2490630-34-9

Inceptio Éditions

13 rue de l'Espérance

La Pouëze

49370 ERDRE EN ANJOU

www.inceptioeditions.com

À Eva, pour ton soutien et ta présence depuis l'adolescence.

1

J'arrive devant le lycée et me gare en prenant soin de ne pas érafler la voiture déjà stationnée. Je me concentre tout particulièrement, car j'ai pour habitude de me faire remarquer dès mon arrivée…

Je n'en reviens pas, j'ai réussi ! Enfin, je suis à peu près sûre de ne pas avoir touché le véhicule à côté du mien…

Je prends le temps d'observer le lycée, une immense bâtisse paraissant démesurée par rapport à la ville. Il paraît encore plus grand que mon ancien bahut à New York ! En même temps, c'est le seul, ici…

D'aspect, il ressemble un peu à un hôpital : une large entrée hexagonale et deux longs bâtiments partant perpendiculairement de chaque côté. Pas un brin d'herbe, seulement le bitume d'un immense parking. J'espère que l'intérieur est plus sympa que l'extérieur.

— Pas mal le camion ! me lance un mec en me regardant descendre.

« Ce n'est pas un camion, c'est une voiture ! », ai-je envie de hurler, mais je me retiens. Preuve que je m'améliore.

Cette voiture, grosse, moche – et qui ressemble légèrement à un camion, je l'avoue – c'est tout ce qu'est parvenu à me trouver mon père afin de me permettre d'être un minimum autonome dans ce coin paumé. Cet achat s'est fait dans la précipitation et il m'a promis de me dénicher un véhicule plus présentable dans les semaines à venir. Et je sais qu'il le fera, parce qu'il se sent redevable du fait de ce nouveau déménagement, seulement six mois après le précédent… Alors que je commençais à peine à me faire des amis !

Enfin non, ça, c'est ce que je lui ai dit. En réalité, ça fait bien longtemps que je ne m'en suis pas fait. Mais pour ma défense, c'est ma cinquième école en trois ans.

Bref, j'avance vers ce que j'imagine être l'entrée du lycée, et comme d'habitude tout le monde me regarde.

Pas de gaffe, pas de gaffe…

Les inconnus me mettent mal à l'aise, et quand je suis mal à l'aise, je fais des conneries… Et là, ils me regardent vraiment tous ! C'est marqué sur mon front que je suis nouvelle ?

Je comprends, petite ville, un seul lycée, tout le monde connaît tout le monde. Donc dès qu'il y a une nouvelle, elle est repérée ! À moins que ce ne soit mes cheveux bleus… Mon père m'avait prévenue que c'était peut-être une mauvaise idée, que Laneford n'était pas New York et que cette couleur pourrait paraître extravagante, ici.

— Tu sors d'où avec tes cheveux bleus, tu te crois dans Avatar ? me crie une fille, de loin.

OK, mon père avait raison

Ça me chatouille de répondre à la nana, mais à quoi bon ? Elle s'est retournée et rigole déjà de sa blague avec ses amies. J'aurais pu lui répliquer que c'est la peau qu'ils ont de bleue dans Avatar, pas les cheveux. Mais, me connaissant, je lui aurais plutôt répondu d'aller se faire voir ! Deuxième bon point.

J'arrive jusqu'à la grande porte sans m'être trop fait remarquer, je m'en sors pas si mal !

L'intérieur est… rouge. On dirait bien que c'est la couleur du lycée, puisque je débarque dans un immense couloir au carrelage blanc et rouge, dans lequel se trouvent, de part et d'autre, des casiers, rouges eux aussi. Je suis impressionnée par la grandeur de l'intérieur, alors que je dois maintenant trouver le bureau de la direction, dans lequel je dois me présenter à 7h45 et il est… 8h20.

J'aborde le premier élève que je vois :

— Euh… excuse-moi ?

Le mec me passe devant et fait semblant de ne pas m'entendre. Je me tourne et croise le regard d'un autre élève, qui me fixe sans raison.

Je détourne les yeux, puis reviens vers lui… Non, mais sérieusement, qu'est-ce qu'il me veut ?

— Tu marches sur la lanière de mon sac, là ! s'énerve-t-il.

— Oh excuse-moi, je suis désolée !

— C'est bon…

— Euh, attends !

Il se retourne vers moi.

— Est-ce que tu peux m'indiquer le bureau du directeur ?

— Ouais, juste là !

— Merci.

Vu mon retard, je me jette sur la porte, frappe deux coups et entre.

Et merde…

J'entends déjà les rires dans mon dos. Et devant moi, les mecs me regardent, hébétés. Ce con m'a indiqué les toilettes pour hommes ! Je me retourne et m'apprête à lui en coller une, quand une voix masculine m'interpelle :

— Vous ne seriez pas Alice ?

Je lève les yeux et aperçois un homme corpulent, avec une légère couronne de cheveux à peine visible sous une calvitie bien apparente, elle.

— Et vous, réponds-je, le directeur ?

— Vous êtes en retard, suivez-moi.

Je suis ce monsieur en évitant les regards moqueurs des élèves qui nous entourent. Nous arrivons à son bureau et il m'invite à m'asseoir. Mon sac sur les cuisses, je découvre les cadres qui habillent les murs ; lui s'installe dans son fauteuil et m'observe. Mon regard cesse alors de divaguer pour s'orienter dans sa direction. Il est… Il me fait penser au Pingouin dans

Batman. Je ne suis pourtant pas fan des comics, cette image m'est pourtant venue aussitôt à l'esprit. Petit, gros, un physique pas très gracieux.

Il me fixe, tout en restant silencieux. Sentant probablement mon malaise, il se ressaisit enfin et plonge ses yeux sur une feuille posée au-dessus d'un dossier.

— Votre père et vous avez été bien accueillis par les habitants de Laneford ?

— Oui…

En réalité, je n'ai pas beaucoup pris le temps de me balader, et donc de rencontrer du monde. Nous vivons à la sortie de la ville et comme nous venons tout juste d'arriver, j'ai surtout passé du temps à aménager ma chambre.

— C'est bien. Vous savez, on attend beaucoup de votre père.

Je me contente de hocher la tête.

— Est-ce que je peux vous poser une question ?

Voyant que je ne réponds pas, il reprend :

— Avez-vous un lien de parenté avec Doria Miller ?

Hein, mais qu'est-ce qu'il raconte !? Pas vraiment sûre d'avoir bien entendu, mais voyant qu'il attend une réponse, je demande :

— Comment ? Mon lien de parenté, vous dites ? Avec qui ?

— Oui. Avec Doria Miller.

Il prend un temps de réflexion, comme s'il cherchait comment formuler sa prochaine interrogation.

— Vous savez… tout le corps enseignant et moi-même avons été très attristés par la disparition de mademoiselle Miller. Et vous vous en doutez, les élèves déjà présents à l'époque ont été très choqués par cette affaire. C'est pourquoi vous comprendrez que je suis en droit de m'inquiéter de la réaction de certains d'entre eux en votre présence.

Alors là, je ne comprends vraiment rien ! Le lien de parenté ? Ma présence ?

— Euh…

— Oui ?

Mais laisse-moi réfléchir, bordel ! Quand tout se bouscule dans ma tête, je me mets toujours à penser à autre chose, sans aucun rapport. Là, tout de suite, par exemple, c'est à un chaton. Mais pourquoi je pense à un chaton !?

Je reprends mes esprits et réponds :

— Euh… j'avoue ne pas très bien comprendre… Je ne connais pas la fille dont vous parlez.

— Ah pardon, vous ne connaissez donc pas mademoiselle Miller ?

— Non.

— Troublant…, marmonne-t-il.

Il baisse les yeux vers sa feuille et ouvre le dossier qui se trouve en dessous pour en étudier de nouvelles.

— Quoi ? Qu'est-ce qui est écrit sur votre feuille ?

Il relève les yeux, l'air gêné.

— Rien… Enfin, rien en rapport avec ce dont nous venons de parler.

Le directeur s'empresse de refermer le dossier et me décoche le plus grand sourire gêné qu'il m'ait été donné de voir.

— Il ne s'agit que de votre dossier scolaire. Il semblerait que j'ai fait fausse route, je vous prie de m'excuser.

Il se relève et me fait signe d'en faire autant. Il me faut quelques secondes avant de réagir et me remettre de cette situation quelque peu surprenante.

— La sonnerie a déjà retenti, Alice, il est grand temps que je vous accompagne dans votre salle de classe.

Il ouvre la porte de son bureau et m'invite à passer devant lui. Je me colle à l'encadrement de la porte pour éviter d'entrer en contact avec son ventre proéminent, puis commence à avancer dans le couloir, le forçant à me rattraper afin de m'accompagner jusqu'à la salle où je suivrai ma première heure de cours.

— Vous commencez avec madame Forrester, votre professeur de mathématiques, qui sera aussi votre professeur principal tout au long de cette année. N'hésitez pas à vous référer à elle si vous en avez besoin.

Je fais semblant d'être intéressée et continue d'avancer en priant le ciel pour que la classe ne soit plus très loin.

— C'est ici, me dit-il en m'indiquant la porte.

Ouf ! Ce mec a réussi à me mettre mal à l'aise, je serai soulagée si je réussis à l'éviter le restant de l'année.

Il frappe, puis ouvre la porte lorsqu'une voix féminine lui en donne l'autorisation. Voilà venu le moment tant redouté, celui que je déteste le plus au monde, celui auquel je devrais pourtant être habituée : la présentation face à la classe.

Tous me scrutent avec de grands yeux, même la prof. *D'accord, je suis la seule à avoir les cheveux bleus mais calmez-vous, je ne suis pas une extraterrestre !*

— Hum... Bienvenue mademoiselle, s'exclame madame Forrester. Voulez-vous bien vous présenter ? Vous irez ensuite vous asseoir là-bas.

Elle m'indique une table libre en fond de classe où j'aurais envie de me précipiter dès maintenant.

Je détaille d'abord la professeure. Elle arbore une large chevelure blonde, ondulée. Elle paraît grande sur ses hauts talons aiguilles et porte un tailleur jupe qui la serre un peu trop, genre la cinquantenaire qui refuse d'admettre qu'elle a pris quelques kilos ces dernières années et qu'il serait temps de renouveler sa garde-robe. Puis je me tourne vers le reste de la classe.

— Bonjour...

J'ai chaud, je me sens rougir. J'ai vraiment horreur de ça.

— Je m'appelle Alice, reprends-je.

Là, j'imagine le grand « Bonjour Alice » général. Mais... non. Rien.

— Je viens de New York, ajouté-je, j'ai emménagé il y a

deux jours, un peu plus loin en dehors de la ville…

Je me tourne vers la prof, au bord de l'évanouissement et ne sachant plus quoi dire.

— Très bien Alice, tu peux aller t'asseoir. Nous aurons le temps de faire davantage connaissance dans les jours à venir.

Le directeur salue la classe et repart en direction de son bureau, tandis que je m'installe au fond, à la place précédemment indiquée par madame Forrester.

Le cours se déroule plutôt bien et vers la fin de l'heure, certains ont même cessé de me dévisager. La sonnerie retentit, et alors que je suis penchée sur mon sac en train de lui faire avaler mes nouveaux livres et cahiers, j'entends madame Forrester demander à un certain « Alex » de m'indiquer les différentes salles de cours et de veiller à ce que tout se passe bien pour moi, aujourd'hui. Je lève la tête et vois alors le visage de celui qui répond d'un « OK » à la demande de la prof. Je dois être maudite. Il fallait que je tombe sur celui qui, une heure plus tôt, m'a fait entrer dans les toilettes des mecs !

Alors que tout le monde se lève et se dirige vers la sortie, il me regarde, l'air de m'attendre. Mais vu la tronche qu'il tire, je sens qu'il va me laisser me démerder dès que le corps enseignant sera hors de vue.

Je passe devant lui sans même me forcer à sourire et sens le poids du regard de madame Forrester jusqu'à la sortie.

Et ça ne loupe pas, une fois dans le couloir :

— Tu suis le troupeau ! me lance le fameux « Alex » tout en me dépassant. Par contre…

Il se tourne vers moi et continue à marcher à reculons avant d'ajouter :

— Si tu cherches les toilettes, demande-moi.

Puis il s'éloigne et je l'imagine en train de rire tout seul de sa blague de crétin. Je sens que la journée va être longue…

***

Il est midi. Enfin !

Car d'une, j'ai la dalle, et de deux, qu'est-ce que c'était chiant ! Partout où je vais, on me dévisage. J'ai l'impression que je leur fais carrément peur !

Je rejoins le parking, j'avais prévu un sandwich dans ma boîte à gants au cas où. Bonjour le respect de la chaîne du froid, mais je préfère manger un sandwich resté quatre heures dans ma voiture plutôt que de déjeuner au réfectoire au milieu d'une centaine de lycéens qui me dévisagent.

— Tu rentres manger chez toi ?

Je me retourne, même s'il me semble bien avoir reconnu la voix… Eh oui, c'est encore cet « Alex ».

— Qu'est-ce que ça peut te faire ?

— Tu aurais pu me déposer chez moi, je n'habite pas loin, c'est sur ta route.

— Parce que tu connais ma route ? Tu sais où j'habite ?

— Je te rappelle que c'est une petite ville, ici !

Et le voilà qui monte dans mon ca… dans ma voiture ! Je m'assieds à mon tour, ouvre la boîte à gants et saisis mon sandwich.

— Eh non, je mange ici !

— Tant pis.

Je m'attends à ce qu'il descende, mais non. Il sort son téléphone et se met à jouer avec.

— Tu fais quoi, là ?

— Comment ça, je fais quoi ?

Il me regarde, tel un ahuri.

— Tu n'as pas d'amis ? Tu vas rester là, à squatter ma voiture ?

— Attends, je ne vais pas retourner jusqu'au réfectoire, la flemme…

Et le voilà qui se replonge dans l'écran de son téléphone.

— Eh bien ça, c'est ton problème !

Je commence à mordre dans mon sandwich, pensant qu'il

comprendra le message... Il faut croire que non, puisqu'il reste sur mon siège passager.

— Alors, cette première matinée ?

Je le regarde ; il m'a posé la question les yeux toujours collés à son écran.

— Alors ? répète-t-il.

— Tu permets ? Je mange là ! Tu n'as pas faim toi, d'ailleurs ?

— Tu me files un morceau de ton sandwich ?

— Non mais tu rêves !

Il sourit et se penche à nouveau sur son téléphone.

— Donc, cette matinée ?

C'est qu'il ne lâche pas le morceau ! Je termine ma bouchée et fais preuve d'une extrême bonté en répondant :

— Bien, hormis un petit con qui m'a fait entrer dans les toilettes des mecs. Et le fait que les gens d'ici n'aiment pas le bleu.

— Avoue que c'était marrant.

Je reste calme et préfère me taire.

— Mais c'est quoi cette histoire de bleu ? ajoute-t-il.

— Ma couleur de cheveux, idiot !

— Je ne vois pas le rapport…, répond-il en me regardant.

— Tu n'as pas vu la manière dont tout le monde m'observe ?

— Tu es sérieuse, là ?

— Quoi, tu n'as pas remarqué ?

— Ta couleur de cheveux ?

— Putain mais t'es con ! Tu n'as vraiment pas remarqué comment les gens me fixent ? J'ai l'impression de leur faire peur !

— Et toi tu crois que c'est à cause de tes cheveux ?

Je ne réponds rien, j'ai l'impression qu'il se fout de moi…

— Tu n'as aucune idée de la raison pour laquelle tout le monde te regarde ? insiste-t-il.

— (…)

— Tu as quand même entendu parler de la disparition de Doria Miller, non ?

— Euh…

Je repense à la conversation avec le directeur et reprends :

— Vite fait… Enfin, le directeur m'en a touché un mot après m'avoir parlé de mon père.

— Tu es de sa famille, non ?

— Oui, je suis sa fille, vu que c'est mon père !

— T'es conne ?

— Quoi, je suis conne ? C'est toi qui es con ! Tu me demandes si je suis de la famille de mon père !

— De Doria Miller !

— La fille qui aurait disparu ?

— Oui !

Et voilà que c'est lui qui me crie dessus, maintenant !

— Mais qu'est-ce qui se raconte ici ? Le directeur aussi pensait que j'étais de sa famille.

— Ce n'est pas le cas ?

— Puisque je te dis que non ! Pourquoi est-ce que tout le monde pense ça ?

Je le vois se retourner vers son écran et pianoter.

— Regarde ça, me dit-il en me tendant son téléphone.

J'attrape son appareil et il me faut quelques secondes pour réaliser qu'il s'agit d'un article sur la disparition de Doria Miller. Je fais défiler le texte et m'arrête net. Je n'en reviens pas. Alex me dévisage, le sourire aux lèvres.

— Tu comprends maintenant pourquoi tout le monde te regarde ?

Je fixe de nouveau l'écran pour être bien certaine de ce que je vois : un visage assez fin, des yeux foncés et un petit nez légèrement retroussé… J'ai l'impression de voir une photo de moi, sauf qu'il s'agit de Doria Miller.

2

Il est 15 h 30 lorsque j'arrive chez moi. Je n'ai rien suivi des cours de l'après-midi, j'étais trop obnubilée par cette histoire de ressemblance.

Je me jette sur mon ordinateur. J'ai pourtant passé mon après-midi à examiner des photos de Doria Miller sur mon portable, je n'arrive toujours pas à réaliser. C'est trop bizarre. J'ai vraiment l'impression de me voir… Et en même temps je sais bien que ce n'est pas moi, il y a tout de même quelques différences.

Il faut que je parle à mon père. Je regarde l'heure, saisis mon téléphone et l'appelle. Pas de réponse. Mais merde, qu'est-ce que je fais ?

Je ne tiens plus en place, fais les cent pas dans ma chambre, descends au rez-de-chaussée, allume la télé et ne la regarde pas. Je jette un œil sur l'heure ; j'ai l'impression que l'aiguille recule !

Je me dirige vers la cuisine, ouvre un placard et attrape un paquet de gâteaux que je grignote frénétiquement. Un regard dehors en espérant voir arriver mon père, puis je repose le paquet sur la table et remonte dans ma chambre. De nouveau face à mon ordinateur, je relis les quelques articles encore disponibles qui traitent de la disparition de Doria Miller. Je prends mon téléphone pour essayer à nouveau de joindre mon père, quand j'entends sa voiture se garer devant la maison. Je me précipite dans les escaliers et me jette sur lui dès son arrivée.

— Tu ne me devrais pas quelques explications ?

Il me regarde, perplexe.

— À quel sujet ?

Est-ce qu'il se fout de moi ?

— D'après toi ? De Doria Miller !

— Doria Miller ? Qui t'en a parlé ?

— Qui m'en a parlé ? C'est limite si on ne m'a pas prise pour elle !

— Je suis désolé ma chérie, j'ai également été surpris aujourd'hui lorsqu'on m'a montré sa photo.

— Donc tu as vu son visage ?

— Oui, je te l'ai dit, j'ai vu une photo. J'ai d'abord cru à une blague…

— Alors, le coupé-je, tu peux m'expliquer ?

— T'expliquer quoi ?

— La ressemblance ! Est-ce que c'est une cousine ? Est-ce que la mère de cette fille est de ta famille ? Ou de la famille de maman ?

— Non…

J'ai l'impression que je l'inquiète. Je l'attendais avec impatience, j'espérais de lui qu'il me rassure et au lieu de ça, il paraît embarrassé. Lui qui d'habitude a réponse à tout.

— Écoute, je peux comprendre que la situation puisse te paraître bizarre…

C'est le moins qu'on puisse dire !

— Mais tu sais, reprend-il, beaucoup de personnes se ressemblent et il n'y a pas forcément d'explication à cela.

— Tu es en train de me dire que ce serait le fruit du hasard ?

— Oui.

— Tu es sérieux, là ?

— Oui. Écoute Alice, j'ai du travail…

— Tu sais forcément quelque chose !

— Que veux-tu que je te dise ? s'énerve-t-il.

Je ne dis rien, j'attends qu'il continue. Mais il profite de mon silence pour poser ses affaires et rejoindre son bureau.

Je passe le reste de la soirée enfermée dans ma chambre. D'habitude, c'est comme ça que j'obtiens réparation lorsque j'estime avoir été traitée injustement. Je prends mon rôle très à cœur et fais la sourde oreille lorsque mon père m'appelle pour le dîner, tout en écoutant malgré tout attentivement ses faits et gestes au rez-de-chaussée, attendant qu'il monte me voir. Au lieu de ça, je l'entends de nouveau s'enfermer dans son bureau. Généralement quand il s'y installe le soir, c'est pour y travailler durant des heures. Je comprends alors que mieux vaut ne pas compter sur des explications aujourd'hui et m'installe sur mon lit pour réfléchir à cette histoire.

***

Après une autre journée dans mon nouveau lycée, je suis plutôt contente de rentrer. Personne ne m'adresse la parole – mis à part Alex – du coup j'ai suivi les cours silencieusement dans mon coin, en attendant avec impatience chaque sonnerie.

Au volant de mon camion, je traverse les rues mortes de Laneford… Et même après une semaine, le choc reste saisissant. Passer de New York à cette petite ville, quelle idée !

Laneford et ses quelques milliers d'habitants sont un peu pauvres en boutiques sympas, du coup je n'ai pas trop de questions à me poser et rentre directement chez moi. Comment perdre du temps sur le retour quand l'unique distraction du coin est un cinéma avec une seule salle dans laquelle passent des films sortis il y a au moins trois semaines ? Le genre de ville où le téléchargement illégal devrait être encouragé par la loi.

Ah non, j'oublie : il y a aussi un beau bar super à la mode, ici ! Un style, une musique, d'une époque que j'ai eu la chance de ne pas connaître ! Non, vraiment, New York me manque.

J'atteins la sortie de la ville, j'ai encore une dizaine de miles avant d'arriver chez moi, mais ces miles sont peut-être ceux qui me font supporter le fait d'être débarquée ici. La route est bordée d'arbres et l'arrivée de l'automne a donné une teinte orangée à leurs feuilles. Je n'ai pas encore eu l'occasion de me promener dans le coin, mais j'imagine déjà les sentiers s'enfonçant dans les profondeurs des bois. Et si je demandais une moto à mon père, plutôt qu'une voiture ? Ou en plus de la voiture… J'arrive enfin chez moi. Mon paternel a eu la bonne idée de louer une maison en bordure de forêt, assez éloignée de cette ville moche, assez perdue, mais pas non plus trop reculée au milieu des arbres, de manière à ce que ce ne soit pas trop flippant la nuit. Je me gare à côté de son 4x4, c'est d'ailleurs étonnant qu'il soit déjà rentré.

Je débranche mon téléphone de l'autoradio et enfile mes écouteurs pour entrer chez moi, du rock plein les oreilles.

— Salut p'pa !

Je continue à avancer vers les escaliers, je vois ses lèvres qui bougent, j'imagine qu'il me dit bonjour en retour…

— …

Il continue de parler… Je hoche la tête et me retourne vers les escaliers. Mince ! Il m'a peut-être trouvé une vraie voiture ? Je cloue le bec à Imagine Dragons, les paroles sont pourries de toute manière.

— Tu disais ?

— Retire tes écouteurs, s'il te plaît.

— C'est bon, la musique est coupée.

Devant sa moue, je les retire malgré tout, pour lui faire plaisir. Il ne s'agirait pas de le froisser avant qu'il m'ait repéré une voiture. Ou une moto…

— Assieds-toi, Alice.

— Oh là ! C'est une annonce solennelle ? Genre tu t'es trouvé une pouf avec qui tu veux refaire ta vie ?

— Alice, est-ce que tu peux être sérieuse, deux minutes ?

J'ouvre de grands yeux et me tais.

— Ce que j'ai à te dire est important…

— Ça tombe bien, moi aussi ! Je commence. Tu sais, la voiture que tu dois me trouver, tu l'as peut-être déjà trouvée d'ailleurs… Quoique je t'avoue que je préférerais être avec toi pour choisir. Ce n'est pas que je n'ai pas confiance en tes goûts, mais disons que tu as ton âge et moi le mien, enfin tu vois, quoi !

— Tu permets ? s'exclame-t-il.

— Non attends ! Je voulais aussi te dire, je me plains pas mal d'être arrivée ici, que c'est désert par rapport à New York, que les concerts me manquent… Enfin bref, je pense que ça me manquerait un peu moins si j'avais une moto !

Je me répète ma phrase dans la tête, est-ce que je m'y suis bien prise ? Mouais, ça me paraît bien.

— Ma chérie…

Oh merde… Quand il m'appelle « ma chérie », premièrement je déteste ça, et deuxièmement c'est souvent mauvais signe. Le deuxième point pouvant peut-être expliquer le premier, d'ailleurs…

— J'aimerais revenir sur ta ressemblance avec cette Doria Miller.

— Putain, je le savais, tu t'es tapé la mère de cette fille ! Tu n'as pas pu t'en empêcher. Pourtant tu étais déjà avec maman à l'époque. Mais non, qu'il soit en couple ou veuf, monsieur se dit que c'est rendre service à la gent féminine délaissée que de toutes les sauter !

J'y suis peut-être allée fort là…

— Ça fait longtemps que tu ne t'es pas pris une gifle, mais je pourrais te rappeler l'effet que ça fait, alors ne me pousse pas trop, Alice…

Ça me confirme que j'ai été trop loin. Et le fait qu'il reste impassible ne me plaît pas du tout.

Je décide de m'asseoir.

— Tu t'es calmée ? Tu m'écoutes, maintenant ?

J'acquiesce, n'osant plus rien dire. Mais je ne peux pas m'empêcher de penser à des trucs trop trash. J'en viens à espérer qu'il me fasse son *coming out*… Sauf que ça n'aurait aucun rapport avec ma ressemblance avec cette fille.

— Je réalise que je n'ai peut-être pas été à la hauteur, hier, dit-il.

Je me tais, attendant la suite.

— Tu arrives dans un nouveau lycée, dans une nouvelle ville, avec tout ce que ça implique de chamboulements pour une jeune fille de ton âge… Et tu t'inquiètes pour cette ressemblance qui, je l'imagine, doit être déstabilisante ou du moins déconcertante.

— OK… Tu vas m'en donner la raison ? demandé-je.

— Il faudrait pour ça que je la connaisse.

— Tu dois bien avoir une petite idée, cette fille, tu la connaissais ? Ou au moins ses parents ?

— Non, Alice.

— Alors qu'est-ce que tu as à m'annoncer ?

Je le sens gêné, mais il répond :

— Je voulais surtout m'excuser de ne pas t'avoir écoutée hier. Et je veux que tu saches que je suis là si tu as besoin de parler.

— Tu ne m'apprends rien, là…

— Je vais chercher la raison de cette ressemblance.

— Tu n'en as aucune idée ?

— Non.

— Vraiment ? insisté-je.

— Puisque je te le dis.

— OK…

Je le regarde, hésitant à lui avouer ce que j'ai sur le cœur. En même temps, je sens des larmes monter, je ne suis pas sûre de réussir à articuler ma question. Mon père doit le sentir, car il m'observe, l'air anxieux.

J'ai besoin de courage. Je me redresse, saisis le verre de

whisky de mon père et en avale une gorgée, tandis qu'il me regarde avec de grands yeux.

— Raahh c'est dégueulasse ! Eh, mais t'es pas bien de boire ça !

Je cours vers l'évier pour vider le verre et remplacer ce liquide qui brûle la gorge par de l'eau, rafraîchissante, elle.

Dès mon retour sur le canapé, mon père reprend :

— Ça va ?

Peut-être l'effet du whisky, je ne me sens plus l'envie de pleurer. Alors je demande :

— Tu me le dirais si j'avais été adoptée ?

3

Aaah ! C'était quoi ça ?

Je cherche à me repérer dans l'obscurité, tout en essayant de me calmer pour retrouver un rythme cardiaque normal… Le noir devient petit à petit moins dense ; je suis assise dans mon lit. Je tente de ralentir ma respiration et me penche vers ma table de nuit pour attraper une bouteille d'eau ; je suis en sueur. Boire me fait du bien. J'ai fait un cauchemar et mon réveil affiche 6 h 10. Mon heure de lever habituelle est dans vingt minutes. Je repose ma tête sur l'oreiller et l'image de mon rêve me revient. J'allume en vitesse la lumière ; il n'y a personne dans ma chambre, normal ! Mais ça me rassure quand même de vérifier.

Cette image qui m'a fait me réveiller en sursaut…

Tout me revient, maintenant. J'ai d'abord cru que c'était moi, l'image se rapprochait, jusqu'à ce que je découvre qu'il s'agissait de Doria. Je me souviens alors m'être dit, dans mon rêve, qu'elle ne dormait peut-être pas… qu'elle devait être morte. Et cette image qui se rapprochait, encore et encore… Il n'y avait rien autour de ce visage. Une fois ce dernier tout proche, ses yeux se sont ouverts, d'abord sans expression, juste un regard, profond, qui me transperçait.

J'en ai encore la chair de poule…

À ce moment-là, il me semble que tout a été très vite, son regard s'est transformé, comme pris de peur, de panique, de frayeur. Sa bouche s'est ouverte en grand, pas un son n'en sortait, mais il était évident qu'elle criait. Un cri muet. Puis ça

a été à mon tour d'hurler, un vrai hurlement, qui m'a réveillée.

Maintenant, il n'est plus question que je me rendorme. Je me lève, prends ma tenue du jour et me dirige vers la salle de bain. J'entends mon père en bas, dans la cuisine ; il doit être en train de préparer le café. Je n'ai pas dû crier si fort que ça, sinon il serait monté.

Quelques minutes plus tard, face à mon bol, je reprends la conversation de la veille avec mon père.

— Donc, si je n'ai pas été adoptée…

Ce qui est déjà pour moi un grand soulagement.

— Il pourrait s'agir de cette fille, continué-je.

— Comment ça ?

— Un bébé que maman n'aurait pas voulu garder et qu'elle aurait fait adopter.

— Non ma chérie, ça ne peut pas être ça.

— Mais tu pourrais ne pas être au courant.

— Cette fille avait deux ans de plus que toi, je te rappelle que j'étais déjà avec ta mère quand elle est née.

— Et si elle t'avait caché sa grossesse ? Ou qu'elle avait fait un déni, ça arrive ça ! Et personne ne voit rien.

— Elle m'en aurait fait part lorsqu'elle l'aurait découvert. Non Alice, crois-moi, ça ne peut pas être ça. À cette époque, ta mère et moi étions très fusionnels. On ne se cachait rien, tu peux me croire.

— Oui, enfin, il y a bien une raison ! Une telle ressemblance ne peut pas simplement être le fruit du hasard.

— Alice, s'il y a une autre explication, je te promets de la trouver.

Je le lâche un peu pour m'occuper de mon petit-déjeuner, puis reprends :

— Tu pars quand, déjà ?

— Demain matin, me répond-il.

— Si tu pars demain, ça veut dire qu'il faut qu'on aille

chercher la voiture aujourd'hui. Tu m'avais dit que j'en aurais une, tu vas encore t'absenter durant des jours avec le risque que le vieux truc qui me sert de véhicule tombe en panne.

— C'est bon, Alice, je sais ce que je t'ai dit.

— Et donc ?

— Cet après-midi tu n'as pas cours, il me semble…

— Non.

— Alors on ira à ce moment-là, il y a un vendeur de voitures d'occasion en centre-ville.

— Au pire, tu m'en achètes une neuve…

— Trouve-toi un travail et achète-la toi-même.

— Sérieusement ?

— Non, termine tes études.

Il se lève, dépose son bol dans l'évier et attrape sa veste.

— J'aurais aussi besoin d'argent p'pa, il faut que j'aille chez le coiffeur !

— Tu vas revenir à une couleur plus classique ?

— Ouais, j'avais pensé au rose… Mais non, je crois que je vais rester sur le bleu, ça me va bien.

— Pas besoin d'y aller, alors !

Est-ce qu'il est fou ?

— Tu crains vraiment comme père… Tu ne vois pas mes racines ?

Il lève les yeux au ciel, comme si elles n'étaient pas visibles ! Ça fait pourtant deux jours qu'elles me font de grands signes dans le reflet du miroir !

— Comme la dernière fois, je vais te faire des virements sur ton compte jusqu'à mon retour, finit-il par me répondre.

— Des plus gros que la dernière fois j'espère, j'ai failli mourir de faim !

— Mais apparemment pas de soif, vu les bouteilles de bière vides que j'ai trouvées à mon retour…

Pourquoi est-ce que je lui tends une perche, moi ?

— Et cette fois-ci, reprend-il, j'ai marqué tous les niveaux de mes bouteilles au feutre indélébile. Même celle de whisky.

— Tu as bien fait, j'y ai pris goût à celle-là !

— Je te remercie, j'ai vu ça hier… Du whisky à 150 dollars dans l'évier !

150 dollars ? Et il rechigne pour me payer le coiffeur !

Aussitôt mon père parti, je me prépare pour en faire autant. Je monte dans mon camion, direction le lycée, et commence à rêver de ma prochaine voiture.

4

Le détective Wayne se gara devant la maison de madame Miller. La porte s'ouvrit quelques secondes après qu'il ait sonné et il fut invité à entrer. L'enquêteur salua son hôte et l'observa rapidement. Il lui donnait 45 ans et la trouvait encore très belle malgré les marques laissées sur son visage par deux ans de tristesse.

Elle l'invita à s'asseoir et s'éclipsa dans la cuisine, avant de revenir les mains chargées d'un plateau. Puis elle prit la parole tout en servant le café :

— Donc, vous avez débuté votre enquête…

— Oui, j'ai passé la journée d'hier au commissariat afin d'y regrouper différents éléments.

— Et vous avez dû voir que les recherches étaient au point mort, le coupa-t-elle.

— En effet…

— Vous ne pouvez pas savoir ce que ça fait… Lorsque votre fille a disparu, que vous demandez des nouvelles de l'enquête et que vous avez l'impression qu'elle n'a plus d'importance pour les policiers.

— C'est ce qu'ils vous ont dit ? s'étonna Wayne.

— Pas explicitement. Disons que j'ai fortement ressenti leur manque d'implication au fur et à mesure des investigations. Et le plus difficile a été quand j'ai compris qu'ils acceptaient de ne plus rien découvrir. Ils sont passés à autre chose, et m'ont simplement dit qu'ils resteraient attentifs si de nouveaux éléments venaient à être découverts.

— Je comprends…

— C'est pour cela que je vous ai engagé, monsieur Wayne. J'ai besoin de vous pour trouver ces nouveaux éléments ; je ne peux me résoudre à ce que la disparition de ma fille soit acceptée et mise au placard sans que toute la lumière ait été faite.

— Justement, madame Miller, je dois pour cela reprendre l'enquête à zéro, quitte à suivre les traces de la police de Laneford il y a deux ans, et ce, jusqu'à mettre le doigt sur le détail qui leur a échappé.

Elle le regarda, attendant la suite.

— À ce sujet, votre mari est parti il y a un an, c'est bien ça ?

— Oui, en effet. Enfin, ça a fait un an le mois dernier, exactement.

L'enquêteur but une gorgée et releva les yeux d'un air grave. Aborder les questions de couple était toujours quelque chose de déplaisant pour lui.

— Vous diriez que votre rupture est due à la disparition de votre fille ?

— Ça ne fait aucun doute, répondit-elle. Mon mari avait perdu l'espoir de la retrouver, il souhaitait que l'on reprenne notre vie en main.

Elle prononça ces derniers mots comme s'il s'agissait de l'idée d'un dégénéré.

— Et vous n'étiez pas de cet avis…, supposa l'enquêteur pour l'inviter à continuer.

— Bien sûr que non ! Notre vie s'est arrêtée à la disparition de Doria, comment vouliez-vous qu'elle redémarre alors qu'on ne l'avait pas retrouvée ?

La femme retint un sanglot avant de reprendre :

— Je ne supportais plus de le voir. Il n'y croyait plus, j'avais l'impression qu'il voulait l'oublier…

Des larmes coulaient le long de ses joues, mais l'enquêteur n'eût su dire s'il s'agissait de larmes de tristesse ou de colère.

— Toujours est-il que vous n'avez jamais soupçonné votre mari d'être en cause dans la disparition de Doria…

— Ah ça non, jamais ! Il adorait sa fille, c'est aussi pourquoi je ne comprends pas qu'il ait abandonné tout espoir si rapidement !

Elle reprit sa respiration tandis que l'enquêteur prenait son temps pour avaler sa gorgée de café, comme pour ne pas la brusquer.

— Mais les policiers m'ont plusieurs fois posé la question, vous l'avez peut-être vu dans les rapports. Avec mon mari, nous nous sommes demandé s'ils ne cherchaient pas à nous éloigner l'un de l'autre.

— Je comprends… Sachez que dans la plupart des cas de disparition, lorsqu'il ne s'agit pas de fugue, c'est très souvent l'œuvre d'un proche.

— Je le sais, répondit-elle dans un sanglot. Vous n'imaginez pas le nombre de personnes qui nous ont tourné le dos après que notre fille ait disparu… Comme si nos amis nous soupçonnaient !

Le détective tourna la page de son calepin pour en entamer une nouvelle.

— Monsieur Wayne ?

Il releva la tête, s'attendant à une confidence.

— Oui ?

— Puis-je savoir par quoi vous allez commencer ?

— Oui, bien sûr, répondit-il. J'allais justement y venir. Je me dois d'interroger ceux qui étaient proches de votre fille, c'est pourquoi j'ai besoin que vous me disiez qui étaient ses amis.

Madame Miller sembla embêtée par la question.

— C'est que…, balbutia-t-elle. Il me semble que ses camarades de classe ont déjà été interrogés par la police, il y a deux ans.

— Oui, je le sais bien, cependant il n'est pas rare que les

réponses aux mêmes questions soient différentes quelques années plus tard. Que ce soit pour un souvenir ressurgi ou la crainte de parler au moment du drame…

— D'accord.

Wayne observa madame Miller dans l'attente de ces informations, mais elle le regarda de manière confuse.

— Ses amis ? rappelle le détective.

— Oui ! C'est que je ne sais pas vraiment si elle en avait… Doria ne me parlait jamais de ses camarades de classe.

— Vous ne savez pas si elle avait une meilleure amie ?

— Je ne crois pas.

— Personne qu'elle invitait chez vous ?

— Non.

— Une relation amoureuse ?

— Je ne pense pas.

L'enquêteur ne cacha pas sa déception et il s'apprêtait à insister, lorsque madame Miller reprit :

— Il y avait tout de même Cassandra.

— Cassandra ?

— Sa cousine, la fille de ma sœur. Elles avaient le même âge toutes les deux et s'entendaient comme les deux doigts de la main.

— Et elles étaient souvent en contact ?

— Elles passaient leur temps à discuter au téléphone ou sur Internet.

— OK, cela ne me dit rien… Cassandra a été interrogée par la police ?

— Non, pourquoi ? Vous la pensez mêlée à cela ?

— Non, pas du tout, mais peut-être était-elle au courant de quelque chose.

— Elle me l'aurait dit.

— Comment ça ? demanda l'enquêteur.

— J'ai revu Cassandra depuis… Même si je vois moins ma sœur depuis la disparition de Doria, les quelques fois où j'ai vu

Cassandra, elle ne m'a rien dit.

— Mais c'est une adolescente, madame Miller. Elle est dans une période où l'on cache beaucoup de choses aux adultes.

— Doria pouvait tout me dire.

— Elle le pouvait peut-être, seulement il y a bien des choses que les jeunes filles préfèrent garder pour elles. Ou ne les partager qu'avec leurs amies ou leur cousine.

Madame Miller ne répondit rien et parut contrariée à l'idée qu'une tierce personne puisse connaître des secrets de sa fille qu'elle ne connaîtrait pas elle-même.

— Où puis-je trouver Cassandra ? reprit Wayne.

— Elle vit chez ma sœur, à Washington.

— D'accord, vous avez ses coordonnées ?

La femme se releva et ouvrit un tiroir d'une commode placée dans l'entrée. Elle en sortit un carnet noir et revint s'installer face au détective. Elle l'ouvrit à la page recherchée, puis le tendit à Wayne, qui retranscrit l'adresse ainsi que le numéro de téléphone qui y étaient notés.

— J'aurais également besoin de m'entretenir avec votre mari ; j'ai cru voir dans les rapports qu'il se trouvait dans l'État voisin de Washington.

— Oui, en effet, il se trouve dans le Maryland, à Baltimore. Il y avait une opportunité professionnelle, il l'a donc saisie pour s'éloigner de tous ces problèmes.

— D'accord.

— Vous pourrez me transmettre ce qu'il vous aura dit ?

— Ça va de soi, madame Miller, je travaille pour vous.

5

Je suis devant mon casier, préparant mes affaires pour la matinée, quand je remarque un garçon… Il est bizarre, petit, baraqué, il passe en me fixant d'un air effrayé.

Alors je sors rapidement mon miroir de poche de mon sac, regarde mon reflet, mais non… À part mes racines, que j'imagine être la seule à voir, je suis toujours aussi belle.

— Bien dormi ?

C'est Alex qui déboule…

— Bien dormi, oui…

Mon cauchemar me revient, le visage de Doria, ses yeux qui s'ouvrent, le cri…

— À part un rêve bizarre… En parlant de « bizarre », tu connais ce mec ? demandé-je en montrant du doigt le type qui vient de passer.

— Douglas ? Pas plus que ça… Il est en quatrième année et fait partie de la bande des footeux, un mec plutôt sympa, je crois !

— Il m'a regardé étrangement, comme si je l'effrayais…

Alex m'observe avec un grand sourire, avant de reprendre :

— C'est normal ! Tu as vu ta tête ?

— Quoi ma tête ? C'est quoi ? Mes racines ?

— Mais non, je déconne ! finit-il par répondre. T'es toute mignonne, même ta coiffure bizarre te va bien !

Je ne relève pas le compliment, qui me paraît lui aussi bizarre sortant de la bouche d'Alex.

— Alors ce serait encore ma ressemblance avec cette Doria

qui l'effraierait ? Tu sais s'il avait un lien avec elle ?

— Pas que je sache, à part qu'ils avaient le même âge, ils étaient peut-être dans la même classe... Mais je croyais que tu t'en fichais de cette fille ?

— Ce n'est pas que je m'en fiche...

Et puis mince, j'en ai marre de ne parler que d'elle, déjà que je me mets à en faire des cauchemars !

— Je change de voiture ! dis-je, histoire de changer de sujet, tout en fermant la porte de mon casier pour rejoindre la salle de cours.

— Ah ouais, tu vas avoir quoi ? me demande Alex en me suivant.

— Je ne sais pas encore, je vais faire le tour des véhicules d'occasion cet après-midi chez l'escroc du coin.

— Chez l'escroc du coin ?

— Le vendeur auto en centre-ville, réponds-je.

— Mon père est un escroc, quoi !

— Quoi ton père est un escroc ? Je n'en sais rien, moi !

— Celui qui tient la concession de voitures d'occasion en centre-ville, c'est mon père. Celui que tu appelles l'escroc.

— Il y a peut-être plusieurs vendeurs auto à Laneford, non ? demandé-je.

— Il n'y en a qu'un et c'est mon père, insiste-t-il.

— OK... Alors c'est ton père, oui.

Quelques heures plus tard, je sors enfin de cours. Nouveau bolide, me voilà ! Enfin, après avoir déjeuné...

Car sur mon portable, je découvre un message de mon père qui me propose de le retrouver pour déjeuner dans le *diner* du centre-ville avant de nous rendre à la concession.

— Tu veux que je vienne avec toi, cet après-midi ?

Je me retourne, commençant à m'habituer à la façon qu'a Alex de m'aborder.

— Pourquoi est-ce que je voudrais que tu m'accompagnes ?

— Parce que je te rappelle que c'est mon père, et que je peux peut-être t'obtenir une petite remise.

— Il va me faire une remise si j'y vais avec toi ?

— Ben oui !

— Tu vois que c'est un escroc !

— Qu'est-ce que tu racontes ? C'est normal, je suis son fils !

Je m'arrête et me tourne vers lui, toujours au pas de course pour me suivre. Car oui, lorsque mon père s'apprête à m'offrir une nouvelle voiture, je suis pressée et quand je suis pressée, je suis rapide.

— OK… Tu seras à la concession vers 14 h ? lui demandé-je.

— Je peux y être !

— Alors on se retrouve là-bas.

***

Je débarque au *diner*, qui m'a l'air plutôt sympa. Un style de restaurant assez rare à New York. Et ceux qui s'y trouvent sont généralement plus petits que celui-ci. Mais bizarrement j'aime bien, je trouve que les couleurs dénotent avec les *diners* habituels. Le sol est gris, esprit ciment, il y a un bar rouge et noir, à la fois classe et mystérieux. Les tables sont rouges et les banquettes en cuir noir. Le bar ne va pas jusqu'au bout et laisse deviner sur sa droite une seconde salle ou des sanitaires, mais peu importe, je n'irai pas vérifier, puisque j'aperçois mon père assis à la table du fond sur la gauche. Je m'approche et le trouve en pleine discussion avec la serveuse.

— Hum…

— Ah, te voilà Alice ! s'exclame-t-il d'un air gêné. Je vous présente ma fille, Alice, elle est au lycée ici à Laneford.

Qu'est-ce qui se passe là ? Il me présente à la serveuse…

— Je vous laisse choisir, je reviens dans cinq minutes.

J'attends qu'elle soit suffisamment éloignée avant d'agresser mon père :

— Elle aurait l'âge d'être ta fille ! Et donc ma sœur !

— Quoi ? Qu'est-ce que tu racontes ?

— Cette fille que tu dragues, elle a quoi ? 20 ans ?

— Tu plaisantes ! Elle doit avoir la trentaine, et je ne la draguais pas !

Oui, c'est vrai, elle doit avoir la trentaine, mais j'ai tendance à exagérer quand je m'énerve.

— Tu ne la draguais pas ? Et ton air gêné quand je suis arrivée ? Et son sourire de…

— Arrête, me coupe-t-il.

— OK, j'arrête.

Je m'emballe, je m'emballe… Il ne faudrait quand même pas que j'oublie qu'il est sur le point de m'offrir une voiture !

C'est le plus long déjeuner de ma vie… La serveuse revient, mon père hésite, et j'en oublie complètement de faire mon choix. Ensuite, les plats mettent des heures à arriver, et j'ai l'impression que les aiguilles de ma montre se sont arrêtées.

— Tu veux vraiment prendre un café ? demandé-je à mon père.

— Oui, je veux un café.

— Tu peux peut-être le prendre à emporter…

— Ce n'est pas un fast-food ici, Alice ! Et tu peux me laisser le temps, on n'est pas à la minute, là.

Il a raison, il n'est même pas 14 h, la concession ne doit pas encore avoir rouvert.

La serveuse revient.

— Vous prendrez un café ?

— Oui, s'il vous plaît, répond mon père.

— Et vous mademoiselle ?

Rêvassant à la fenêtre, je tourne la tête vers elle :

— L'addition, merci.

— D'accord…, répond-elle avant de s'éloigner.

— Ah, tu m'invites ? me demande mon père, le sourire aux

lèvres.

— J'aurais bien voulu, mais je dois aller chez le coiffeur et je sens que je vais devoir dépenser ce qu'il me reste d'argent de poche pour le payer...

— C'est vrai qu'il te faut une couleur qui tienne quand tu auras les cheveux au vent au volant de ta nouvelle décapotable.

— Tu es sérieux ? Tu vas me payer un cabriolet ?

Je suis folle, j'ai envie de pleurer, de danser, de chanter !

— Je plaisantais..., reprend-il. Enfin, sauf si tu en trouves un à moins de 5 000 dollars.

— Tu plaisantais ? Tu plaisantais sur ça ? Vraiment ? Papa, on plaisante sur des choses drôles. Ça, ça ne l'était pas. Je me suis vue au volant d'un cabriolet, là ! Tu ne te rends pas vraiment compte, je crois... J'aurais pu être populaire, mais ça, je vois que tu n'en as rien à faire !

— Ah, parce que ma fille veut être populaire, maintenant ?

— Non... Je disais ça comme ça.

La serveuse arrive enfin avec son café.

— Papa, il est presque 14 h, on y va.

— Attends deux secondes, mon café est brûlant.

Alors brûle-toi la gorge qu'on en finisse.

Je l'ai seulement pensé. Oui quand je suis pressée, je suis pressée... Et peut-être un peu méchante.

Il est 14 h 15 lorsque nous arrivons à la concession.

C'est un grand parc, il y a des voitures partout avec leurs prix affichés sur les toits. Et des promotions en veux-tu en voilà !

Alex vient à notre rencontre.

— Bonjour, dit-il en tendant la main à mon père.

Ils se saluent et Alex reprend :

— Je suis Alex, Alice a dû vous parler de moi !

Mon père se tourne vers moi.

— Il s'appelle Alex, m'exclamé-je, il est en cours avec moi, et c'est le fils du patron de la concession…

Voilà j'ai parlé de lui, retard rattrapé ! Passons aux voitures, maintenant !

— Euh… Oui c'est ça, reprend Alex.

Il se tourne vers moi :

— J'ai échangé avec mon père au sujet de la remise, il est d'accord pour te faire bénéficier de 5 % de réduction.

— Cool, réponds-je. Alors allons-y, j'ai déjà repéré la grise, là-bas !

Nous nous rendons tous les trois à la voiture en question.

— J'avoue que c'est un très bon choix ! s'exclame-t-il. Une superbe berline allemande, et elle n'a que 50000 miles au compteur !

— Et elle est étiquetée à 15000 dollars, Alice, reprend mon père, de manière TRÈS désagréable.

— Oui mais je te rappelle que l'on a une « remise famille » de 5 % papa…

— Alex, ôte-moi d'un doute, lui demande mon père, Alice se rend bien à ses cours de mathématiques ?

— C'est bon, je plaisantais !

Monsieur peut faire des blagues autant qu'il veut, mais moi…

— OK…, reprends-je à destination d'Alex. Il me faut une voiture sous la barre des 5000 dollars, à plus ou moins 5 %, vu la remise…

— En dessous de 5000… Ah, c'est par là-bas ! s'exclame-t-il en me montrant un coin tout au fond du parc.

— Tu es sûr de toi Alex ? Parce que toutes celles qui me plaisent sont plutôt dans ce coin-là.

— Elles sont presque toutes à plus de 10000 dollars par ici, répond-il d'un air gêné.

— Je rigole ! Pourquoi est-ce que ça ne fait rire personne quand c'est moi qui plaisante ? Allez, on va là-bas, on va bien trouver une voiture à mon goût ! Surtout grâce à ta « remise famille » de 15 %.

— De 5 %..., se sent obligé de corriger Alex.

Mais cette fois-ci mon père a souri !

— Je veux celle-là !

— La rouge ? me demande Alex d'un air étonné.

— Oui, la rouge, je peux l'essayer ?

— Oui enfin, c'est que...

— Je peux l'essayer, oui ou non ?

— OK... Je vais chercher les clés.

Alex s'éloigne en direction de la boutique.

— Tu en dis quoi, p'pa ?

Mon père est déjà en train d'en faire le tour.

— Dodge Dakota, second modèle... À ce prix-là, il y a un problème !

— Comment ça, un problème ?

— C'est le genre de modèle qui se vend plus cher que ça d'habitude. Enfin je ne m'y connais pas beaucoup, mais il me semble...

— Eh bien, on ne va pas s'en plaindre, elle est à moins de 5 000 dollars !

— Oui, 4 999...

Alex revient avec les clés et nous montons. Moi au volant, mon père sur le siège du mort, c'est le plus vieux donc c'est sûrement mieux ainsi, même si j'aurais préféré y mettre Alex.

Au démarrage, tout va bien ! Bon, je cale, mais c'est le temps de m'habituer. Au second démarrage, pareil ! Au troisième, nous avançons ! Je vois un homme sortir de la boutique, se demandant sans doute s'il y a un problème avec la voiture ; il doit s'agir du père d'Alex. Il retourne dans la boutique lorsque ce dernier lui crie par la vitre arrière que le problème vient de la conductrice.

Charmant...

Nous sommes enfin dans la rue !

— Planquez vos enfants, s'exclame Alex à l'arrière.

— Tu as ton permis ? lui demandé-je.

— Je le passe en ce moment.

— Alors ferme-la!

À notre retour, et une fois stationné, mon père se décrispe et se retourne vers Alex :

— Je viens de regarder sur mon smartphone, 5 000 dollars c'est en dessous de la cote pour ce kilométrage. C'est quoi le problème ?

— Elle est en promotion, elle était à 7000 dollars il y a encore deux semaines. Mais cela fait deux ans que nous l'avons à la vente, et mon père baisse les prix lorsque c'est le cas. Il se doit de faire tourner ses stocks, c'est ce qu'il dit.

Mon père se retourne, il n'a pas l'air entièrement convaincu. Moi, je le suis !

Chèque signé, assurance prévenue, me voilà au volant de mon pick-up ! Je suis aux anges, j'en profite tout l'après-midi et passe chez le coiffeur pour fêter ça.

6

Le lendemain, les cheveux plus bleus que jamais, la coiffure restructurée, j'arrive guillerette au lycée au volant de ma nouvelle voiture. Aussitôt sortie de mon pick-up, assez fière je dois l'admettre, j'avance au milieu du parking, et des regards de mes camarades.

— Trop bizarre…, me lance un type.

— Quoi ? lui réponds-je.

C'est vrai quoi ! J'en ai marre qu'on me regarde comme une extraterrestre depuis quatre jours !

— Comme si tu ne lui ressemblais pas assez, reprend le type, tu rappliques maintenant avec sa voiture !

Je sens que je m'énerve, il faut que je trouve Alex, et tout de suite !

Il y a intérêt pour lui que ce type parle de ma ressemblance avec Taylor Swift, parce que s'il s'avère que cette voiture a appartenu à Doria Miller…

— Alex !

Les autres lycéens se trouvant dans le couloir se retournent tous, mais je m'en fous tant que le principal intéressé se reconnaît. Et c'est le cas.

— Alex ! Faut qu'on parle !

Il ferme son casier, l'air penaud.

— Salut…

— À qui était la voiture ?

— La Dodge ?

— Peut-être, je ne sais plus la marque… La voiture que je

t'ai achetée !

— J'ai essayé de te le dire avant que tu la prennes, mais tu voulais à tout prix l'essayer…

— Tu te fous de moi ?! Donc cette voiture appartenait bien à Doria Miller ?

— Non, pas vraiment…

— Comment ça pas vraiment ? Elle était à elle, oui ou non ?

— Non.

Je sens un début de soulagement.

— Elle était à Taylor Swift ?

— À Taylor Swift ? Pourquoi est-ce qu'elle aurait appartenu à Taylor Swift ?

Je m'en doutais… Fumier !

— Alors c'était celle de Doria, dis-le ! Avoue-le !

— Elle roulait avec, en effet… Mais elle était au nom de son père.

— Je vais te tuer !

Ce con se sauve.

— Reviens ! Alex, reviens !

Tout le monde me regarde, dont le directeur qui sort de son bureau.

— Alice ? Pouvez-vous venir me voir s'il vous plaît ?

— J'essaierai de passer dans la journée, monsieur le directeur.

— Dans mon bureau, tout de suite !

Je m'installe au même endroit que lundi dernier.

— Ça ne fait que quatre jours que vous êtes parmi nous, et vous vous faites déjà remarquer.

— Je peux peut-être vous expliquer…

— Allez-y, je vous écoute.

— C'est Alex, vous voyez de qui je parle ?

— Alex Godson, celui contre qui vous hurliez…

— Godson ? Euh oui, ça doit être ça. Je lui ai acheté une

voiture, hier !

— À son père, j'imagine, intervient le directeur.

— Oui, à son père, mais c'est Alex qui me l'a fait essayer.

— D'accord.

— Eh bien, figurez-vous que ce petit…

Mieux vaut que je ne dise pas ce que je pense.

— …Eh bien, il m'a vendu l'ancienne voiture de Doria Miller !

Le directeur ouvre de grands yeux.

— Ah oui… c'est en effet d'assez mauvais goût.

— Plutôt ! Ça fait bientôt une semaine que tout le monde me dévisage à cause de ma ressemblance avec cette fille et il ne trouve pas mieux que de me vendre sa voiture !

— Oui, j'ai compris, Alice. Et je peux en effet imaginer votre désarroi dans cette histoire. Toujours est-il que l'on ne doit pas hurler dans les couloirs de l'établissement. D'autant plus lorsqu'il s'agit de sujets externes au lycée.

— Mais…

— Vous bénéficiez d'un délai de rétractation, vous n'avez qu'à retourner voir monsieur Godson et choisir un autre véhicule.

— Mais je l'aime, cette voiture…

Il souffle ! *Dis-moi que je te gonfle pendant que tu y es !*

— Alors ce n'est plus de mon ressort, Alice. Considérez notre entrevue comme un premier et dernier avertissement.

Je n'ai pas tout compris, mais je me lève et sors du bureau. La sonnerie retentit, je rejoins alors le cours de sciences.

Oh tiens ! Alex, tel un élève studieux, est déjà installé sur sa chaise.

— Alice ? s'exclame-t-il.

Je le dépasse sans le regarder et m'installe à ma place, derrière lui. Il faut que je trouve un moyen d'échanger de table avec quelqu'un !

— Alice, pour la voiture, tu veux que je voie avec mon père

pour t'en trouver une autre ?

— Non.

— Tu la gardes ?

— Oui et lâche-moi.

— J'ai essayé de te le dire, sur le moment…

— Mais tu vas la fermer ?

— Alice ! crie le professeur de sciences.

— Oui monsieur Marthey ?

— J'ai eu vent de votre arrivée extravagante ce matin, j'aimerais ne pas avoir à vous renvoyer chez le directeur.

— D'accord monsieur Marthey.

Le cours débute, Alex m'envoie un papier, je le déplie et le lis :

« J'ai un truc à te montrer. »

Je ne réponds pas. Au bout d'un moment, il finit par se retourner et me fait les gros yeux. Je fais mine de ne pas le voir et il est obligé de se remettre face au prof afin de ne pas se faire attraper. Ma tranquillité ne dure pas, il me renvoie un autre papier. Je m'apprête à le déchirer, mais celui-ci n'est pas plié et je distingue la fin du mot. Je m'arrête donc dans mon élan, mets ma fierté de côté et lis :

« C'est sérieux, il faut vraiment que je te montre un truc, ça concerne Doria Miller. »

7

À la fin du cours, je me lève et suis le troupeau jusqu'à la porte quand madame Forrester, qui attendait à la sortie, m'interpelle :

— Alice, tu as cours avec moi après la pause, mais peux-tu venir me voir dès maintenant, s'il te plaît ?

Je trouve étrange qu'elle vienne me chercher à la sortie de mon cours de sciences, je la suis néanmoins sans lui poser de question. Elle me fait entrer dans la salle de mathématiques et referme la porte derrière moi avant de s'installer à son bureau et de m'inviter d'un signe à me rapprocher.

— En tant que professeure principale, je tenais à m'entretenir avec toi, Alice.

— D'accord.

— Je voudrais savoir comment tu vas, connaître tes premières impressions, m'assurer que ça se passe bien avec tes nouveaux camarades.

— Oui, tout va bien, madame Forrester.

Je me sens un peu gênée par la situation et pense à ce qu'Alex doit me montrer au sujet de Doria Miller, alors je jette un regard vers la sortie, espérant lui faire comprendre mon désir de profiter de ma pause.

— Tu t'es fait des amis ? J'ai l'impression que tu es assez solitaire, non ?

— Euh non. Je discute avec… avec Alex ! On s'entend bien tous les deux.

Qu'est-ce qu'il ne faut pas raconter comme connerie…

— Ah, Alex… Tu me diras, ça ne lui fera pas de mal de se sociabiliser un peu.

Je souris et commence à reculer de quelques pas vers la porte.

— Et ton père ? On parle beaucoup de lui à Laneford…

— Euh… Excusez-moi madame Forrester, mais je dois vraiment aller aux toilettes, là.

— Ah d'accord… Je voulais juste que tu saches que je suis là si tu as besoin de parler, je suis tout à fait consciente que cette situation peut être difficile à gérer pour une jeune fille de seize ans.

— Le fait de ressembler à une fille disparue, vous voulez dire ? demandé-je.

— Euh… oui, répond-elle gênée, et le fait de te retrouver dans un nouveau lycée, une nouvelle région…

— Ne vous inquiétez pas, tout va bien. Et vous savez, ce n'est pas la première fois que je change de ville et d'établissement, je commence presque à avoir l'habitude.

Elle acquiesce en souriant.

— À tout à l'heure, dis-je en rejoignant la porte.

— À tout à l'heure.

J'avance dans les couloirs en repensant aux inquiétudes de madame Forrester.

— Hep, Alice !

Face à son casier, Alex me fait signe.

— Viens, ajoute-t-il.

Je m'approche de lui, curieuse de voir ce qu'il a à me montrer, tout en prenant soin de garder une expression de visage aussi froide que possible. Il n'est pas question qu'il s'imagine que j'ai oublié le coup de la voiture.

— Si c'est encore une de tes blagues, commencé-je, je peux t'assurer que je ne suis vraiment pas d'humeur.

— Qu'est-ce que t'as ?

— Tu te fous de moi ?

— Je t'ai dit que j'étais désolé.

— Et tu crois peut-être que ça suffit ?

Il ne dit rien.

— Bon alors ? Qu'est-ce que tu as à me montrer ?

Il se retourne vers l'intérieur de son casier et en ressort une feuille pliée.

— C'est une lettre, me dit-il.

— Oui, je vois ça, et alors ?

— Elle est de Doria.

— De Doria Miller ?

— Avant de te la montrer, peux-tu me promettre de garder ça pour toi ?

J'ouvre de grands yeux, ça sent la blague potache à plein nez ! Je commence à regretter de m'être arrêtée.

— Promets-le-moi, Alice.

J'hésite, je n'ai franchement pas envie qu'il en rajoute une couche. Je sens que je suis à fleur de peau après le coup de la voiture, alors si c'est encore une connerie de sa part… Mais trop curieuse, je prends le risque.

— Allez montre, je ne dirai rien !

Il déplie la lettre. À première vue il s'agit bien d'une écriture féminine, et je distingue « Doria » en signature.

Je me saisis de cette dernière et commence à la lire :

« *Peter,*

Depuis vendredi je ne cesse de penser à toi, de penser à nous.

Je regrette ce que je t'ai demandé, restons cachés ce n'est pas grave. Je préfère accepter cela plutôt que de voir se finir notre relation. Ces trois jours sans nouvelles de toi ont été bien plus difficiles que je ne l'aurais cru, s'il te plaît pardonne-moi.

Reviens. Que tout redevienne comme avant, vivons notre relation comme tu l'entends, je suis prête à patienter.

Sans toi je n'ai plus de raison d'être.

Doria »

Je regarde autour de nous, m'assure que personne ne nous observe.

— Où est-ce que tu as trouvé ça ?

— Dans la chambre de mon frère, au fond d'un tiroir de sa table de nuit.

— Et ce... Peter ?

— C'est mon frère.

La sonnerie retentit, les élèves commencent à regagner le couloir. Alex me prend la lettre des mains et la replace dans son casier, qu'il referme en vitesse.

— N'oublie pas, me dit-il, ça reste entre nous.

J'entre en classe et cherche le regard d'Alex en allant m'asseoir, mais il ne lève pas les yeux de son bureau.

Le cours commence et je n'arrive pas à ôter ces phrases de mes pensées, surtout la dernière. Elle me revient en tête et cogne dans mon esprit.

— Alex... chuchoté-je. Alex...

— S'il te plaît, Alice ! s'exclame madame Forrester, je te signale que le cours a débuté, je te prierai donc de respecter le silence.

Alex tourne légèrement la tête, juste ce qu'il faut pour que nos regards se croisent.

Je saisis alors un coin de mon cahier que je déchire et j'y inscris :

« Sans toi je n'ai plus de raison d'être. »

Est-ce que tu penses comme moi ?

Je plie le morceau de papier et lui envoie par-dessus son épaule. À ma droite un type m'observe faire en souriant, je lui jette un regard suffisamment froid pour le faire retourner à ses affaires.

Je vois à ses mouvements d'épaules qu'Alex est en train de me répondre. Il se retourne rapidement et me tend le même morceau de papier, au dos duquel il a écrit :

« On se connaît à peine, tu vas un peu vite je trouve. »

Je ne comprends pas sa réponse… Puis je relis ce que j'ai écrit sur l'autre face.

Quel connard !

Je déchire une nouvelle feuille. À ce rythme, mon cahier ne va pas me faire la semaine.

Je vois que monsieur fait de l'humour… Sois sérieux !

La dernière phrase de la lettre : « Sans toi je n'ai plus de raison d'être », venant d'une fille aujourd'hui disparue…

Ça pue le suicide !

8

C'est mon second passage au réfectoire... Et peut-être le dernier !

J'avance seule, avec mon plateau, et joue les équilibristes avec mes boulettes de viande qui n'ont qu'une envie : quitter mon assiette pour aller rouler sur le sol.

J'observe la pièce à la recherche d'une table encore libre. Derrière moi, certains commencent à s'impatienter et me dépassent et...

Hé, mais fais attention Ducon ! Bingo ! Les boulettes sont au sol ! Je fais l'indifférente et avance jusqu'à un bout de table vide. Les quatre élèves qui se trouvent à l'autre bout me dévisagent ; je ne les regarde pas et m'installe.

Je jette un coup d'œil en arrière, un dernier au revoir à mes boulettes tombées au combat. De toute manière, c'est trop tard pour l'une d'entre elles, un élève peste tout en regardant le morceau de viande écrasé sous sa chaussure.

Je plonge ma seule boulette restante dans la purée voisine, tandis qu'Alex vient s'asseoir à côté de moi.

— On te suit aux boulettes, toi ! me lance-t-il.

— Très drôle...

Alex fait un signe de tête à l'un des garçons qui se trouvent au bout de notre table puis se tourne vers moi.

— Alors, ton père ? Il est devenu la principale attraction de Laneford, tout le monde n'a plus que son nom à la bouche.

— Ah..., réponds-je, indifférente.

— Il te parle de son boulot ?

— Pourquoi le ferait-il ? Je ne me suis jamais intéressée à son travail.

— OK…, répond-il. Par contre, tu t'intéresses à Doria !

— Un peu normal, vu la ressemblance… Et pourquoi est-ce que tu me parles de ça ?

— Je t'ai vue hier, tu as passé ton après-midi sur ton portable à mater des articles sur sa disparition. C'est pour ça que je t'ai montré la lettre.

— Ah, j'ai cru que c'était pour te faire pardonner pour la voiture.

— Peut-être un peu aussi…, avoue-t-il.

— OK. Alors premièrement, t'es mignon mais tu arrêtes de m'espionner ! Deuxièmement, c'est évident que je me demande pourquoi elle me ressemble autant.

— D'accord…

Alex lève les yeux et regarde derrière mon épaule :

— Alex, tu es déjà assez bizarre comme ça, n'en rajoute pas en traînant avec cette fille.

Je me tourne et repère l'auteure de cette raillerie qui s'éloigne vers une autre table, suivie par une bande de poufs.

— C'est qui, elle ? demandé-je à Alex.

— Sarah, elle est en quatrième année.

— Ta copine ?

— T'es folle ! Regarde-la, cette fille se tape les mecs qu'elle veut.

— Mais elle connaît ton prénom.

— Tu parles… Si elle le connaît, c'est parce qu'elle était amoureuse de mon frère il y a quelques années et qu'elle essayait de l'approcher en passant par moi.

— Peter ? Celui de la lettre ?

— Ouais, me répond-il en laissant tomber sur son plateau un pot de yaourt tout juste terminé.

— Et elle est sortie avec ?

— Non, pas que je sache… Il se l'est peut-être tapée, mais

c'est tout !

— Charmant…

— Quoi ? Si tu savais la réputation qu'a mon frère ici…

— C'est-à-dire ? Un tombeur ?

— Il était le *quarterback* des Eagles.

— Les Eagles ? C'est quoi ça, un groupe de musique ?

— C'est le nom de l'équipe de foot du lycée. Tu vas devoir t'y faire, les Eagles de Laneford sont les stars de la ville. Enfin surtout depuis le passage de mon frère. Il a intégré l'équipe des quatrième année alors qu'il n'était qu'en première et il a participé à la montée du lycée jusqu'en troisième division nationale. Laneford est aujourd'hui la plus petite ville à ce niveau, et tout le monde s'entend pour dire que c'est grâce à mon frère.

— La star locale, quoi !

— Ouais…

— Et maintenant, il fait quoi ?

— Il est à l'université, en section sportive. Il compte bien être sélectionné en pro à la fin de la saison.

— Et toi, dans tout ça ?

Alex arrête de torturer sa mandarine puis relève les yeux vers moi.

— Quoi, moi ?

— Ton frère était une star ici… Et toi ? Pourquoi est-ce que tu es toujours seul ? Tu ne joues pas au foot ?

— Je déteste le foot !

— Tu as peur d'être dans l'ombre de ton frère ?

— Non, pas du tout ! Pour ça j'ai l'habitude, il a toujours été la fierté de la famille. Et disons que sa notoriété m'a plutôt servi. On ne t'embête pas trop quand tu es proche du *quarterback* de l'équipe de foot. Tout le monde sait que j'ai juste à l'appeler pour qu'une vingtaine de mecs baraqués arrivent aussitôt pour me défendre.

Voyant que j'ai fini de manger, Alex se met à rassembler ses couverts sur son plateau.

— Pour en revenir à la lettre, me dit-il, je dois en discuter avec mon frère, mais il ne sera pas de retour chez moi avant plusieurs semaines. Tu me promets de n'en parler à personne avant ?

— Que je te le promette ? On n'est plus des gamins ! lui rétorqué-je.

— S'il te plaît, je t'ai fait confiance en te la montrant, alors sois sympa.

— Qu'est-ce qui te fait peur ? Que ton frère soit inquiété ?

— Peter n'a sûrement rien à voir là-dedans, mais en effet je veux lui en parler plutôt qu'il y ait des soupçons infondés sur lui.

— Comme tu veux, réponds-je. De toute manière, si une enquête est en cours et que ton frère est lié à cette histoire, ils le découvriront avec ou sans cette lettre.

9

La sonnerie retentit après deux heures de français qui m'ont épuisée !

J'ai mérité une pause, et un salaire… mais je vais me contenter de la pause. Je sors et me dirige vers mon casier ; j'allège mon sac pour l'alourdir aussitôt avec mes livres de mathématiques. En les sortant, un mot tombe au sol. Je devine qu'il est d'Alex, je commence à m'habituer à son principal moyen de communication. Je ne l'ai pas encore vu ce matin, car il ne suit pas les cours de français. J'imagine qu'il a dû glisser le mot pendant ce temps :

« *Alice,*

J'ai eu mon frère au téléphone hier soir, je lui ai dit que j'avais trouvé la lettre de Doria.

Alex »

OK… Moi qui me disais que je ne lui avais pas assez fait payer le coup de la voiture et qui comptais recommencer un peu à lui faire la gueule, il va falloir que je choisisse… Nourrir ma curiosité ou l'ignorer ?

Afin de m'aider à réfléchir, je me dis qu'un café sera le bienvenu et m'apprête à partir vers la salle des distributeurs, quand justement Alex se montre.

— Tu as lu mon mot ?

— Oui, je l'ai lu et je m'en fous !

— Tu te fous de cette histoire ? répond-il, surpris.

— Je n'ai surtout pas envie de te parler, tu me gonfles !

— Attends, pourquoi je te gonfle, cette fois-ci ?

— Tu sais bien pourquoi !

— Pour la voiture ?

— Oui, tu croyais que j'allais laisser passer ça aussi facilement ?

Je le laisse là comme un con, tandis que je me dirige vers les distributeurs.

J'enchaîne avec deux heures de maths avant d'aller déjeuner. Et, comme à mon habitude depuis à peu près quatre ans, je m'installe seule à une table au milieu du réfectoire.

Il ne faut que quelques minutes à Alex pour venir me rejoindre.

— C'est bon, Alice, tu t'es calmée ?

Il ne me connaît pas encore…

— Casse-toi ou je te balance mon verre au visage !

Et le voilà qui se lève et va rejoindre une autre table vide. Il va apprendre à me connaître, quand je décide de faire la gueule, je la fais réellement ! Je fais mine de ne pas voir qu'il me regarde et continue de manger comme si de rien n'était.

C'est alors qu'une fille s'installe avec Alex ! Mais c'est qui, elle ? Blonde, mini short, plus court tu… non tu ne peux pas plus court ! Avec son petit débardeur moulant, mademoiselle discute avec Alex…

Je me lève et me dirige vers sa table. Pourquoi lui faire la gueule au fond ? Je veux savoir ce que lui a dit son frère moi !

— Alex, on peut parler ?

C'est quoi cette petite voix que je prends, ça ne me ressemble pas…

— Euh…

— Tu peux revenir après, on discute là, me répond la blondasse.

La pouf blondasse avec un gros cul ! Enfin je ne le vois pas puisqu'elle est assise, mais j'imagine.

— Eh la pouf, lui réponds-je, ça ne te dérange pas que je

t'appelle « la pouf » vu que je ne connais pas ton prénom ? Sois gentille et tire-toi !

Elle regarde Alex, l'air outré. *Pauvre petite mijaurée !*

— Alex, c'est qui cette fille ? lui demande-t-elle avec ses petits yeux de biche (ou de « bitch »).

— Je suis désolé Lindsey, répond Alex, est-ce qu'on peut s'appeler ce soir, plutôt ? Parce que tu vois, je soupçonne cette nana d'être un peu dérangée, peut-être même dangereuse.

Ma parole, mais c'est de moi qu'il parle ? Et l'autre qui sourit avec l'air d'avoir pitié !

Au moins, elle s'en va.

— C'est moi, la nana dangereuse ?

— Faudrait savoir ce que tu veux, me répond-il.

— Comment ça ? Et c'est qui cette fille ?

Il tourne la tête vers la blonde qui s'éloigne. Et je réalise que je me suis trompée sur ses fesses.

— Vas-y, mate son cul, Alex !

— Mais t'es folle, c'est ma cousine !

Je crois entendre un satellite craquer à 25 000 miles au-dessus de nos têtes, tellement je me sens bête.

— Tu veux que je la rappelle ? Je suis désolée, je ne pensais pas que c'était ta cousine…

Il me regarde en souriant.

— Quoi, ce n'était pas ta cousine ? reprends-je.

— Si, mais pourquoi d'un coup tu te sens gênée quand je t'apprends qu'elle est de ma famille ? Et pourquoi tu arrives comme ça et la vires, alors que tu ne voulais plus me parler il y a encore cinq minutes ?

Ça y est, il recommence à m'énerver, j'ai envie de retourner à ma table, mais d'autres s'y sont installés.

— Alors ton frère ? dis-je pour en revenir au sujet principal.

— Quoi mon frère ?

— Mais merde, t'es chiant à la fin, qu'est-ce qu'il t'a dit ?

Tout le monde me regarde… Je devrais arrêter de crier, j'ai

l'impression que je suis un peu sur les nerfs…

— Il m'a engueulé, me répond-il.

— Comment ça ? Qu'est-ce qu'il t'a dit exactement ?

— Que si j'étais à la recherche de préservatifs, il pouvait m'en rapporter le week-end prochain, mais que ce n'était pas la peine de fouiller dans ses affaires.

— Concernant la lettre, Ducon !

Faut que je garde mon calme…

— Alex…, reprends-je, qu'est-ce qu'il t'a dit concernant la lettre ?

— Il n'a rien voulu me dire. Il s'est énervé, m'a rappelé que cette lettre était personnelle et que je ne devais pas en parler.

— Ce à quoi tu as répondu…

— Rien, j'ai raccroché.

Il est con ou quoi ?

— Attends Alex, je reprends, ce à quoi tu as répondu…

— Je viens de te le dire. Rien, j'ai raccroché.

— Mais t'es con !

— Non.

— Si !

Il reste muet, ce qui signifie qu'il l'admet enfin.

— Tu me dis que tu veux me parler car tu as eu ton frère au téléphone au sujet de la lettre de Doria Miller, et maintenant tu me dis qu'il ne t'a rien dit.

— Qu'il s'est énervé…

— Moi aussi tu m'énerves !

— Mais attends…, reprend-il. S'il s'est énervé, c'est qu'il y a quelque chose à découvrir.

— Il y a quelque chose à découvrir ?

— Sûrement ! Enfin peut-être.

— Tu vois cette compote, Alex ?

Je me lève et le laisse s'essuyer le visage avec sa serviette.

Ce mec m'exaspère, il a beau être mignon, il est très con quand il s'y met !

10

L'enquêteur Wayne se rendit au lycée. Il avait préalablement fait part de sa visite au directeur afin que ce dernier puisse être accompagné d'un professeur ayant bien connu Doria Miller. Il se présenta à la secrétaire. Cette dernière ne le fit pas attendre et lui indiqua la porte du directeur en précisant qu'il l'y attendait.

Wayne donna deux coups rapides avant d'entrer.

— Oh pardon, dit-il en surprenant le proviseur et madame Forrester, bouche contre bouche.

La professeure se releva rapidement du coin du bureau et remit sa jupe en place tandis que le détective refermait la porte. Il se tourna et vit la secrétaire le regarder, s'interrogeant sur son comportement.

— Vous pouvez entrer, l'invita le directeur.

Wayne pénétra dans la pièce, nullement gêné, et serra la main que l'homme lui tendait, ainsi que celle de madame Forrester, qui s'était replacée sur la chaise devant le bureau.

— Je… Donc vous vouliez nous voir ? balbutia le proviseur en présentant au détective la chaise à côté de celle où était installée la professeure de mathématiques.

— Oui, tout à fait.

— Pardon, reprit le directeur, je manque à mes obligations. Je vous présente madame Nina Forrester, professeure de mathématiques chez nous depuis maintenant sept ans.

— Enchanté, détective Wayne, répondit-il en serrant la main de la professeure, avant de se tourner vers le directeur.

Comme je vous l'ai dit au téléphone, j'enquête pour le compte de madame Miller sur la disparition de sa fille, Doria.

— Vraiment horrible, souffla madame Forrester.

— Vous avez découvert de nouveaux éléments ? demanda le directeur.

— Pas encore, mais si je suis ici aujourd'hui, c'est que j'espère en trouver.

— Très bien, répondit le proviseur qui reprenait contenance. En quoi pouvons-nous vous aider ?

— J'aimerais savoir qui étaient les amis proches de Doria Miller.

Le proviseur se tourna vers madame Forrester, le détective en fit alors autant, mais elle paraissait gênée.

— D'après mes souvenirs, répondit-elle, Doria était assez solitaire…

— D'accord, mais elle avait bien quelques camarades avec qui elle échangeait, ou à côté de qui elle était assise en classe…

— Vous savez, intervint le directeur, la plupart de nos salles sont munies de tables individuelles.

— Oui, c'est vrai, le coupa madame Forrester, mais dans la classe où je lui donnais cours, il y avait des tables doubles. Et… elle était assise aux côtés d'Aimy Watson, si mes souvenirs sont exacts.

— Aimy Watson, vous dites ? demanda l'enquêteur en notant le nom sur son calepin.

— Oui, c'est ça.

— OK, vous voyez quelqu'un d'autre avec qui elle discutait ?

— Malheureusement non, répondit madame Forrester.

— Un petit ami ? insista-t-il.

La professeure se tourna, gênée, vers le directeur, puis interrogea l'enquêteur :

— Si Doria avait un petit ami, vous voulez dire ?

Wayne répondit par l'affirmative tout en lâchant un sourire en comprenant le quiproquo entre la question qu'il venait de poser et la scène à laquelle il avait assisté.

— Pas que je sache, mais je pourrais poser la question aux autres professeurs, si vous le désirez…

— Cela m'aiderait, en effet.

— Comprenez bien que si l'on peut aider dans l'enquête, s'exprima le proviseur, nous le ferons bien entendu avec plaisir. La disparition de Doria Miller a été traumatisante pour tout le monde ici, et l'ensemble du personnel du lycée serait soulagé que la vérité soit dévoilée.

— Entendu, répondit Wayne avant de se retourner vers la professeure, je peux compter sur vous pour interroger vos collègues au sujet des amitiés ou amours de Doria Miller, madame Forrester ?

— Je reviendrai vers vous au plus vite.

— Je vous remercie, dit le détective en se levant et en tendant une carte à chacun.

11

Les cours finissent à 14 h 30, je sors tranquillement du lycée quand je me fais interpeller :

— Hey, cheveux bleus !

Je me tourne vers cinq mecs qui me dévisagent. Je les reconnais, ce sont des footballeurs du lycée, ils sont en dernière année. Ils arborent tous fièrement leur veste de l'équipe avec le grand « E » de Eagles dans le dos.

— Tu fais quoi ce week-end, ma jolie ? Il me semble que t'es nouvelle ici, si tu veux venir voir le match demain après-midi… on pourrait sortir après.

Celui qui parle est un grand blond, mais je repère le plus beau d'entre eux, un peu en retrait. C'est un garçon brun aux yeux bleus, un peu plus fin que ses camarades. Je l'avais déjà repéré ces derniers jours. Lui ne dit rien, il se contente de sourire.

— Pourquoi pas ? réponds-je le plus assurément possible.

C'est-à-dire d'une voix à peine audible.

— J'essaierai de passer…, ajouté-je.

— Hey les gars, vous faites quoi ?

Le gang des *cheerleaders* rapplique et les mecs vont à leur rencontre. C'est fou, ils avancent dans le couloir et tous les autres élèves s'écartent sur leur passage. Les footballeurs étaient déjà très populaires dans mon lycée de New York, mais là c'est à un tout autre niveau. D'après ce que j'ai compris, les Eagles sont des dieux ici, à Laneford. Je les regarde s'éloigner et reconnais le dernier, qui baisse les yeux en passant devant moi. C'est Douglas, celui à qui j'ai l'impression de faire peur.

Je repars vers la sortie, rejoins le parking et ma voiture. J'aperçois plus loin les cinq footeux qui viennent de me parler, chacun avec une fille sous le bras, y compris le beau brun.

Je rentre chez moi, me rappelant que je suis seule pour une semaine. Tant pis pour ce soir, je ferai les courses demain. Disons que mes repas sont différents lorsque mon père est absent.

Aussitôt arrivée, je verrouille la porte derrière moi et monte dans ma chambre. J'allume mon ordinateur et me connecte sur *Facebook*. Ça fait un bout de temps que je n'y suis pas allée, mais là, j'ai envie de savoir comment s'appelle le footballeur brun de dernière année…

J'ai quelques demandes d'ajout d'amis, surtout des filles de mon ancien lycée. Elles ne m'ont jamais adressé la parole et veulent maintenant de mes nouvelles ? Hop, poubelle !

Je vois une autre demande de la part d'un… canard. Mais qu'est-ce que c'est que ça ? Un canard en plastique jaune qui fume un pétard en guise de photo de profil ?

Je regarde les amis mais ne reconnais personne… Son nom : « Al Ex ».

Le canard jaune m'envoie justement un message !

Bon, tu m'acceptes oui ou non ?

Je lui réponds :

Tu es qui ?

D'après toi ? Alex !

Je suis conne ! Al Ex, c'était pourtant simple !

Oui je me doute, mais je connais plein

d'Alex.

C'est une façon de noyer ma connerie.

Le plus beau que tu connais, alors !

Le vantard. Je lui réponds :

Ah oui ! Alex de New York !

Arrête Alice, je suis sûr que tu ne connais même pas d'Alex à New York !

Si, il y avait un mec dans mon ancien lycée qui portait lui aussi ce prénom ridicule.

Bon, sois gentille et accepte-moi !

Pourquoi ? Ça ne t'empêche pas de m'envoyer des messages.

Il marque une pause, j'attends sa réponse mais rien ne vient. Bon, je l'accepte ! Et je vais aussitôt mater ses photos.

Tu fais de la moto ?

Il a plein de photos de motocross, dont certaines de lui, casque à la main.

Tu étais mignonne avec les cheveux châtains !

Quoi ? J'ai encore des photos de moi sur mon profil ? Je me dépêche d'effacer tous les restes de mon ancienne vie. Pourquoi ne l'avais-je pas fait avant ?

Je n'ai plus accès à tes photos,

Alice, tu avais des photos de toi à poil, c'est ça ?

Sûrement pas ! Je ne me souvenais pas avoir laissé de photos, j'ai donc retiré ce qui devait rester personnel.

Tu me passes ton numéro de portable ?

Les mecs, il leur en faut toujours plus…

Je viens de t'accepter sur *Facebook*, ce n'est pas suffisant ?

Mon frère va rentrer ce week-end, j'aurai sûrement des infos.

C'est marrant qu'il me parle de lui, je suis justement en train de découvrir un certain Peter dans ses amis.

Il est pas mal ton frère ! Je comprends qu'il ait tant d'amies…

Je n'aurais pas pensé que c'était ton style.

Non, en effet ça ne l'est pas. Donc, tu as une moto ?

Je ne sais pas pourquoi, depuis que je suis arrivée ici, je rêve de faire du motocross !

Oui, je passe mes week-ends dessus !

Je te file mon numéro dès que tu m'auras laissée l'essayer !

Et voilà qu'il recommence à ne plus répondre... Je mate encore ses photos car, contrairement à moi, lui en a plein. Il y a beaucoup de champions de motocross, mais dans d'autres dossiers je trouve des photos de lui aux bras de jolies filles. J'en reconnais une, sa cousine. Ils ont l'air d'être proches. Une autre, canon celle-là ! Sourire aux lèvres, ils posent tous les deux et se tiennent par la taille.

On verra...

Pas de trace du beau brun dans les amis d'Alex, par contre je le trouve dans les amis de Peter : Matt Ferman. Je n'ai pas accès à ses photos, il faut être ami. J'hésite... Non, mieux vaut attendre, je ferai peut-être sa connaissance samedi.

Je mets une série à télécharger et descends pour me préparer mon plateau-télé.

Une fois la série finie, je commence à flipper. C'est ma première nuit seule dans cette maison. J'ai envie de descendre pour m'assurer que tout est calme, mais il fait nuit et je n'ose plus sortir de mon lit. Je laisse la lumière allumée, comme quand j'étais petite, ferme les yeux et réalise que je n'ai pas fait mes devoirs pour demain. Tant pis.

3 h 49, c'est l'heure qu'indique mon radioréveil lorsque j'ouvre les yeux. Ma lumière, toujours allumée, me rassure et me confirme qu'il ne s'agissait que d'un cauchemar.

C'était le même qu'il y a deux jours mais, contrairement à la dernière fois, je n'ai pas eu peur. C'était pourtant tout aussi angoissant. Je revois son visage, et ses larmes qui coulaient. Cette fois-ci, ses yeux étaient ouverts dès le début, elle me regardait en pleurant. Elle avait l'air d'avoir peur.

Et à la fin, elle s'est mise à crier. Mais son cri n'était pas un cri d'horreur, et j'avais l'impression qu'il m'était destiné. L'entendre aurait pu m'effrayer, mais au lieu de cela, je me suis sentie impliquée, j'ai eu l'impression qu'elle m'appelait à l'aide.

12

Arrivée au lycée, je me regarde rapidement dans le rétroviseur avant de descendre de ma voiture. Yeux rouges, tête de déterrée, même maquillée, je ne peux pas mieux faire.

Il faut que je voie Alex. J'entre dans le bâtiment, regarde en direction de son casier. Il n'y est pas. Je me dirige vers le mien pour prendre mes affaires et en déposer certaines, notamment les devoirs sur lesquels j'ai planché le restant de ma nuit, trop énervée pour me rendormir.

— Salut ma belle !

Il arrive toujours par surprise.

— Salut Alex…

— Bien dormi ?

— C'est ta question fétiche du matin ? demandé-je.

— Ouais ! Normal, non ?

Je finis de ranger mes affaires, avant de reprendre :

— Ton frère arrive quand ?

Il me regarde d'un air suspicieux.

— Pourquoi ?

— J'ai envie de savoir pour la lettre. Je pourrai passer pour être avec toi quand tu lui en parleras ?

— Tu as surtout envie de voir mon frère, comme toutes les autres !

Quoi ? Il me tourne le dos et s'en va.

— Alex, qu'est-ce que tu me fais ?

Il se retourne :

— Il arrive demain matin normalement. Il a un

entraînement ce soir parce qu'il ne joue pas ce week-end.

— OK, mais c'était quoi ça ? Le « comme toutes les autres » ?

Il repart !

J'essaie de le suivre tout en m'efforçant de fourrer mes cahiers dans mon sac. Un premier tombe, puis un deuxième ! Je m'accroupis pour les ramasser et le vois qui continue. Mais c'est qu'il se fâche comme une gonzesse !

Et mince, j'ai oublié de fermer mon casier !

— Attends, Alex ! Reviens, s'il te plaît !

Je fais demi-tour pour aller le fermer.

— Alex ! Attends !

Il s'arrête enfin, mais me regarde le rejoindre avec des yeux dépités.

— Qu'est-ce que tu as ce matin ? demandé-je.

— Rien, tout va bien.

— Je veux voir ton frère au sujet de la lettre, c'est tout, pourquoi tu t'énerves ?

— Hier tu me dis que tu le trouves beau, et aujourd'hui tu veux le voir… J'ai l'habitude. Si tu savais le nombre de mes copines qui étaient en réalité amoureuses de lui…

— T'es sérieux ?

Il me regarde, toujours avec son air dépité.

— C'est glauque, reprends-je. C'est clair qu'il est beau, il correspond tout à fait au stéréotype du beau mec, mais je te l'ai dit, ce n'est pas mon style.

Je n'ai pas l'impression de le convaincre, alors je reprends :

— Si je veux venir, c'est juste parce que je n'ai aucune confiance en toi pour obtenir les informations ! Tu vas revenir lundi et me dire : « Il ne m'a rien dit » ou « J'ai oublié de lui demander ».

Cette fois, il a l'air plus convaincu.

— Qu'est-ce que tu vas lui dire ? reprend-il.

— Je ne sais pas encore. Mais j'ai vraiment envie de savoir.

Je passe devant lui et me dirige vers la salle de cours. Je n'ai aucune envie de lui dévoiler mon ressenti à ce sujet. Que je me sens proche de cette fille – surtout depuis ce dernier cauchemar – et que son appel à l'aide me paraissait adressé.

— Tu fais quoi ce soir ? me demande Alex alors que l'on sort de cours pour rejoindre le réfectoire.

— Je ne sais pas encore, mais mon père est en déplacement, donc tu peux compter sur moi pour en profiter le plus possible !

— Tu es seule chez toi ?

— Oui, tu as un truc à me proposer ?

Je m'attends au pire…

— Je peux passer ? me demande-t-il.

— Pour faire quoi ?

— Ce que tu veux ! Soirée films, séries, bières…

— Tu as des bières ? demandé-je.

— Non, mais ton père en a, j'imagine.

— Oublie !

J'attrape un plateau et commence à choisir mes plats.

— Je ne peux pas passer, alors ? insiste-t-il.

— Si, tu peux. Mais tu amènes les bières et tu emportes les bouteilles vides avec toi. Pas de traces que mon père pourrait remarquer.

— OK, je viens à quelle heure ?

— T'es chiant ! À l'heure que tu veux.

— OK, OK… Prends un dessert.

Je le regarde, et réponds :

— Je ne veux pas de dessert.

— Prends-en un, je te dis.

— Moi, je te dis que je n'en veux pas !

— Prends-le pour moi !

— Ah OK ! Tu ne peux pas le demander clairement ? Tu veux lequel ?

— N'importe, répond-il.

Je rajoute un dessert sur mon plateau déjà bien rempli.

— Non, pas la salade de fruits, reprend-il.

— Tu m'énerves !

Je saisis mon plateau et pars à la recherche d'une table libre. Je m'approche de l'une d'entre elles lorsque j'entends qu'on m'appelle :

— Cheveux bleus ! Tu viens avec nous ?

Les footeux, assis ensemble à une table, dont le beau brun, Matt Ferman. J'hésite à les rejoindre. Leurs copines sont avec eux et leur façon de regarder le blond qui vient de m'appeler laissent à penser qu'elles ne sont peut-être pas d'accord avec l'invitation. Mais il y a une place libre, et elle est à côté de Matt, cela suffit à me décider.

Je m'installe sous le regard éberlué des autres filles.

— Tu fais quoi, Alice ? demande Alex qui rapplique derrière moi avec son plateau.

— Je m'apprête à manger, Alex, qu'est-ce que tu crois que je fais ?

Je comprends bien le sens de sa question et je sais bien qu'il n'y a pas d'autre place libre, mais je n'y peux rien.

— Tu vas manger avec ces blaireaux ? reprend-il.

Mais qu'est-ce qui lui prend ?

— Oh, fais attention à ce que tu dis, Godson ! répond violemment le blond alors qu'un de ses copains se lève, visiblement énervé.

— Que je fasse attention à quoi, Rick ?

Je note que le blond s'appelle Rick.

Son copain, énervé, se rapproche dangereusement d'Alex et le bouscule suffisamment pour que son entrée tombe par terre. Le fautif se rassied et le laisse se débrouiller pour rassembler les crudités qui jonchent le sol, devant le regard noir d'un surveillant. Gênée, je me lève pour l'aider, mais une fois les aliments ramassés, il part sans même me regarder.

Je retourne à ma place, tandis qu'à la table tous rigolent.

— Tu aurais dû le laisser se débrouiller, s'exclame Rick à mon attention. Tu sais, Godson, c'est un fouille-merde.

— Pourquoi tu dis ça ? demandé-je.

— Tu verras bien. Tu comprendras pourquoi il est toujours seul.

— Mais il y a encore de l'espoir pour toi, reprend un deuxième type, dont je ne connais pas encore le prénom. C'est dur à croire, mais il y a une fille autour de cette table qui est sortie avec lui.

— C'est bon, arrête avec ça, rétorque Matt.

— Quelqu'un qui est sorti avec Alex ? reprends-je.

— Ouais, avec Godson ! répond le mec dont je ne connais pas le prénom, ce qui fait sourire le reste de la table. Sauf Matt et sa copine.

— Je suis à peine restée une semaine avec lui, corrige cette dernière.

Je n'en reviens pas. Cette fille est super mignonne et en dernière année. Alex s'est quand même bien débrouillé pour réussir à sortir avec. Mais il aurait dû la garder, elle ne serait pas avec Matt Ferman à l'heure qu'il est !

— Bon alors, tu vas nous parler de toi ? reprend Rick à mon attention.

— Comment ça ?

Je me sens rougir.

— Ta ressemblance avec la fille disparue, tu nous expliques ?

Ils me regardent tous, attendant mon explication, et je commence à comprendre pourquoi ils m'ont invitée à leur table.

— Le hasard…

Pourquoi est-ce que je me sens aussi gênée ?

— Tu ne la connaissais pas ? me demande le copain énervé de Rick, désormais calmé.

— Non. Et j'ai pris connaissance de ma ressemblance avec

elle seulement en arrivant ici.

— Trop fort ! reprend une blonde, qui apparemment est la copine de Rick.

Eh, mais je la reconnais ! C'est Sarah, celle qui avait dit à Alex qu'il était assez bizarre comme ça, qu'il n'avait pas besoin d'en rajouter en traînant avec moi.

La pétasse !

— Bizarre plutôt, reprends-je gentiment.

Mais pourquoi je fais la faux-cul ? Ah oui pour Matt…

— Mais tu connais son histoire ? me demande Rick.

— L'histoire de qui ?

— De Doria Miller, sa disparition.

— Non pas vraiment. Je trouve déjà ma ressemblance avec elle étrange, je ne préfère pas en savoir plus sur sa disparition, réponds-je pour changer de sujet.

— C'est clair, mieux vaut ne pas s'en mêler, réplique Sarah. Si ça se trouve, c'est une histoire glauque. Et si elle est morte, personnellement, je n'ai pas envie de le savoir !

— Quoi ? s'exclame la copine de Matt. Mais t'es folle ! Au contraire, moi j'ai envie de savoir s'il lui est arrivé un truc. Tu imagines, ça pourrait nous arriver à nous aussi !

— Qu'est-ce que tu veux qu'il t'arrive, Lydia ? reprend Rick. Laneford est une petite ville, on connaît tout le monde, ici.

— En attendant, cette fille a disparu, répond-elle.

— Elle s'est barrée de chez elle, voilà tout ! la coupe Sarah. Sa mère est à moitié folle, je me serais barrée aussi à sa place !

— Ouais, eh bien vivement qu'on trouve une explication à tout ça !

— Sinon, tu viens nous voir demain ? demande Rick pour changer de sujet. Et c'est quoi déjà ton prénom ?

— Alice.

— OK, Alice, moi c'est Rick, Sarah, ma copine, Douglas, qui ne dit rien et sa nana, Aimy, Matt et Lydia, Tyler et July, et Marcus, qui a un prénom bizarre.

— Ta gueule, répond-il.

— Et sa copine, Margot, reprend Rick. On dit Margot parce qu'elle aussi a un prénom pourri. Elle s'appelle Margareth.

— Et toi, t'oublies de dire que c'est Richard, rétorque Margot du tac au tac.

— Ouais, mais tout le monde m'appelle Rick depuis la maternelle ! explique-t-il en se tournant de nouveau vers moi. Donc, tu viens au match demain ?

Par réflexe, je regarde les autres tables à la recherche d'Alex, mais il semble avoir quitté le réfectoire.

— Je dois voir le frère d'Alex demain, donc je ne sais pas encore…

— Peter sera là ? reprennent Sarah et Lydia en chœur.

— Oui, Alex m'a dit qu'il rentrait ce week-end.

— Et depuis quand Peter fréquente les nases ? demande Sarah.

Je la regarde, n'étant pas certaine de ce qu'elle insinue.

— Qu'est-ce que tu lui veux à Peter ? reprend-elle.

— Rien d'important. Alex devait seulement me le présenter.

Je garde mon calme malgré son agressivité et je suis plutôt fière de moi.

— Il va sûrement passer au match, déclare Matt, à chaque fois qu'il rentre, il passe par le club.

— Alors on se verra sûrement ! annonce Rick avant de se lever.

Ils le suivent, et je réalise que j'en ai oublié de manger.

Tous sont partis et je me retrouve seule, comme une conne.

13

Le détective Wayne connaissait bien Washington, il y avait déjà passé quelques années. Néanmoins, il évita les endroits qu'il fréquentait autrefois, ne cherchant pas à faire ressurgir de vieux souvenirs. Il alla donc droit au but. Il avait réservé une chambre non loin du domicile de celle qu'il venait interroger et y passa d'abord pour se doucher et se changer. Puis il appela au domicile de Cassandra Louise, la cousine de Doria Miller. La jeune femme habitait encore chez ses parents, et suivait des études à l'université de Washington.

Le détective eut sa mère au téléphone, elle lui dit que sa fille rentrerait de cours vers 18 h, cela lui laissait cinq heures avant de pouvoir l'interroger. Il en profita pour contacter le lycée et demanda à parler à madame Forrester. Par chance, elle était de permanence, donc disponible pour lui répondre.

— Bonjour madame Forrester, ici le détective Wayne, vous vous souvenez de moi ?

— Oui, bien sûr, j'allais vous appeler.

L'enquêteur sentit une gêne au téléphone.

— Si vous avez une minute, reprit la professeure, je sors de la classe.

— Je vous en prie.

Le détective entendit le bruit d'une porte que l'on referme.

— C'est bon, finit-elle par articuler.

— Je reviens vers vous afin de savoir si vous avez échangé avec vos collègues professeurs concernant les relations de Doria Miller.

— Oui je l'ai fait, j'avais justement prévu de vous rappeler à ce sujet.

— Très bien.

— Et ils m'ont tous confirmé ne pas avoir remarqué d'amis à Doria Miller. Vous savez, cette jeune fille paraissait assez triste, ici.

— Qu'est-ce que vous voulez dire ?

— Rien. Enfin, rien en particulier. Comme je vous l'ai dit lorsque nous nous sommes vus, Doria était très solitaire.

— Donc, pas non plus de petit ami, j'imagine ?

— Non plus.

— Qu'en disent les autres professeurs ?

— Comment ça ? s'étonna madame Forrester.

— Le fait que vous leur ayez posé la question a dû susciter leur curiosité à propos de l'enquête, non ?

— Bien sûr, mais ils étaient déjà tous au courant. C'est le genre d'information qui circule très vite, ici.

— Oui, mais j'imagine que cela vous a permis d'échanger sur le sujet avec eux, non ? Vous avez bien un avis sur la question, n'est-ce pas ?

— Je ne suis pas certaine de bien vous suivre, monsieur Wayne…

— Madame Forrester, quel est votre avis sur la disparition de Doria Miller ?

— Il ne me semble pas que ce soit mon rôle d'en avoir un.

— D'accord, mais essayez de bien vous rappeler de cette étudiante. Et d'après son profil, si vous deviez faire une hypothèse ?

— D'après son profil, beaucoup pensent qu'elle s'est suicidée.

— Beaucoup, vous dites ?

— Oui, presque tous les professeurs.

— Et vous ?

Madame Forrester resta silencieuse un moment,

visiblement gênée par la question. Puis elle répondit :

— Également.

— Donc vous ne croyez pas à une disparition criminelle ?

— Je ne sais pas… Je pense que sa discrétion pouvait aussi faire d'elle une proie facile. Mais vous en avez parlé avec ses parents, j'imagine.

— J'étudie toutes les pistes, et cela m'intéresse de connaître les avis de toutes les personnes ayant côtoyé Doria Miller.

— Je comprends, en tout cas tous espèrent que vous ferez la lumière sur cette affaire.

— Je m'y attelle. Merci pour vos réponses, madame Forrester.

— Attendez, monsieur Wayne…

— Oui ?

— Pour ce que vous avez vu…

— Ce que j'ai vu ?

— En entrant dans le bureau, l'autre jour…

— Ah oui, ça !

La vision de la professeure embrassant le proviseur lui revint.

— Je suis mariée et… le proviseur également…

— Madame Forrester, je suis peut-être détective, mais les affaires de mœurs ne sont pas ma spécialité et elles ne m'intéressent pas.

— Donc, vous n'en parlerez pas ?

— Vous pouvez dormir tranquille, assura une dernière fois l'enquêteur avant de raccrocher.

Wayne arriva comme convenu après 18 h chez madame Louise. Il sonna et attendit qu'on lui ouvre.

— Bonjour, l'accueillit une jeune femme.

— Bonjour, vous êtes Cassandra ?

— Oui.

Une autre femme arriva derrière elle et se présenta :

— Nicole Louise, la sœur de Carla Miller.

— Madame, je suis le détective privé Wayne.

— Entrez, l'invita-t-elle.

L'enquêteur les suivit jusqu'à un spacieux salon. Un grand canapé circulaire était placé au milieu de ce dernier, et face à lui un immense écran plat qui diffusait des clips musicaux. Madame Louise l'éteignit aussitôt et indiqua au détective la table de verre se trouvant dans la seconde partie du salon. Il s'assit dans un confortable fauteuil, puis sourit à Cassandra qui s'installait face à lui.

— Vous désirez un café ? demanda la mère de famille.

— Volontiers, je vous remercie.

Elle rejoignit sa cuisine séparée du salon par un muret à mi-hauteur.

— Tu es au courant de la raison de ma venue ? demanda Wayne à la jeune femme.

— Oui, tante Clara nous a appelés pour nous prévenir.

— Ça t'a inquiétée ?

— Non, répondit Cassandra.

Ce qui fit sourire sa mère dans la pièce d'à côté.

— Enfin si, un peu, corrigea-t-elle.

— Je comprends. Sache que je travaille pour ta tante et que j'agis dans le but de découvrir la vérité.

— Je sais.

Madame Louise regardait dans leur direction en préparant le café, ne perdant rien de la conversation. Sa proximité lui permettait d'intervenir si besoin.

— Tu étais proche de Doria ?

— C'était ma cousine.

— J'entends bien, mais étais-tu proche d'elle ? Étiez-vous souvent en contact ?

— Oui, on se disait tout. Enfin, j'imagine…

— Sais-tu si elle avait des amis ?

— Elle n'en avait aucun, et moi non plus à cette époque.

On en parlait souvent, on était fières…

Madame Louise arriva à ce moment-là avec une tasse à café.

— Tu veux quelque chose, ma chérie ? demanda-t-elle.

— Non merci.

Le détective Wayne gratifia la mère de famille d'un sourire en saisissant la tasse avant de reprendre son échange avec Cassandra :

— Donc vous étiez fières… Qu'entends-tu par là ?

— La présence de ma mère est obligatoire ?

Madame Louise, surprise par la demande de sa fille, se tourna vers le détective.

— C'est à toi de décider, dit l'enquêteur, le plus important étant que tu sois totalement honnête avec moi.

— Alors je préfère être seule, ça me gêne sinon.

Le détective se tourna vers la mère de famille, qui resta un moment interdite, mais finit par se lever.

— Je serai dans le vestibule, si tu me cherches, dit-elle à l'attention de sa fille.

— Je suis désolée, répondit Cassandra, gênée.

Madame Louise disparut, Wayne reprit :

— Donc, « fières » ?

— Oui, j'entends par là qu'on se cachait la vérité. C'était une période difficile pour moi. Je n'avais pas d'amis, je venais d'arriver dans la région et Doria me manquait. Elle était dans la même situation que moi, même si elle n'avait pas changé de ville, elle ne fréquentait personne et on ne se voyait plus.

— Mais tu as dit que vous étiez « fières » ?

— Oui, on faisait semblant que tout allait bien. On passait notre temps à dire que tous les autres étaient des cons, qu'on ne souhaitait pas leur amitié alors qu'en fait on souffrait. Je ne sais pas si vous comprenez ce que je veux dire.

— Maintenant oui, répondit Wayne.

— Donc voilà. Non, Doria n'avait pas d'amis.

— Ni de petit ami, je présume ?

— Non.

— Elle ne t'a jamais parlé de garçons qui l'intéressaient ?

— Si, pardon, j'allais y venir. Elle m'a effectivement parlé d'un garçon.

— Oui... ?

— Je ne connais pas son prénom. Peut-être qu'elle me l'a dit à l'époque, mais ça ne m'a pas marquée.

— C'était par SMS ? par mail ? demanda le détective.

— Non, par téléphone, pourquoi ?

— Pour rien, répondit-il d'un air déçu, continue.

— Qu'est-ce que vous voulez savoir ?

— Ce qu'elle t'a dit sur ce garçon. Est-ce qu'ils sortaient ensemble ?

— Je me souviens avoir pensé qu'elle se faisait des idées, elle le décrivait comme un super mec, très populaire et tout...

— Et ?

— Et je me disais que ce n'était pas possible. J'avais l'impression qu'elle se racontait une histoire. Et pour être franche, je n'avais pas envie que ce soit vrai.

— Comment ça ?

Cassandra parut gênée, elle répondit néanmoins :

— J'étais sans doute jalouse.

Wayne prit un moment pour retranscrire toutes ces informations sur son calepin, puis reprit :

— Et comment s'est finie cette histoire ?

— Je n'en sais rien.

— Elle ne t'en a plus parlé ? s'étonna le détective.

— Je crois que c'était peu de temps avant qu'elle disparaisse. C'est dur de se souvenir exactement, mais je ne crois pas qu'on ait reparlé de cette histoire de garçon après ça.

— OK, j'ai une question à laquelle tu vas devoir répondre le plus sincèrement possible. Est-ce que, d'après toi, Doria était suicidaire ?

Le visage de Cassandra se métamorphosa soudainement et elle fondit en larmes. Le détective voulut se relever pour la rejoindre, mais madame Louise réapparut à ce moment et se chargea de consoler sa fille.

— C'est bon, maman, lui dit cette dernière en la repoussant doucement.

— Doria et Cassandra étaient comme des sœurs, expliqua madame Louise.

— Évidemment, je comprends.

— Je…, balbutia la jeune femme en reprenant sa respiration. Je crois qu'à l'époque nous l'étions toutes les deux.

Sa mère s'assit sur une chaise sans la quitter des yeux.

— Je pense qu'elle m'en aurait parlé avant de le faire, reprit Cassandra.

— Qu'elle t'aurait parlé de quoi ? demanda madame Louise.

— Je demandais à votre fille si, d'après elle, Doria aurait pu se suicider.

Madame Louise porta une main à sa bouche et s'exclama :

— Tu as dit que vous l'étiez toutes les deux… De quoi parlais-tu ?

— Voilà pourquoi je ne voulais pas que tu sois là, répondit sa fille. C'était il y a longtemps, je n'étais pas bien, à l'époque.

— Mais c'était justement à cause de la disparition de Doria.

— Non maman, ça a commencé bien avant. C'était notre point commun avec Doria, notre mal-être. Et je crois que c'est après sa disparition que tout s'est arrangé.

— Comment ça ? demanda sa mère alors que le détective restait muet et spectateur.

Cassandra s'adressa de nouveau à lui.

— Je me suis mise à pleurer au lycée et c'est justement pour ça que des élèves sont venus me parler. Ceux qui ne me voyaient pas jusque-là ont enfin commencé à faire attention à moi. Et c'est vraiment trop con, parce que si Doria s'est…

La jeune femme fondit à nouveau en larmes et sa mère vint la prendre dans ses bras. Cette fois-ci elle ne la repoussa pas, et le détective dut attendre quelques minutes pour pouvoir reprendre son interrogatoire.

— Puis-je vous demander à toutes les deux votre avis sur la disparition de Doria ?

— Je n'en sais rien du tout, répondit Cassandra, un détraqué peut-être. J'espère juste qu'elle n'a pas souffert.

— Moi, je préfère imaginer qu'elle est partie avec un garçon dont elle est tombée amoureuse et qu'elle vit encore aujourd'hui, dit madame Louise, sans toutefois avoir l'air d'y croire.

— Avec le garçon dont elle vous avait parlé, par exemple, proposa Wayne à l'attention de Cassandra.

— J'aimerais bien croire que c'est ça, mais après deux ans, je ne vois pas pourquoi elle n'aurait pas donné signe de vie.

— Vous savez si Doria avait des problèmes avec ses parents ?

— On en a tous, non ? répondit la jeune femme avec un sourire en coin adressé à sa mère.

— Mais vous a-t-elle parlé de problèmes particuliers ?

— Non, juste quelques petites disputes, mais rien de grave. Et à vrai dire, elle ne demandait pas beaucoup à sortir. Ça limitait pas mal les raisons de se disputer avec ses parents.

— Vous avez des nouvelles de monsieur Miller ? demanda Wayne à l'attention de la mère de Cassandra.

— Seulement une fois depuis qu'il s'est séparé de ma sœur. Un appel qu'il a passé pour prendre de ses nouvelles, justement.

— De madame Miller ?

— Oui, il est passé par moi pour savoir comment elle allait. Je l'ai informé, mais lui ai conseillé de l'appeler directement. Il m'a dit qu'il n'arrivait pas à lui parler sans qu'elle ne dévie la conversation sur Doria.

— Je vois.

— Ma sœur ne devait plus être très facile à vivre après la disparition de sa fille. Mais je ne vais pas l'en blâmer. Moi-même, je ne sais pas comment j'aurais réagi à sa place. Probablement de la même manière.

— Quel est votre avis sur le père de Doria ?

— Un père aimant, sans aucun doute. Un peu bourru parfois, mais il n'aurait pas fait de mal à sa fille, si c'est ce que vous voulez savoir.

— D'accord, je vous remercie toutes les deux pour vos réponses. Et je suis désolé, Cassandra, d'avoir fait ressurgir ces souvenirs douloureux.

— Ce n'est pas grave. J'espère que vous trouverez ce qui s'est réellement passé, même si j'ai peur de le découvrir.

— Je ferai mon possible, assura-t-il en se levant. Et encore une fois, merci de m'avoir reçu.

Madame Louise raccompagna Wayne jusqu'à la porte, tandis que des larmes réapparaissaient le long des joues de sa fille.

14

La sonnerie ! Enfin !

J'ai horreur des vendredis après-midi, la dernière ligne droite avant le week-end est toujours interminable.

Et encore, c'est parce qu'on en est seulement à la première semaine de l'année, car bientôt l'interminable ligne droite commencera dès le lundi…

Je finis de ranger mes affaires dans mon sac et lève les yeux : Alex est déjà parti ! Il ne m'a pas adressé la parole de tout l'après-midi, mais il faudrait quand même que je sache s'il vient ou pas ce soir.

Je me presse de sortir et l'aperçois devant son casier.

— Alex ! Avant de… Avant de partir…

Je suis tout essoufflée d'avoir couru jusqu'à lui. Je reprends :

— Avant…

Il s'en va ! Je n'ai même pas le temps de reprendre ma respiration qu'il se tire !

— Attends Alex !

Bon… Tant pis pour lui !

Sauf qu'il faudrait quand même que je sache pour demain… Si comme convenu je peux parler à son frère…

Tiens, le voilà qui revient !

— Je passe quand même ce soir ! s'exclame-t-il.

Puis il repart.

— OK…, réponds-je toute seule.

***

J'ai fait des courses et le réfrigérateur est plein de nourritures de toutes sortes ! Non, en fait, le réfrigérateur est plein de pizzas de toutes sortes ! Je me sens l'âme d'une Tortue Ninja.

Je n'ai aucune idée de l'heure à laquelle Alex va arriver. J'anticipe donc et appelle mon père dès maintenant :

— *Allo ?*

— Salut p'pa ! Ça va ?

— *Et toi ? Qu'est-ce qu'il se passe ?*

— Rien, réponds-je, pourquoi est-ce qu'il se passerait quelque chose ?

— *Le fait que tu m'appelles. D'habitude c'est moi qui le fais… et pas si tôt.*

— Je pense que je ne vais pas me coucher tard, ce soir. C'est pour éviter que la sonnerie du téléphone me réveille.

Et hop ! Le poisson est noyé !

— *Où es-tu ce soir ?* m'interroge-t-il.

— À la maison, pourquoi ?

— *Avec qui ?*

Mais c'est quoi son truc ? Il a planqué des caméras ou quoi ?

— Je… je suis toute seule, je te l'ai dit, je me couche tôt.

— *Alice… On se connaît depuis combien de temps tous les deux ?*

Son humour de vieux…

— Est-ce que tu me connais vraiment, papa ?

— *Assez pour savoir que si tu m'appelles aussi tôt, c'est que tu as un truc de prévu plus tard ! N'oublie pas ce que je t'ai dit sur mes…*

Je raccroche. Il m'énerve quand il croit me connaître et qu'en plus il a raison !

Il me rappelle… Finalement, ça tombe bien. J'ai oublié de lui demander quelque chose. Je réponds :

— Pardon, on a dû être coupés. Au fait, tu as des nouvelles ?

— *De quoi ?* me demande-t-il.

— De ma ressemblance avec la fille disparue !

— *Pour le moment, je ne suis sûr de rien.*

— Arrête p'pa, je vais finir par croire que tu me caches

quelque chose.

— *Mais non, ma chérie, dès que j'aurai découvert quoi que ce soit, tu le sauras.*

— Est-ce que tu cherches réellement ?

— *Oui, Alice.*

— Raconte, insisté-je.

— *Non, je te le dirai quand je saurai.*

Dehors, j'entends le moteur d'une moto. Ce doit être Alex, alors je n'insiste pas :

— OK p'pa, je te laisse. Passe une bonne soirée !

— *Att...*

Trop tard, il terminera sa phrase demain. Je me jette sur la porte pour ouvrir.

— Salut Alex...

— Salut.

— Chouette la moto !

— Ouais..., répond-il en me passant devant avec une mine défaite.

— Toi, tu fais encore la gueule.

Je prends le risque de commencer par un règlement de comptes, sûrement le fait de mon âme de Tortue Ninja.

— J'ai de bonnes raisons de la faire, non ?

Il s'éloigne vers ma cuisine. Il est déjà venu ici ou quoi ?

— Bon, j'ai des bières plein le sac, j'espère que t'as prévu à manger ! me lance-t-il.

Je ferme la porte d'entrée et remarque que le sol est trempé.

— Alex ?

— Quoi ? répond-il en passant la tête par l'ouverture.

— J'ai peur qu'une de tes bières ait explosé dans ton sac. Regarde le sol, il y en a partout !

— Mais non, t'inquiète ! C'est juste la glace que j'ai mise pour les garder fraîches.

J'avance jusqu'à lui et examine l'intérieur de son sac.

— Tu n'aurais pas pu mettre la glace dans une poche

étanche ? Regarde-le, il est plein d'eau !

— Pas pensé, me répond-il. Bon, tu nous as prévu quoi pour ce soir ?

Je commence à essuyer le début d'océan dans ma cuisine, et c'est seulement après avoir terminé que je reprends :

— On pourrait commencer par faire de la moto ?

Il se retourne, l'air hésitant :

— Il va bientôt faire nuit, ce serait mieux de faire ça ce week-end.

— Non.

— Quoi ?

— Tu as peur, c'est ça ?

— Comment ça, j'ai peur ? me demande-t-il.

— Tu crains que je te l'abîme, tu n'as pas confiance en moi ?

— Tu es trop forte ! Bon, qu'est-ce qu'on fait ?

— Avoue-le, Alex, tu as peur. Tu crois que je vais la casser.

— Je viens de te dire que oui !

Hein ?

— Tu m'as dit oui ? demandé-je.

— Je t'ai dit que tu étais trop forte. Bravo, tu as deviné, je n'ai pas confiance en toi sur ma moto.

— Tu es sérieux ? Tu crois que je ne suis pas capable de conduire ta moto ?

— C'est ce que je viens de dire, oui.

Je reste muette.

— Quoi ? me demande-t-il.

— Tu m'énerves.

— C'est réciproque. On fait quoi maintenant ?

Je reste silencieuse, mais la raison me rattrape rapidement :

— Tu as apporté combien de bières ?

— Douze.

— C'est tout ? Mais t'es radin !

— Comment ça, c'est tout ? Tu crois qu'on va tout boire, peut-être ?

— J'ai super soif et ce, depuis ce midi !

— Tu n'as pas bu depuis ce midi ?

— J'attendais tes bières.

— T'es conne.

— Oh, je plaisantais, ça va ! Non, douze c'est largement assez. Tu pourras même en ramener chez toi.

J'allume le four, vais jusqu'au réfrigérateur et l'ouvre :

— Je te propose pizza quatre fromages, pizza mexicaine, pizza du carnivore, pizza végétarienne, pizza du MÉGA carnivore, qui a l'air plus grosse que l'autre, pizza aux anchois dégueulasses...

Pourquoi je l'ai prise, celle-là ? Je continue :

— Pizza de la mer, pizza hawaïenne ou, pour finir, pizza quatre saisons, qui m'a l'air d'être la même que la végétarienne.

— Je n'aime pas la pizza, répond-il.

— Quoi ? Mais je n'ai acheté que ça !

— Je plaisante, reprend-il juste à temps pour sa survie. Quatre fromages !

— OK, on commence par celle-là !

Je la pose sur la table de la cuisine et sors deux bières pour commencer.

— Tu peux aller m'attendre dans le salon, je vais chercher mon disque dur dans ma chambre.

— Je peux t'accompagner, si tu veux, répond Alex.

Mais il est taré ?

— Et voir ma chambre ? Tu sais que dans ce cas, je ne pourrai plus te laisser sortir vivant de cette maison ?

— Je vais peut-être t'attendre ici, alors.

— Sage décision.

Lorsque je redescends, Alex est installé sur le canapé et deux bières sont posées sur la table basse.

— Ça sent bizarre, non ? demandé-je.

— Ah ouais, répond-il en se relevant.

— Eh, c'est quoi cette fumée !?

Une brume noire s'échappe de la cuisine. Je me mets à courir, Alex sur mes talons. Nous repérons rapidement que la fumée s'échappe des extrémités de la porte du four et a déjà envahi la pièce entière.

— Le four, Alex, va l'ouvrir ! J'ai peur de me brûler !

Je crois que mon âme de Tortue Ninja m'a abandonnée…

Il l'ouvre et se met à tousser, tandis qu'un énorme nuage sort de l'appareil avant de se disperser.

— Il y a plein de plastique fondu, me lance-t-il.

J'ose finalement m'approcher.

— Oh merde, j'avais zappé les casseroles !

— Pourquoi est-ce que tu as des casseroles dans ton four ?

— Parce que c'est là qu'on les range.

— Mais pourquoi est-ce que tu ranges des casseroles dans le four ? insiste-t-il.

— Parce qu'on n'a nulle part ailleurs où les mettre, tu m'emmerdes avec tes questions !

Je commence à sortir la plaque sur laquelle se trouvaient les casseroles ; les manches en plastique ont disparu pour former un socle noir qui fait des bulles.

Je renverse la plaque au sol, le temps qu'elle refroidisse, puis aère un moment la maison avant de sortir pour reprendre un stock d'oxygène. Alex arrive derrière moi et balance la plaque dans l'herbe.

— Ça pue et ça continue de fumer. Mieux vaut que tu la laisses dehors jusqu'à demain !

On attend un moment que l'atmosphère intérieure redevienne respirable, puis on se réinstalle dans le salon.

Je branche mon disque dur sur ma télé.

— Série ? Film ? demandé-je.

Il est sur le point de répondre quand je le coupe :

— Attends, je vais quand même mettre la pizza au four !

Lorsque je reviens, il doit se souvenir de ma question, car

il m'interroge :

— Qu'est-ce que tu proposes comme série ?

— Je ne propose pas, j'impose.

— Quoi ? Qu'est-ce que tu mets ? s'inquiète-t-il.

— Ma série préférée ! Une fille amoureuse d'un vampire qui deviendra, elle aussi, un vampire afin de vivre une histoire d'amour éternelle.

La tête qu'il fait, j'adore !

Je m'écarte pour le laisser voir l'écran.

— Eh, mais c'est *The Walking Dead* ! s'exclame Alex, le sourire aux lèvres. La dernière saison ?

— Un peu que c'est la dernière saison ! Les deux derniers épisodes passaient hier soir sur le satellite.

Nos bières en main, nous trinquons aux deux premières d'une longue série de bouteilles.

— Tu vois ! Je t'avais dit que tu n'en avais pas pris assez ! Seulement douze bières, c'ét… c'était évident que…

Mince, qu'est-ce que je voulais dire ?

— Quoi ? Tu m'as dit que ça suffisait, se défend Alex.

— Ouais, mais il faut croire qu'on a réussi à tout boire.

— Oh, tu dois bien avoir de la bière ou autre chose ici, non ?

— Mon père a marqué au feutre indélébile les niveaux de toutes les bouteilles d'alcool de la maison. À la rigueur, on peut boire de l'huile.

— Ce ne sera pas plus mauvais que ta pizza au goût de plastique fondu ! me rétorque-t-il.

— Oh, ça va ! Et le goût avait presque disparu à la deuxième.

Il en restait quand même l'odeur. D'ailleurs je me demande comment je vais la faire disparaître du four avant le retour de mon père…

— Je n'ai même pas l'impression d'avoir bu, reprends-je.

Alex se lève brusquement du canapé et se tient face à moi.

— Tu vas me dire que tu n'es pas bourrée, peut-être ? déclare-t-il.

— Ben non !

— Attends, avec tout ce que tu as bu ?

— Quoi, ce que j'ai bu ? Seulement six bières chacun !

— J'aurais aimé, répond Alex. Pour ma part, je n'en ai eu que cinq. Tu en as sûrement bu plus que six !

— Oh ça va… En tout cas, je ne suis pas bourrée.

Je me lève. Avec de la chance, mon père a peut-être oublié de marquer une bouteille. Il les met où déjà ?

— Qu'est-ce que tu fais ? intervient Alex.

— Je cherche l'endroit où mon père cache ses bouteilles.

— Tu ne sais pas où il les met ?

— Bien sûr que si je le sais, il les range dans le buffet !

— Eh bien alors ?

Il est où déjà ce buffet ?

— Il est là ! m'exclamé-je.

— Oh là, ça n'a pas l'air d'aller, toi…

— Mais si. Oh, reviens le buffet !

Merde, les meubles bougent.

— Tu veux que j'aille voir ? me demande Alex. Tu ne m'as pas l'air dans ton état normal.

— N'importe quoi, pff ! Je tiens super bien l'alcool !

— Ah oui ? répond-il avec un ton désu… diso… déso… mince, je ne sais plus comment on dit !

J'ouvre les portes du bas, c'est là que se trouve l'alcool fort.

— Whisky, youpi !

— Vraiment ? me demande Alex. Tu aimes ça ?

— Il faut se forcer un peu, c'est comme tout, réponds-je. Avec un peu de volonté…

Je m'affale sur le canapé. Mais ce n'est pas à cause de l'alcool, je dois juste être fatiguée.

— Elle a une marque, ta bouteille.

— Oh, ce que tu peux être énervant, Alex ! Sers-toi, on trouvera bien un truc à mettre à la place.

— Quoi ?

Il est chiant !

Je reprends :

— Tu peux aller me chercher deux verres, dans le buffet ? Portes du haut.

Alex se lève, j'ouvre la bouteille et mets mon nez sur le goulot… Beurk !

— Dépêche-toi d'apporter les verres avant que je verse tout sur la table, Alex !

Il arrive juste à temps.

— Tu peux y aller, m'encourage-t-il.

— Tu aimes le whisky ?

— Bien sûr ! me répond-il.

Je lui verse une double dose. Ou triple… Ou quadruple. À vrai dire, je n'ai aucune idée de ce que doit être une dose de whisky.

Je me sers plus prudemment. Je ne sais pas pourquoi, je me demande si les bières ne commencent pas à me faire un petit effet.

Nous trinquons, de grands sourires aux lèvres.

— Eh, c'est le deuxième whisky que je te sers, Alex ! Je n'ai même pas terminé mon premier, qui au passage, était plus petit que le tien.

— T'inquiète bébé, je tiens l'alcool. Tu vas voir ce que c'est un vrai mec !

— Oh, je ne m'inqu… Attends, tu m'as appelée bébé, là ?

— J'sais plus.

Et il avale une nouvelle gorgée !

— Je crois qu'il faut qu'on parle ! s'exclame-t-il d'une voix assez forte.

Si forte que lui-même a l'air surpris.

— Faut qu'on parle, répète-t-il plus doucement.

— C'est bon, j'avais bien entendu la première fois.

— Le coup que tu m'as fait ce midi…

— Quoi ? Quel coup ?

En réalité, je voyais très bien à quoi il faisait allusion.

— Tu m'as laissé en plan pour manger avec les footballeurs. À quoi est-ce que je dois m'attendre ? Tu traînes avec moi en attendant de trouver des amis plus populaires ?

— Euh, pardon, répète ta question depuis le début, s'il te plaît.

Il marque un temps d'arrêt avant de reprendre :

— Je ne sais plus exactement. Bref, je suis quoi pour toi ?

Oh là là, je n'aime pas la tournure que prend notre conversation.

— Je crois que tu as trop bu, Alex, tu veux prendre l'air ?

— Ouais, attends…

Je le regarde, tandis qu'il fixe le carrelage un moment, sans rien dire.

— Tu vas vomir ? lui demandé-je.

— Mais non, ne dis pas de connerie, répond-il en regardant de nouveau vers moi. Je ne suis pas bourré.

Il se lève, je reste assise et l'observe mettre difficilement un pas devant l'autre.

— Bon, tu viens ? me demande-t-il en se retournant.

— Vas-y, je te suis.

Je ne me lève pas davantage et l'observe enco…

— Alex, ça va ?

J'ai envie d'éclater de rire. Il vient de se vautrer par terre comme une merde ! L'image me revient en tête, en se retournant il est parti en cacahuètes et BAM !

— Ça va…, répond-il en relevant doucement la tête.

— Je crois que je vais me pisser dessus !

— Quoi ?

J'éclate de rire devant la mine qu'il fait !

— T'es bourré, Alex ! Je croyais que tu tenais super bien

le whisky !

— Ta gueule, me répond-il. C'est la première fois que j'en bois.

— Ridicule ! lancé-je.

— Oh, ça va, toi aussi t'es bourrée !

— Hein ? Non, moi ça va.

Il se tient sur la table basse pour s'aider à se relever.

— Pourquoi est-ce que tu restes assise, alors ?

— Je peux me lever.

— Alors lève-toi.

Il me fait chier. La vérité c'est que je me sens très bien sur ce canapé.

— Alors ? insiste-t-il en se relevant.

— Tu vois ! m'exclamé-je fièrement en me mettant debout à mon tour.

Je me tiens droite devant lui.

— Qui c'est la meilleure ?

— Marche.

— Quoi, marche ? demandé-je.

— Vas-y, je te dis que t'es bourrée, toi aussi.

Il est vraiment chiant…

— Je marche.

— Pas droit, répond-il.

— Mais si, je marche droit.

— Non.

— Si !

— Non.

— Si, je marche droit !

Je me retourne. En effet, je bifurquais.

— Bon allez, on va faire de la moto !

Je m'élance vers la porte pour sortir.

— Putain !

Je me cogne l'épaule contre l'encadrement. À croire qu'il rétrécit dès qu'on boit un peu trop…

Dehors, je me retourne pour demander à Alex :
— Tu as un deuxième casque ?
— Non, je n'en ai pris qu'un, désolé.
— C'est bête, tu ne vas pas pouvoir venir avec moi alors.
Je monte sur son engin, une vraie moto de cross.
— Je suis sûre que j'ai trop la classe hein ? reprends-je.
— Descends, s'il te plaît, répond-il en s'approchant de moi.
— Tu rigoles ? File-moi tes clés !
— Mais t'es folle ? Même moi, je ne conduirais pas dans mon état !
Hein ?
— Comment tu vas faire pour rentrer chez toi, alors ?
Ça sent le plan foireux là.
— Je peux rester dormir ici…
— Ah ouais, carrément ! réponds-je. Monsieur avait bien prévu son coup !
— Je n'ai rien prévu du tout.
Je profite de sa baisse d'attention qui lui a fait lâcher le guidon pour retirer la béquille.
— Oh putain, elle est lourde !
— Qu'est-ce que tu f… ?
La moto et moi tombons de tout notre poids… sur Alex. Je vois qu'il la retient de manière à ce qu'elle ne m'écrase pas, résultat, c'est lui qui a l'air écrasé.
— Ça va ? demandé-je.
Il tourne le visage vers moi et…
Oups !
— Pardon Alex !
Je ne sais pas ce qui m'a pris. Nos deux visages étaient si proches et je ne sais pas…
— Tu viens de m'embrasser ? m'interroge-t-il.
— Non.
— Si, tu m'as embrassé.
Je me relève en m'appuyant sur la moto.

— Aaah !

Je m'arrête.

— Quoi ? demandé-je.

— Pousse-toi ! Ou arrête de t'appuyer sur la moto. Je suis en dessous, moi !

Je finis par me relever et le regarde se débattre sous son engin. Je n'en reviens toujours pas de ce que je viens de faire. Mais qu'est-ce qui m'a pris de l'embrasser ? Nos lèvres étaient si proches, ça m'a paru naturel…

— Mais ça ne l'était pas !

— Quoi ? me demande-t-il alors qu'il est en train de se démener avec son deux-roues.

— Non, rien ! Je parlais toute seule.

Je rentre avec une seule chose en tête : qu'est-ce qui m'a pris ?

— Je vois bien que tu ne veux pas m'aider, mais tu pourrais au moins m'attendre, me lance Alex alors que je referme la porte.

Je retourne m'asseoir sur le canapé. Je crois que ce que je viens de faire a annulé les effets de l'alcool. Quoique, j'entends la porte s'ouvrir, mais le bruit me semble lointain. J'ai l'impression d'être dans un état second. Je sens un poids se poser sur le canapé près de moi, je me doute bien qu'il s'agit d'Alex mais ne peux m'arrêter de fixer l'écran noir de la télévision.

— Qu'est-ce qui m'a pris ?

— Tu m'as embrassé, répond Alex, du tac au tac.

J'arrive enfin à détourner les yeux de la télévision pour les diriger vers lui.

— Il sourit comme un idiot.

— Euh, t'es encore en train de parler toute seule ? me demande-t-il en me scrutant bizarrement.

— Ah mince, oui, pardon.

S'ensuit un long silence. Je me sens mal, j'ai soif, je regarde la bouteille de whisky, mais rien que la voir me donne envie de vomir.

— Il me faut de l'eau.

— Tu m'as embrassé, reprend-il.

15

Je me réveille avec un mal de crâne… Je regarde autour de moi, j'ai du mal à me rappeler la fin de la soirée. Je suis sur mon lit, tout habillée et seule.

OK…

Je sors de la chambre et me rends dans la salle de bain. Oh, la tête ! Je me passe un coup d'eau sur le visage et me recoiffe, avant de descendre les escaliers.

Oh merde, Alex, je l'avais oublié ! Allongé sur le canapé, il paraît encore endormi.

Je remonte les escaliers en hâte, retourne dans la salle de bain, et me brosse les dents. Je tente de rassembler mes souvenirs. Impossible de me rappeler s'il s'est passé quelque chose…

Je l'ai embrassé ! Je me souviens l'avoir embrassé ! Je n'ose plus sortir. Peut-être que si j'attends ici, il finira par s'en aller ? J'entends la chasse d'eau en bas, il vient d'utiliser les toilettes, donc il est réveillé ! Je tends l'oreille ; il va bien partir à un moment, non ?

Ma parole, il vient d'allumer la télé ! Mais qu'est-ce qu'il fait ? Il compte rester à attendre que je descende ou quoi ? Je regarde l'heure, me coiffe de nouveau, regarde l'heure encore une fois, ce qui est totalement ridicule, mais ça fait passer le temps. Je suis maintenant persuadée qu'il n'avance pas à la même vitesse selon la situation dans laquelle on se trouve !

J'essaie de me rappeler ce qui s'est passé hier soir… Je me souviens maintenant assez bien du moment où je l'ai embrassé.

Mais qu'est-ce qui m'a pris ? Et est-ce qu'on a été plus loin ? J'ai trop honte ! J'ai envie de pleurer, de revenir en arrière. Pourquoi est-ce que je l'ai laissé venir à la maison ? Pourquoi est-ce que j'ai autant bu ? Bon, j'ai dormi seule, c'est déjà un bon point. J'essaie de me rappeler la suite de notre baiser, mais plus rien ne me revient. Il faut que je prenne une douche. Ça fera passer le temps et m'éclaircira sûrement les idées. Et d'ici là, j'ose espérer qu'il sera rentré chez lui, parce que je n'ai aucune envie d'affronter son regard et son petit sourire en coin, s'il s'est réellement passé quelque chose… Quoiqu'il ait beaucoup bu lui aussi, il ne se souvient peut-être de rien non plus. Et avec un peu de chance, il ne se rappelle même pas que je l'ai embrassé ! Mais je n'y compte pas trop.

Je prépare mes affaires propres et me déshabille pour entrer dans la douche. Malgré la porte fermée, j'entends encore le son de la télévision qui provient du salon. Il va bien finir par se lasser et retourner chez lui… Après tout, il doit aller accueillir son frère qui arrive ce matin.

Je fais couler l'eau, oh ce que ça fait du bien ! J'ai envie de hurler de plaisir, l'eau soulage mon mal de tête. Et si je m'étais contentée d'en boire hier soir, il n'y aurait pas eu de mal de tête du tout.

— Ah, t'es réveillée !

Quoi ? D'où vient cette voix ?

— Tu as de l'aspirine ?

Oh merde…

— Alex ?

— Quoi ? répond-il de derrière la porte de douche, beaucoup trop près à mon goût.

— Ne me dis pas que tu es dans la salle de bain ?

— Si ! Je cherche de l'aspirine.

— Putain, je suis sous la douche, là !

— Je vois bien !

J'ai apposé mes lèvres sur celles d'un con ! J'espère que la connerie ne se transmet pas par la salive.

— Je vais essayer de rester calme, Alex… Premièrement, parce que j'ai tellement mal à la tête que je n'ai plus envie de crier, deuxiè… En fait, il n'y a pas de deuxièmement, sors d'ici !

— OK, OK… Mais de l'aspirine, tu en as ?

— Sors d'ici ! hurlé-je exaspérée, puis de douleur causée par le cri.

Je n'entends plus rien. Est-ce qu'il est sorti ?

— Alex ? demandé-je tout bas.

Pas de réponse. Soulagée, j'arrête l'eau et ouvre la porte pour sortir.

— Putain, Alex, dégage !

Je referme violemment la porte de la douche sur mon doigt de pied !

Aïe ! Je serre les dents, ça fait mal.

— Qu'est-ce que tu fais encore dans la salle de bain !? crié-je de rage.

Je vis le pire moment de ma vie, Alex vient de me voir nue !

— Je revenais pour fermer la porte, répond-il d'une toute petite voix.

J'entends enfin le bruit de cette dernière qui se ferme. Je cherche à reprendre une respiration normale, je suis hors de moi. J'ai chaud, j'en ai presque oublié mon mal de crâne. Ah non, il revient.

J'entrouvre doucement le battant de la douche… Cette fois, je suis seule. J'attrape du bout des doigts une serviette, me couvre aussi vite que je le peux et me jette sur la porte de la salle de bain pour la verrouiller.

Comment j'ai pu oublier de la fermer ? Ça ne m'est jamais arrivé en seize ans avec mon père et il faut que ce soit quand Alex se trouve à la maison que j'oublie de mettre le verrou ! Je me dépêche de m'habiller, j'espère qu'il a eu la bonne idée de s'en aller, mais je n'y crois pas du tout.

Aussitôt habillée, je descends, la colère prenant le dessus sur la honte. Monsieur est encore là !

— Désolé, se contente-t-il de dire en me voyant en bas des escaliers.

— J'ai envie de te tuer !

— Mais je n'ai presque rien vu, se sent-il obligé de justifier.

Dis tout de suite qu'il n'y avait rien à voir !

— Je vais te tuer, répété-je entre mes dents.

— La nudité te va bien, tu sais…

— Oh putain !

Il se sauve ! Je le poursuis, pieds nus, alors que monsieur a l'avantage d'être en baskets.

Il a déjà démarré sa moto lorsque j'arrive à sa hauteur et il ne tarde pas à s'en aller. Je reste un moment dans la cour à le regarder s'éloigner, prête à le courser de nouveau s'il lui venait l'idée de s'arrêter.

Bon, Alex étant parti, je décide de mettre un peu d'ordre dans la maison.

La bouteille de whisky se trouve encore sur la table basse, mais le niveau du liquide est bien en dessous de la marque de feutre. J'essaie de l'effacer avec de l'eau et du savon mais rien à faire, ça ne part pas !

Je laisse de côté la bouteille et entreprends une fouille aux indices susceptibles de me faire recouvrer la mémoire. Je commence par ce qui m'inquiète le plus. J'inspecte le canapé, mon lit et les différentes poubelles de la maison. Pas de préservatifs ni même d'emballage ! Même bourrée, je n'aurais pas fait ma première fois sans.

Enfin, j'espère…

Pas tout à fait rassurée, je continue mon inspection. Mon passage dans la salle de bain fait remonter la vision d'Alex me voyant entièrement nue… Je me sens mal. Je vais m'allonger dans ma chambre, j'ai besoin d'un moment.

Et ce mal de crâne qui ne m'a pas quittée… Je me mets à pleurer. Je reste quelques minutes à penser, je voudrais avoir le pouvoir d'annuler cette maudite soirée. J'entends mon téléphone vibrer. Je me tords dans tous les sens mais ne le vois nulle part.

Foutu téléphone !

Je descends, attrape le fixe et compose mon numéro. Les vibrations proviennent bien de ma chambre.

Sous le lit !

Un message d'Alex s'affiche ! On a échangé nos numéros ? Faut croire que oui, et pourtant je ne m'en souviens pas. Et qu'est-ce qu'il me veut ?

Mon frère vient d'arriver. Je ne lui ai pas dit que tu voulais le voir, est-ce que je le fais ?

Je ne sais plus… Je n'ai aucune envie de recroiser Alex aujourd'hui. Mais d'un autre côté, cette lettre a soulevé quelques questions que j'aimerais lui poser.

Je réponds :

Je veux le voir.

J'attends le bip m'avertissant de la réponse.

Je lui en parle.

C'est tout ? J'attends la suite.

Qui n'arrive pas…

Le téléphone sonne, ce doit être lui. Bizarre qu'Alex m'appelle sur le fixe…

— Oui ?

— Salut ma chérie, tu vas bien ?

C'est mon père.

— Ça va, et toi ?

— Très bien ! Je pense rentrer bientôt.

— OK, c'est cool.

— *Euh… Tout va bien à la maison ?*

Les caméras...

— Oui, ça va, pourquoi ? demandé-je le plus naturellement possible.

— *Parfait !* répond-il. *Je t'appelle ce soir, passe une bonne journée.*

— OK, à demain !

— *Ce soir, j'ai dit.*

— Oui, ce soir, pardon. Bon je te laisse, p'pa !

Et je raccroche.

Il n'a rien dit, donc ça me rassure. Il n'y a pas de caméra dans la maison. À moins qu'il n'ait rien dit, mais qu'il sache… Ça y est, je deviens parano !

Je consulte mon portable, toujours aucune réponse d'Alex. Je repars mettre de l'ordre dans la maison. Si mon père rentre plus tôt, mieux vaut que je m'occupe de la bouteille dès maintenant ! J'entends le bip de mon téléphone.

Alex…

Tu nous rejoins au match à 14 h ?

Je lui réponds :

Je croyais que tu n'aimais pas le foot, pourquoi est-ce que tu y vas ?

Il faut quand même que je sois là pour te présenter, non ?

Non.

J'y serai.

Il n'a pas compris ? Si, je sais qu'il a compris, mais monsieur veut être là pour me surveiller.

Bon, cette fois-ci, je m'attaque au réel problème du jour, la bouteille. Je fais le tour des placards.

— Ça, ça me paraît bien, me dis-je à moi-même.

Je l'attrape ; la couleur me paraît très proche. Je verse le contenu jusqu'à la marque de feutre et voilà, ni vu ni connu ! Je remets la bouteille de whisky à sa place, et celle de vinaigre à la sienne.

16

Je trouve enfin le terrain de foot après vingt minutes à tourner en rond. Ils ne peuvent pas faire de grands stades comme à New York ? Eux, on les voit de loin, au moins !

Il y a déjà pas mal de voitures.

— Ah merde, t'es venue ! entends-je de derrière mon épaule.

Je me retourne et aperçois Sarah accompagnée de Lydia, la copine de Matt.

— Salut, réponds-je en essayant d'être le plus sympa possible et de ne pas prendre en considération le « merde ». J'imagine que c'est le personnage qui veut ça.

— Peter est là ? demande Lydia.

— Normalement, oui.

— OK, ne traînons pas Lydia, reprend Sarah. Le match va commencer.

Je les suis, elles ont l'avantage de connaître les lieux. Nous arrivons à l'entrée du terrain, déjà beaucoup de monde garnissent les gradins qui l'entourent. Comme j'ai suivi les *cheerleaders*, je me retrouve au bord de la pelouse au lieu d'être dans ces derniers. L'avantage, c'est que si l'entrée était payante, moi ça ne m'a rien coûté.

Je me demande comment j'ai pu avoir du mal à repérer le stade de l'extérieur alors qu'il me paraît maintenant immense, vu d'ici ! Des spectateurs regardent dans notre direction, je me sens soudainement fière d'être aux côtés de ces deux filles si populaires au lycée.

— Il est là-bas ! s'exclame Lydia en montrant Alex du doigt.

Enfin, plutôt en montrant son frère à côté de lui. Ils se trouvent en bas des gradins et regardent en direction du terrain encore vide.

— Bon, à plus tard cheveux bleus !

— Vous faites quoi ? demandé-je aux filles tandis qu'elles s'éloignent.

— T'es conne ou quoi ? me rétorque Sarah. Dans dix minutes, c'est à nous de jouer !

Je prends un moment pour réfléchir. Ah oui, il faut qu'elles se changent, elles ont un show à faire, elles ! Je ne me verrais vraiment pas faire ça…

Il faut maintenant que je rejoigne Alex et son frère. Je contourne le terrain pour atteindre les gradins, jusque-là c'est assez simple. Le plus compliqué sera de contourner Alex, de discuter avec son frère et de repartir sans qu'Alex me remarque.

— Salut, m'exclamé-je en arrivant à leur hauteur.

Peter se tourne et me regarde, il paraît troublé. Peut-être la ressemblance avec Doria… Puis il se reprend, semble tenter de se contrôler et me lance un large sourire. Charmant, ce sourire… À moins que… Que veut-il vraiment dire, ce sourire ?

— Tu lui as parlé de ce qui s'est passé entre nous ! lui reproché-je. Je le savais. Même ça, tu ne peux pas le garder pour toi, Alex !

Et voilà que Peter sourit de plus belle, puis se tourne vers son frère :

— Il s'est passé un truc entre vous ? Viens là mon frère, que je te félicite ! Mais pourquoi tu m'as caché ça ? demande-t-il en lui tapant sur l'épaule.

— Euh…, répond Alex d'un air gêné. Il ne s'est rien passé, qu'est-ce que tu racontes, Alice ?

— Non. En effet. Il ne s'est rien passé !

Pourquoi est-ce que je passe en mode robot, moi ?

— OK…, répond Peter. Bon, je sais de quoi tu veux me parler et je te préviens tout de suite, ce n'est pas l'endroit idéal pour le faire, OK ?

— On va où, alors ?

— Nulle part ! Je suis venu voir le match, on discutera après.

Puis il se met à siffler en voyant les *cheerleaders* entrer sur la pelouse et tout le public se met à les acclamer. Je ne me doutais pas qu'elles étaient aussi populaires ici qu'au lycée. Moi, je reste comme une imbécile et ne dis rien. Alex me fait signe de le suivre, avant de s'éloigner.

Après quelques dizaines de mètres, il se retourne, se demandant sans doute pourquoi je ne le suis pas.

Nous nous regardons un moment. Je souffle et finis par le rejoindre.

— Quoi ? demandé-je lorsque nous nous retrouvons seuls.

— Mon frère est venu pour récolter les effets de ce qu'il lui reste de popularité ici, ne l'emmerde pas avec Doria Miller avant que l'on soit seuls, d'accord ?

— Non mais attends, tu te fous de moi ? C'est quand même toi qui m'as dit de vous rejoindre ici, non ?

— Ouais…

— Ouais mais quoi ?

— Ouais mais rien.

— Merci pour cette conversation très intéressante, Alex ! m'exclamé-je avant de repartir vers les gradins.

— Attends…

— Quoi ? réponds-je en me retournant.

— On ira boire un verre après, tous les trois. On pourra discuter de la lettre, d'accord ?

— OK.

Je rejoins les gradins et m'installe sur un siège.

Non mais franchement, ces filles n'ont pas honte ? Elles

se dandinent sur la pelouse, lèvent les jambes en l'air… Mais qu'est-ce qu'elles ont l'air connes ! Et tous ces spectateurs qui pourraient être leurs pères et qui les matent, ça me dégoûte.

Alex débarque.

— Je peux savoir ce que tu fais ? lui demandé-je alors qu'il s'assied à côté de moi.

— Je m'apprête à suivre le match, comme tout le monde.

— Tout le monde n'est pas à côté de moi.

— Ah oui, répond-il en regardant autour de lui, j'ai de la chance.

Ce mec m'exaspère.

— Tu vois une place seule avec des gens assis de chaque côté ? demandé-je.

Alex jette un oeil derrière lui :

— Ouais, j'en aperçois une juste au-dessus, là, s'exclame-t-il en me montrant le siège du doigt.

Je me lève et rejoins la place en question pour m'y installer. Je distingue Alex en contrebas qui me regarde, je fais mine de ne pas le voir. Et ça m'amuse !

Mais le voilà qui se lève ! Qu'est-ce qu'il fait ?

— Pardon. Excusez-moi… Pardon.

Il se fraye un chemin jusqu'à moi. Il arrive à ma hauteur tandis que les gens protestent contre celui qui les empêche d'admirer les jolies jambes de nos chères stripteas… de nos chères *cheerleaders* ! Cela devrait m'embarrasser mais au lieu de cela, ça m'amuse.

— Tu fais quoi, Alex ?

— Je n'ai pas fini de te parler, me répond-il avant de se tourner vers mes voisins de droite :

— Bon ça va, là ! J'ai besoin d'une place, regardez au bout de la file, il y a un siège vide, si vous vous décalez tous d'une place sur votre droite, alors je pourrais m'asseoir !

Je n'y crois pas, les gens s'exécutent ! Bon, ils râlent, mais ils s'exécutent.

***

Avant de venir au match, je ne comprenais vraiment rien à ce sport. Maintenant que le match est fini, je n'y comprends toujours rien, mais je sais que notre équipe a gagné, et c'est le principal !

— Bon, on va se le boire, ce verre ? m'exclamé-je à l'attention d'Alex.

— On y va, j'appelle mon frère !

Alors que nous descendons les marches, Alex s'arrête près de Peter, aussitôt accaparé par les joueurs. Les spectateurs, eux, sont tous debout et applaudissent les Eagles comme s'il s'agissait de joueurs professionnels. D'ailleurs, je n'en reviens toujours pas du monde qui s'est déplacé pour venir applaudir une équipe de lycéens, à croire que tout Laneford est là !

Je me mets en retrait, pendant qu'Alex attend à côté de son frère de pouvoir en placer une.

Mais il n'a pas l'air d'y parvenir. Peter est en pleine discussion avec les joueurs et quelques supporters, tandis qu'Alex reste comme un con, à côté. J'essaie d'attirer son attention, mais il ne me regarde pas.

— Alex !

Il se retourne enfin.

— Vous venez ? les appelé-je.

Cet ahuri me rejoint, seul.

— Tu fais quoi, là ?

— Je viens.

— Mais ton frère ?

— Il parle.

— Je vois bien qu'il parle ! Mais dis-lui de venir aussi !

Il y retourne. Et de nouveau, il fait le piquet à côté de son frère qui discute toujours.

— Tu viens boire un verre avec nous, Peter ? demande Rick.

— Ouais, ça marche, répond-il.

Oh non…

— Euh, Peter ? s'exclame Alex en lui tapotant sur l'épaule, tu te souviens qu'on doit discuter d'un truc ?

— Oui, je m'en rappelle, frérot ! Ta copine et toi, vous n'avez qu'à venir avec nous et on discutera après, OK ?

Alex acquiesce et revient vers moi d'un air gêné.

— C'est bon, j'ai entendu, m'exclamé-je avant qu'il n'ouvre la bouche.

— On n'en parle pas devant les autres, hein, me dit-il d'un air inquiet.

— Mais non, je ne suis pas conne !

— Ça, ça reste à démontrer, me rétorque-t-il avec son sourire niais.

— Quoi ?

— Je te rappelle que tu as applaudi à chaque fois que l'équipe adverse marquait.

— Pas à chaque fois ! C'était juste le temps de comprendre.

— Comprendre les règles ?

— Non, je m'en fous des règles ! Le temps de comprendre qu'il valait mieux mimer les réactions des autres supporters plutôt que d'applaudir toute seule.

Je crois qu'il a saisi qu'il ne devait pas me chauffer.

— Ça ne te gêne pas de devoir aller boire un verre avec les autres ? me demande-t-il.

— C'est plutôt toi que ça doit déranger, vu que tu te prends toujours la tête avec eux !

Pour ma part, si Matt est là…

Devant sa moue je reprends :

— C'est parce que tu ne supportes pas que Matt soit avec ton ex ?

Il me décoche un de ces regards ! Il ne devait pas vouloir que je le sache.

— Rien à voir, se contente-t-il de répondre.

— Oh c'est bon, Alex, ne boude pas, réponds-je. Tu

voudrais que j'essaie de la remettre dans tes bras ?

Moi ça m'arrangerait qu'elle quitte ceux de Matt.

— Tu rigoles ? Lydia est une amie ! Je n'aurais même pas dû sortir avec, c'était une erreur.

Une amie ? Il doit rêver là !

— Tant mieux, parce qu'à mon avis ce sera plus simple de lui arranger un coup avec ton frère.

— Oui ça, ça fait un bout de temps que je sais qu'elle en a après lui ! Mais…

Il s'arrête et me regarde dans les yeux, puis reprend :

— Tu as des vues sur Matt Ferman ?

— Pourquoi ? Non, il est pas mal c'est vrai, maintenant que tu m'en parles… Parce que tu as entendu des trucs ?

— Tu rêves.

L'enfoiré !

— Quoi, je rêve ? Je n'attends rien.

— Il est avec Lydia depuis un bout de temps maintenant, et je pense qu'il est accro à elle.

— Mais elle, elle a plutôt l'air accro à ton frère, rétorqué-je.

— Mon frère a plein de copines à la fac, et je t'assure qu'il n'en a rien à faire des filles encore au lycée ! Et il a beau plaire à Lydia, je sais qu'elle est très attachée à Matt, on est resté en contact et elle m'en parle suffisamment pour en être persuadé.

— Tu es resté en contact avec Lydia ? m'étonné-je.

— Oui, je suis un peu son confident masculin.

Je ne crois pas un mot de ce qu'il me raconte, mais je ne veux pas lui faire de peine.

— Vu comme elle s'est défendue quand les autres ont parlé de votre ancienne relation, ça m'étonnerait qu'elle te porte beaucoup dans son estime.

Heureusement que je ne voulais pas lui faire de peine…

— Ne t'inquiète pas pour moi, Alice, se contente-t-il de répondre.

Puis il s'intègre dans le flux humain pour se diriger vers le parking. Je me retourne, les footballeurs ont quitté le terrain pour rejoindre les vestiaires, tandis que les *cheerleaders* se sont rhabillées et attendent en bas des marches.

— Alex, attends !

— Avance, alors ! me lance-t-il.

Il n'a pas tort…

Nous marchons jusqu'au parking, puis il s'arrête à hauteur de ma voiture.

— Tu m'emmènes ? me demande-t-il.

— Tu es venu comment ?

— Mon frère m'a amené.

— OK, monte.

Dans la voiture, Alex me fait signe de patienter avant de démarrer.

— Ils en ont bien pour vingt minutes, le temps de finir de prendre leur douche et de décoller.

— On attend là ?

— À moins que tu veuilles qu'on y aille et qu'on se prenne un premier verre le temps qu'ils arrivent ?

— Tu sais dans quel bar ils ont prévu d'aller ?

Il me regarde d'un air dépité.

— Il n'y en a qu'un, Alice… Enfin, qu'un seul pour les jeunes.

— OK, alors on y va !

17

Arrivés au bar, nous nous s'installons à une grande table. Autour de nous, je reconnais certains supporters présents au match.

Le bar m'a l'air plutôt sympa, mais il serait difficile de lui attribuer un style. Il est très différent de ceux que l'on trouve à New York, où chacun a son propre univers et attire un genre précis de clients. Ici, il n'est pas question de se fermer à qui que ce soit, tout le monde doit s'y sentir à l'aise. Des fanions aux couleurs des différentes équipes sportives de la ville sont accrochés aux murs, mais aussi des photos encadrées de soirées passées.

Je me dis que je m'y attarderai un de ces quatre pour voir si Alex ou d'autres personnes que je connais maintenant s'y trouvent.

Le bar est divisé en deux parties ; nous sommes dans la première, la plus éclairée, où se suivent quelques tables, bien alignées, mais aussi le comptoir. Je distingue dans la seconde partie, séparée par trois marches, une salle probablement plus grande, mais plus sombre. A priori pas de lumière du jour là-bas, mais les lumières artificielles provenant du plafond. D'où je suis, je devine un billard, ainsi que des tables basses au milieu de fauteuils et banquettes rouges.

Je me mets à l'aise sur ma chaise et me tourne vers Alex :

— Tu me racontes ton histoire avec Lydia ? demandé-je.

La serveuse se présente. Elle est jeune, pas beaucoup plus âgée que nous, assez grande, fine, avec de longs cheveux châtains.

— Vous attendez du monde ? demande-t-elle.

Non, on s'installe sur une table de dix pour emmerder le monde !

— Oui, répond Alex, mais on va commencer avant leur arrivée.

— OK, qu'est-ce que je vous sers ?

— Un coca.

— Pareil, m'exclamé-je.

— C'est parti pour deux cocas ! Sinon Alex, comment va Peter ?

Toutes les nanas de la ville sont après lui ou quoi ?

— Impec ! Il sera justement là tout à l'heure !

— Cool, répond la serveuse avant de repartir.

Je la regarde s'éloigner avant de me tourner de nouveau vers Alex. Il mate son cul ou quoi ?

— Ça va, Alex, tranquille ?

— Oui ça va, Alice, c'est sympa de t'inquiéter pour moi.

Comme si je m'inquiétais… Au moins, maintenant, il me regarde !

— Alors, tu me racontes ?

— Pourquoi est-ce que tu veux savoir ? Surtout que ça date, c'était au tout début du lycée.

— OK, continue…

Il semble hésiter, puis reprend :

— C'était peu de temps après la rentrée, on se retrouvait, Lydia et moi…

— Comment ça, vous vous retrouviez ? le coupé-je.

— Si tu me laissais parler ? s'exclame-t-il. Nous étions amis au collège, elle avait un an de plus que moi, mais ça ne nous empêchait pas de bien nous entendre…

La serveuse débarque avec les cocas et coupe Alex par la même occasion.

— Merci ! s'exclame-t-il à son attention.

— Idem, dis-je tandis qu'elle pose mon verre face à moi.

Alex attend que la serveuse s'éloigne et reprend :

— Lorsqu'elle a quitté le collège pour le lycée, on s'est un peu perdus de vue. Elle s'est fait de nouveaux amis et nous ne nous voyions plus. Nous n'avions plus beaucoup de possibilités de discuter.

— Dur…, compatis-je.

— Non, pas vraiment. Ça s'est fait tout seul. Mais c'est vrai que je n'avais pas beaucoup d'amis à côté, donc c'est à ce moment-là que je me suis tourné vers le motocross. Je me suis mis à en faire tous les week-ends, puis pour finir, tous les soirs.

— Tu as remplacé une amie par une moto.

Il sourit.

— Si on veut… Bref, un an après, lorsque je suis arrivé au lycée, on a tous les deux été super contents de se revoir. Enfin, disons que je m'attendais à ce qu'elle m'ignore, mais au contraire, elle est venue me voir dès le premier jour.

Il s'arrête un moment pour regarder dehors tout en buvant une gorgée de coca.

— Elle m'invitait à sa table pour déjeuner, nous discutions entre les cours et c'est à partir de là que nous nous sommes mis à sortir ensemble. C'est elle qui m'a demandé, dit-il fièrement.

— OK, et pourquoi ça n'a pas marché ? À cause de son attirance pour Peter ?

— Non, elle l'a toujours trouvé à son goût, ça c'est clair, mais elle ne s'est jamais imaginée avec. Elle ne l'a jamais dragué ou quoi que ce soit, alors que j'ai d'autres ex qui ne se sont pas gênées, elles !

Le pauvre…

— Si ça n'a pas marché, c'est parce que je ne m'entendais vraiment pas avec ses amis, reprend-il, je me prenais toujours la tête avec eux.

— La bande de Rick ? demandé-je.

— Non, elle ne traînait pas encore avec eux à l'époque…

Il regarde de nouveau dehors, comme s'il s'inquiétait de ne

pas avoir fini son récit avant l'arrivée des footballeurs.

— Mais disons que je ne m'entends pas facilement avec les gens, reprend-il. Et je voyais bien que certains de ses copains rêvaient de sortir avec Lydia, alors moi, le petit première année, j'étais plutôt mal vu par ces gars-là.

— Alors, tu l'as quittée ?

— J'aimerais te dire que c'est moi, oui, répond-il avec un sourire.

Très beau sourire d'ailleurs !

— Mais en vérité, j'ai commencé à être jaloux… Je me suis fait des films sur elle avec un de ses amis qui la collait un peu trop à mon goût. Du coup, j'ai été con, encore plus insociable avec ses amis et ça l'a gonflée.

— Et elle t'a plaqué ?

— Oui. Elle m'a dit qu'elle voulait qu'on parle… Et voilà.

On se tourne en même temps vers les vitres ; une file de voitures arrive sur le parking face au bar. Ce sont les footballeurs qui débarquent.

— Tu te foutais de moi quand tu disais que vous étiez encore amis ? demandé-je.

Il se tourne vers moi :

— Non, pas du tout. Au début elle m'a fait la gueule, on s'est un peu éloignés… De mon côté, j'avais bien compris que c'était moi qui avais merdé, d'autant qu'après notre rupture elle n'est sortie avec aucun de ses amis. Je ne lui parlais plus, mais c'était seulement pour la laisser tranquille.

Il regarde dehors, mais toute la bande discute, certains fument, ils n'ont pas l'air pressés d'entrer. Alors il reprend :

— Et c'est elle qui est revenue vers moi, par Internet. Elle s'est mise à m'envoyer des messages de temps à autre, lorsque nous étions connectés en même temps sur *Facebook*. Elle me demandait comment j'allais. Puis les discussions sont devenues plus fournies et plus régulières. Au point de m'envoyer des messages même lorsque je n'étais pas connecté. Et maintenant, on se parle très souvent. Les autres ne le savent pas, car on ne se fréquente pas physiquement, mais on échange beaucoup par SMS ou sur Internet.

— Quel genre de messages ? demandé-je.

— Ne va pas t'imaginer des trucs ! rigole-t-il. Il n'y a plus rien entre Lydia et moi, c'est juste qu'on aime discuter ensemble. Mais je ne m'entends pas avec ses amis, donc elle ne leur en parle pas. Et moi, je tiens ma langue de mon côté.

— Tu as parlé de moi avec elle ?

Il lève les sourcils... Qu'est-ce que ça veut dire quand on lève les sourcils ?

— Elle est au courant que je passais mon samedi soir avec toi et elle m'a demandé s'il y avait un truc entre nous.

— Tu lui as dit quoi ?

— Je lui ai dit que non, répond-il. Il y avait une autre réponse possible ?

— Non...

Les décibels dans le bar augmentent, la bande au complet entre et Peter salue tout le monde.

Ce mec est vraiment aux antipodes d'Alex ! Et voilà qu'il tape dans les mains de tous les mecs attablés, puis dans celles du patron. Il embrasse même la serveuse... Je crois qu'il me saoulerait rapidement.

Puis il nous aperçoit :

— Frérot, t'es là ! Je me suis dit : « Ça y est, il est rentré à la maison avec sa copine ! »

Je me sens de trop, là...

— Non, mais on en avait marre d'attendre que tu finisses de signer tes autographes, lui rétorque Alex.

— N'importe quoi ! Bon, levez-vous, on va plutôt s'installer dans la salle du fond, les jeunes ! J'ai envie de me faire un billard !

On se lève avec nos verres, tandis que Sarah me passe devant sans même faire atten... Putain, j'ai du coca plein mon

T-shirt ! Elle m'énerve cette fille ! Pas une excuse, que dalle, mademoiselle continue comme si de rien n'était.

— C'est concours de T-shirts mouillés ? s'esclaffe Rick.

Et lui, quel connard…

Lydia, qui suit derrière, s'adresse à moi :

— Viens, parce que si tu ne nettoies pas à l'eau tout de suite, ça va vite être collant et dégueulasse.

Je la suis, nous montons les trois marches et bifurquons directement sur la gauche pour entrer dans les toilettes.

— Tu devrais retirer ton T-shirt, me dit-elle.

— Tu rigoles ? Tu crois que je vais me mettre en soutif ici ?

— Si je dis ça, c'est pour toi. Pour le nettoyer en le mouillant le moins possible.

— Je vais frotter directement sur moi.

Je fais face au lavabo et tire mon T-shirt pour le placer sous le robinet. Je me vois dans le miroir, j'ai l'air conne dans cette position, mais tant pis.

J'appuie sur le robinet et voilà que je reçois un grand jet d'eau !

— Pourquoi mettre autant de pression ?

Lydia accourt jusqu'à moi.

— C'est pour ça que ça aurait été plus simple de le retirer…

Oh Barbie brune, ne m'énerve pas !

Elle s'approche de moi et commence à frotter mon T-shirt.

— L'avantage avec toute cette eau, c'est que le coca partira plus facilement, dit-elle.

Puis elle lève les yeux vers moi.

Probablement gênée par le tissu trempé qui me moule la poitrine, je commence à avoir peur qu'elle tombe sous mon charme et m'embrasse langoureusement. Elle arrive apparemment à se retenir et reprend :

— Il y a quelque chose entre Alex et toi ?

Je me surprends à me demander de qui elle serait jalouse si c'était le cas.

— Non, il n'y a rien, pourquoi cette question ?

Lydia baisse de nouveau les yeux et frotte mon T-shirt de plus belle.

— Comme ça, simple curiosité.

Je réfléchis… Dois-je lui demander ?

— Ça te dérangerait ?

Bon, je l'ai fait, on verra bien.

— Non, pas du tout, au contraire ! répond-elle aussitôt en relevant la tête.

— Comment ça, au contraire ?

— Alex n'est pas si bête qu'on le dit.

Merci pour lui !

— Oui, il m'a dit que vous vous entendiez bien…, déclaré-je.

Elle paraît gênée et recule, avant de répondre :

— C'est vrai. Ça peut rester entre nous ?

J'acquiesce et elle reprend :

— Alex est peut-être le mec le plus cool que je connaisse. Sincèrement.

— Plus cool que ta bande de potes footballeurs ? m'étonné-je.

— C'est différent…

Ça pour être différents, ils sont très différents !

— Alex ne se prend pas la tête, explique-t-elle, il ne se soucie pas de sa cote de popularité. Heureusement d'ailleurs…

Je souris.

— S'il est si bien, pourquoi est-ce que tu ne te remets pas avec ? demandé-je.

— Parce que je ne suis pas amoureuse de lui. On est sortis ensemble, mais on est d'accord tous les deux pour dire que c'était une erreur. Nous sommes bons amis et c'est très bien comme ça.

— Tu préfères son frère, la provoqué-je.

— Hein ? répond-elle l'air étonné. Tu devrais te sécher

maintenant.

Elle s'essuie les mains. Je commence à m'en vouloir d'y avoir été frontalement, mais elle se retourne vers moi :

— Son frère est super, c'est clair ! Mais non, je suis avec Matt depuis plus d'un an et ça se passe super bien. D'ailleurs, ils sont un peu pareils tous les deux, sauf que Matt a mon âge.

— Mais si Peter avait ton âge ?

Décidément j'insiste, moi !

— Ce serait pareil. Peter est instable, je crois qu'il n'est jamais resté très longtemps avec la même fille. Il est attirant mais n'est pas le mec avec qui on a envie d'être en couple.

— OK.

Elle m'a convaincue. Et je m'étonne même de la trouver sympa, je commence à comprendre pourquoi Alex s'entend si bien avec.

Et je dois avouer que ça m'énerve un peu.

— Je te laisse terminer de te sécher, me dit-elle en m'indiquant le séchoir électrique.

— OK, à tout à l'heure.

Elle s'éloigne vers la porte.

— Et merci ! m'exclamé-je juste avant qu'elle sorte.

Je me place sous le séchoir, mais il est trop haut, alors je suis obligée de sauter comme une conne pour être le plus près possible. D'autant que cela ne dure qu'un quart de seconde à chaque fois ; je ne suis pas près d'avoir terminé ! Et puis je commence à avoir chaud, j'ai l'impression de faire du sport avec un sèche-cheveux au-dessus de la tête !

Finalement, je crois que je n'ai pas d'autre choix que de retirer mon T-shirt. Je m'apprête à le faire quand la porte s'ouvre…

Tiens Sarah…

— Oh là, mais qu'est-ce qu'il t'est arrivé, cheveux bleus ? Tu m'as l'air trempée !

Je me contiens.

— TU TE FOUS DE MOI ? C'est toi qui m'as bousculée alors que j'avais mon coca dans les mains !

Je crois que je me suis mal contenue là…

— Oh la folle, me rétorque-t-elle, tu vas te détendre ! Tu ne m'agresses pas comme ça, toi, OK ? Tu te prends pour qui ? Tu viens d'arriver et tu me parles de cette manière ? Je vois que tu ne sais pas qui je suis !

Peut-être y suis-je allée un peu fort, c'est vrai. Je reste sans voix tandis qu'elle rejoint rapidement le lavabo. Elle appuie sur le robinet, passe ses mains en dessous, et non ! *La connasse !* Elle m'asperge et se tire des toilettes ! Ce n'est plus seulement mon T-shirt qui est trempé, mais mon jean, mon visage, mes bras... Je suis trempée de la tête aux pieds !

18

Comment est-ce que je vais faire ?

Je commence à me sécher le visage et les bras avec du papier toilette, mais mes vêtements sont imbibés. Je n'ai même pas envie de pleurer tellement je suis énervée. Je ne me sens pas bien. Je n'ai pas d'autre choix que de retirer mes vêtements si je veux pouvoir les sécher, alors je retire mon T-shirt et commence à le mettre sous le séchoir.

Putain, la porte s'ouvre !

— Alex ?

Je me cache la poitrine avec mon T-shirt trempé tandis qu'il entre comme si c'était tout à fait normal !

— Tu fais quoi ? m'exclamé-je.

— Je viens voir ce qui se passe. Sarah vient de nous dire que tu l'avais agressée, que tu étais devenue folle et qu'elle avait été obligée de te rafraîchir les idées.

— C'est vraiment une connasse, celle-là ! Tu peux te retourner, s'il te plaît…

— Oh ça va, n'oublie pas que je t'ai vue à poil, répond-il.

— Justement ! J'essaie d'oublier, alors tourne-toi !

Il obéit et je m'empresse d'enfiler mon T-shirt avant qu'il ne se retourne.

Mais vous avez déjà essayé d'enfiler un T-shirt imbibé de flotte ? Il s'enroule.

— C'est bon ? me demande Alex.

— Non… Pas encore.

Je me bats pour dérouler le tissu.

— Ouf, c'est bon !

Alex se retourne et s'approche.

— Mince alors ! T'es vraiment trempée, ma pauvre.

— Sans blague ? Et cette connasse de Sarah a dit que j'étais folle ?

— Ouais, elle a bien fait rigoler tout le monde. Mais tu sais que c'est une bande de cons, tente de me consoler Alex. Et Sarah doit être la pire.

— Tu veux rester ? lui demandé-je.

— Non, je pense que vu l'état dans lequel tu es, ce serait lui faire plaisir que de te montrer comme ça, répond-il.

Il me prend par l'épaule et ajoute :

— On va sortir discrètement d'ici et rentrer chez toi, d'accord ?

Je le repousse :

— Non, Alex. Tu prends mes clés, tu vas t'installer dans ma voiture, tu mets les clés sur le contact et j'arrive, OK ?

— Non, pas OK, tu vas faire une connerie, je le sens…

Bien sûr que je vais en faire une !

— Peut-être, mais s'il te plaît, va m'attendre dans la voiture. J'aurai sûrement besoin de partir assez vite.

— Je peux voir ce que tu vas faire quand même ?

— Bon, comme tu veux !

En réalité, je ne sais pas moi-même ce que je vais faire. Je sors des toilettes, toujours aussi trempée. J'entre dans la partie du fond ; certains sont en train de jouer au billard et se retournent vers moi avec de grands yeux.

Je vois Sarah assise sur une banquette, avec les autres filles et quelques mecs. Je m'approche, elle lève les yeux vers moi et arrête de sourire. J'attrape deux verres, sans regarder ce qu'il y a dedans, et lui jette le contenu au visage.

Les autres autour s'écartent tandis qu'une Sarah recouverte d'un liquide jaunâtre se met à me hurler dessus. Mais je suis tellement énervée que je suis incapable de comprendre ce qu'elle dit.

Je me retourne, passe devant Alex qui se marre et sors du bar pour rejoindre ma voiture.

***

Nous roulons jusqu'à la sortie de la ville, un peu vite à cause de la montée d'adrénaline du fait de ma petite vengeance.

— Tu me déposes chez moi ? me demande Alex. Je n'habite pas très loin.

— Non.

Il me regarde, interrogatif.

— Enfin, c'est comme tu veux, reprends-je. Mais je sens que si je me retrouve seule, je vais déprimer…

— OK, on va chez toi alors, répond-il avec un grand sourire.

Mince, j'ai peut-être été trop gentille avec lui, il ne faudrait pas qu'il s'imagine des trucs !

Je reprends :

— Toi tu m'énerves, et je préfère être énervée que déprimée.

— Tu as raison. En plus, tu es mignonne quand tu t'emportes.

— Oui je sais, mon père me le dit toujours. Quand j'étais petite, il adorait s'amuser à me faire sortir de mes gonds.

Tandis que je me calme peu à peu et reprends une allure normale, Alex se tourne vers moi.

— Et ta mère, tu ne m'en as jamais parlé.

Je continue de regarder la route, ne voulant pas croiser son regard.

— Non. Et ne m'en veux pas, mais je préfère le faire quand je suis d'humeur enjouée plutôt que quand je n'ai pas le moral.

— OK, se contente-t-il de répondre.

Je me gare dans la cour devant chez moi et nous descendons de voiture. Le léger vent contre mes vêtements me rappelle qu'ils sont trempés, je me hâte alors d'atteindre la porte de la maison. Comme à mon habitude, je lance mes clés sur la commode à l'entrée et me dirige vers le salon. Je me retourne, attendant Alex qui ferme la porte.

— Je te laisse regarder la télé le temps que j'aille me changer, m'exclamé-je.

— OK, je t'attends là.

Je monte les escaliers et rejoins ma chambre. Je réunis quelques affaires de rechange et gagne la salle de bain en prenant soin de bien verrouiller la porte, puis commence à me dévêtir.

***

Quelques minutes plus tard, je descends retrouver Alex.

— Tu veux boire quelque chose ?

— Tu prends quoi ? me demande-t-il.

— On ne t'a jamais dit qu'on ne répondait pas à une question par une autre question ?

— Non, jamais. Alors, tu bois quoi ?

— Jus de fruits, ça te va ? J'ai eu ma dose de coca pour la journée…

— Ah, je pensais que tu me proposerais un truc alcoolisé.

— Oh, il n'est que 18 h, Alex ! Mais je peux te servir un whisky…

— Si tu en prends aussi, je veux bien.

— Alors là, n'y compte pas !

Je reviens de la cuisine avec la bouteille de jus d'orange et deux verres.

— Tu n'as rien à manger ?

Monsieur est exigeant !

— Je vais te chercher ça…

Je reviens avec deux paquets de gâteaux que je pose sur la table basse.

Je remarque seulement maintenant ce qui passe à l'écran.

— Non, mais tu regardes de la merde !

— Ouais je sais, je suis tombé dessus et je t'attendais pour changer.

Bien sûr… Monsieur mate des émissions de télé-réalité où des pétasses en maillot de bain glandent avec des bodybuildés sans cervelle. Il y en a un qui est mignon quand même…

Je sers les verres tandis qu'Alex est déjà avachi au fond du canapé.

— N'empêche, tu m'as trop fait délirer ! s'exclame-t-il.

— Je t'ai fait délirer ?

— Ouais… Je revois Sarah, le visage trempé, qui devient hystérique. D'ailleurs, je crois que je vais aller pisser parce qu'à trop me rappeler la scène, je risque de me faire dessus !

Il revient après un instant, juste assez long pour avoir été captivée par l'émission à l'écran.

— J'ai hâte de vous voir toutes les deux au lycée lundi matin…, s'exclame-t-il en revenant des toilettes.

— Chut…

— Quoi ?

— La blonde, là, montré-je à la télévision, elle sort avec le black, mais il va lui annoncer qu'il est tombé amoureux de la grande brune.

— Tu connais cette émission ? me demande-t-il.

— Non.

— Mais tu la regardes.

— Oui, vu que tu l'as mise ! Mais tais-toi, on rediscute après.

Il s'affale de nouveau au fond du canapé tandis que je me tiens en alerte devant ce couple qui s'apprête à se briser.

— Ce mec est baraqué à la Schwarzy et il fond en larmes tel une gonzesse quand il est censé plaquer sa nana !

— C'est de la merde, ces émissions, intervient Alex.

— Bien sûr que c'est nul ! Et pourquoi tu l'as mise, d'ailleurs ?

— Je te l'ai dit, c'était en attendant que tu arrives. Mais

tu n'as pas le satellite ? Il y a un week-end motocross dans l'Arizona !

— Non, je ne l'ai pas… Je ne regarde pas beaucoup la télé et mon père encore moins.

J'attrape la télécommande et commence à zapper lorsque le téléphone d'Alex se met à sonner.

— C'est mon frère.

— Il doit encore être avec les autres ! Mets le haut-parleur !

— Tu es sérieuse, là ? C'est peut-être personnel.

— Tu le couperas si ça l'est, j'ai envie de savoir ce qu'ils ont dit sur moi après mon départ !

— OK…, accepte-t-il en décrochant. Ouais, Peter ?

— *Ah, enfin frérot ! Il t'en faut du temps pour décrocher !*

— Pardon… Tu fais quoi là ?

— *Je suis toujours au bar, ils sont en train de fumer, j'en ai profité pour me mettre à l'écart. Tu es à la maison, là ?*

— Non, je suis chez Alice.

— *Ah OK…*

— Quoi ? Qu'est-ce qu'il y a ?

— *Rien… Enfin, on a déjà pas mal picolé et je crois qu'on n'a pas fini, mais je me démerderai pour rentrer.*

— Tu veux qu'on vienne avec Alice pour te récupérer ?

— *Non, t'inquiète p'tit frère, ça va ! Surtout qu'on en a encore pour un bon moment à mon avis. Les gars ont organisé une soirée et je crois que je ne vais pas pouvoir faire autrement que d'y aller.*

— Et notre discussion sur la lettre ? chuchoté-je à Alex. Et qu'est-ce qu'ils ont dit sur moi ?

— Euh… Je ne sais pas ce que les autres t'ont dit sur Alice, reprend Alex, mais elle n'est pas si folle qu'ils le pensent.

Merci pour le « pas si » !

— *Non, au contraire, p'tit frère ! Sarah est une pétasse, ta copine a du caractère et c'est très bien comme ça ! D'ailleurs…*

— Quoi ?

— *Je sais bien que tu vas me reprocher de repousser la discussion que l'on devait avoir au sujet de la lettre... Mais je suis assez mal à l'aise avec elle...*

— Avec la lettre ?

— *Avec ta copine, Alex !*

— Ah...

Tous les deux marquent un moment de silence. Je m'apprête à pousser Alex à réagir, quand Peter reprend la parole :

— *Ta copine ressemble vraiment à Doria...*

— Physiquement, répond Alex, oui, je sais.

— *Mais aussi un peu dans sa manière d'être... Quoique si Doria avait eu son caractère, les choses se seraient probablement passées autrement.*

— Comment ça ?

De nouveau un silence...

— Peter ? reprend Alex.

— *Je dois te laisser, on se voit demain matin !*

Il raccroche.

— Les choses se seraient passées autrement ? dis-je.

Alex fait la moue, l'air gêné.

— Ton frère a quelque chose à voir avec sa disparition, c'est sûr !

— Mon frère avait trop bu, n'interprète pas trop vite ce qu'il a dit.

— Justement, c'est parce qu'il avait bu qu'il a parlé de façon plus libérée. Je te l'affirme, Peter se sent coupable de quelque chose.

19

— Tu veux que je reste dormir avec toi ? me demande Alex.

— Hein ? Que tu dormes avec moi ?

— Euh… non, enfin… que je dorme ici, je veux dire, précise-t-il.

Non, mais il est fou !

— Ça tombe bien que tu en parles, dis-je. Il serait peut-être temps que tu rentres, non ?

Il commence à se faire tard, et il faut que j'appelle mon père.

— OK, je vais rentrer…

Il se lève et me regarde.

— Quoi ?

— Tu veux que je m'en aille, répond-il avec son air crétin.

— Oui, vas-y. Qu'est-ce que tu veux ? Que je t'embrasse et que je te borde ?

— Oh, je te rappelle que c'est toi qui m'as amené ici, je n'ai pas de voiture !

Merde, c'est vrai…

— Tu m'as dit que tu n'habitais pas loin, c'est ça ?

— Oui, enfin à trois ou quatre miles… En voiture c'est rapide, mais à pied ça fait chier.

— Alors, n'oublie pas d'aller aux toilettes avant de partir.

Je suis vraiment hilarante !

— Très drôle…, répond-il avec son air de pitié.

— Oh, ça va, je vois que MONSIEUR n'a pas d'humour !

Je me lève et vais récupérer mes clés.

— On est partis ! m'exclamé-je pour le presser un peu.

***

Une fois en route, Alex commence à m'indiquer le chemin. Et en effet, en moins de cinq minutes, nous voilà devant chez lui. Ça a l'air sympa, sa maison se trouve en plein milieu des bois. Pour le côté flippant, c'est dix sur dix ! Mais pour le côté tranquillité aussi.

— Pas mal, ta maison !

— Ouais, c'était celle de ma grand-mère, on est venu s'installer ici après son départ en maison de retraite.

— Classe, vous avez viré la vieille pour lui piquer sa baraque !

— Arrête..., me répond-il, apparemment blasé par mon humour pourtant de très haute qualité.

Un couple apparaît sur le perron et regarde en notre direction, le sourire aux lèvres.

— Qu'est-ce qu'ils ont à nous regarder comme ça, les deux là ?

— C'est de mes parents que tu parles, là, me répond Alex.

— Je sais bien, j'ai reconnu ton père.

— OK... Bon, je vais descendre.

Ses parents rentrent et referment la porte.

— Attends, dis-je.

— Quoi ?

— Tu sais, enfin non tu ne sais pas, j'ai parlé de toi avec Lydia.

— Ouais, et alors ?

— Tu n'es pas curieux de ce qu'elle m'a dit sur toi ?

— Non, je m'en fous, me répond-il.

— Mais attends, cette fille est canon et tu te fous de ce qu'elle pense de toi ?

— Oh, je te rappelle que c'est une amie ! Alors, je ne la vois pas comme une fille canon et je sais très bien ce qu'elle pense de moi. C'est tout ce que tu avais à me dire ?

Voilà qu'il est pressé de partir !

— Elle ne t'intéresse vraiment pas ? insisté-je.

— Puisque je te dis que non. J'ai quelqu'un d'autre en vue…

Oh !

— Qui ? demandé-je avec un grand sourire.

— Une fille de mon âge, j'arrête de m'intéresser aux plus âgées.

C'est bon, je sens le truc venir.

— Alex…

— Quoi ?

— Tu sais, nous… enfin…

Je suis trop gênée, faut que je le stoppe avant qu'il me fasse sa déclaration !

— Arrête, me dit-il.

— Non, attends. Je t'aime bien, vraiment…

— Stop, ajoute-t-il.

— Non, je ne veux pas de malaise entre nous, Alex.

— Justement…

— Chut ! Je te trouve super, sincèrement… Je te trouve même à mon goût physiquement, mais…

Oh, je suis trop gênée de le rembarrer comme ça !

— Ali…

— Laisse-moi finir, Alex ! Tu es très beau et je suis persuadée que tu pourrais sortir avec n'importe quelle fille, mais je t'aime comme un ami, tu comprends ?

— Je comprends ! Et je suis flatté que tu me trouves très beau, d'ailleurs t'es pas mal non plus dans ton style « Avril Lavigne jeune ».

— Oui je sais, mais je ne veux pas que tu te fasses d'illusion sur nous, d'accord ?

Il ne dit plus rien. J'ai dû le blesser.

— Tu m'en veux ? reprends-je.

— Oh non, du tout, répond-il, mais je ne parlais pas de toi.

— Pardon ?

— Je ne parlais pas de toi.

— Comment ça, tu ne parlais pas de moi ?

— La fille que j'ai en vue, il ne s'agit pas de toi.

— Tu te fous de moi, là ?

— Non.

— Mais attends, tu ne pouvais pas me le dire avant, au lieu de me laisser…

— J'ai essayé, mais tu ne m'as pas laissé en placer une.

Il m'énerve !

— C'est qui ?

— Quoi ? me répond-il.

— C'est qui la fille ?

— Sydney.

— Sydney ?

— Elle est en cours de chimie avec nous.

— Sydney ? Vraiment ?

— Sydney, oui.

— Mais tu vaux bien mieux qu'elle !

— Je la trouve mignonne, la défend-il.

Ah bon…

— Elle pourrait l'être, avoué-je, mais après un gros effort, alors.

— Tu exagères. C'est vrai qu'elle est simple, qu'elle n'en rajoute pas comme certaines, et justement, pour une fille totalement naturelle, je la trouve jolie.

Il a les yeux qui brillent en me parlant de cette fille quelconque ! Dire que je la trouvais sympa en plus…

— Tu ne dis plus rien ? demande Alex.

— Non.

— Je peux y aller ?

— On fait de la moto demain ? demandé-je.

— Il faudra que tu viennes ici, alors.

— OK.

Je continue à bouder, ça va bien le faire réagir…

— Bon, eh bien à demain !

Et il referme la portière ! Il va me laisser comme ça ? Je le vois marcher jusqu'à la porte d'entrée et me faire signe avant de disparaître. Il faut croire que oui.

20

Monsieur Miller ne voulut pas recevoir le détective chez lui et lui proposa donc de le retrouver dans un vieux bar de Baltimore.

— Bonjour, je vous présente le lieu le plus emblématique de la ville ! l'accueillit-il.

Le détective serra la main de l'homme qui arborait un large sourire, accueil qui dénotait avec la méfiance qu'il avait ressentie de la part de ce dernier lors de leur conversation téléphonique. L'homme était petit, corpulent, et n'avait plus que très peu de cheveux grisonnant autour d'une calvitie bien affirmée.

— Ici, on vous racontera les meilleures histoires que vous aurez l'occasion d'entendre, des habitués aux mille vies vécues, c'est moi qui vous le dis !

— D'accord, répondit Wayne en souriant et en s'installant sur la banquette qui faisait face à celle où venait de s'asseoir monsieur Miller.

Le bar avait l'air très ancien, la lumière y était quasi inexistante, les seules ampoules encore fonctionnelles étaient cachées derrière des appliques en verre poussiéreuses. Les tables étaient espacées et accompagnées d'un côté, de banquettes, et en milieu de salle, de chaises en bois. Un billard se trouvait au fond de la pièce, ainsi qu'un jeu de fléchettes placé sur la porte des toilettes, si bien que celui qui en sortait devait faire attention à lui s'il ne voulait pas se retrouver avec un œil crevé.

— Je n'ai jamais vu personne y jouer, s'exclama Miller en

voyant le détective regarder la cible.

— Vous venez souvent ici ? demanda Wayne pour lancer la conversation.

— Ouais, assez souvent. Enfin, disons un peu moins dernièrement, depuis que je me suis remis en couple. C'est pour ça que je ne préférais pas vous recevoir chez moi. J'ai une nouvelle amie, elle a une fille. Je ne voudrais pas qu'elles soient effrayées.

— Ah, vous avez refait votre vie…

— Je me passerai de votre jugement ! s'énerva soudainement l'homme.

— Je ne vous juge pas, je trouve ça tout à fait normal de vouloir refaire sa vie. Cela n'enlève en rien le désir de découvrir la vérité, j'imagine, non ?

— Bien sûr que non, se calma Miller. Je vous ai peut-être paru froid au téléphone, mais Laurène et July étaient près de moi. Je me suis senti gêné d'aborder ce sujet que j'ai, jusqu'à maintenant, évité avec elles.

— Vous voulez dire qu'elles ne sont pas au courant pour Doria ?

— Non, et je ne vois pas l'intérêt qu'elles le soient.

— C'est quand même un sujet important, non ?

— Oui, mais ça ne regarde que Carla et moi. Laurène sait que je suis marié mais séparé, que j'ai eu une fille malheureusement décédée, mais elle n'a pas à en savoir davantage.

— Vous lui avez seulement dit qu'elle était décédée ? D'ailleurs, cela ne fait-il aucun doute pour vous ?

— Que Doria soit morte ?

— Oui.

— Qu'est-ce qui est le mieux : être comme ma femme et croire que ma fille est quelque part encore vivante, ou me rendre à l'évidence et accepter que je ne la reverrai jamais ?

L'homme se leva brusquement et quitta la table pour

rejoindre le comptoir. Le détective resta seul et l'observa commander à boire. Il avait l'air de bien connaître le barman, ainsi que les deux clients installés devant le bar. Il échangea quelques mots avec eux que l'enquêteur ne discerna pas, mais les deux hommes regardèrent aussitôt dans la direction de ce dernier. Wayne ne savait pas quoi penser de cet homme. Il le trouvait bizarrement détaché, mais se disait qu'il devait s'agir d'une armure forgée par le temps. Le barman remplit deux grands verres de bière qu'il posa sur le comptoir en bois et Miller les attrapa avant de rejoindre Wayne.

— Je paie la première tournée, dit-il en s'asseyant.

— Merci.

Les deux hommes ne trinquèrent pas et Miller porta aussitôt le verre à sa bouche. Il avait la mine triste, cela dénotait de son accueil souriant du départ.

— Est-ce que vous avez quelque chose à m'apprendre ? demanda le détective.

Miller sourit nerveusement.

— J'aimerais bien vous apprendre quelque chose, mais les flics ont déjà fait le tour de la question et n'ont rien trouvé. On dit bien que les premières heures qui suivent une disparition sont les plus importantes, non ? Alors deux ans après…

— Des affaires sont résolues plusieurs décennies après la première enquête, vous savez.

— Ouais, mais il faudrait déjà qu'un nouvel élément ait fait surface, or ce n'est pas le cas, que je sache. Ma femme vous a appelé et vous reprenez l'affaire là où l'ont laissée les flics.

— Puis-je connaître votre avis ?

— Mon avis ?

— Sur la disparition de votre fille.

— Des extraterrestres, voilà mon gars ! MA FILLE S'EST FAIT ENLEVER PAR DES PUTAIN D'ALIENS ! cria-t-il dans le bar, attirant les regards de ses deux amis au comptoir.

Wayne resta muet, ne sachant pas comment réagir. Il chercha plutôt à analyser l'homme qu'il avait en face de lui. Pourquoi cette réaction ? Était-il ivre ?

— Non, mais sérieusement, reprit Miller, si je savais, vous ne croyez pas que j'aurais fait quelque chose ?

— Ça ne vous empêche pas d'avoir un avis.

— Ma fille était une chouette petite, le genre qui ne pose pas de problèmes. Alors, qui lui aurait voulu du mal ? Franchement, je ne vois pas.

— Une fugue ?

— Pourquoi ? On vous a dit que je la battais ?

— Non.

— Parce que je l'ai entendu dire, vous savez. Jamais je n'ai levé la main sur ma fille, ou peut-être deux, trois gifles quand elle était enfant et qu'elle faisait des crises, mais rien de violent. Je ne l'engueulais jamais, c'est ma femme qui le faisait les rares fois où elle dépassait les bornes, pas de quoi provoquer une fugue.

— Elle aurait pu fuguer pour d'autres raisons.

— Ouais, mais Doria était proche de sa mère, elle ne l'aurait jamais laissée si longtemps sans nouvelles.

— Reste alors la piste du suicide…

Miller lança un regard noir à Wayne. Il but le reste de sa bière et reposa le verre vide sur la table.

— C'est à vous d'offrir la tournée.

Le détective observa l'homme qui soutenait son regard, et comprit qu'il n'obtiendrait rien sans une nouvelle bière. Il leva la main à l'attention du barman.

— Il ne viendra pas, dit Miller, il faut commander au bar.

Wayne se leva et rejoignit le comptoir.

— Salut, dit-il aux deux clients, sans obtenir la moindre réponse.

Puis il se tourna vers le barman :

— Deux nouvelles bières, s'il vous plaît.

Le barman, un grand brun barbu avec un physique de bûcheron, était aussi le patron de l'établissement.

— Allez-y doucement avec Marthy, dit-il au détective, ce gars a souffert.

— Comment ça ? demanda Wayne, feignant l'ignorance.

— Ne jouez pas au con avec nous, on sait qui vous êtes et que vous enquêtez sur la disparition de sa fille. Marthy a débarqué ici l'année dernière, il était décomposé par l'enquête que menaient les flics dans son ancien bled. Ils l'ont fait passer pour un père ivrogne et violent, ils l'ont regardé comme s'il était le meurtrier de sa propre fille. Marthy commence seulement à se reconstruire, il ne faudrait pas que vous veniez tout gâcher, OK ?

— Je suis juste là pour l'aider.

— Vaudrait mieux, dit l'homme en posant la seconde bière face à Wayne.

Le détective régla les consommations et retourna s'asseoir face à Miller.

— Beaucoup vous ont accusé d'être le responsable de la disparition de Doria ? J'ai pu voir dans les dossiers de la police que vous aviez été suspecté, mais cette piste a vite été abandonnée.

— Vous savez, ce ne sont pas les flics les pires, c'est ce qui reste après. Quand vos voisins vous regardent en coin, quand vos amis vous tournent le dos, quand tout le monde arrête de parler lorsque vous entrez dans une pièce ou quand on refuse même de vous dire bonjour… Je n'avais plus rien à faire à Laneford.

— Clamer votre innocence, non ?

— À quoi bon ? Moi ce que je voulais, c'était qu'on retrouve ma fille.

— Et depuis ?

— Depuis quoi ? Depuis que j'ai quitté Laneford ?

— Oui, vous avez cherché à savoir ou vous avez aussitôt

abandonné tout espoir ?

— Je n'ai pas perdu espoir… Ou plutôt je n'ai jamais partagé cet espoir avec ma femme. Doria… Je n'ai pas envie qu'on la retrouve.

— Vous ne voulez pas ?

— Je ne voudrais pas recevoir un coup de fil un jour pour entendre dire qu'on a retrouvé des ossements et qu'il s'agit de ceux de ma fille. Je tiens à garder le souvenir d'une fille souriante, gentille et drôle.

— Le besoin de vérité n'est-il pas plus fort ? l'interrogea l'enquêteur.

— Non et je suis désolé, j'ai bien peur de ne rien avoir à vous apprendre.

— Ne dites pas ça, vos réponses peuvent m'ai…

— S'il vous plaît, le coupa Miller, repenser à Doria n'est franchement pas facile. Ça peut vous paraître horrible, mais j'essaie autant que je peux de ne pas penser à elle. Je voudrais même, si c'était possible, oublier qu'elle a disparu. Le soir, quand je me couche, j'imagine que je suis juste séparé de ma femme et que ma fille est à la maison auprès de sa mère. Le fait de ne pas la voir, mais de la savoir en bonne santé, de l'imaginer, suffit à me faire du bien. Et je sais que d'avoir reparlé d'elle avec vous va empêcher cela durant un moment, alors j'aimerais ne pas insister sur le sujet.

— D'accord, répondit Wayne.

— Je ne vous raccompagne pas.

Le détective laissa l'homme seul avec sa bière et s'en alla.

21

De retour à la maison, j'appelle mon père :

— Salut p'pa ! Alors, tu as oublié de m'appeler ?

— *Ce n'est pas ça, j'ai beaucoup de travail... J'aimerais pouvoir rentrer mardi à la maison, donc je me dépêche de terminer ce pour quoi je suis ici.*

— Ton travail avance ? demandé-je.

— *Oui.*

— Et pour la ressemblance ?

— *Je vais rencontrer quelqu'un.*

— Tu vas rencontrer quelqu'un ?

— *Concernant ta ressemblance avec Doria Miller*, précise-t-il, *elle pourrait être le lien entre vous deux.*

— Euh... Tu m'expliques, là ?

— *Je pourrai t'en dire davantage quand je l'aurai vue.*

— Pourquoi est-ce que tu ne peux rien me dire maintenant ?

— *Je veux être sûr de moi.*

— Tu me fais peur là, papa...

— *Non, ne t'inquiète surtout pas, ma chérie. Je veux juste terminer rapidement mon travail ici afin de pouvoir tout t'expliquer.*

— OK. Donc tu rentres mardi ?

— *Oui, je devrais arriver à la maison le matin.*

— Alors à mardi, p'pa ! m'exclamé-je, feignant de ne pas m'inquiéter de la nouvelle qu'il a à m'annoncer.

— *Tout va bien à la maison sinon ?* s'empresse-t-il de demander avant que je raccroche.

— Oui, ne t'inquiète pas, tout va bien.

— *OK, ma chérie, passe une bonne nuit, je te rappelle demain.*

— Bye, p'pa !

Après avoir raccroché, je me prépare un plateau-repas et monte dans ma chambre pour m'installer à mon bureau. Je ne cesse de penser à ma ressemblance avec cette fille, à ce que mon père pense avoir découvert à ce sujet. Pourquoi est-ce que je n'ai pas plus insisté ? Et pourquoi est-ce qu'il ne peut pas m'en parler dès maintenant ? Est-ce si grave ou si difficile à encaisser ?

Je traîne sur Internet pour tenter de me changer les idées, tout en avalant une part de pizza. Alex n'est pas connecté ; je me demande bien ce qu'il peut faire.

Après une bonne heure à tourner en rond, je me couche. Mais après la ressemblance avec Doria, c'est l'image de cette Sydney qui vient me hanter. En plus, je suis sûre qu'il a raison, si elle soignait un peu plus son apparence, elle pourrait être très jolie. Et ça m'énerve. Je suis sûre que si elle apprend qu'il veut sortir avec elle, elle dira oui tout de suite. Alex a beau ne pas être très sociable ni très populaire, elle ne l'est pas non plus, alors…

***

Je me tourne vers mon radioréveil, il est minuit passé. J'aurais dû laisser Alex dormir ici, juste pour avoir une présence dans la maison, parce que je commence à baliser là. Je crois même avoir entendu un bruit…

Oui, il y a quelqu'un en bas !

Enfin, peut-être… Maintenant je n'entends plus rien. Mais je suis quasiment sûre d'avoir entendu quelque chose ! Il faut vraiment que je demande à mon père d'installer une serrure à la porte de ma chambre. Je sors de mon lit et vais me cacher dans mon armoire. On ne sait jamais. Et cette porte qui fait du bruit ! Maintenant, c'est certain, le tueur sait où je me suis cachée ! Je ressors et me glisse sous le lit, ce qui me permet de vérifier qu'il n'y a pas de lumière sous la porte de ma chambre. En même temps, il peut porter des lunettes spéciales… Putain, je sens que je vais me pisser dessus ! Je serre les dents et essaie de ne pas faire le moindre bruit.

Après plus d'une demi-heure en culotte et T-shirt sous mon lit, je commence à avoir un peu froid. Et puis je n'ai pas entendu d'autre bruit. Je ressors doucement, me jette sous ma couette et me cache en dessous. Il faut que je m'endorme et vite. Si je dois être assassinée, je préfère que ce soit dans mon sommeil.

Et maintenant, l'image d'Alex avec cette Sydney me revient… Ça ou le tueur, je me demande ce que je préfère.

***

Je me réveille en sursaut. Encore ce cauchemar, mais plus détaillé cette fois-ci. Je revois Doria, attachée à une chaise, qui me fixe du regard. Cette fois-ci, elle finit en m'appelant par mon prénom.

Ça paraissait si réel, c'est ça qui est flippant ! C'était comme un appel à l'aide. Je regarde mon réveil, il n'est que 1 h 30 du matin. Je sais déjà que ma nuit est terminée, je ne me rendormirai pas après ça. Alors j'attrape mon portable et l'allume pour envoyer un message à Alex :

Tu es réveillé ?

Pas certaine qu'il entende le bip du message s'il dort, j'appelle puis raccroche afin de faire sonner son téléphone.

Maintenant oui.

Il faut vraiment que je parle de Doria avec ton frère. Je peux venir chez toi à partir de quelle heure ?

Je n'en sais rien, il n'est pas rentré. Et c'est fort probable qu'il passe la nuit chez une des nanas de la soirée.

Fait chier.

Pourquoi ?

J'ai encore rêvé d'elle. Ça arrive quasiment toutes les nuits, ça commence sérieusement à me faire flipper.

Ce n'est qu'un rêve.

Peut-être, mais voir une fille attachée qui appelle à l'aide, c'est flippant !

Tu veux que je passe ?

Pourquoi ? C'est avec Peter que je dois discuter.

Comme tu préfères.

Je me lève pour aller me servir un verre d'eau. La sonnerie de mon téléphone me prévient de l'arrivée d'un nouveau message.

Tu me dis si tu veux que je vienne. Je peux essayer de ne pas réveiller Sydney en me levant.

Quoi !?

Tu es avec Sydney ?

Réponds…

Il est déjà avec elle ? Ce n'est pas possible, il est parti en début de soirée et elle serait déjà dans son lit ?

Réponds !

Alors ?

Je déconnais.

Ce mec est un con !

Je jette mon téléphone sur mon lit et rejoins la salle de bain. Je n'ai vraiment plus sommeil. Je me regarde dans la glace, et revois l'image de Doria. Mon esprit fabriquerait-il son image à partir de mon visage ? Car la ressemblance est vraiment saisissante. Mis à part ma couleur de cheveux, évidemment. D'ailleurs, rien que pour ça, je ne suis pas prête de revenir à ma couleur naturelle.

Je commence à attendre le retour de mon père avec impatience. Ces cauchemars, ajoutés au fait d'être seule dans cette nouvelle maison, ça devient un brin angoissant. Je bois un peu d'eau et retourne en vitesse dans ma chambre. Un nouveau message :

Ne fais pas la gueule, Alice, ou je vais finir par croire que tu as des vues sur moi…

Dans tes rêves ! Tu m'envoies un message quand ton frère arrive ?

Tu sais, il va être dur à attraper. Il repart en début d'après-midi et mes parents vont vouloir le voir un minimum.

Passe-moi son numéro alors.

Tu plaisantes, j'espère ?
Attends, je l'appelle.

J'attends…

Je deviens peut-être parano mais j'ai besoin d'avoir sa version des faits, car il ne m'a vraiment pas l'air tout blanc dans cette histoire.

Enfin Alex me renvoie :

Il est encore en soirée et il n'a pas l'air particulièrement pressé de rentrer.

Et donc ?

Donc, vu l'heure à laquelle il va rentrer, je ne m'attends pas à le voir se lever avant au moins midi. Ça va être chaud de lui parler, désolé.

Grrr !

Où est-il ?

Pourquoi ?

Habille-toi, je passe te prendre !

J'arrive chez Alex, j'hésite à klaxonner… non, je vais éviter. De toute manière, le voilà qui arrive.

— Ma mère s'est levée pour me demander ce que je fabriquais, annonce Alex en entrant dans la voiture.

— Et alors ?

— C'est tout.

Alex et ses conversations passionnantes… Je m'engage dans son allée puis tourne vers Laneford.

— Tu m'indiques, lui dis-je.

— OK, alors fais demi-tour.

Je le regarde.

— T'es con ou quoi ? Tu ne pouvais pas me le dire avant que je prenne cette direction ?

— Je plaisantais.

— Hein ?

— C'était une plaisanterie.

— Mais une plaisanterie, c'est censé être drôle, Alex !

— Dis tout de suite que je n'ai pas d'humour…

— Tu n'as pas d'humour. Enfin si, mais un humour pourri !

— C'est l'hôpital qui tire sur l'ambulance, me rétorque-t-il.

— Qu'est-ce que tu viens de dire ?

— C'est une expression…

— Arrête les expressions, alors. Surtout si c'est pour les mélanger entre elles. Bon, je fais demi-tour ou pas ?

— Non, continue, la fête se déroule chez Rick. Il habite une ferme perdue au milieu de nulle part.

— Rick est fermier ?

— Non, il est lycéen, Alice, c'est son père qui a une exploitation. Mais tu verrais la taille de son truc, c'est immense…

— La taille de son truc ? Je ne savais pas que tu avais des vues sur les hommes, Alex.

Il me scrute… Je ne crois pas qu'il ait compris.

— Laisse tomber, reprends-je.

— Au croisement, tu tournes à gauche. Tu verras un peu plus loin un panneau avec marqué dessus « Ranch Butler ».

Le manque de visibilité me force à me concentrer, ce qui me fait remarquer que j'ai oublié de me mettre en pleins phares.

Ah voilà, c'est mieux maintenant, et justement j'aperçois le panneau. Je tourne.

— Oh putain ! m'exclamé-je, surprise par le changement d'état soudain de la route.

— Oui, doucement, répond Alex, c'est un chemin de ferme. Il passe par là avec ses engins agricoles, ça doit être à moitié défoncé.

Je ne l'écoute pas et accélère.

— Qu'est-ce que tu fous ? panique-t-il.

— Génial, je te rappelle que j'ai un pick-up !

— Ouais, mais c'est toujours toi au volant.

Ce qu'il peut être désagréable !

— Ralentis, on arrive, reprend-il.

Je freine de tout mon poids et ma voiture se met à déraper. Ouf, ce n'est pas passé loin !

— Un peu plus et tu enfonçais la voiture de Sarah, s'exclame Alex.

Je l'ai ratée, dommage.

— Donc elle est à la fête ?

— Bien sûr qu'elle y est, je te rappelle que c'est chez Rick !

— Alors on trouve vite fait ton frère et on l'enlève !

Je suis Alex jusqu'à la porte entrouverte, des types sont dehors en train de fumer. On entre, la musique est à fond et l'alcool coule à flots ! Les jeux de lumière m'éblouissent, alors je tente de suivre Alex en prenant soin de ne pas le perdre.

— Oh, cheveux bleus ! Tu es venue, ça fait plaisir !

C'est Rick, apparemment complètement bourré, qui m'interpelle.

— Quoi, elle est là l'autre !?

Je ne vois pas d'où provient cette voix, mais je devine qu'il s'agit de celle de Sarah, alors je dépasse Alex et me faufile aussi vite que je peux à travers la foule jusqu'à une pièce aux allures de salon.

Ici, la lumière est plus tamisée et face à moi se trouve un canapé supportant Peter et une nana qui a sa langue dans la bouche de ce dernier.

— Lydia ? s'exclame Alex derrière moi.

La fille cesse d'embrasser Peter et regarde dans notre direction.

— Ah tiens, oui, c'est Lydia ! m'exclamé-je à Alex avec un

grand sourire.

L'intéressée se lève, l'air gêné.

— Ce n'est pas ce que vous croyez… enfin… J'ai un peu trop bu, dit-elle.

— Tu expliqueras ça à Matt, lui rétorque Alex.

— Non, ne lui dis rien, s'il te plaît !

— Pourquoi est-ce que tu voudrais que j'aille lui dire ? Je te rappelle que la moitié des élèves de dernière année est présente ici, alors tu serais bien chanceuse que ton petit copain n'apprenne pas ce qui vient de se passer ! D'ailleurs, pourquoi est-ce qu'il n'est pas là ?

— Il est reparti tôt, il ne se sentait pas bien, répond-elle, les yeux pleins de remords.

Intérieurement j'ai envie d'éclater de rire ! Je regarde de nouveau vers le canapé, Peter a disparu. Où est-ce qu'il est passé ? Et Lydia qui se blottit dans les bras d'Alex… non mais elle passe d'un frère à l'autre, elle !

Je les sépare et interpelle Alex :

— Ton frère s'est barré je ne sais où, trouve-le pour qu'on s'en aille !

— Vous pouvez me ramener chez moi ? nous demande Lydia.

— OK, réponds-je.

Alex repart vers la foule. J'hésite à l'imiter, car je sais que Sarah s'y trouve quelque part et qu'elle a une dent contre moi.

— Tu veux parler ? proposé-je à Lydia.

Je l'attire avec moi sur le canapé.

— J'ai fait une connerie…, se contente-t-elle de répondre.

— Tu sais, des conneries à cause de l'alcool, on en a tous fait…

Et je n'ai pas besoin de chercher bien loin pour m'en souvenir.

— Raconte, me dit-elle.

— Euh… J'ai embrassé Alex, reprends-je sans réfléchir.

Je ne sais pas pourquoi je lui balance ça… J'avais besoin d'en parler de toute manière !

— Génial ! s'exclame-t-elle.

— Hein ?

— C'est trop bien qu'Alex sorte avec une fille comme toi, vraiment !

— Comment ça, « une fille comme moi » ?

— Une avec du caractère, qui va l'extraire un peu de sa coquille.

Avec tout ça, j'oublie de la reprendre sur ses erreurs.

— On ne sort pas ensemble, rectifié-je, l'embrasser a été une connerie due à l'alcool.

— Mince…

Mais c'est qu'elle a vraiment l'air désolée !

Alex déboule enfin, accompagné de Peter. Et tous les deux ont un verre à la main.

— Je vois que tu as pris le temps de te servir !

— Si on peut joindre l'utile à l'alcool, répond Alex.

— À l'agréable, Alex, et je t'ai dit d'arrêter avec tes expressions.

— Oui, je sais que c'est « à l'agréable », répond-il en mimant les guillemets, mais en l'occurrence là, c'est à un verre de bière.

— Il est où, Peter ?

Alex se retourne.

— Merde, il s'est encore barré !

— Il est bourré ou quoi ? m'exclamé-je.

— Oh, tu n'avais pas remarqué…, dit Alex d'un ton condescendant.

Je crois que je ne vais pas le supporter longtemps.

— Il est mal à l'aise avec toi, reprend-il avant de disparaître de nouveau à la recherche de son frère.

Qu'est-ce que j'y peux, moi ?

— Pourquoi Peter est mal à l'aise avec toi ? me demande Lydia, encore assise sur le canapé.

Je la regarde, elle a l'air crevée… Et malade ?

— Viens avec moi ! lui lancé-je en l'attrapant par le bras.

Je la tire précipitamment jusqu'au jardin et ce, juste à temps, car elle se met à vomir sur les marches de l'entrée, éclaboussant au passage les chaussures de quelques fumeurs un peu trop près.

Ouais, fumer tue aussi les chaussures !

— Ça va ? demandé-je à Lydia.

— Ça…, a-t-elle le temps de répondre avant une deuxième vague.

Cette fois-ci, c'est au tour de mes chaussures de recevoir les éclaboussures.

— Pardon, dit-elle.

— Ne t'inquiète pas.

— Ah, vous êtes là ! s'exclame Alex avant d'enchaîner avec une grimace en voyant ce que Lydia vient de laisser sur le sol.

En tout cas, je suis soulagée qu'elle ait fait ça là et pas dans ma voiture.

Peter est de retour et le vomi a l'air de le faire marrer.

— On y va ? demandé-je.

— Eh ! s'exclame Peter pour la première fois depuis que nous sommes arrivés. Je tiens à ce que tu saches que vous me faites chier !

Puis il part en direction d'une voiture.

— OK…

Il essaie d'ouvrir la portière.

— Bon, tu l'ouvres ta caisse ?

Il doit croire qu'il s'agit de la mienne. Alex le rejoint et le saisit par les épaules.

— Dis-moi, tu n'aurais pas envie de vomir ? demandé-je à Peter.

— Toi, tu me gênes ! se contente-t-il de répondre en me passant devant pour, cette fois-ci, se diriger vers le bon véhicule.

Lydia et moi suivons les deux frères et Peter se retourne vers moi :

— Je peux conduire ?

Non mais il n'est pas bien !

— Alex, fais monter ton frère à l'arrière, s'il te plaît, et je veux bien que tu lui ouvres une fenêtre.

Une fois Lydia installée sur le siège passager, je démarre et m'adresse à elle :

— Tu peux m'indiquer la route pour nous rendre chez toi ?

— J'habite dans Laneford, me répond-elle.

— Alors tu peux m'indiquer le chemin pour Laneford ?

Ils ont tous tendance à oublier que je viens d'arriver dans le coin.

***

Après avoir déposé Lydia, j'ai un peu l'impression de faire conductrice de taxi avec les deux mecs installés à l'arrière.

— Bon, on va chez moi ? demandé-je.

— Non, ramène-moi chez mes parents, j'ai grave envie de pioncer, répond Peter d'une voix qui me paraît plus claire que tout à l'heure.

Rouler vingt minutes avec les vitres ouvertes aura au moins fait du bien à quelqu'un.

— Mais on doit discuter, Peter ! m'énervé-je juste à moitié parce que, même bourré, ce type n'en reste pas moins baraqué.

— Je sais que tu veux qu'on parle, mais moi ça m'emmerde !

— Et moi, j'en fais des cauchemars, crié-je.

J'aperçois Alex tout penaud dans mon rétroviseur.

— S'il te plaît, Peter, dit-il, on discute vite fait chez Alice, juste pour la rassurer.

Je n'entends pas de réponse et vois Peter tourner la tête vers la vitre encore ouverte. Est-ce qu'il va vomir ? Apparemment non, je pense juste qu'il accepte. Enfin, c'est ce que j'en déduis, parce qu'il ne dit rien, tandis que je dépasse leur allée et me dirige vers chez moi.

Une fois garée, je descends pour ouvrir la porte à Peter, mais il me devance, apparemment requinqué. C'est qu'il se remet vite !

— C'est bien parce qu'Alex t'apprécie, s'exclame-t-il en essayant apparemment de paraître mauvais.

Je les fais entrer et Alex, qui se sent déjà comme chez lui, commence par allumer la télé.

— Ça te dérange si je me prépare un café ? me demande Peter.

— Euh… non, pas de problème, je vais te montrer où il se trouve.

Moi qui craignais qu'il se jette sur les bouteilles de mon père.

J'abandonne Peter à sa préparation de café et rejoins Alex dans le salon.

— Ne sois pas vache avec mon frère, me dit-il, parce qu'il peut partir au quart de tour quand on l'embête.

— Mais je ne veux pas l'embêter ! Tu n'as rien compris ou quoi ? Tu te rappelles de la lettre quand même, tu es d'accord qu'il faut qu'on en parle, non ?

— Oui, oui, je suis d'accord, je te dis juste d'y aller mollo, OK ?

Je ne réponds pas et me tourne en entendant Peter arriver derrière nous.

— Je peux emprunter tes toilettes ?

— Bien sûr, oui, réponds-je avant de me retourner vers l'écran de télévision.

Après un instant, Alex intervient :

— Elles sont au bout du couloir sur la gauche. Excuse-la, elle est souvent à l'ouest.

— Oui, pardon ! J'ai zappé que tu n'étais jamais venu, désolée. Elles sont…

— Au bout du couloir sur la gauche, me coupe-t-il en s'y

dirigeant.

Je me retourne vers Alex :

— Merci pour le « elle est souvent à l'ouest ».

— Ce n'est pas méchant.

Le retour de Peter coïncide avec le bruit de la cafetière déversant les dernières gouttes de café, si bien qu'il rejoint directement la cuisine. Je le soupçonne de vouloir à tout prix éviter la discussion. Enfin, Peter finit par nous rejoindre. Et avec lui, une cafetière pleine et trois tasses. Mais c'est qu'il est serviable ! Davantage que son frère, j'ai l'impression.

— Bon, vous avez lu la lettre, commence-t-il sans attendre de réponse. Doria me l'a écrite seulement quelques jours avant…

Sans terminer sa phrase, Peter se penche vers la table basse afin d'attraper sa tasse et la porte à ses lèvres.

— Tu lui ressembles beaucoup, dit-il en me regardant. À l'époque, tu dois t'en souvenir Alex, j'étais un sacré coureur de jupons…

— Parce que tu ne l'es plus ? le coupe-t-il.

Ça a au moins le mérite de le faire sourire.

— Si, j'ai toujours été comme ça, je ne me satisfais jamais de ce que j'ai. Ça peut te faire sourire, frangin, mais c'est franchement chiant à force. Et si je l'admets, c'est que je dois encore être bien bourré. D'habitude, le café m'aide à retrouver mes esprits, d'où la cafetière pleine, ajoute-t-il avec un sourire en coin.

— Donc, tu es sorti avec Doria ? m'informé-je.

— Oui, un peu…

Devant mon air perplexe, il explique :

— C'était en cours de chimie, vous voyez le genre ? On faisait des expériences et j'étais avec Mickael, tu te souviens de lui, Alex ? On faisait les cons comme très souvent dans ce cours, mais cette fois-ci le prof devait être un peu moins bien luné que d'habitude parce qu'il nous a séparés, et je me suis retrouvé avec Doria.

Et voilà qu'il se ressert en café. Il regarde ma tasse mais, voyant qu'elle est encore pleine, il reprend :

— Cette fille… jolie, mais tellement réservée. D'ailleurs, il se disait des tas de trucs sur elle tellement son comportement pouvait paraître bizarre. Je crois même que ça a été la première fois, lors de ce cours, que l'on s'adressait la parole, malgré les deux ans passés dans la même classe.

— Dans le genre d'Alex ? demandé-je, ironique.

— Non, Alex c'est parce qu'il ne supporte personne, tous les gens qui l'entourent lui paraissent idiots !

— Pff, et si on arrêtait de parler de moi ? répond-il.

— Ouais… Donc l'idée que je me faisais de cette fille a changé durant ce cours, je pense que ça n'aurait pas forcément été le cas dans une autre matière. Seulement là, c'était tellement vivant, ludique… Je me rappelle comment c'est arrivé, dit-il.

— Quoi ? interviens-je. Comment quoi est arrivé ?

— Doria, très sérieuse, faisait tout son possible pour mener à bien l'expérience demandée par le prof. Du coup, ma connerie et moi faisions tout l'inverse. Au début c'était juste pour l'emmerder, mais mes conneries ont commencé à la faire sourire. Et c'est là que c'est arrivé. Son sourire, je crois que j'en suis tombé amoureux.

Qu'est-ce qu'il fait ? Peter repousse une de mes mèches de cheveux et me dévisage.

— Tu vois, c'est là que tu lui ressembles moins.

Sympa.

— D'un coup j'ai trouvé cette fille, que je ne regardais pas auparavant, magnifique, reprend-il.

— C'est à ce moment-là que vous êtes sortis ensemble ?

— Un peu après… Dans la même semaine, j'ai profité un soir de ne plus avoir de potes autour de moi pour l'aborder sur le parking. Je lui ai demandé comment ça allait, lui ai fait deux ou trois blagues pour la faire sourire et je l'ai invitée à aller boire un verre, les trucs classiques quoi.

— Les trucs classiques que ton frère ne maîtrise pas, interviens-je juste pour le plaisir de lancer une pique à Alex.

— Voilà ! répond du tac au tac Peter.

Ce qui dépasse en cruauté ma simple pique.

— Continue, l'encourage Alex en soupirant.

— Ouais… Donc, j'étais con à l'époque.

— Ah, tu ne l'es plus ?

Revanche d'Alex, mais Peter se contente de sourire :

— Je ne respectais pas les filles avec qui je sortais. Je passais de l'une à l'autre sans jamais m'y attacher, au point de me poser des questions sur mon orientation sexuelle.

— Sérieusement ? s'étonne Alex.

— Mais Doria me faisait vraiment de l'effet, et cette fille était tout l'inverse de celles que je fréquentais. Elle n'était pas cheerleader, elle faisait de la musique classique. Durant les pauses, elle n'allait pas aux toilettes se remaquiller avec ses copines, elle lisait. Au réfectoire, pareil !

— Elle jouait de la musique classique ? demandé-je.

— Oui, elle jouait de la harpe.

— Je parlais de quand elle était au réfectoire… Laisse tomber, c'était une blague.

— OK…, répond-il sans faire l'effort de comprendre. On a été boire un verre ensemble, je l'ai emmenée à Grathville pour m'assurer de ne croiser personne du lycée. Ça, je ne lui ai pas dit, mais je pense qu'elle s'en est doutée. Et lorsque je l'ai déposée chez elle, je l'ai embrassée.

Je me retiens de pousser un « oh, c'est mignon ».

— Et c'est là que j'ai été, je pense, le plus dégueulasse, reprend-il. Je lui ai demandé que notre relation reste entre nous et que nous ne l'affichions pas en public.

Oh, l'enfoiré !

— Et qu'est-ce qu'elle t'a dit ? l'interroge Alex.

— Elle a accepté, ce qui me paraissait tout à fait normal

à l'époque. J'étais persuadé qu'elle était déjà chanceuse d'être avec moi.

— C'est bien, tu n'as pas exagéré en prévenant que tu étais con, le coupé-je.

— Je vous avais prévenus. Après une semaine, elle m'a donné un ultimatum. Elle m'a dit que si je continuais de l'ignorer en public, ce n'était plus la peine de poursuivre notre relation. J'étais assez en colère, sur le coup, qu'elle veuille dicter ses règles, alors je lui ai dit que c'était terminé. Ça s'est passé le vendredi.

— C'est après ça qu'elle t'a écrit cette lettre ? demandé-je.

— Oui, je l'ai eue dans mon casier le lundi après-midi. Alors que je m'apprêtais à revenir en arrière. J'y avais moi aussi réfléchi tout le week-end et je pensais lui présenter mes excuses, mais…

Peter se ressert un fond de café qu'il boit aussitôt.

— Mais cette lettre, le fait qu'elle-même revienne sur ses principes, ça m'a presque déçu. Et en même temps j'avais besoin d'une sérieuse remise en question sur le comportement à adopter avec elle afin que ça marche, alors j'ai voulu me donner la soirée pour y réfléchir, quitte à l'appeler le soir même.

— Donc tu t'es remis avec ? demande Alex.

— Tu l'aurais su si on avait officialisé notre relation. Non, je ne l'ai pas appelée ce soir-là. Je me souviens que je m'étais dit…

Il se met à rire nerveusement.

— Ça me paraît idiot maintenant… J'avais prévu de la surprendre et de l'embrasser dans le hall du lycée dès son arrivée le lendemain matin…

Non…

— Ne me dis pas que c'est là qu'elle a disparu ? demandé-je en appréhendant la réponse.

— Je ne l'ai pas vue de la journée, répond-il, et ce n'est que le soir que j'ai appris sa disparition.

Peter étouffe un sanglot. Alex et moi restons un moment sans rien dire, gênés par les émotions que les souvenirs provoquent chez son frère. Puis, voyant qu'il ne va finalement pas pleurer, je reprends :

— Et donc, ta conviction ?

— Sur sa disparition ?

J'acquiesce.

— Je… je pense qu'elle s'est suicidée.

— Pourquoi est-ce que l'on n'a pas retrouvé son corps, alors ? Ni de message.

— Parce que Doria était du genre discret. Je n'ai aucune idée de comment elle a pu faire, mais j'imagine qu'elle n'aurait pas voulu qu'on la retrouve. Et cette lettre, c'est ça le message.

— Attends, tu es en train de me dire que tu penses que cette lettre pourrait être son message d'adieu et que toi tu l'as laissée dans ta table de nuit !?

— Tu penses que j'aurais dû m'en débarrasser ?

— Mais tu es aussi con que ton frère ! Tu aurais dû la montrer à la police !

— C'est toi qui dois être conne ! rétorque-t-il sèchement.

Alex reste sans rien dire et se contente d'écouter.

— Si je l'avais montrée aux flics, reprend Peter, j'aurais dû expliquer notre relation et j'aurais été aussitôt le suspect idéal !

— Peut-être, seulement si tu n'as vraiment rien à te reprocher…

— Oh, calmez-vous, tente de temporiser Alex. Alice, tu es gentille, mais si tu pouvais éviter d'accuser mon frère… Et toi, Peter, si je comprends bien, tu es persuadé que Doria s'est suicidée à cause de votre rupture ?

— Oui, c'est ce que je pense depuis deux ans.

— Bravo l'ego surdimensionné, ajouté-je.

— Quoi ? Non mais j'aimerais autant que ce soit pour une autre raison, parce que si tu crois que c'est facile à vivre pour moi !

— Oh ! intervient de nouveau Alex, en se levant cette fois-ci. On veut tous comprendre, ici, donc n'oubliez pas qu'on va tous dans le même sens.

— Non, moi, vous me faites chier, alors je vais aller dans le sens de mon lit. Sois sympa et ramène-moi, s'exclame Peter à mon attention. Je vous laisse réfléchir à ça, moi ça fait deux ans que j'y pense tous les jours et que je n'ai pas d'autre explication. Deux ans que je me dis qu'il aurait suffi que je sois moins fier, deux ans que mon reflet me file la gerbe, alors maintenant j'ai juste envie d'être seul, de me prendre un verre et d'essayer de dormir.

Peter se lève, je me décide à en faire autant. Nous rejoignons la voiture et durant le trajet, personne ne parle. J'essaie d'imaginer ce qui a bien pu arriver à Doria et je pense qu'ils doivent tous les deux en faire autant.

Lorsque nous arrivons, Peter descend avec une tête d'enterrement. Alex, qui a fait le trajet à l'arrière, s'avance vers moi :

— Tu veux toujours faire de la moto, aujourd'hui ?

— Si tu es d'accord…

— Alors viens plutôt dans l'après-midi, s'il te plaît.

Alex descend et je me retrouve seule. Il est 7 h 20.

22

J'arrive chez Alex vers 15 h 30. Il a dû m'entendre arriver, puisqu'il vient à ma rencontre.

— Ça va ? me demande-t-il.

— Ça va ! Et toi ?

— Ouep.

Ses parents se présentent sur le perron. Ils ont l'air d'avoir à peu près l'âge de mon père. Sa mère est jolie, c'est une grande femme, brune comme Alex. Tandis que son père, grand également, mais aux cheveux plus clairs, ressemble beaucoup à Peter.

— Bonjour, me lancent-ils de loin.

— Bonjour.

Mince, ils nous rejoignent…

— Alors, elle roule bien la voiture ? me demande son père.

— Oui, oui, très bien.

Sa mère m'observe avec un large sourire, je suis trop gênée.

— On a beaucoup entendu parler de toi, dit-elle.

— Arrête m'man, elle va croire que je ne parle que d'elle.

— Ce n'est pas le cas ? demandé-je.

— Non, rassure-toi, corrige sa mère. Les garçons échangeaient à ton sujet ce midi, c'est à ce moment-là qu'Alex nous a prévenus que tu passerais. Je crois que tu es tout récemment arrivée à Laneford, c'est bien ça ? Tu te plais ici ?

— Oui… Et oui, ça se passe bien.

Je suis toujours super gênée avec les parents des autres.

— Si vous faites de la moto, tu vas peut-être prêter une

combinaison à ta copine, Alex ? intervient son père.

— Oui, p'pa, je m'en occupe.

— Non, c'est bon, j'ai mis des vêtements qui ne craignent pas, ne t'embête pas.

Ils rigolent, mais je ne comprends pas pourquoi. C'est à cause de ma tenue ? Je porte des baskets, un vieux jean et un sweat à capuche avec un logo appartenant probablement à une équipe sportive de New York. Je me souviens que mon père me l'avait ramené d'un match de je ne sais plus quel sport.

Alex se tire ; est-ce que je suis censée le suivre ? Ou je reste seule avec ses parents ? Je ne sais plus où me mettre.

— Tu as déjà piloté une motocross ? me demande sa mère.

— Non, ça va être mon baptême. Mais ça fait longtemps que je voulais essayer, alors quand votre fils m'a dit qu'il en faisait…

J'entends un bruit de moteur venant de la dépendance où Alex a disparu quelques minutes plus tôt et le voilà qui revient au guidon de sa moto.

Je le trouve sexy là-dessus…

— Tu y vas doucement, Alex, l'interpelle son père. Alice n'en a jamais fait.

— C'est bon, ne vous inquiétez pas, répond-il. Et si jamais il vous venait à l'esprit de nous laisser tranquilles, n'hésitez surtout pas à prendre cette idée en considération !

— Message reçu, fiston, s'exclame son père pendant que sa mère souffle en souriant.

— Amusez-vous bien, reprend-il à mon intention.

Je les remercie et les regarde rentrer dans la maison.

— Donc, pas de combinaison ? me demande Alex.

— Je te l'ai dit, ces vêtements ne craignent rien.

— Comme tu veux. Alors, attrape !

Hé !

— Putain, fais attention !

— Mais c'est toi ! Pourquoi tu me balances ton casque ?

m'énervé-je en ramassant ce dernier au sol.

— C'est le tien. Tu ne mets pas de combinaison, mais tu vas quand même mettre un casque, non ? Quoique ta tronche ne craint peut-être rien non plus…

Je n'aurais pas dû venir. J'enfile le casque en faisant la gueule. Alex repart vers la dépendance, j'en profite pour monter sur la moto. Je ne touche pas à la béquille et fais attention cette fois-ci. D'ailleurs, à son retour, Alex n'a pas l'air rassuré en me voyant sur son engin.

— On va en forêt, annonce-t-il. Je conduis et tu montes derrière moi.

— OK.

Il me fixe.

— Je suis belle, hein ?

— Ouais, le casque t'écrase les joues, c'est assez drôle, répond-il.

— Sérieusement ?

— Oui, mais j'attends surtout que tu descendes. Je te l'ai dit, c'est moi qui conduis.

— Oui, MON-SIEUR. Enfin…

— Quoi ?

— Tu peux tenir la moto ? Parce que j'aimerais autant éviter de la faire tomber, tes parents nous observent de la fenêtre.

— Moi aussi j'aimerais que tu évites de la RE-faire tomber. Et ne fais pas attention à mes parents, c'est juste que ma mère s'imagine déjà une histoire entre nous.

— Charmant.

— Ouais, je sais, je suis pas mal, se vante-t-il avec un clin d'œil.

Je ne lui fais pas le plaisir de réagir. Je descends pour lui laisser la place et m'installer derrière lui.

— Tu es prête ?

— Oui.

— Alors tiens-toi à moi.

— Oh, c'est bon, ce n'est pas une moto de course non plus !

Erreur !

— ALEX !

Il s'arrête à quelques mètres et se retourne avec un grand sourire tandis que j'ai le cul par terre.

— Je t'avais prévenue ! me dit-il.

— Alex ! crie son père du perron. Je t'ai dit de faire attention !

— Est-ce que ça va ? s'inquiète sa mère.

Je les rassure d'un geste.

— Allez, monte, s'exclame-t-il en me faisant signe.

J'obéis.

— Prête ?

Je me cramponne à lui.

— Prête ?

Je fais la tête et décide de l'ignorer.

— Bon, t'es prête ou pas ?

— Avance, Ducon.

Oh putain !

— Waouh ! crié-je presque aussi fort que le moteur du deux-roues. C'est trop bien !

Alex sort de sa cour pour emprunter un chemin s'enfonçant dans la forêt. La température chute brusquement à l'ombre des arbres, mais ça ne suffit pas à gâcher l'expérience.

Le chemin est assez étroit, nous longeons les troncs à pleine vitesse, les sensations sont vraiment géniales. Seulement au bout d'un moment, ça a beau être sympa – très sympa même – j'aimerais quand même conduire.

— Alex ?

Il n'entend rien avec le moteur, alors je le pince.

— Qu'est-ce qui t'a pris ? me demande-t-il après s'être arrêté.

— Je crois que c'est à mon tour de conduire.

— Je voulais faire un premier tour pour m'assurer qu'il n'y

ait pas de promeneurs. On est dans une parcelle qui appartient à ma grand-mère, mais les gens ont le droit de s'y balader.

— OK, sauf que tu vois bien qu'il n'y a personne devant. Tu pourrais déjà me laisser essayer un peu, non ?

— Descends.

Je m'exécute.

— Qu'est-ce que tu fais ? l'interrogé-je tandis qu'il descend aussi de la moto.

Il passe derrière moi avec un sourire.

— Mate mon cul, je ne te dirai rien !

— Je ne regarde pas que lui, me répond-il. Tu comprendras vite l'utilité de porter une combinaison.

— Quoi ? Je suis sale ?

— Tu as des taches de terre plein le dos, et ce n'est que le début.

Je m'en fiche, ces vêtements me servent à… à rien, en fait ! Enfin si, à faire de la moto.

— Vas-y, monte, reprend-il.

D'un coup, j'ai peur… Mais je monte quand même.

— Mets les deux mains sur le guidon.

— OK…

— Je vais la démarrer.

— Pourquoi ? Montre-moi et je vais le faire.

— Non, JE vais le faire.

OK, je n'aurais peut-être pas su…

— Tu sais comment avancer ? s'assure Alex.

— Oui, ça, je sais.

— Et passer les rapports ?

— Je peux savoir de quels rapports tu parles ?

— Les vitesses, si tu préfères.

Il me fait signe de m'écarter, puis me montre la pédale pour le passage des vitesses.

— Là c'est le frein arrière, m'explique-t-il, évite d'utiliser l'autre.

— D'accord.

— Tu avances juste un peu pour commencer, d'accord ? Pas de virage, tu t'arrêtes avant la fin de la ligne droite.

J'ai peur…

— Alex ?

— Oui ?

— Si jamais je devais mourir… Ne rigole pas, je suis sérieuse ! On se fait un bisou de casques avant que je parte ?

Il n'a pas l'air de comprendre alors je cogne le devant de mon casque contre le sien.

— Voilà ! Le bisou de casques est fait, adieu.

Je pars à toute vitesse.

— Moins vite ! me crie Alex.

Et il doit crier assez fort vu que je l'entends malgré le bruit du moteur.

Il est où le frein, déjà ?

— ALEX !!!

Je vais de plus en plus vite et sors du chemin. Je passe de justesse entre les arbres, sauf que ça ne durera pas indéfiniment, il faut que je trouve une solution.

— Oh putain !

Je me retrouve dans un genre de fossé. Au moins il a arrêté ma course folle, mais il m'a quand même fait super mal, ce con !

— Qu'est-ce que t'as foutu ? crie Alex derrière moi.

— Ta moto est devenue folle !

— C'est toi, répond-il, au lieu de ralentir, tu accélérais.

— Je ne savais plus quel était le frein que je devais utiliser et celui que je devais éviter ! Et quand j'ai voulu ralentir, ta moto s'est mise à accélérer.

— Parce que tu tournais la poignée dans le mauvais sens, Alice.

Il soulève le deux-roues pour me permettre de sortir de mon trou.

Je rêve ! Monsieur est en train d'inspecter sa machine !

— Et moi alors ? Je me suis fait mal..., tenté-je de l'émouvoir.

— Ça a l'air d'aller..., répond-il.

Il parle de sa moto.

— Toi, ça va ? finit-il enfin par me demander.

— Pauvre con !

— Quoi, qu'est-ce que j'ai fait ?

— Je t'ai dit que je m'étais fait mal, dis-je avec ma moue de fille triste.

Il ne réagit pas, il ne doit pas voir ma bouche avec le casque. Je le retire, il m'imite.

— T'as mal où ?

— À la cuisse.

— Tu veux que je regarde ?

— C'est ça, pour que tu en profites encore ! Peut-être qu'il faut m'emmener à l'hôpital, si ça se trouve, je me suis cassé la jambe.

— Tu ne tiendrais pas debout si c'était le cas, me rassure Alex. Tu as dû te faire une béquille en tombant.

Qu'est-ce qu'il raconte ?

— Tu ne viens pas de dire que je me suis tapée ta béquille en tombant quand même ?

— Non, tu t'en es fait une, me rétorque-t-il en rigolant. Un coup dans la cuisse quoi.

— Oui, ça je me doute que je me suis cognée la cuisse, je le sens bien. Ce que je me demande, c'est si elle n'est pas cassée, parce qu'elle me fait vraiment super mal.

— Je te dis que non, insiste-t-il. Bon, j'imagine que l'après-midi moto est terminé...

— Tu plaisantes ? Je veux savoir en faire !

— Ah, ta jambe n'est plus cassée ?

— Si, elle l'est. Mais juste un peu...

Cette fois-ci, ma moue fait son effet. Il s'approche

doucement de moi et me dépose un baiser sur le front.

Je me laisse faire et reprends :

— Est-ce que je peux conduire avec toi assis derrière moi ? demandé-je.

— Ça va faire un poids supplémentaire. Ça risque de rendre la moto plus difficile à manier.

— Tu seras là pour m'aider ! Et toi, tu peux poser les pieds par terre pour la faire tenir.

Être grande est un avantage que je n'ai pas.

— OK.

Alex remet sa moto en position et la démarre. Je renfile mon casque, monte et attends qu'il s'installe derrière moi. Il pose les mains sur le guidon à côté des miennes.

— Je t'accompagne au départ, me dit-il, après je te laisserai faire.

— Attends, il y a un endroit que tu aimerais me faire découvrir ?

— Comment ça ?

— Tu sais, un endroit que tu trouves particulièrement beau, où tu aimes aller lorsque tu es seul…

Il ne dit rien, j'imagine qu'il réfléchit.

— Il y a une clairière… Ouais, je vais t'indiquer comment y aller. Il n'y aura même pas besoin de sortir de la forêt. Ce n'est pas particulièrement beau, mais j'aime m'y arrêter quand je fais de la moto et m'allonger dans l'herbe.

— Alors, c'est parti !

Nous roulons quelques minutes, Alex m'indique les chemins à emprunter et, en effet, nous arrivons dans une clairière. Le changement de luminosité est assez brutal, la clarté m'oblige à m'arrêter. Petit à petit, ma vue revient à la normale…

Je coupe le moteur et nous descendons.

— Donc, c'est ici que tu viens ? demandé-je.

— Oui. Quand j'ai envie de faire une pause, je stoppe la

moto ici, je m'allonge et observe le ciel ou bien je ferme les yeux.

— Et ?

— C'est tout. Je pense, ou au contraire je me vide l'esprit. Et après je rentre.

Je retire mon casque et m'allonge dans l'herbe. Alex en fait autant.

— Donc, c'est dans cette forêt que tu fais de la moto…

— Non, répond-il. Ici, c'est juste quand je veux me faire une balade tranquille. Mon père et moi avons aménagé un terrain beaucoup plus accidenté derrière la maison, c'est là-bas que je vais le plus souvent.

Je me tourne vers lui.

— Pourquoi est-ce qu'on est venu ici, alors ?

— Tu n'aurais pas tenu deux minutes sur la moto, là-bas. Il y a des bosses tous les dix mètres.

OK, ce sera la prochaine étape.

Nous restons tous les deux à observer le ciel, puis je décide de briser le silence :

— Tu penses à quoi ?

Il prend un moment et répond :

— Je me demandais pourquoi l'herbe n'était pas plus haute ici.

— Hein ?

— Dans les jardins, reprend-il, on doit toujours tondre la pelouse et ici, j'ai l'impression que l'herbe est toujours à la même hauteur à chaque fois que je viens. J'imagine mal un mec venir tondre…

— Tu as de ces pensées primordiales.

Il se tourne vers moi :

— Parce que tu penses à quoi, toi ?

— Je me disais que c'était sympa d'être ici avec toi… L'endroit n'est pas magnifique, ça, tu m'avais prévenue, mais je l'aime bien quand même.

Il pose sa main sur la mienne ; je ne sais pas comment réagir.

— Ta mère, reprends-je, pourquoi est-ce qu'elle se fait des idées sur notre relation ?

— Les mères sont comme ça, non ? Elles imaginent toujours des contes de fées pour leurs enfants.

— Je n'en sais rien…

Il retire sa main et se tourne de nouveau vers moi.

— Ça fait combien de temps que ta mère est partie ?

— J'avais dix ans lorsque c'est arrivé, ça va donc faire sept ans.

— Qu'est-ce qui lui est arrivé ?

— Elle est morte… Elle a été assassinée.

Malgré mon regard plongé vers le ciel, j'aperçois les yeux d'Alex s'ouvrant en grand à côté de moi.

— Assassinée ?

— Oui.

— Putain…

Je sens l'émotion me saisir, il faut que je trouve un truc pour changer de sujet !

— C'est arrivé comment ? s'intéresse-t-il.

Est-ce que je réponds ? En tout cas il ne faut pas que je pleure. Je reprends ma respiration.

— Mon père était flic à l'époque. Un des gars qu'il avait coffrés venait de sortir de prison et il a voulu se venger…

— En tuant ta mère ?

— On pense qu'il cherchait mon père, mais quand il est venu à la maison, il n'y avait que ma mère.

Il me regarde et j'ai l'impression qu'il ne me croit pas.

Moi, j'ai envie de pleurer alors j'essaie de fuir son regard.

— Je suis désolé, s'exclame-t-il.

— C'était il y a sept ans, personne n'y peut rien, tenté-je de relativiser.

— Et après ça ?

— Quoi, après ça ?

— Lorsque ta mère est morte… Comment est-ce que ça s'est passé pour toi ? Pour ton père ?

Habituellement, je me serais arrêtée. Mais je ne sais pas pourquoi, avec Alex j'ai envie d'en parler.

— Il y a eu des moments difficiles. J'en voulais à mon père, j'essayais de lui en faire baver et je pense avoir réussi.

— C'est-à-dire ?

— Ma rancune ajoutée à ses remords, il a fait une grave dépression. Il a pété un câble, m'a déposée chez mes grands-parents et a quitté la police.

— Il t'a déposée ? Comment ça ?

— J'ai vécu chez mes grands-parents près d'un an. Il avait besoin de se retrouver seul, je pense. Moi, ça m'a aussi permis de réfléchir et j'ai été soulagée de le retrouver en meilleure forme après tout ça.

— Donc, tu es revenue vivre avec lui ?

— Oui, on a quitté Washington pour New York et il a décidé de se mettre à son compte.

— Et tu n'as ni frère ni sœur ?

— Non, je pensais que tu t'en étais rendu compte quand même !

— Comme pour ta mère, je n'osais pas te demander.

On est tous les deux allongés sur le dos, l'un à côté de l'autre, et il me prend une terrible envie de poser ma joue contre lui.

Mais je me retiens.

— Il faut que je rentre, dis-je, mon père va appeler.

***

Aussitôt rentrée chez moi, je file sous la douche !

J'entends le téléphone sonner. Ce doit être mon père, alors je me dépêche de finir et le rappelle une fois séchée et habillée.

— Salut p'pa.

— *Salut ma chérie, tu vas bien ?*

— Ça va et toi ?

— *Ça va, tout se passe bien à la maison ?*

— Mais oui, ne t'inquiète pas ! Alors ton travail ?

— *Je peux d'ores et déjà te confirmer que je rentre bien mardi matin.*

— OK, cool.

— *Tout va bien ?* me redemande-t-il. *Tu as une voix bizarre…*

— Ça va, ne t'inquiète pas, dis-je.

— *Non Alice, je sais reconnaître à ta voix lorsqu'il y a un problème.*

— Je fais des cauchemars…

— *Des cauchemars ? Quel genre, Alice ? Dis-moi,* s'impatiente-t-il.

— Je rêve de Doria Miller.

— *De Doria Miller ?*

— Oui, réponds-je.

— *Comment sais-tu que c'est elle ?*

— Papa, je l'ai vue en photo, je te rappelle. Je sais bien comment elle est. Et je sais aussi que ce n'est pas moi en rêve, si c'est la question que tu te poses.

Mon père reste quelques secondes silencieux, puis me demande :

— *D'accord, mais qu'est-ce qu'il se passe dans tes rêves ?*

Je n'ai pas envie de tout lui dire, pas envie de l'inquiéter alors qu'il est à 700 miles de la maison.

— Je rêve de cette fille et j'ai l'impression qu'elle cherche à me parler.

Encore un silence.

— Je me souviens que tu m'avais dit connaître une médium, reprends-je.

— *Oui, en effet. Mais pourquoi est-ce que tu repenses à ça ?*

— Peut-être que je pourrais en parler avec elle ? Tu m'avais dit qu'elle t'avait impressionné.

— *Oui, enfin… Elle m'avait impressionné par ses déductions, mais je n'irai pas jusqu'à affirmer qu'il s'agit bien d'un pouvoir de médium.*

— Est-ce que tu penses qu'elle serait d'accord pour m'écouter et répondre aux quelques questions que je me pose ?

— *Il faudrait que je reprenne contact avec elle…*

— C'est une belle femme ? demandé-je.

— *Pourquoi est-ce que tu me poses cette question ?*

— C'est une belle femme, oui ou non ?

— *Oui, elle est assez jolie, mais je ne vois pas où tu veux en venir.*

— Donc, j'imagine que tu as gardé son numéro.

— *OK, je comprends enfin… Et laisse-moi te dire que ce n'est pas très fin, Alice !* répond-il d'une voix faussement colérique.

Seulement je sais que j'ai raison !

— Je te laisse l'appeler p'pa, et on en reparle demain, OK ?

— *Attends, tu ne vas pas raccrocher maintenant alors que je vois que tu as besoin de parler…*

— Mais non, c'est bon p'pa ! Et je suis une grande fille, je survivrai jusqu'à ton retour. Ne t'inquiète pas, tu peux passer une bonne soirée.

— *D'accord. Bonne soirée aussi, ma chérie.*

23

Oh Chad, oui, continue de chanter !

OK, ce n'est que mon radioréveil. Mais c'est plutôt cool de se réveiller avec Nickelback. Et pas de cauchemar aujourd'hui, je sens que ça va être une bonne journée.

Je saute de mon lit et manque de me vautrer en réalisant que ma jambe gauche est en avance sur la droite. Manquerait plus que je me lève du mauvais pied alors que ce début de semaine s'annonce bien… De bonne humeur, je danse presque jusqu'à la salle de bain. Je fais ma toilette, un brin de maquillage et me précipite jusqu'à la cuisine. J'ai tellement faim que je sors du fromage en tranches, du bacon, des œufs et c'est parti !

Le petit-déjeuner terminé, je fais un dernier tour à la salle de bain et me dépêche de rejoindre ma voiture, car ma montre fait son insolente en m'indiquant qu'il est l'heure d'y aller.

***

J'arrive au lycée.

— Salut ! s'exclame Alex en me voyant descendre de ma voiture.

— Salut mon mignon, réponds-je.

— Oh, mais que me vaut tant de gentillesse de ta part ?

— Profite, je suis de bonne humeur ! Je sens que cette journée va être…

— Va être ? demande-t-il.

— Je l'avais oubliée, elle.

J'aperçois Sarah devant le hall.

— Ah oui, ça va être sympa vos retrouvailles, s'esclaffe

Alex.

Oh misère…

— Et cette journée qui s'annonçait radieuse, me lamenté-je.

— Elle peut l'être quand même ! Tu sais, elle ne voudra sûrement pas reparler de ça. Ce n'est pas dans son intérêt que tout le lycée découvre que tu lui as jeté deux verres au visage.

— Eh, mais c'est que tu as raison ! m'exclamé-je avec soulagement. Le tout est de l'éviter. Si je ne vais pas à elle, elle n'a pas de raison de venir à moi. Donc cette journée peut encore être excellente.

— Pas pour tout le monde, intervient Alex.

Je me tourne vers lui.

— Pourquoi est-ce que tu dis ça ? Qu'est-ce qui t'arrive ?

— Moi tout va bien. C'est pour Lydia que je dis ça.

— Qu'est-ce qu'elle a ?

— C'était prévisible, Matt a appris qu'elle avait embrassé mon frère. Du coup, il l'a larguée hier.

— Non ?!

— Si.

Je le savais, cette journée s'annonce exceptionnelle !

— Quand est-ce que tu l'as su ? l'interrogé-je.

— Hier soir. Elle m'a parlé sur *Facebook*, elle psychote sur la personne qui l'a balancée.

— Elle pensait que c'était toi ?

— Non, je ne crois pas, mais disons qu'elle voulait au moins que je lui confirme que je n'y étais pour rien.

— Et tu sais qui l'a fait ?

— Aucune idée ! répond-il. Ce n'est pas toi au moins ?

— Tu rigoles ? Je n'ai ni le numéro ni le *Facebook* de Matt. Et pourquoi j'irais la balancer ? Je la trouve plutôt sympa, Lydia.

On s'approche du hall et j'aimerais quand même éviter de passer trop près de Sarah.

— On peut entrer par les portes sur les côtés du bâtiment ?

demandé-je à Alex en m'arrêtant de marcher.

— Juste pour éviter Sarah ? Et me priver par la même occasion d'un duel sanglant et hilarant ?

— Arrête tes conneries, Alex, et réponds-moi.

Sarah est en pleine discussion avec un groupe de filles que je ne connais pas, je n'ai pas l'impression qu'elle m'ait repérée, mais on ne sait jamais.

— Les portes sur les côtés ne s'ouvrent que de l'intérieur, étant donné qu'il y a toujours du monde qui squatte devant, il y aura bien quelqu'un qui pourra t'ouvrir ! Sinon, il faut que tu fasses le tour et que tu prennes l'accès des profs, mais là tu devras t'expliquer.

— Alors celles des côtés. Tu viens avec moi ?

— Tu ne préfères pas que je rentre par l'entrée principale et que j'aille directement t'ouvrir la porte à gauche, celle juste avant la salle de sciences ? propose-t-il.

— On commence par sciences ce matin ?

— Oui.

— OK, je contourne par la gauche et tu me retrouves là-bas ! reprends-je.

Je quitte l'allée pour emprunter la pelouse jusqu'au premier angle du bâtiment. Je continue jusqu'à la troisième porte, personne ne se trouve derrière.

Eh mince, la sonnerie retentit ! Par la vitre, je ne tarde pas à voir apparaître les premiers élèves dans le couloir. Mais toujours pas d'Alex…

Ah si, le voilà ! Mon sauveur !

— Bon, alors ?

J'imagine qu'il ne m'entend pas, mais au moins il me voit. Qu'est-ce qu'il fait ? Il me regarde en souriant. Oh non…

— Hé, tu te fous de moi, Alex ? Oh, t'es censé m'ouvrir, là !

Il fait mine de ne pas comprendre ce que je demande, je crois que je vais le tuer ! J'aperçois le prof qui arrive devant la salle. Ils rentrent tous en cours ! Alex va bien finir par… putain, ce con il rentre aussi !

Je le hais !

Je rejoins en courant l'entrée principale, il n'y a déjà plus personne devant la façade… J'entre.

— Oh, monsieur le directeur.

— On est en retard, Alice ?

— Non, pas vraiment, réponds-je de ma petite voix innocente. J'avais oublié un cahier dans ma voiture.

— Eh bien, dépêchez-vous de rejoindre votre cours.

Je le dépasse prestement.

— Et on ne court pas dans l'enceinte du lycée, ajoute le directeur derrière mon dos.

Je ne me retourne pas, mais ralentis.

La salle de sciences… Quelle porte c'est déjà ? Elles sont toutes fermées et je suis la dernière à me trouver encore dans les couloirs.

Tiens, je passe justement devant une porte de secours, mais laquelle c'est ? La deuxième ou la troisième ? Je me tourne, essayant d'évaluer la distance entre le hall d'entrée et moi, et me rends compte que le directeur m'observe…

Bon allez, je frappe trois coups et j'entre.

— Bonjour, excusez-moi pour le retard…

Je me précipite vers une table vide. Je sors mes affaires, tout le monde me regarde.

Oh, la boulette.

— Est-ce que l'on peut vous aider ? me demande un professeur que je ne reconnais pas.

Normal, ce n'est ni mon prof ni ma classe. Les élèves autour de moi me fixent de leurs regards de gamins.

— Il me semble que je me suis trompée de classe…

— Il semblerait oui, se moque le professeur, apparemment très à l'aise, comparé à moi.

Je me lève, prends mes affaires de sciences sous le bras sans prendre le temps de les remettre dans mon sac et quitte la salle aussi vite que possible.

De retour dans les couloirs, je jette un rapide coup d'œil vers l'entrée pour m'assurer que le directeur a disparu. J'ai chaud, je ressens comme des bouffées de chaleur, et j'ai peur d'avoir transpiré. J'essaie tant bien que mal de reprendre mes esprits…

Bon, a priori je devais être au niveau de la deuxième porte, alors je continue jusqu'à la prochaine. Là, je prends quand même la précaution de tendre l'oreille ; je voudrais au moins reconnaître la voix de monsieur Marthey ou d'un élève de ma classe. J'entends un bruit derrière moi, je me retourne, gênée. C'est Lydia qui sort d'une autre classe. Elle me regarde, se demandant sûrement ce que je fais l'oreille collée à une porte. Puis elle repart comme si de rien n'était vers le hall. En passant, j'aperçois ses yeux rouges et l'entends sangloter.

Allez, je rentre.

C'est bon ! Je reconnais ce petit con d'Alex, tout sourire, au fond de la classe.

— Alice ! s'exclame le professeur de sciences en se tournant vers moi.

— Oui, monsieur Marthey ?

— Vous êtes en retard.

Sans blague ?

— Un mot d'excuse, peut-être ? reprend-il.

— Euh… pardon, tenté-je.

Les petits cons d'élèves se mettent à pouffer.

— Alice, je parle d'un mot sur papier.

— Ah… non.

— Mais j'imagine que vous avez une bonne raison d'arriver dix minutes après vos camarades et ainsi perturber le cours qui a débuté…

Je ne bouge pas, ne sachant pas si je dois aller m'installer à ma place ou s'il souhaite que je passe d'abord par le bureau du CPE.

— Alors ? insiste-t-il.

— Disons que…

Je regarde Alex et poursuis :

— Nous sommes parfois surpris par la bêtise de certains, et elle peut être telle qu'il nous faut du temps pour nous retourner afin d'envisager une solution de secours.

Je ne suis pas certaine que le professeur ait compris où je voulais en venir, toujours est-il qu'il me fait signe d'aller m'installer. De toute manière le principal intéressé, lui, a compris.

***

C'est la pause, je sors de la salle de cours et marche dans le couloir lorsqu'Alex me rattrape.

— Allez, Alice, ne fais pas la gueule, s'il te plaît…

— Non mais tu te fous de moi ? Je me suis tapée une heure de retenue par ta faute !

— Non, l'heure de retenue, c'est parce que tu n'avais pas fait le travail demandé.

— Si ça n'avait pas été additionné à mon retard, le prof se serait sûrement contenté d'un exercice supplémentaire, réponds-je.

Et j'en suis quasi certaine.

Je continue d'avancer en tentant même d'accélérer le pas.

— Alice, att…

Je me retourne vers lui.

— Tu me fais chier, OK ?

Il me regarde, la bouche ouverte.

— D'accord, j'ai abusé, avoue-t-il, j'aurais dû t'ouvrir. Mais c'était juste une blague.

Je l'ignore et entre là où il ne me suivra pas. Derrière moi, la porte s'ouvre.

— Alice, je suis désolé.

— Non, mais Alex, t'es dans les toilettes des filles là !

— Je sais.

Une fille à couettes entre, aperçoit Alex et regarde le haut de la porte pour être bien certaine de ne pas s'être trompée.

— Tu sors ! crié-je.

— Tu me pardonnes ? me demande-t-il en faisant la moue.

— Sors…

La nana aux couettes reste à la porte et nous observe, hésitant encore à entrer.

— Alex !

Ah tiens !

— Bonjour monsieur le directeur, répond Alex en se retournant.

— Et avec Alice, voyez-vous ça… Alice, votre retard de ce matin ne vous a pas suffi ?

— Je ne fais que me rendre aux toilettes, me justifié-je.

Et toc ! Il ne trouve rien à redire.

— Et vous, Alex, vous vous rendiez également aux toilettes, je présume ?

— Euh, oui…, ose-t-il avec son air ridicule. Vous me croyez si je vous dis que je me suis moi aussi trompé de porte ?

— Suivez-moi, se contente de lâcher le directeur.

Je lance un large sourire à Alex qui se détourne pour suivre notre gros gourou. La fille aux couettes, quant à elle, se décide enfin à entrer pour de bon.

— Salut, me lance-t-elle.

Qu'est-ce qu'elle me veut ? Elle doit avoir un an de moins que moi. Elle porte une tenue décontractée, a le petit sourire de la fille sympa mais aussi un gros air de cruche. Disons que les couettes, ça n'aide pas à ce niveau.

— Tu es Alice, c'est ça ? demande-t-elle.

— Oui, pourquoi ?

— J'ai appris ce que tu avais fait à Sarah Garner, j'étais trop folle quand j'ai appris ça ! Je crois que je suis devenue ta plus grande fan !

— Oh là, calme-toi, miss couettes.

— Attends, je suis cheerleader avec elle, je la déteste cette fille ! Elle passe son temps à se moquer de mes copines et moi. Alors lorsqu'on a app…

Je la laisse parler et sors des toilettes. Et même sortie, il me semble l'entendre continuer à parler derrière la porte.

Alex n'est pas dans les parages, je l'imagine dans le bureau du directeur et ça me fait sourire. Au fond du couloir, j'aperçois Matt Ferman et ses copains entrer dans la salle où se trouvent billards et autres jeux débiles. En gros, la salle où je ne mets habituellement pas les pieds. Je pars à leur poursuite. J'entre et le vois affalé sur une banquette avec Rick et sa bande. Matt est tout à gauche, son bras droit est étiré sur la banquette, au-dessus d'une place pour le moment encore vide. Je ne réfléchis pas et me précipite pour m'installer dans le creux de son bras et poser légèrement ma joue contre son biceps, ce qui attire vers moi les regards étonnés de tous ses potes.

Je ne me démonte pas.

— Je vois que tu m'attendais, Matt…

— Putain, tu ne perds pas de temps, toi ! s'exclame Rick à l'attention de son copain, qui se contente de sourire.

Et qui ne retire pas son bras!

— Comment ça va ? me demande-t-il.

Je craque… Grand, brun, musclé et en plus un superbe sourire…

— Ça va ! Alors, qu'est-ce que vous racontez de beau ?

— On te parlerait bien de la rupture entre Lydia et Matt, intervient « je ne sais plus son prénom », mais j'ai l'impression que t'es déjà au courant !

— Je crois en effet en avoir entendu parler…

Je ne me reconnais pas ! Je réponds à la manière d'une pétasse, tout ce que je déteste ! Tout ça, c'est à cause de la fille aux couettes, elle m'a redonné confiance en moi. Et user de culot sera peut-être ma seule chance avec Matt.

Mes yeux sont attirés vers l'entrée, où j'aperçois Alex qui s'engouffre dans la pièce. Il me regarde alors que ma tête est toujours dans le creux du bras de Matt, et je me sens tout à coup mal à l'aise. Il me jette un dernier regard qui en dit long sur ce qu'il en pense, puis quitte la pièce. Les autres, qui ne l'ont pas remarqué, continuent de rigoler ensemble. Moi, je me contente de sourire, mais n'entends déjà plus ce qu'ils racontent. Je songe à Alex, à ce qu'il doit penser. Il va croire que c'est moi qui ai balancé Lydia. Sauf que je n'ai rien à me reprocher, alors pourquoi est-ce que je devrais m'en vouloir ? Je n'ai jamais eu la cote et là, j'ai peut-être une chance de sortir avec le plus beau mec du lycée ! Mon comportement ne me ressemble peut-être pas, mais au moins, il n'a pas l'air de déplaire à Matt.

La sonnerie retentit, toute la bande se lève sans faire attention à moi. Je me sens soudain très seule et ne sais plus quoi penser de cette situation. Matt n'a pas retiré son bras à mon arrivée, mais est-ce que ça voulait vraiment dire quelque chose ? Je reprends peu à peu conscience de la réalité et remets mes questions existentielles à plus tard, il ne faudrait pas que j'arrive encore en retard !

***

C'est l'heure du déjeuner ; j'essaie de trouver Alex puisque nous n'étions pas ensemble lors des deux dernières heures de cours. Ne le voyant pas, je décide de lui envoyer un message :

> Alex, tu es où ? On mange ensemble ?

Je me range sur le côté afin de laisser passer le troupeau qui s'élance vers la sortie.

— Tu manges avec nous ?

Je me retourne, c'est Matt.

— Euh…

Qu'est-ce que je réponds ? Je regarde vite fait mon

téléphone, pas de réponse d'Alex.

— OK.

Je suis Matt et ses copains jusqu'à la file d'attente qui mène au réfectoire. Je ralentis, eux continuent et passent devant tout le monde. Personne ne dit rien. Matt se retourne vers moi et me fait signe de les suivre, alors je m'exécute, terriblement gênée.

Ils s'arrêtent enfin et s'insèrent au niveau d'un groupe de filles, dont fait bien évidemment partie ma très bonne amie Sarah.

— Putain, qu'est-ce qu'elle fait là ? s'exclame-t-elle à l'attention de Rick.

— Elle mange avec nous, l'informe aussitôt Matt.

Moi, je ne dis rien, j'ai l'impression que cette fille me fait perdre mon assurance. Suite à la réponse de Matt, Sarah se contente de souffler et poursuit sa discussion avec ses copines. Lydia n'est pas dans le groupe, ce qui me soulage un peu.

En m'installant à table, je pense de nouveau à Alex. Je regarde autour de moi, mais ne l'aperçois toujours pas. Je m'assieds et saisis mon téléphone, il m'a répondu :

Parce que tu ne manges pas
avec tes nouveaux amis ?

Je me sens conne et range mon téléphone sans répondre.

À côté de moi, Matt me lance des regards de temps à autre. J'ai l'impression que j'ai vraiment mes chances avec lui. Je mange en silence et ne prends pas part aux conversations ; il faut dire que c'est Sarah qui mène les discussions en parlant de professeurs et d'élèves que je ne connais que de vue.

— Tiens, Matt, regarde qui voilà ! s'exclame Sarah en désignant l'entrée du self.

C'est Lydia qui arrive, et elle est accompagnée d'Alex. Elle nous observe brièvement, avant de baisser les yeux et d'aller s'asseoir à une table libre. Alex qui la suit nous jette aussi un regard, mais le sien est très noir. Il n'a vraiment peur de rien, lui.

— Mais c'est qu'elle s'est trouvée un nouveau chien-chien, lance Sarah en rigolant.

— C'est bon..., tente de la calmer Rick.

— Non, mais attends, c'est vraiment dégueulasse ce qu'elle a fait à Matt ! s'énerve-t-elle.

— Ne t'inquiète pas pour moi, répond l'intéressé. Me mettre en couple avec elle était une erreur, c'est une très bonne chose que ce soit terminé.

— En tout cas, je ne veux plus d'elle dans notre groupe, ajoute Sarah en regardant ses autres copines qui acquiescent toutes comme des brebis. En parlant de ça, ajoute-t-elle en me regardant, il y en a une autre dont on pourrait se passer...

Je ne sais pas si je dois répondre, et cette fois ni Rick ni Matt ne prennent ma défense. Je me sens de trop, là... Lydia était la seule fille que je trouvais sympa dans ce groupe et voilà que j'ai l'impression de prendre sa place alors que je n'ai aucune affinité avec les autres filles et que je n'ai pas envie d'en avoir. Et ça a l'air réciproque. Tout ça pour Matt... Je regarde en direction de la table où se sont installés Alex et Lydia ; est-ce qu'il vaut la peine que j'agisse de la sorte ? Je me retourne vers ma table et remarque qu'il est justement tourné vers moi, mon regard croise le sien. Oui, je crois qu'il en vaut largement la peine... Oh ses yeux... J'ai l'impression de contempler l'océan et de m'y perdre.

Je ne dis rien, il me sourit puis tourne la tête vers le reste de la tablée et intervient dans la conversation. C'est comme si le temps s'était arrêté, le son revient petit à petit jusqu'à mes oreilles, et avec lui la sensation que je suis ridicule. Je ferme la bouche, m'assure de ne pas m'être bavé dessus et tente de retrouver ma raison. Ainsi que ma dignité.

Je finis de manger et les observe. Ils ont aussi terminé mais n'ont pas l'air pressés de se lever.

Il suffit que j'y pense pour que Rick quitte sa chaise et que tout le monde en fasse de même. Je leur emboîte le pas et lorsque nous passons devant la table d'Alex, ce dernier fait mine de ne pas me voir. Lydia doit me détester…

Dehors, la quasi-totalité du groupe se met à fumer. Matt me propose une cigarette que je refuse. Marcus fait signe à un gars de venir. Ce dernier fait une grimace en me voyant.

Qu'est-ce qu'il lui arrive encore ?

Il se barre vers le hall.

— Oh, Douglas, tu fais quoi ? crie Rick.

Le garçon ne se retourne pas et entre dans le lycée.

Il est bientôt 15 h 30, l'heure à laquelle je finis les cours aujourd'hui. Je regarde Alex ; il a décidé de changer de place et s'est volontairement éloigné de moi. Je trouve ça ridicule. Monsieur tient à bien me montrer qu'il me fait la gueule, alors qu'il pourrait se contenter de ne pas me parler. Ah, ce qu'il m'énerve quand il agit comme moi…

J'avais l'impression qu'on s'était bien rapprochés, que l'on pourrait tout se dire. Il a pourtant pris le parti de sa copine Lydia. Après tout, tant pis pour lui ! C'est lui qui a fait ce choix.

La sonnerie retentit, je jette quand même un regard vers lui. Je crois qu'il l'a remarqué, mais fait toujours mine de ne pas me voir. Je vais tenter une dernière discussion en l'invitant à passer chez moi.

Je finis de ranger mes affaires et me lève. Il sort de la salle et je me faufile pour le rattraper dans le couloir.

— Alex…

— Qu'est-ce que tu veux ? m'interroge-t-il sèchement.

— Oh, ça va ! m'énervé-je. Tu peux arrêter de faire le gamin et me parler correctement ? Je ne sais même pas pourquoi tu me fais la gueule !

Il s'arrête et se retourne vers moi, tandis qu'une foule d'élèves nous dépasse pour se hâter de rejoindre la sortie afin de profiter pleinement de leur quart d'heure de pause.

— Franchement, tu n'as aucune idée de la raison pour laquelle je pourrais t'en vouloir ? Alors tu es encore plus conne que je le pensais !

Et il se tire.

Je reste sans voix, le regardant s'éloigner. Ce mec est un con. Il vient de perdre une amie, tant pis pour lui !

Alors que je me fais bousculer de tous les côtés, je me remets à avancer jusqu'à mon casier pour y déposer certaines affaires, puis me décide à rentrer chez moi.

Dehors, j'aperçois Matt et sa bande, j'hésite et vais finalement le voir. Ils sont sur un coin de pelouse, les filles sont assises sur les vestes de leurs mecs tandis que les gars sont debout, cigarettes à la bouche.

— Tiens, revoilà cheveux bleus, s'exclame Rick.

Sarah me jette un coup d'œil qui en dit long sur la joie que lui procure mon arrivée, je crois que ça ne le fera décidément jamais entre nous.

Je m'approche de Matt et dis à l'ensemble du groupe :

— Je finis à 15 h 30 aujourd'hui, je venais seulement vous dire au revoir.

— Tu as de la chance, toi ! s'exclame Margot. Nous, on doit se coltiner deux heures d'histoire, ça me saoule !

— Ne te plains pas, s'exclame Rick. Matt et moi enchaînons encore avec une heure de retenue après !

— Ça, vous l'avez cherché, lui rétorque Sarah. D'ailleurs, je commence à croire que tu préfères passer du temps avec Matt qu'avec moi.

Ce à quoi il répond en s'affalant sur elle, en faisant, au passage, rigoler toute la bande.

Matt sourit devant la situation, puis se tourne vers moi.

— Alors on se voit demain, me dit-il.

— Oui, acquiescé-je.

Il s'approche et m'embrasse. Sur la joue.

24

Le ménage et mes devoirs terminés, je m'installe face à mon écran d'ordinateur avec posée sur mon bureau mon assiette de nems. J'ai une demande d'amis sur *Facebook* et je suis ravie de découvrir qu'elle vient de Matt ! Moi qui voulais l'ajouter, il m'a devancée. Je me sens assez fière.

En tout cas, il n'a pas perdu de temps. Il est 20 h, ça ne doit pas faire très longtemps qu'il est rentré de sa retenue. Ou peut-être l'a-t-il fait de là-bas à partir de son smartphone ?

Il s'ennuyait et pensait à moi…

Putain, j'ai cliqué sur « refuser » ! Mais je suis trop conne ! J'ai envie de me taper la tête contre mon bureau tellement je suis cruche ! J'étais si fière que ce soit lui qui fasse le premier pas, je suis maintenant obligée de lui faire une demande. Et s'il la refusait ? Peut-être qu'il va mal interpréter mon refus et qu'à la suite de ça il ne va plus vouloir me parler ?

Je ne sais plus ce que je dois faire, j'ai besoin d'un avis. Je vois bien Alex connecté, mais je ne suis pas certaine qu'il acceptera de m'aider, et quand bien même il le ferait, je ne suis pas sûre non plus qu'il faille suivre ses conseils.

Bon, je renvoie une demande à Matt. Et j'attends…

Longtemps.

Il doit m'en vouloir ! J'aurais pu sortir avec le plus beau mec du lycée et j'ai cliqué sur « refuser » ! Heureusement que mon père n'est pas là pour m'entendre hurler que je suis trop conne !

Le téléphone sonne, ce doit justement être lui, mais je croise les doigts pour que ce soit Matt.

— Allo, dis-je de ma plus jolie voix.

— *Salut ma chérie, tu vas bien ?*

C'est mon père…

— Moui, ça va, réponds-je.

— *Moui ? Qu'est-ce qui se passe ? Encore tes cauchemars ?*

— Euh… non.

Je n'y pensais même plus à vrai dire.

— *Alors qu'est-ce qui ne va pas, ma chérie ?* insiste-t-il.

— Oh rien, je viens seulement de mettre un vent au plus beau mec de l'univers.

— *Le plus beau mec de l'univers ? Après ton père, tu veux dire ?*

— À des années-lumière devant toi, p'pa ! Et je viens de le jeter, tu comprends dans quel état je suis là ?

— *Tu dois être fière.*

Mais il n'a rien compris ! Ou il se fout de moi ?

— Je dois être fière ?

— *Avoir dit non au plus beau mec de l'univers, ça le remet à sa place. Et j'imagine que c'est parce que tu es consciente qu'il n'y a pas que le physique qui compte, ma chérie, c'est pour ça que tu lui as dit non, n'est-ce pas ?*

— Oui, bien sûr p'pa… Moi je dirais plutôt que c'est parce que tu m'as faite trop conne !

— *Oui, on t'a un petit peu ratée à ce niveau, je l'avoue.*

— Très drôle.

Sauf qu'il a raison !

— *Bon, plus sérieusement j'ai réussi à l'avoir,* reprend-il.

— Tu as eu quoi ? demandé-je.

— *J'ai eu la médium dont on a parlé hier, celle que tu voulais que j'appelle.*

— Ah, oui ! Et alors ?

— *Elle est d'accord pour discuter avec toi, on peut l'appeler demain, si tu veux.*

Je ne sais plus si j'en ai vraiment envie… Et puis je n'ai pas rêvé de Doria la nuit dernière.

— *Tu es toujours là ?* s'inquiète-t-il.

— Oui, je suis là... Je réfléchissais. Pour la médium, on en reparle demain. Tu penses arriver vers quelle heure ?

— *J'arriverai dans la matinée, tu veux que je passe te prendre au lycée pour déjeuner ?*

— Non, ne t'embête pas, réponds-je, on se verra demain soir.

— *OK. Je dois voir madame Miller demain après-midi. J'espère qu'elle me confirmera l'idée que je me suis faite à propos de votre ressemblance.*

— Comment ça ? Tu veux dire qu'il y aurait vraiment un lien entre Doria et moi ?

— *Je n'en suis pas encore certain, ma chérie, mais je vais faire en sorte de pouvoir te donner une réponse à mon retour.*

— Attends, p'pa, tu connaissais madame Miller ?

— *Non.*

— Alors c'est maman qui la connaissait ?

— *Non plus, Alice, ça n'a rien à voir. Mais je t'en dirai plus demain.*

— Attends, tu peux quand même comprendre que je m'interroge ?

— *Oui, je comprends, ceci dit je n'ai pas envie de te dire de bêtises. Et je réalise que je t'en ai déjà trop dévoilé.*

— Ou pas assez.

— *Oui, enfin, sache juste qu'il n'y a aucune inquiétude à avoir. Seulement, si c'est bien ce que je pense, il faut que l'on ait une conversation. Mais pas par téléphone, Alice.*

— J'ai peur de ce que tu vas m'annoncer.

— *Ça ne changera rien, je tiens juste à être face à toi, d'accord ?*

— OK.

— *On en reparle à mon retour, ma chérie. En attendant, n'y pense plus.*

— Hmm.

« N'y pense plus », facile à dire.

— *Bonne soirée, Alice.*

— Bonne soirée, p'pa.

Après avoir raccroché, je reste un moment auprès du téléphone à réfléchir. Je n'ai franchement aucune idée de ce que mon père va bien pouvoir m'annoncer. Ni lui ni maman n'avaient de lien avec madame Miller et pourtant je pourrais en avoir avec Doria…

Bon, j'en saurai davantage demain, je m'inquiète peut-être pour rien. Et pour le moment, il y a quelque chose d'une importance capitale. Je me précipite à l'étage, il faut que j'envoie un message à Matt pour lui expliquer ma connerie.

Oh ! Il a accepté ! Il a accepté et j'ai un message !

Salut Alice.

Qu'est-ce que je réponds ?

Salut Matt.

Mince, j'aurais pu être plus originale.

J'ajoute :

Ça a été ton heure de retenue ?

C'est nul !

Oui, tranquille. Je commence à avoir l'habitude, tu sais… Et toi ?

Mon heure de retenue ? C'est jeudi. D'ailleurs, il va falloir que j'en parle à mon père. Ou pas !

Moi ?

Ton après-midi, ça a été ? Tu fais quoi ce soir ?

Est-ce qu'il veut m'inviter ? Ou passer ? Il est fou, je ne suis pas prête, moi.

Oui, ça a été.

Pour ce soir, qu'est-ce que je peux répondre qui me donne

l'air cool ?

Ce soir, je répète avec mon groupe de rock.

Oh punaise… Ça paraissait crédible dans ma tête.

Cool !

OK, là-dessus, j'ai bon.

C'est qui les autres ?

Quels autres ?

Dans ton groupe, tu n'es pas seule, j'imagine.

Pourquoi j'ai parlé d'un groupe ? Je ne sais ni chanter ni jouer de la musique !

Des mecs de New York, ils viennent exprès pour la répétition.

Ah.

Je suis trop bête ! Il ne doit pas me croire et il a raison. Pourquoi est-ce que j'ai inventé cette histoire, moi ? Il ne dit plus rien, ça y est, il sait que je suis folle. Il ne lui aura fallu qu'une journée pour le réaliser.

Une nouvelle fenêtre s'ouvre, c'est Alex :

Alice amie avec Matt Ferman, comme par hasard !

Il ne manquait plus que lui…

Je demande innocemment :

Tu m'en veux ?

C'est dégueulasse pour Lydia. Et tu lui parles en ce moment même ?

Non, il m'a seulement ajoutée en ami, c'est tout.

Je ne lui mens pas complètement, Matt ne me parle plus.

Tes amis ne sont pas encore arrivés ?

Quels amis ?

Merde, ce dernier message était de Matt !

Les mecs de ton groupe !

Il doit me prendre pour une conne. Et s'il n'était pas encore tout à fait certain de ma folie, c'est désormais chose faite.

Ils doivent arriver d'ici un quart d'heure.

OK, alors je vais te laisser tranquille, parce que j'imagine que tu ne vas pas rester sur *Facebook* en même temps que ta répétition. D'ailleurs, tu chantes ou joues de la musique ?

Mais pourquoi est-ce que je me suis embarquée là-dedans ?

Tu sais, ils sont souvent en retard. C'est possible que je reste plus longtemps connectée.

Ah, mais moi je ne vais pas tarder, j'ai entraînement à 21 h. C'est dommage que tu aies ta répétition, sinon tu aurais pu venir.

Cruche, cruche, cruche…

Mais tu ne m'as pas répondu, tu es chanteuse ou musicienne ?

Je suis chanteuse.

Et les musiciens ?

Eux, ils jouent de la musique.

C'est moi ou elle était idiote sa question ?

Oui, je me doute que les musiciens jouent de la musique. Ce ne sont que des mecs ? Combien est-ce que vous êtes ?

Je n'en sais rien, moi ! Oh putain…

Oui, que des mecs, je suis la seule fille. Et on est quatre donc eux sont trois.

Eh oui, championne de mathématiques.

Je peux te poser une question ?

J'ai envie de lui répondre « tu viens de le faire » ou « pour les précédentes tu ne m'as pas demandé », mais j'ai trop peur qu'il le prenne mal !

Alors je me contente d'écrire :

Bien sûr.

Tu es en couple avec un des musiciens ? Et as-tu déjà eu une aventure avec l'un d'entre eux ?

Ça fait deux questions ça.

Oui.
Alors ?

Ça a l'air de l'inquiéter. Ou l'heure de son entraînement approche…

Je réfléchis pour ne pas écrire de bêtises et réponds :

Non aux deux questions.

C'est cool pour ce que j'ai à te demander.

OK…

Alors ? Demande-moi ! Il ne s'est pas barré quand même ?

Maintenant c'est encore plus clair, je déteste le football !

Est-ce que ça te dirait qu'on sorte ensemble ?

25

Encore ce cauchemar…

Doria, assise sur une chaise, attachée. Il fait sombre, seul un rai de lumière éclaire un peu l'endroit où elle se trouve. Il n'y a rien autour de sa chaise. Enfin, il ne me semble pas avoir vu quoi que ce soit.

Elle a les yeux fermés et la peau de ses joues brille, comme si des larmes y avaient séché. Puis elle ouvre les yeux et hurle, et c'est à ce moment que je me réveille.

Je me redresse et tente de ralentir ma respiration. J'ai la chair de poule.

***

J'arrive au lycée et en refermant ma portière, j'aperçois la mère d'Alex qui le dépose. Elle me lance un sourire que je lui rends.

— Salut Alex.

Il me passe devant sans me répondre.

— Attends, Alex, s'il te plaît, j'ai besoin de te parler.

Il se retourne, toujours silencieux.

— Est-ce qu'on peut manger ensemble ? insisté-je.

— Je serai sûrement avec Lydia.

— On ne peut pas manger que tous les deux ?

— Pas si Lydia est seule.

Puis il se retourne et part en direction du hall. Je reste un instant à réfléchir en le regardant s'éloigner, puis vois Matt arriver en voiture sur le parking. Il se gare et sort en me souriant.

Il s'approche de moi, je me sens trop mal à l'aise et ne sais pas comment réagir. Je l'embrasse ? Je ne l'embrasse pas ? Je crois que je vais le laisser faire.

Il se penche et pose sa main droite sur ma taille. De sa main gauche, il accompagne mon visage jusqu'au sien et ses lèvres viennent rencontrer les miennes. J'ai l'impression que mes jambes vont me lâcher, ce baiser me fait tout oublier. Après quelques secondes, il s'écarte. Je garde les yeux fermés un moment. Quand je les rouvre, il me regarde et sourit.

— Ça s'est bien passé ta répète ? me demande-t-il.

J'avais oublié mes bobards de la veille.

— Et toi, ton entraînement ? tenté-je de changer de sujet.

— Bien ! Comme d'hab', à vrai dire. Sauf que maintenant, tu as l'obligation de venir au stade tous les samedis.

— OK.

Il me prend par les hanches et m'entraîne vers l'entrée du lycée. Les autres élèves nous regardent, surtout les filles à vrai dire. Je suis sûre qu'elles crèvent toutes de jalousie. Moi je me sens fière, vraiment très fière.

***

— Ça y est, c'est officiel ? me demande Alex alors que je m'assieds à côté de lui.

Étonnamment il ne s'est pas sauvé. Il n'y avait de toute manière plus aucune place libre.

— Qu'est-ce qui est officiel ? demandé-je.

— Tu sors avec Matt. Vous vous êtes embrassés ce matin. Sans vous avoir vus, je suis déjà au courant.

— Oui, en effet. C'est Lydia qui t'en a parlé ?

— Non.

— Comment tu le sais alors ? insisté-je.

— J'ai juste entendu des filles en parler entre elles dans le couloir. Mais tu sais, je m'en fous, c'est juste pour Lydia que je trouve ça dégueulasse.

Je me tourne vers lui, il fuit mon regard.

— Tu peux bien sortir avec tous les imbéciles que tu souhaites, ajoute-t-il, c'est ton problème.

— Tu la faisais chier comme ça Lydia quand elle sortait avec Matt ?

— Parce que je te fais chier ? C'est toi qui viens t'asseoir à côté de moi, je te signale. Je te rappelle que je ne te parlais plus.

— Justement, c'est ça qui m'ennuie !

— Oh, s'il vous plaît au fond, intervient le professeur.

Alex se replonge dans ce qui est écrit au tableau pour le recopier sur son cahier, mais je reprends en murmurant :

— Je n'ai pas envie que tu me fasses la gueule. Et je pourrais tout aussi bien la faire moi aussi, maintenant que tu m'abandonnes pour Lydia. D'ailleurs, je me demande même si tu ne cherches pas à te remettre avec.

— N'importe quoi, chuchote-t-il.

— Et pourquoi pas ? Je sais bien qu'elle est à ton goût physiquement et vous vous entendez super bien. Et surtout, vous êtes tout le temps fourrés ensemble depuis qu'elle n'est plus avec Matt.

— Je te rappelle qu'on est déjà sortis ensemble et que ça n'a pas marché. Et je suis tout le temps avec parce que sinon elle se retrouve toute seule. Par ta faute, d'ailleurs.

— Hein ? m'exclamé-je un peu trop fort.

— Alice ! intervient le professeur. C'est mon dernier avertissement, la prochaine fois vous vous expliquerez dans le bureau du directeur.

J'aime autant vous dire que je n'ai aucune envie d'y aller. Je me calme et écris sur le coin supérieur de mon cahier :

« Je ne vois pas en quoi c'est ma faute. »

— Tu ne peux pas juste chuchoter ? me répond-il.

J'écris :

« Non, parce que tu m'énerves et je vais encore hausser le ton ! »

« N'empêche que j'ai raison », écrit-il juste en dessous de ma phrase.

— Non, tu as tort, reprends-je à voix haute.

— Alice ! s'exclame le professeur. Dans le bureau du directeur !

***

Je frappe.

— Veuillez patienter, s'il vous plaît, entends-je derrière la porte.

J'attends dans le couloir en me disant qu'ils devraient installer des sièges ici. Après quelques minutes, la porte s'ouvre.

— Bonjour Alice, me dit madame Forrester en me souriant, j'avais des choses à voir avec monsieur le proviseur.

— Bonjour.

Ma prof de maths s'éclipse tandis que j'entre dans le bureau du directeur qui me semble particulièrement propre et vide. Je parle du bureau.

À croire qu'il ne travaille pas beaucoup. Je parle du directeur.

— Ah tiens, vous tombez bien ! me dit-il.

Qu'est-ce que je disais ! Il devait s'ennuyer.

— Quoique…, reprend-il. Est-ce que vous tombez vraiment bien, Alice ? Pourquoi êtes-vous là ?

— C'est monsieur Gareth qui m'envoie.

— Ah, et pour quelle raison ? Un retard, j'imagine.

— Non, j'ai juste parlé un peu trop fort.

— Ou vous avez parlé, tout simplement. Vous préférez discuter en classe plutôt que d'écouter votre professeur ?

Il rapproche son fauteuil de son bureau autant que son ventre le lui permet et m'invite à en faire autant.

Je m'exécute.

— Néanmoins, vous tombez bien.

— Pourquoi ça ? demandé-je.

— Parce que je m'interrogeais sur le travail de votre père. Tout se passe bien ?

Je me sens gênée tout à coup.

— C'est que je... Oui, je pense. Il est en déplacement, enfin il rentre en ce moment même...

— D'accord, mais vous savez si son enquête avance ?

— Il ne m'en parle pas, il tient toujours à me tenir en dehors de cela.

— Je comprends. Et vous vous habituez bien à Laneford ? J'ai cru voir que vous vous étiez déjà fait des amis.

— Oui, monsieur, tout va bien.

— Bon..., dit-il apparemment frustré que je n'en dise pas davantage. Allez, je vous laisse rejoindre la salle d'étude jusqu'à la fin de l'heure.

— Sinon, monsieur le directeur, peut-être l'avez-vous vu, j'ai une heure de retenue jeudi soir...

— Oui, il me semble avoir eu vent de cette information, pourquoi ?

— Peut-être pourriez-vous faire quelque chose...

— Alice, me coupe-t-il avec un étrange sourire, lors de votre arrivée, j'ai demandé aux professeurs d'être conciliants envers vous, prévoyant des difficultés d'adaptation du fait de votre ressemblance avec Doria Miller. Seulement il me semble que vous ne fassiez aucun effort de votre côté. Alors je pense encore être accommodant aujourd'hui en vous laissant rejoindre la salle d'étude sans le moindre avertissement, mais il ne faudrait pas non plus trop tirer sur la corde. C'est compris ?

— Oui, monsieur le directeur.

Je me lève et sors du bureau.

***

C'est l'heure du déjeuner. Je rejoins Alex et Lydia dans la file d'attente. Au moment où elle se retourne, Rick et la bande arrivent derrière moi.

— Tu viens Alice ? demande Matt.

— Je vais manger avec Alex. On se voit juste après, d'accord ?

Il semble hésiter, puis repart en direction de sa bande de potes qui avancent déjà vers l'avant de la queue. J'espère qu'il ne va pas m'en vouloir. On a passé la pause de ce matin juste tous les deux et c'était génial, seulement je dois bien avouer que retourner avec ses amis ne m'enchante guère.

Je me tourne vers Lydia, elle a les yeux fixés sur le dos de l'élève devant elle.

— Lydia…, interviens-je. Je ne veux pas que tu penses que j'ai profité de ta rupture.

Elle se retourne et je me rends compte de la bêtise que je viens de dire. Bien sûr que je l'ai fait !

— Tu n'en as pas profité ? Tu veux dire que si Matt et moi étions toujours ensemble, tu serais quand même sortie avec ?

— Non, pas du tout…

— Donc tu en as profité !

Elle se tourne de nouveau vers l'élève qui la précède. Alex, lui, me regarde en souriant. J'ai alors une vision de sa tête entre mes mains et de moi qui la cogne contre le mur.

Lorsque nous arrivons dans le réfectoire, Matt me lance un regard plein de reproches. J'hésite alors à le rejoindre plutôt que de m'installer avec Alex, mais à la vue des plateaux bien entamés de Matt et ses amis, je préfère rester sur ma première idée plutôt que de prendre le risque de me retrouver seule à table.

Nous nous installons.

— Il va te le reprocher, prédit Lydia.

— Pourquoi est-ce que tu dis ça ?

— Pour lui, la bande c'est sacré. Si tu sors avec, tu dois en être. D'ailleurs, il ne t'a pas encore demandé de t'engager avec les cheerleaders ?

— Il ne manquerait plus que ça !

— Elle ne doit pas lâcher sa bande ? s'étonne Alex.

— Rappelle-toi quand je me suis mise avec, répond-elle, du jour au lendemain j'ai tourné le dos à mes autres amis. Matt et Rick ont leur groupe et n'aiment pas se mélanger. Et dans la mesure du possible, les copines des joueurs doivent être cheerleaders.

— Mais non, interviens-je, tout à l'heure pendant la pause je n'avais pas envie d'être avec ses amis, du coup il est resté seul avec moi.

— À vous bécoter sur la banquette, intervient Alex, oui, tout le monde vous a vus.

— Oh, ça va… Et pour les cheerleaders, ce n'est vraiment pas mon truc de sauter dans tous les sens en levant les jambes en l'air.

J'entame mon entrée et réalise que je devais avoir la tête ailleurs, car je ne me suis servie que des plats que je n'aime pas. Une salade de fruits en dessert, mais qu'est-ce qui m'a pris ?

— Alex…, dis-je.

— Quoi ?

— Tu as pris de la mousse au chocolat en dessert.

— Oui, j'ai pris de la mousse au chocolat.

— J'adore la mousse au chocolat.

— C'est con que tu n'en aies pas pris alors…, me rétorque-t-il.

— C'est justement ce que je me disais.

Lydia nous regarde bizarrement, j'ai l'impression qu'elle nous prend pour des demeurés.

— Mais tu sais ce qui est bon aussi ? relancé-je.

— Laisse-moi deviner, la salade de fruits ?

— Exactement ! C'est excellent, la salade de fruits.

— Alors, tu en as de la chance, parce que c'est justement ce que tu as pris.

— Il me semble que c'est ce que TOI tu avais pris, Alex,

intervient Lydia.

— Mais non, ne dis pas de bêtises, répond-il.

— Tais-toi, Alex. Vas-y Lydia, dis-moi, parle, n'aie pas peur de lui.

— Ne t'inquiète pas, il ne me fait pas peur. Je dis juste qu'Alex avait pris une salade de fruits au départ.

— Je le savais ! m'exclamé-je. Même droguée, je ne me serais jamais servi une salade de fruits. Tu m'as volée, Alex ! Tu as sournoisement échangé nos desserts, avoue !

— Oh, ne t'emballe pas, je me suis simplement trompé quand je me suis servi.

— Oui, bien sûr ! Tu as pris ma mousse au chocolat par erreur !

— Ah non, ça c'était fait exprès ! C'est la salade de fruits que j'ai prise par erreur.

Il commence à enfoncer sa cuillère dans sa mousse au chocolat. Euh non… Dans MA mousse au chocolat !

— Rends-moi ça ! Tu n'as même pas mangé ton plat !

Il retient le ramequin. Puis il lèche le dessus !

— T'es dégueulasse ! crié-je.

Tout le monde se retourne dans le self, y compris Matt.

— Vous êtes graves, tous les deux, lance Lydia, affligée.

— C'est lui qui est grave, réponds-je en saisissant enfin mon précieux.

— Je te rappelle que je l'ai léchée, me dit-il.

— Je m'en fous.

J'enfonce ma cuillère dans la mousse et commence à la manger.

— Toi non plus tu n'as pas mangé ton plat, rétorque Alex.

— Tant pis, ma mousse au chocolat me suffira.

***

Mon dessert terminé, alors qu'Alex et Lydia n'en sont encore qu'au plat, je lance :

— J'ai encore fait un rêve, Alex.

— « I have a dream », marmonne Lydia dans son coin.

— Oui, c'est ça, mais le mien était beaucoup moins exaltant que celui de Martin Luther King, réponds-je.

— Le même ? me demande Alex.

— Que Martin Luther King ?

— Non, connasse ! Que la dernière fois.

— Oh, ça va ! Et la connasse t'emmerde, d'accord ? Il ressemblait à celui de la dernière fois, à quelques détails près.

— Lesquels ?

Alex voit à mon expression que je suis gênée de la présence de Lydia, alors il reprend :

— Si tu veux, on en reparle ce soir ?

— Je voudrais aussi parler de ton frère, réponds-je.

— De Peter ? s'intéresse Lydia.

Je la regarde.

— Non, parce que tu m'as piqué Matt, ajoute-t-elle, mais ne me dis pas qu'il te faut aussi Peter ?

— Non, je te le laisse, réponds-je, j'ai bien vu que ça passait plutôt bien entre vous.

Puis je me tourne de nouveau vers Alex, mais Lydia reprend :

— Oui, Alex, maintenant que je suis en célibat forcé, tu pourrais peut-être me passer le numéro de ton frère ?

— Vous me faites chier ! s'énerve-t-il. Quand ce n'est pas Matt, c'est mon frère ! Vous allez vous les échanger, c'est ça ?

Il se lève et part. Lydia et moi nous regardons, incrédules.

En sortant du réfectoire, j'abandonne ma compère pour rejoindre son ex. Je le retrouve dans la salle de jeux, près du billard à observer une partie entre Rick et Marcus. Je m'approche de lui et l'embrasse, il se contente de répondre à mon baiser, mais je sens bien qu'il y a quelque chose qui ne va pas.

— Si tu veux, me dit Rick, les filles sont aux toilettes.

— Non, c'est bon, je n'ai pas besoin de me remaquiller, réponds-je du tac au tac, ce qui fait sourire Rick et Marcus.

Pas Matt par contre…

— Ça ne va pas ? lui demandé-je.

— Si, ne t'inquiète pas pour moi.

Je fais la moue, je vois bien à son ton qu'il me reproche quelque chose. Je fais alors mine que tout va bien et l'attire avec moi sur la banquette. Il s'installe et me prête son épaule pour y reposer ma tête. Je l'embrasse dans le cou tandis qu'il continue d'observer la partie. Puis la sonnerie retentit.

— On se voit à la pause ?

— De toute manière, tu fais bien ce que tu veux, me rétorque-t-il.

— J'espère bien ! Et je veux passer la pause avec toi !

Je l'embrasse, quitte la salle et pars en direction de mon casier.

***

À 15 h 30, je sors des cours accompagnée d'Alex.

— Tu vas rejoindre la bande de Rick ?

— Je vais rejoindre Matt. Ses potes, c'est l'option imposée, tu sais.

— Tu voulais qu'on parle de Peter, tu veux que je passe chez toi ce soir ?

— Non, mon père est de retour alors on discutera sur *Facebook* ou au téléphone, si ça ne te dérange pas.

Je le laisse et sors en direction du banc où se trouve Matt. C'est l'automne et les feuilles des quelques arbres environnants commencent à voler entre les élèves qui squattent le gazon, profitant des derniers beaux jours de l'année. Une légère brise me fait frissonner alors que je traverse la pelouse. Des tables en bois sont disposées par-ci par-là, c'est l'endroit où déjeunent les élèves lorsque le temps le permet. Je les dépasse et arrive au banc où se sont installées les filles, tandis que les garçons sont debout. Elles doivent avoir entraînement juste après, car elles portent toutes leurs costumes de cheerleaders, qui font écho aux blousons des Eagles sur le dos des gars. Ce qu'ils peuvent être fiers !

— Salut, dis-je à tous.

La bande est au grand complet.

— Alors, tu traînes toujours avec ton partenaire de loose, Alex Godson ? s'exclame July, qui tient Sarah sur ses genoux.

— Avec Alex, oui. On est en cours ensemble.

— Comment va Lydia ? s'informe Margot.

— Qu'est-ce qu'on en a à faire ? intervient Sarah.

— C'est juste pour savoir, explique-t-elle, gênée.

— Ça va, réponds-je, je suis même étonnée qu'elle ne m'en veuille pas davantage…

— Eh bien retourne avec eux, alors ! intervient Douglas.

Je le regarde pour savoir à qui il parle. Eh oui, c'est bien à moi qu'il s'adresse.

— Calme-toi, lui dit Rick.

— Et si je n'ai pas envie de me calmer ? répond-il violemment. Vous m'avez demandé si je voulais bien qu'elle vienne dans notre groupe ?

— Parce que tu crois qu'on m'a demandé à moi ? rétorque Sarah.

D'accord… Je vois que je ne suis décidément pas la bienvenue.

— Vous allez arrêter !? C'est quand même moi qui choisis avec qui je sors, que je sache ! intervient Matt.

— T'es glauque ! répond Douglas. Je ne sais pas à quoi tu joues, mais moi j'en ai marre !

— Oh, arrête Douglas ! s'exclament Rick et Tyler en chœur.

Matt et Rick s'approchent de Douglas et le saisissent par le blouson, mais il se débat.

— Vous pouvez comprendre que je ne supporte pas de la

voir quand même ! hurle-t-il.

De mon côté, je ne sais pas où me mettre et je ne comprends rien à ce qui se passe.

— Calme-toi, dit Tyler d'une voix douce tandis que Rick et Matt tentent de l'éloigner en lui chuchotant des mots que je n'entends pas.

— Je n'en peux plus et vous, vous jouez avec mes nerfs ! crie Douglas une dernière fois avant de partir en courant et – il me semble, mais je n'en suis pas certaine – en pleurant.

— J'y vais, s'exclame Rick à l'attention de Matt et Tyler.

Et il se met à courir derrière Douglas pour le rattraper. Matt se retourne vers moi. Je suis restée figée près du banc, sans comprendre ce qui vient de se passer. Et vu le regard des filles, elles n'ont pas l'air de comprendre davantage. Au moins je suis fixée sur le fait que la bande ne m'apprécie pas plus que je ne les apprécie moi-même.

— C'est bon, il va se calmer, dit doucement Tyler en revenant vers nous.

Matt tente de me prendre la main, mais je le repousse et les quitte à mon tour.

26

J'arrive chez moi et vois la voiture de mon père. J'avais déjà perdu l'habitude de la trouver dans l'allée. Je suis à peine descendue de mon pick-up qu'il apparaît sur le perron pour m'accueillir.

— Oh, je suis content de te voir, ma chérie !

— Salut, p'pa !

Il m'embrasse sur la joue.

— Je t'ai manqué ? me demande-t-il.

— Tu étais parti ?

— Très drôle… Bon alors, quoi de neuf à la maison ?

— J'imagine que tu as vérifié, rien n'a bougé.

Je passe devant lui pour entrer à l'intérieur. Il faut dire que je n'ai pas le moral, je commence seulement ma relation avec Matt et je ne sais déjà plus où nous en sommes tous les deux. Je vois bien qu'il me fait à moitié la tête, et en plus de ça, ses amis ne m'apprécient pas…

— Ma chérie, je suis vraiment désolé de ne pas avoir été présent ces derniers jours alors que tu avais besoin de parler.

— J'avais besoin de parler ?

— Tes cauchemars, me rappelle-t-il.

En vérité, je ne les avais pas oubliés, mais j'espérais un peu que lui, oui. À bien y réfléchir, peut-être qu'en discuter avec mon père me rassurera et y mettra fin par la même occasion.

— Bon, reprend-il, si on se posait un moment pour discuter tous les deux ?

— Oui, tu as des trucs à me dire.

— Je n'ai pas pu voir madame Miller, elle a eu un imprévu.

— Mais tu vas quand même me faire part de ton avis sur ma ressemblance avec Doria Miller ?

— Non, enfin… Je dois vérifier si c'est bien ça auprès de madame Miller. Même si ce n'est pas ça, je t'en parlerai quand même, mais je dois être sûr avant.

— Je t'avoue que je ne te suis pas trop là, p'pa…

— Oui, je comprends, je ne suis pas clair. Je vois madame Miller demain, on pourra reprendre cette conversation tous les deux demain soir, d'accord ?

— OK, alors je te laisse, dis-je.

— Attends, on doit parler de tes cauchemars.

— Si tu veux, mais en attendant, prépare à manger parce que j'en ai marre de faire la cuisine. On discutera à table, lancé-je.

— La cuisine ? J'ai bien vu les emballages de ta « nourriture » de ces derniers jours, je n'appellerais pas ça « faire la cuisine » !

— Je veux bien des pâtes, m'exclamé-je avant de monter à l'étage.

Je me branche sur mon ordinateur ; ni Alex ni Matt ne sont connectés… Qu'est-ce que je fais ?

Je redescends.

— On se prend un petit apéritif pour fêter mon retour ? me demande mon père.

— J'ai le droit de boire ?

Il semble hésiter, puis répond :

— Juste un peu alors, et un alcool doux.

— Alors OK !

Il me passe devant pour rejoindre le salon.

— Qu'est-ce que je te sers ? m'interroge-t-il alors que je suis encore dans la cuisine.

J'ai bien envie de remonter pour voir si Matt ou Alex est connecté…

— Tu me laisses un moment de réflexion ? demandé-je.

— Pas longtemps.

Je me précipite dans les escaliers et remonte jusqu'à ma chambre. J'entends mon père baragouiner un truc mais je ne comprends pas. Je me connecte direct sur *Facebook*, toujours personne… Enfin si, il y a du monde, mais personne d'intéressant. Je redescends.

Mon père s'est servi un whisky.

— Qu'est-ce que tu veux boire ? reprend-il.

Je prends le temps de la réflexion…

— Je te préviens tout de suite, je ne te servirai pas de whisky, et n'hésite surtout pas si tu veux du sans alcool.

— Je n'en veux pas de toute manière, mais je peux prendre une bière ?

— Vas-y, répond-il apparemment pressé d'entamer son verre.

Nous nous installons, moi dans le canapé et mon père dans son fauteuil, celui dans lequel il adore boire un BON whisky. Du vinaigre, par contre, il ne me semble pas qu'il en ait déjà bu dans ce fauteuil…

— Alors, discutons ma chérie, reprend-il.

— Trinquons d'abord à ton retour.

Depuis la soirée avec Alex, j'étais plutôt angoissée à l'idée qu'il découvre ma supercherie, mais maintenant, j'ai carrément hâte de voir sa tête ! Oui, je suis un peu sadique…

Nous heurtons doucement nos verres et les portons chacun à notre bouche. Je l'observe, il fait une grimace et regarde son verre, puis la bouteille. Il n'a pas l'air sûr…

Il n'a fait que tremper les lèvres, il faut qu'il en prenne davantage. Ce serait marrant qu'il finisse la bouteille sans s'en rendre compte. Il a l'air de se poser des questions, car il reporte déjà son verre à la bouche.

— Tu as touché à mon whisky, Alice ?

— Hein ? Ton whisky ? Non, réponds-je de manière innocente.

Il saisit la bouteille et la soulève face à la fenêtre.

— Il n'y a pas que du whisky là-dedans, observe-t-il en plissant les yeux.

En effet à la lumière, on distingue bien deux liquides différents ; j'aurais dû la secouer avant qu'il ne se serve.

Il sent son verre, mais j'ai l'impression qu'il n'arrive pas à être sûr de lui.

— Alice ! Ne me dis pas que tu as mis du vinaigre dans mon whisky ?

Ah si, il a l'air sûr !

Je ne réponds rien, et me pince les lèvres pour ne pas rire.

— Alice, tu vas me répondre, oui ?

Il doit aimer ça parce qu'il trempe à nouveau les lèvres dans son verre.

— Oui, c'est ça ! reprend-il en recrachant le liquide dans son verre. C'est du vinaigre !

Ça y est, je ris. Je ne peux pas m'en empêcher, c'est nerveux.

— Une bouteille à 150 dollars ! s'énerve-t-il. Rassure-moi, tu n'as pas balancé le reste dans l'évier ? Ce n'est pas juste une blague idiote, tu as bu ce qui manque quand même ?

Hein ?

— Enfin…, reprend-il, cherchant la bonne formulation. Enfin si ! J'espère que tu l'as balancé juste pour me faire une mauvaise blague, parce que si j'apprends que tu as bu les deux tiers de ma bouteille de whisky…

— Bon, qu'est-ce que tu préfères ? finis-je par demander.

— Tu te moques de moi ?

Mince, je crois qu'il s'énerve pour de bon, j'hésite à ravaler mon sourire.

— J'attends une explication ! ajoute-t-il encore sur le ton de la colère.

Mais sa colère a l'air forcée, j'ai vraiment du mal à savoir quoi lui répondre… Mensonge, vérité ? Il est content de me retrouver, il ne va pas se fâcher, quand même ?

— Tu avais fait une marque sur la bouteille…, dis-je de ma petite voix d'enfant.

— Pour que tu ne boives pas, oui !

Le rabat-joie…

— Ah ! J'ai cru que tu voulais juste récupérer la même quantité de liquide que tu avais avant ton départ…, tenté-je.

Mais à sa tête je devine que mon humour n'a pas beaucoup d'effet sur lui. Il se prend la tête dans les mains et se rass… Ah non, finalement il ne se rassied pas. Mais c'est qu'il ne tient pas en place !

— Qu'est-ce que tu as bu ? demande-t-il d'un ton sec.

— Du whisky…

— C'est tout ?

— Oui.

— Et si je goûte les autres bouteilles, insiste-t-il, est-ce que je peux m'attendre à y trouver également du vinaigre ?

— Non, c'est la seule, je te le promets.

Il fait les cent pas.

— Ne joue pas sur les mots, Alice ! Tous les alcools sont bien au niveau du marqueur, j'ai vérifié à mon retour ce matin. Mais est-ce qu'il y a d'autres bouteilles dans lesquelles tu as remplacé le contenu ?

— Non, je te dis que c'est la seule, réponds-je légèrement énervée par son insistance.

J'ai l'impression qu'il ne me fait pas confiance. J'ai seize ans et il me traite encore comme une gamine !

Il se rassied enfin et pour de bon.

— Tu étais avec qui ? me demande-t-il.

— Quoi ?

— Avec qui est-ce que tu étais ?

— De quoi tu parles ?

— Alice, ne fais pas l'idiote ! Tu as bu les deux tiers de ma bouteille de whisky. Avec qui ?

— J'étais seule.

— Hein ? Tu as bu quasiment toute ma bouteille toute seule ?

Je souris, j'imagine que je dois être fière.

— Tu as un problème, tu es dépressive ? Qu'est-ce qui t'arrive ?

J'arrête de sourire.

— En vérité, j'étais avec un ami…

— UN ami ?

— Oui UN.

— C'est lui qui t'a dit de boire le whisky ?

Qu'est-ce qu'il va s'imaginer là ? Je crois qu'il est temps que je sois honnête avec lui.

— Oui papa, il m'a forcée, je ne voulais pas toucher à tes bouteilles et il m'a obligée…

Je plonge mon visage entre mes mains pour ajouter du crédit à ma prestation.

Lui ne dit rien. Je relève la tête pour le sonder. Il me regarde, dépité, il n'a pas l'air convaincu.

— Sérieusement, Alice, qu'est-ce qu'il s'est passé ? Qui est cet ami ? Et est-ce que tu te souviens au moins de ce qu'il s'est passé ?

Là, il a vraiment l'air inquiet, alors je me décide à arrêter mes bêtises.

— Non, je ne me souviens plus de rien, à part que je me suis réveillée entièrement nue sur le dos d'un poney en centre-ville de Laneford…

La tête !

— Je plaisante ! ajouté-je rapidement avant que sa main ait la mauvaise idée de venir rencontrer mon magnifique visage.

— Sois sérieuse deux minutes, se contente-t-il de dire, apparemment las de mon excellent humour.

— C'était Alex, réponds-je.

— Alex ?

— Le garçon qui nous a vendu la voiture.

Il acquiesce et attend la suite.

— On a bu, reprends-je, et c'est tout !

— C'est tout ? s'énerve-t-il. Vous avez bu du whisky ! À votre âge, on peut à la limite prendre un peu de bière, mais pas du whisky !

— Je n'aime pas ça, si ça peut te rassurer…

— Alors pourquoi ?

— On était un peu saouls et…

— Et quoi ? panique-t-il.

— Et il n'y avait plus de bières, alors on a entamé ta bouteille.

— Tu me déçois, Alice.

— Attends, tu aurais préféré que je te le cache ?

— C'est ce que tu as fait, je te rappelle, j'ai dû te soutirer les informations.

— Je ne te l'ai peut-être pas dit tout de suite, mais là je suis honnête.

— OK, alors sois-le encore : qu'est-ce que faisait ce garçon ici ?

— Il est venu passer la soirée de vendredi avec moi parce que je n'étais pas rassurée à l'idée d'être seule.

— Il a dormi avec toi ? demande-t-il.

Nous y voilà !

— C'est donc ça qui t'inquiète ! Tu veux savoir si ta fille a couché avec un garçon, c'est ça ?

Il s'affale de plus belle au fond de son fauteuil et semble réfléchir.

— Il a dormi sur le canapé, ajouté-je.

Il ne dit toujours rien.

— Il ne s'est rien passé si c'est ce qui t'inquiète !

— Ce qui m'inquiète… Ce qui m'inquiète, c'est que tu as l'âge, maintenant… Et je réalise que je n'ai rien fait. Qu'est-ce que j'aimerais que ta mère soit encore là…

J'ai envie de me sauver pour éviter cette conversation, mais face au désarroi de mon père, je me dis qu'il est temps pour moi d'être un peu plus mature.

Et cette fois-ci, je suis sérieuse.

— Qu'est-ce que tu veux dire, papa ?

— Tu dois te poser des questions, ou avoir besoin de parler de certaines choses… Et je suis bien conscient que je ne suis pas forcément la personne la plus habile pour échanger sur ces sujets avec toi.

— Je sais déjà beaucoup de choses…

Il lève les yeux vers moi.

— Mais, en effet, je n'ai pas très envie d'approfondir le sujet avec toi, ajouté-je très rapidement avant que ça ne devienne gênant.

— Pour être honnête…, dit-il en se penchant vers la table pour saisir son verre.

Je ne dis rien et le laisse faire.

— Je n'ai pas non plus très envie d'approfondir le sujet avec toi. Je serais plus à l'aise si tu étais un garçon, mais là… Peut-être devrais-je demander à tante Eryne ou à une amie de te parler.

— À une amie ? Non, s'il te plaît, épargne-moi tes maîtresses, p'pa. En plus, je parie que certaines sont à peine plus âgées que moi !

— Arrête de dire des bêtises, Alice, je suis sérieux !

— Mais moi aussi !

J'exagère un peu… J'insiste souvent là-dessus parce que je l'ai surpris une fois l'année dernière avec une fille d'à peine trente ans.

— Ne t'inquiète pas pour moi, p'pa, j'ai déjà pris toutes les dispositions que doit prendre une fille de mon âge. Et heureusement, parce que si j'avais dû t'attendre, tu aurais risqué d'être un très jeune grand-père !

Il ouvre de grands yeux, la bouche entrouverte, je m'assure juste qu'il ne fasse pas une attaque et l'abandonne pour grimper rapidement jusqu'à ma chambre.

27

Lorsque je retourne sur mon ordinateur, Alex est connecté.

Salut.

Salut Alice.

Ça va ?

Ça va et toi ? Tu voulais qu'on parle de mon frère ?

Oui. Je le trouve bizarre.

Pourquoi ?

Son explication…

Qu'est-ce que tu en penses toi ?

Tu ne le trouves pas louche ?

Tu me demandes si je pense que mon frère a tué sa copine ?

Ouais, parce que moi c'est ce que je pense !

Tu n'es pas sérieuse, là ?

Non, pas cette fois.

Enfin, je te provoque

pour que tu me convainques du contraire, parce que là j'ai l'impression de savoir qui est le coupable et de le cacher à ceux qui devraient le savoir.

Tu es en train de me dire que tu veux le dénoncer ?

Je réfléchis à ma réponse, je sens bien qu'il doit être en train de bouillir devant son écran et je tiens à éviter qu'il se braque afin que notre échange continue.

Je te déconseille d'en parler.

Sinon quoi ?

J'attends la réponse mais elle tarde à arriver. J'entends mon père qui met la table, en bas, le repas ne devrait pas tarder à être servi.

Alex ne répond toujours pas ; je jette un œil derrière mon épaule pour m'assurer qu'il n'arrive pas pour me bâillonner ou pire encore. On ne sait jamais, la folie meurtrière est peut-être de famille.

Sinon je pense que tu ferais une erreur et mon frère serait inquiété alors qu'il n'y est pour rien.

Alors quelle est ton explication sur la disparition ?

Je pense qu'elle s'est barrée à cause de sa rupture avec mon frère et qu'elle a mis fin à ses jours dans un endroit où elle saurait qu'on ne la retrouverait pas.

Ou bien une tout autre raison qui n'a rien à voir, une histoire familiale ou je ne sais quoi…

En fait tu n'en as aucune idée.

Tu me demandes, je te donne mon avis !

Mon père m'appelle d'en bas.

— Deux secondes, p'pa ! crié-je.

Et si c'était ta première hypothèse ?

Mon portable bipe, je regarde : un message de Matt.

Tu veux qu'on se voie ce soir ?

Puis de nouveau Alex sur *Facebook* :

Dans le cas de la première hypothèse, en effet il faudrait en parler…

Là, je suis perdue dans mes conversations.

— Alice, tu descends ? Ça va être froid ! crie mon père.

— Deux secondes, je t'ai dit !

— Tu m'as déjà dit ça il y a plusieurs secondes, justement ! ajoute-t-il.

— Alors deux minutes !

— Ça va faire deux minutes que tu m'as dit « deux secondes » ! insiste-t-il.

— Alors deux heures ! m'énervé-je.

Pas de réponse, il me laisse enfin tranquille. À qui je réponds maintenant ?

Je commence par Matt :

Je suis désolée, je ne vais pas pouvoir ce soir. Mais on peut s'appeler tout à l'heure ?

Puis je demande à Alex :

On en parle ou pas ?

Le message ne part pas… Je le renvoie, mais toujours rien. J'actualise ma page… Fais chier ! « Safari ne parvient pas à trouver le serveur. »

— Tu descends, maintenant ? s'exclame mon père avec un grand sourire, dans l'entrebâillement de la porte de ma chambre.

— Je te déteste ! crié-je en faisant pivoter mon fauteuil vers lui.

— Moi aussi, ma chérie ! Allez viens, je rebrancherai la box lorsqu'on aura mangé.

Il se tourne et repart en direction des escaliers. Je me lève et le suis avec cette idée qui est maintenant pour moi une certitude : entre adolescence et esclavagisme, il n'y a qu'un pas.

Je m'installe à table, face à mon père.

— Alors, parle-moi de tes cauchemars, commence-t-il.

— Qu'est-ce que tu veux savoir ?

— Raconte-moi exactement ce qu'il s'y passe.

Je prends le temps d'avaler une première bouchée de pâtes.

— Elles ont refroidi, râlé-je.

— Et tu oses t'en plaindre ?

— Je plaisantais, p'pa…

Enfin, pas sur le fait qu'elles ont refroidi, ça c'est vrai, mais je vais éviter de vraiment m'en plaindre.

— Je vois Doria Miller attachée, reprends-je.

— Attachée, tu dis ?

— Oui. Elle est sur une chaise, elle a d'abord les yeux fermés, puis elle les ouvre et me fixe du regard.

Il semble gêné par mes propos.

— Et tu te réveilles à ce moment-là ?

— Elle ouvre la bouche et crie, réponds-je, c'est là que je me réveille.

Il a l'air inquiet.

— On va appeler Claire, me dit-il.

— C'est la médium ?

— Oui.

***

Le repas terminé, nous nous installons sur le canapé et mon père compose le numéro sur son portable. Il pose le téléphone sur la table basse et active le haut-parleur :

— *Allo.*

— Bonsoir Claire, c'est Aaron.

— *Bonsoir Aaron, ça me fait plaisir de t'entendre deux fois en si peu de temps.*

— Hum…

Mon père a soudainement l'air gêné.

— Je suis avec ma fille, précise-t-il, j'ai mis le haut-parleur.

— *Ah pardon !* s'exclame-t-elle.

Encore une avec qui il a couché.

— *Bonsoir,* reprend-elle, *Alice, c'est bien ça ?*

— Oui, répond-il, tu dis bonjour, Alice ?

— Bonjour Alice, répété-je.

C'était trop tentant, je n'ai pas pu m'en empêcher !

Mon père me fait les gros yeux.

— Bonsoir, ajouté-je simplement.

J'entends la médium sourire au téléphone, au moins elle a l'air plus sensible à mon humour.

— *Ton père m'a dit que tu t'interrogeais sur certains de tes rêves.*

— Oui… Je fais des cauchemars.

— *Tu peux m'en parler ?*

Je regarde mon père, je me sens un peu gênée de devoir parler de ça par téléphone avec une femme que je ne connais pas. Mais il m'encourage à répondre.

— Une fille a disparu il y a deux ans. Elle était dans le même lycée que celui dans lequel je suis aujourd'hui, et c'est d'elle que je rêve.

— *Tu la connaissais ?*

Elle se moque de moi ? Ça m'étonnerait que mon père ne lui ait rien raconté.

Je réponds quand même :

— Non, je ne la connaissais pas. Comme vous devez le savoir, nous venons d'arriver à Laneford à cause du travail de mon père. C'est pendant mon premier jour au lycée que j'ai appris l'identité de la fille disparue.

— *D'accord, et est-ce que tu en veux à ton père de t'avoir amenée à Laneford ?*

Je me tourne vers ce dernier :

— Elle est psy ta copine ?

— *Non, je ne suis pas psy,* répond-elle en rigolant. *Euh… Aaron ?*

— Oui ?

— *Si ça ne te dérange pas, et si Alice est d'accord, j'aimerais parler seule à seule avec elle.*

Mon père me regarde, je crois qu'il n'avait pas prévu ça et je lis dans ses yeux qu'il préférerait que je dise non.

— Oui, je préfère aussi, réponds-je près du téléphone.

Il souffle, puis se lève.

— OK, je sors.

— *Ne le prends pas mal,* ajoute la médium, *mais je me mets à la place d'Alice et ça ne doit pas être évident de parler de cela devant son père.*

— C'est bon, j'ai dit que je sortais, ajoute-t-il apparemment vexé.

Claire reste un moment silencieuse, puis reprend :

— *Donc, Alice, tu me disais…*

— Attendez, la coupé-je, il n'est pas encore sorti.

Il souffle de nouveau et ferme cette fois pour de bon la porte de son bureau derrière lui.

— Il est parti, reprends-je.

— *OK. Donc, qu'est-ce que tu as ressenti en arrivant à Laneford ?*

— Rien de spécial.

— *Tu étais contente ?*

— De quitter New York pour venir dans un coin aussi paumé ? Bien sûr que non, je n'étais pas contente !

— *Tu en voulais à ton père ?* insiste-t-elle.

— Non, pas à ce point. Et je ne vois pas où vous voulez en venir là.

— *D'accord.*

Le silence se prolonge, je commence à me demander si elle n'a pas raccroché, mais elle reprend finalement :

— *C'est bien toi qui as demandé à ce que nous discutions toutes les deux ?*

— Oui.

— *Peux-tu me dire pourquoi ?*

— Parce que vous êtes médium.

— *Oui, mais encore ?*

— Comment ça « mais encore » ? m'impatienté-je.

— *Quel est ton sentiment à propos de tes rêves ?*

Je réfléchis et regarde derrière mon épaule pour m'assurer que mon père n'ait pas rouvert discrètement la porte de son bureau.

— J'ai l'impression que Doria Miller, la fille qui a disparu… J'ai l'impression qu'elle cherche à communiquer avec moi.

— *D'accord,* répond-elle, *maintenant je comprends mieux.*

Le silence s'installe de nouveau.

— *Et je réalise que je m'y suis mal prise,* ajoute-t-elle. *Ton père n'est pas rentré dans les détails lorsqu'il m'a demandé si j'étais d'accord pour discuter avec toi. J'ai fait l'erreur de m'imaginer quelque chose de beaucoup moins... profond.*

Je commence à regretter de m'être embarquée dans ce coup de fil.

— *Qu'est-ce qui te fait penser qu'elle cherche à communiquer avec toi ?* me demande-t-elle.

— Le fait que je rêve d'elle presque toutes les nuits et que lors de l'un de ces rêves, il m'a semblé l'avoir entendu prononcer mon prénom.

— *Mais tu dis que tu ne connaissais pas cette fille ?*

— Non, réponds-je.

— *Alors pourquoi voudrait-elle communiquer avec toi ? Pourquoi toi ?*

Je réfléchis un moment, mais ne trouve rien de plus sensé que ce qui me tourne dans la tête depuis des jours.

— Parce que je pourrais avoir un lien avec elle.

— *Quel genre de lien ?*

— Un lien fraternel.

— *Quoi ?* s'étonne-t-elle.

— Euh… Peut-être que je me fais des idées mais… enfin, on se ressemble tellement…

— *Dis-moi ce que tu as sur le cœur, Alice.*

— Mon père m'a assuré que je n'avais pas été adoptée, mais nous nous ressemblons tellement… Et il sait quelque chose dont il refuse de me parler. Enfin, il ne veut pas le faire avant d'en être sûr.

— *Pour l'adoption, tu penses que ton père t'a menti ?*

— Non. Ce doit être autre chose.

— *À quoi est-ce que tu penses ?*

— Je ne sais pas, justement. Je me disais que vous pourriez peut-être m'aider. Il y a forcément un lien familial ou inexpliqué… C'est que... cette fille et moi, on se ressemble comme deux gouttes d'eau ! Et lorsque je rêve d'elle, c'est comme si c'était vrai. J'ai l'impression qu'elle me parle réellement, qu'elle se sert de mes rêves pour communiquer avec moi.

— *OK...*, me coupe la médium.

— Vous comprenez ?

— *Oui, je comprends, mais... Tu m'as dit ne pas la connaître, ça tu me le confirmes ?*

— Oui.

— *D'accord. Je te demande ça parce que j'ai plusieurs fois eu l'occasion de voir des personnes qui communiquent de cette manière avec quelqu'un ayant disparu. Sauf que toi tu ne la connaissais pas, c'est donc peu probable qu'elle sache ton prénom. Pourtant tu me dis qu'elle l'aurait prononcé.*

— Pour mon prénom, je n'en suis pas persuadée, j'ai dit qu'il m'avait semblé l'entendre...

— *Oui, c'est ce que tu as dit,* confirme-t-elle.

— Oui.

— *J'aimerais venir te voir.*

— Pourquoi ?

— *Ton histoire m'interpelle.*

— Vous ne me croyez pas ?

— *Bien sûr que si ! Tu sais, j'ai eu l'occasion d'assister à des choses bien plus bizarres, rassure-toi. Mais ce qui t'arrive m'intéresse et j'aimerais en discuter avec toi face à face. Ça me semble bien plus important que ce que ton père a bien voulu me dire.*

— Vous pensez que c'est possible qu'elle veuille interagir avec moi ?

Elle ne dit rien pendant un moment.

— *Certainement, oui*, finit-elle par répondre, *comme ça peut également être le fruit de ton imagination, du fait d'inquiétudes ou d'autres choses... C'est pour déterminer cela qu'il faut que l'on se voie, et si ton père est d'accord, j'aimerais prendre un train pour Laneford dès demain.*

Une excuse pour venir le voir...

— *Tu lui demandes ?* reprend-elle.
— Mouais…
— *Tu ne veux pas que je vienne ?*
— C'est comme vous voulez. Disons que j'espérais surtout m'entendre dire que je n'étais pas folle et que ce que je pensais était possible…
— *Bien sûr que non, tu n'es pas folle ! Et en aucun cas ce genre de rêves ne s'apparente à de la folie. Reste à savoir s'il s'agit d'interactions hors du commun ou de simples rêves influencés par des événements traumatisants.*
Mon père entre dans le salon.
— Oui, c'est peut-être une bonne idée que tu viennes, s'exclame-t-il.
Je le regarde.
— Quoi ? me demande-t-il.
— Tu écoutais depuis le début ?
— Non.
— Moque-toi de moi !
— J'ai peut-être entendu malgré moi, répond-il en souriant.
— *Donc tu es d'accord pour me loger quelques jours ?* intervient la médium au bout du fil.
— Oui, bien sûr. On t'accueillera avec plaisir.
Je le regarde et fais la moue tandis que lui est grand sourire devant le téléphone.
Je me lève et rejoins les escaliers, je me sens entremetteuse de vieux.

***

— Internet ! crié-je de ma chambre.
Je relance la connexion, mais c'est encore un échec.
— Tu l'as rebranché ? m'assuré-je, toujours en criant.
— C'est bon, confirme-t-il d'en bas.

J'attends quelques secondes, puis relance. Mince, mon portable ! Je le trouve sur mon oreiller, Matt a essayé de m'appeler. Je lui envoie un message :

Je suis désolée, je n'avais pas mon téléphone avec moi.

On peut se voir ?

Je ne vais pas pouvoir sortir ce soir, mais tu peux me rappeler, ou on discute sur *Facebook* ?

OK.

Mais « OK » quoi ?

Je relance *Facebook*, j'ai des messages d'Alex :

N'en parle pas, s'il te plaît, il faut d'abord qu'on cherche de notre côté.

Tu n'en parles pas, hein ?

Bon, tu réponds ?

Tu m'énerves quand tu me laisses sans réponse !

Si tu en parles…

OK, je viens de voir que tu n'étais plus en ligne !

J'espère que tu n'es pas en train d'en parler à ton père.

Je reste connecté, bipe-moi quand tu reviens.

Je souris face à tous ses messages et lui réponds :

Je n'en ai pas parlé à mon père mais

qu'est-ce que tu entends par « il faut qu'on cherche de notre côté » ?

Tu faisais quoi ?

Je dînais avec mon père, il avait débranché la box pour me forcer à descendre.

OK

Je me disais qu'on pourrait peut-être mener notre propre enquête !

C'est bien ce que je pensais…

Qu'est-ce que tu en dis ?

Que l'idée est aussi conne que toi !

Et voilà Matt qui se connecte. Je lui écris :

Je suis désolée de ne pas avoir pu répondre.

Je peux passer te prendre ?

Non, je t'ai dit que je ne pouvais pas sortir ce soir. Qu'est-ce que tu as prévu ?

Tu ne peux vraiment pas ?

Non, un autre soir si tu veux.

Alors on en reparle.

Je dois y aller.

Tu ne peux pas rester un peu ?

Mince, il s'est déconnecté ! J'ai l'impression qu'il m'en veut encore…

Je retourne sur la conversation d'Alex qui m'a répondu :

En quoi l'idée est conne ?

Je peux savoir ?

Je réponds :

Nous ne sommes pas enquêteurs ! Les flics n'ont rien trouvé, je ne vois pas ce qu'on pourrait apprendre de plus.

Mouais…

Mais nous, on sait pour la lettre.

On sait surtout qu'on ne sait rien !

Alors que si les flics, eux, étaient au courant pour la lettre, ça leur permettrait peut-être de les aiguiller vers de nouvelles pistes.

Je vais chercher de mon côté. Doria devait bien avoir au moins une copine…

Si elle en avait, les enquêteurs les

ont sûrement déjà interrogées !

Arrête de te croire capable de choses qui te dépassent, Alex. Nous ne sommes que des lycéens, si les enquêteurs pataugent pour le moment, c'est qu'il y a une raison !

Mouais…

Peut-être que s'ils savaient pour la lettre…

Arrête, Alice.

Je te propose de chercher de notre côté, et si vraiment on n'y arrive pas, alors j'essaierai de convaincre Peter de parler à la police.

Vraiment ?

Oui.

Et s'il refuse, on leur parlera tous les deux de la lettre, mais à condition d'être certains que mon frère n'a rien à voir dans la disparition.

Tu protégerais ton frère alors même que tu serais sûr de sa culpabilité ?

Oui.

Mais c'est dégueulasse !

Tu le protégerais alors qu'il aurait tué une fille de notre âge !

Non, peut-être pas…

Mais tu es vraiment trop con !

Je ne sais pas en fait…

Si j'étais vraiment certain de sa culpabilité, alors là non, je ne le défendrais pas.

Tu m'as dit le contraire !

Oui, mais c'est parce que je le sais incapable de tuer une fille.

Mouais… Il s'enfonce et il m'énerve. Changeons de sujet !

Je vois que Lydia est connectée, elle te parle ?

Elle me parlait oui, mais là elle vient de partir.

Elle te parlait de moi ?

Non pourquoi ?

De Matt ?

Non plus.

Tu sais, je pense qu'elle commence à tourner la page.

Et moi je me demande si je ne vais pas devoir en faire autant…

Comment ça ?

J'ai l'impression que Matt me fait la gueule.

Il voulait qu'on se voie ce soir, mais je lui ai dit que je ne pouvais pas, du coup il s'est déconnecté.

Tu lui as demandé s'il te faisait la gueule ?

Ah, ce n'est pas idiot ça…
Je lui envoie un SMS :

Tu m'en veux ? On peut peut-être sortir demain soir…

Puis je reprends la conversation avec Alex :

Bien sûr que je lui ai demandé !

Et alors, qu'est-ce qu'il t'a répondu ?

Rien pour le moment…

Il avait peut-être juste envie de baiser !

Du coup il est parti le faire avec une autre.

Me vient alors l'idée de créer un virus, le genre qui fait pousser des bras aux ordinateurs. Je le balancerais à celui d'Alex pour lui mettre des baffes à distance !

J'espère que tu plaisantes !

Comme il m'a dit par ailleurs que Lydia venait de partir…

Lydia et Matt ont couché ensemble ?

Tu te doutes bien que oui, ça faisait quand même un moment qu'ils sortaient ensemble.

Et si c'était vraiment ça ? Elle a très bien pu répondre à son invitation pour le récupérer !

Elle t'a dit où elle partait ?

Qui ?

Qu'il est chiant !

Lydia !

De qui on parle depuis deux minutes ?

Non, elle ne me l'a pas dit, pourquoi ?

Tu penses qu'elle est avec Matt ?

Elle coucherait avec pour le récupérer ?

Non, je ne pense pas qu'elle soit comme ça.

Mais après… C'est très con une fille amoureuse, regarde-toi depuis deux jours.

Très drôle, mais je suis sérieuse.

Mon copain demande à me voir, je lui dis non et il ne me répond plus. Toi tu me parles de manque de sexe et comme par hasard son ex-copine super sexy disparaît aussi !

Vu comme ça…

Il ne faut pas attendre d'Alex qu'il vous rassure.

Il ne retournerait pas avec Lydia juste pour le cul, quand même…

Tu ne veux pas parler d'autre chose ?

Non, je ne veux pas !

J'appelle Matt ! Ça sonne…

— *Oui.*

— C'est moi, m'exclamé-je, ça va ?

— *Oui, ça va, qu'est-ce qu'il y a ?*

Il me répond sèchement.

— J'ai l'impression que tu m'en veux…

— *J'aurais des raisons de t'en vouloir ?*

J'entends des voix derrière lui, comme s'il était à une soirée… En tout cas, il n'est pas seul.

— Non, aucune. Mais tu n'as pas répondu à mon SMS.

— *Alice, tu es bien gentille, mais on sort ensemble et j'ai l'impression qu'on ne peut pas se voir ! Au lycée, tu préfères passer du temps avec ton bouffon de pote plutôt qu'avec mes amis et moi. Et ce soir tu refuses qu'on se voie. Personnellement, ce n'est pas l'idée que je me fais d'une relation.*

Je tombe sur le cul, là ! Mais je comprends mieux…

— Tu es avec Lydia ?

— *Quoi ?*

— Est-ce que tu es avec Lydia en ce moment ?

— *Non, je suis avec la bande.*

— Pourquoi est-ce que tu voulais qu'on se voie ? demandé-je.

— *D'après toi ?*

— Pour qu'on couche ensemble ?

Il ne répond rien. Au moins il sait que j'attends une réponse claire.

— *C'est pour ça que tu n'as pas voulu qu'on se voie ?* me questionne-t-il. *C'est ça qui te fait peur ?*

— Non, je ne pouvais vraiment pas ce soir. Mais je souhaite juste savoir pourquoi tu prends mal le fait que je ne puisse pas venir, alors qu'on peut remettre ça à plus tard…

— *Je prends mal le fait que dans la bande tout le monde soit en couple sauf moi ! Je passe pour quoi ? Ma copine préfère traîner avec un autre mec plutôt qu'avec moi.*

— En même temps, tes amis ne m'apprécient pas beaucoup…, réponds-je.

— *Et tu ne fais rien pour arranger les choses.*

— Qu'est-ce que tu voudrais que je fasse ?

— *D'après toi ?*

— Dis-moi.

— *Arrête de traîner avec Godson et essaie d'être plus agréable avec mes amis.*

— Je ne dois plus voir Alex ?

— *Non.*

28

Elle est encore sur cette chaise, attachée, mais cette fois elle a le visage caché. Il est dissimulé par ses cheveux ; je sais que c'est elle car c'est la même scène que dans mes précédents cauchemars.

Ses avant-bras disparaissent derrière son dos, ses chevilles sont attachées à chacun des deux pieds supérieurs de la chaise et sa tête est renversée vers l'avant, laissant retomber ses cheveux devant son visage. J'ai l'impression qu'elle est morte. Je m'approche alors que je n'en ai pas envie. Je sais qu'il s'agit d'un rêve, mais je n'arrive pas à me réveiller. Je m'avance encore, doucement, je ne réussis pas à m'arrêter alors que je voudrais au contraire reculer, me retourner et m'enfuir en courant.

Sa tête est toujours penchée vers l'avant, je ne parviens pas à voir où nous sommes ni à distinguer ce qu'il y a autour. Seul un halo de lumière éclaire le mètre carré dans lequel se trouve Doria. Je continue de m'approcher ; je dois avoir parcouru la moitié de la distance qui me séparait d'elle. Je voudrais regarder ailleurs, seulement je ne peux pas. Sa tête est toujours renversée vers l'avant et je ne vois encore que le haut de son crâne.

Est-elle encore vivante ? Va-t-elle relever la tête ?

J'ai peur et je ne peux rien faire. J'en viens à espérer qu'elle soit morte pour ne pas avoir à supporter son regard. Ne pas avoir à supporter d'être témoin de sa séquestration sans pouvoir lui venir en aide. Je suis à moins de deux mètres d'elle lorsqu'il me semble la voir bouger.

Oui, sa tête se redresse, doucement.

Je continue de me rapprocher, je voudrais fermer les yeux, j'ai l'impression de trembler de l'intérieur tellement je suis effrayée. Ses cheveux s'écartent de son front au fur et à mesure qu'elle lève le visage, et enfin j'aperçois ses yeux. Ils sont ouverts, son regard est maintenant plongé dans le mien. J'ai l'impression de mourir, que ses pupilles me perforent de part en part.

Pourtant je suis comme soulagée; car je ne discerne pas de haine dans ses yeux. Mon effroi disparaît pour être aussitôt remplacé par un immense sentiment de culpabilité.

Ça y est, je n'avance plus. Je suis à un mètre d'elle et je l'observe malgré moi. Je suis témoin de ses larmes, de sa peine. Contrairement aux autres fois, je n'ai pas l'impression qu'elle ait peur, mais elle paraît profondément attristée.

Je n'ai plus envie de partir. Au contraire, j'ai envie de lui tendre la main. Je voudrais me jeter aux pieds de la chaise pour défaire les liens qui la retiennent, je voudrais l'emmener avec moi loin de cet endroit que je n'identifie toujours pas. Seulement je me réveille, j'ouvre les yeux, et au lieu du soulagement que je devrais ressentir, il me reste la tristesse de son dernier regard.

Elle n'a pas dit un mot, elle m'a seulement regardée. Était-ce un appel à l'aide ?

Un coup d'œil vers mon réveil m'indique qu'il est bientôt 6 h 30 et qu'il ne va pas tarder à sonner. J'ai envie de parler de la lettre, au moins à mon père, je crois qu'il le faut. Je le ferai ce soir, avec ou sans l'aval d'Alex.

29

J'arrive au lycée, Alex me voit me garer et m'attend. Au moment où je sors de ma voiture, il s'écarte pour laisser passer Matt et me regarde avec de grands yeux.

— J'ai l'impression qu'il te fait réellement la gueule, me dit-il après que Matt se soit éloigné.

— Non, c'est juste que l'on n'est plus ensemble.

— Hein ?

— Hier soir, au téléphone, on a décidé de rompre, dis-je le plus simplement possible en me dirigeant vers l'entrée.

Il me rattrape et me demande :

— Je peux savoir pourquoi ?

— Il m'a demandé de faire quelque chose que je ne voulais pas.

— Ça a un rapport avec le sexe ?

Je m'arrête et me tourne vers lui.

— Tout n'a pas forcément rapport avec le sexe, Alex !

— C'est quand même là-dessus qu'on s'est quittés hier, rappelle-t-il.

— On s'est quittés sur un sexe ?

Il rigole.

— Matt voulait te voir pour le faire, alors ? insiste-t-il.

— Notre rupture n'a rien à voir avec le sexe, dis-je en recommençant à marcher vers le hall. Et heureusement, parce qu'après seulement deux jours de relation, ça aurait été un peu rapide quand même.

— Tu lui aurais dit oui après combien de jours ?

— Mais tu vas arrêter ? Plus sérieusement, j'ai la tête ailleurs que dans le sexe en ce moment.

— Heureusement pour toi, me rétorque-t-il.

— Pourquoi ?

— Ce ne serait pas pratique.

— Que je pense au sexe ? demandé-je.

— Non, que tu aies la tête dedans.

Au secours… Peut-être que Matt voulait juste me rendre service en m'intimant de ne plus le fréquenter.

— J'ai encore fait un cauchemar, changé-je de sujet.

On entre dans le hall, Alex attend que l'on ait passé la foule pour me demander :

— C'était comment cette fois-ci ? Toujours aussi flippant ?

— C'était un peu pareil, mais plus long.

Je m'arrête devant mon casier et reprends en murmurant, car un couple d'étudiants se bécote à quelques mètres :

— Elle était toujours attachée, dans un endroit sombre. Elle avait la tête baissée, puis elle s'est mise à la relever et m'a regardée d'un air très triste.

— Ensuite ?

— C'est tout. C'est juste son regard qui était différent cette fois. Dans mes autres cauchemars, elle paraissait avoir peur, là elle avait seulement l'air triste.

— Ce n'est qu'un rêve, dit-il en se positionnant contre les casiers voisins au mien.

— Justement, ce n'est pas l'impression que ça me donne, à moi, rétorqué-je de manière peut-être un peu trop forte, car les deux étudiants qui s'embrassaient s'arrêtent et nous regardent avec les yeux d'un chien à qui on a retiré son os.

— Quoi, vous n'êtes pas contents ? les agresse Alex.

Il se retourne vers moi en souriant tandis que derrière lui les deux jeunes, probablement des élèves de première année, s'en vont à la recherche d'un endroit plus calme.

— Tu disais ? reprend-il.

— J'ai l'impression qu'elle tente de communiquer avec moi. Si ça se trouve, elle est enfermée quelque part et me demande de la retrouver !

— Bien sûr…, répond-il en faisant la moue.

— Quoi ?

— Ça fait deux ans, Alice ! Deux ans qu'elle a disparu, et toi tu crois qu'elle est attachée quelque part, en train d'attendre que tu viennes la sauver ?

— Je n'ai pas dit ça…

Il me prend pour une imbécile.

— Et peut-être même qu'elle se fait livrer des sushis depuis deux ans, ajoute-t-il. « Allo, j'aimerais commander des sushis. Vous me les déposez directement dans la cave où je suis séquestrée. Et je voudrais bien un coca avec ça, parce qu'il fait super soif ici ! »

— Tu es obligé de te foutre de moi ? demandé-je à la limite de l'explosion.

— Les Chinois, ils sont comme ça, ils te livrent, ils te font manger, te prennent l'argent dans les poches, mais il n'y en a pas un qui te détacherait ! Ils ont trop peur que ça fasse de la peine au geôlier.

Je lui tourne le dos et pars. Qu'est-ce qu'il m'énerve quand il est comme ça ! J'ai besoin de parler et lui est incapable de rester sérieux deux minutes.

***

La sonnerie retentit. Je continue d'avancer en direction de la salle de sciences où j'aperçois Monsieur Marthey se tenant devant la porte.

— Entrez Alice, je dois aller faire une petite chose, je reviens dans cinq minutes. Vous pourrez dire à vos camarades de s'installer dans le silence, s'il vous plaît ?

— D'accord.

Je m'installe à ma place habituelle, Alex qui me suivait se

met à côté de moi.

— Qu'est-ce qu'il a, monsieur Marthey ? me demande-t-il.

— Je n'en sais rien, pourquoi ?

— Il tirait une de ces gueules d'enterrement !

À la porte, les premières têtes apparaissent et les élèves, d'abord surpris de nous voir seuls et installés dans une salle sans professeur, entrent et en font autant.

— À mon avis, il avait envie de faire caca, réponds-je au sujet de monsieur Marthey.

— Très classe, s'offusque Alex.

— C'est toi qui dis ça ? Tu es bien le premier à sortir ce genre de conneries !

— Oui, mais moi je suis un mec, toi tu ne dois pas parler de « caca ».

— Parce que je suis une fille ?

— Non, parce que si nous commençons ce genre d'échanges, nous rentrerons dans une relation amicale pour laquelle il ne nous sera plus possible de revenir en arrière.

— MAIS-QU'EST-CE-QUE-TU-RA-CONTES ? l'interrogé-je en prenant soin d'accentuer chaque syllabe.

La classe est maintenant pleine, mais toujours pas de professeur. Le bruit commence à s'intensifier autour de nous.

— Il ne t'a pas dit ce qu'il allait faire ? m'interroge Alex.

— Non, mais il n'avait pas l'air bien !

— Parce que vu le temps, ça doit être un gros caca, reprend-il.

— Arrête, Alex, c'est vulgaire.

— Ah, c'est bien, me répond-il, je te préfère prude.

— Prude, moi ? N'importe quoi !

Autour de nous, le brouhaha s'installe.

— Monsieur Marthey m'a demandé de vous dire à tous de vous installer dans le silence.

Du coup c'est le bordel, il va arriver et c'est moi qui vais prendre pour la classe.

— Vos gueules, les nazes ! crie Alex.

Tout le monde se tait et se retourne en nous dévisageant méchamment. Alex sourit et me dit :

— Je rêve ou c'est aussi le bordel dans la salle d'à côté ?

En effet, maintenant que le calme est revenu, les bruits des pièces voisines nous arrivent jusqu'aux oreilles.

— Il n'y a pas non plus de prof dans les autres classes ? demande une fille à l'attention de qui pourra lui répondre.

Un garçon se lève et avance jusqu'à la porte.

— Toutes les portes sont ouvertes, indique-t-il.

— Les profs ont dû se réunir, dit Alex.

Le garçon rejoint sa chaise et ils se remettent à parler à voix plus ou moins basse, la plupart s'interrogeant sur ce que font les professeurs.

— Tu dois être triste, me dit Alex.

— Pourquoi tu dis ça ?

— Parce que ta théorie du caca de monsieur Marthey tombe à l'eau, me rétorque-t-il en rigolant.

— T'es con, réponds-je le sourire aux lèvres.

— Tu as compris le jeu de mots hein ? insiste-t-il toujours en pouffant. Le caca, tombé à l'eau…

— Oui, Alex… j'avais compris. Et tes blagues sont moins drôles lorsque tu les expliques.

— Je sais mais avec toi, j'ai toujours peur que ce soit trop fin.

— Rassure-toi, quand ça vient de toi, ça ne l'est jamais !

Alex se tourne vers les fenêtres puis de nouveau vers moi.

— À mon avis, dit-il, les profs ne nous supportent plus, ils se sont tirés et s'apprêtent à faire sauter le lycée.

— Ou peut-être qu'ils se sont fait enlever par des extraterrestres qui manquent de profs sur leur planète, intervient Jimmy, le gars assis juste devant Alex, en se retournant.

— On ne t'a pas invité à participer à nos blagues, que je

sache ! lui rétorque aussitôt Alex.

Le garçon ne dit rien et se retourne.

— Ah, les jeunes de notre âge…, soupire-t-il.

C'est ce moment que monsieur Marthey revient dans la classe. Il referme la porte derrière lui et se tourne vers nous. Il n'a toujours pas l'air bien.

— Nous avons appris ce matin une triste nouvelle, annonce-t-il.

Les derniers chuchotements cessent immédiatement.

— Peut-être que certains d'entre vous le savent déjà, reprend-il, mais l'un de nos élèves a disparu cette nuit, il s'agit de Douglas Ford. Nous venons d'apprendre qu'il s'est suicidé.

— Il a un rapport avec le Douglas de la bande de Matt ? interrogé-je Alex en chuchotant.

— Un gros rapport, oui, me répond-il.

— Tu peux être plus clair ?

— C'est lui.

30

Madame Miller accueillit Aaron Wayne avec un large sourire.

— Je suis désolée pour hier, un imprévu de dernière minute.

— Ne vous inquiétez pas, ce n'est pas grave, mais vous comprendrez pourquoi je tenais à vous voir rapidement.

— Vous avez du nouveau sur l'enquête ? demanda-t-elle les yeux pleins d'espoir.

Le détective se sentit soudainement gêné, puis il s'assit comme son hôte l'invitait à le faire.

— L'enquête avance, malheureusement aucune piste ne se détache des autres, pour le moment.

— Pourquoi souhaitiez-vous à tout prix me voir ? Cela concerne mon mari ? Vous l'avez vu ?

— Oui, je l'ai rencontré, mais je suis là pour une autre raison.

— Qu'est-ce qu'il vous a dit ?

— Votre mari ?

— Oui, Marthy, vous lui avez parlé, qu'est-ce qu'il vous a dit ?

— Il m'a paru perturbé.

— C'est le moins qu'on puisse dire, répondit madame Miller.

— Je ne peux pas vraiment dire que cela joue en sa faveur.

— Vous voulez dire que vous le suspectez ?

— Il fait, à mon sens, partie des suspects, oui.

— Qu'est-ce qui vous permet de dire ça ? Je pense que vous

vous trompez, vous avez cherché ailleurs, au moins ?

— Rassurez-vous, madame Miller, votre mari n'est pas ma seule piste et il n'est pas non plus la principale. Mais la manière avec laquelle il a souhaité tourner la page est pour le moins troublante.

— Il est fragile, le défendit-elle.

— D'accord, mais il a de nouveau la responsabilité d'une jeune fille. Je dois donc m'assurer qu'il ne représente aucun danger pour celle-ci.

— Comment ça ?

— Très sincèrement, je ne crois pas que votre mari soit coupable, assura Wayne, mais je me dois d'en être complètement certain avant de mettre définitivement de côté cette piste.

— D'accord, mais de quoi parlez-vous lorsque vous parlez d'une jeune fille ?

— La fille de sa nouvelle compagne.

Madame Miller resta muette.

— Dois-je comprendre que je vous l'apprends ? reprit l'enquêteur.

— Vous savez depuis combien de temps ?

— Depuis combien de temps je le sais ?

— Non, est-ce que vous savez depuis combien de temps il s'est remis en couple ?

— C'est récent, d'après ce que j'ai pu comprendre.

La femme baissa les yeux, apparemment navrée de cette nouvelle.

— Il ne leur a pas parlé de Doria, ajouta Aaron.

— C'est ce qui vous inquiète ?

— En effet, je trouve cela bizarre. Il aurait pu avoir besoin de soutien et donc parler de son histoire, et au lieu de ça, il la cache.

— Moi, ça ne m'étonne pas de lui, répondit madame Miller en reprenant constance, Marthy n'a jamais aimé faire étalage de ses sentiments. Évoquer la disparition de Doria le mettait en colère, il ne supportait pas de ne pas réussir à contenir ses larmes.

— Vous restez persuadée de l'innocence de votre mari ?

— Certainement. Mon mari peut paraître rustre, il n'en est pas moins aimant et attentionné. Il aimait sa fille, il ne lui aurait pas fait le moindre mal.

— Je vous crois. Je suis désolé de vous avoir annoncé de cette manière qu'il s'est remis en couple.

— Non, ce n'est pas grave. Après tout, je préfère peut-être le savoir avec une femme plutôt que seul. Il a besoin qu'on s'occupe de lui.

Le détective sortit son carnet ainsi qu'un crayon. Madame Miller le regarda faire, sentant que le sujet principal de sa venue était sur le point d'être dévoilé. Aaron s'éclaircit la gorge.

— Madame Miller, ce que je vais vous demander est un peu gênant et je comprendrais que vous ne vouliez pas me répondre, néanmoins j'aimerais que vous le fassiez, car cela a une très grande importance à mes yeux.

— Ça concerne l'enquête ?

— Ça vous concerne, vous.

— D'accord.

Le détective jeta un œil à une photo de Doria posée sur une commode à gauche du canapé, puis se redressa et plaça ses coudes sur ses genoux.

— Madame Miller, je souhaiterais savoir si, pour tomber enceinte de Doria, vous avez eu recours à un don d'ovocytes ?

Elle parut décontenancée par la question. Mais l'enquêteur restant muet, elle demanda :

— Pourquoi cette question ?

L'enquêteur Wayne sortit son portefeuille et en tira une photo qu'il posa sur la table. Madame Miller la saisit aussitôt.

— C'est Doria, où avez-vous eu cette photo ?

— Madame Miller, il ne s'agit pas de votre fille, mais de

la mienne.

Elle releva la tête et le regarda comme s'il parlait une autre langue.

— Regardez bien la photo, reprit-il. Doria a un petit grain de beauté au menton, pas cette jeune fille.

La femme posa ses doigts sur le visage du cliché, des larmes apparurent.

— Doria a un nez plus fin et un peu plus allongé, n'est-ce pas ?

Madame Miller releva la tête, les yeux mouillés, et tendit la photo à l'enquêteur.

— C'est vrai ? C'est vraiment votre fille ?

Il reprit le cliché qu'il repositionna dans son portefeuille.

— Madame Miller, il y a dix-sept ans, ma femme ne pouvant avoir d'enfant naturellement, nous avons eu recours au don d'ovocytes. Je vous repose donc la question : avez-vous eu vous-même recours à cette méthode ?

Madame Miller fondit en larmes et balbutia :

— Nous aurions bénéficié d'échantillons provenant de la même personne ?

Le détective se laissa retomber au fond du canapé. Il prit un moment avant de redemander :

— Donc, vous avez bien eu Doria grâce à un don d'ovocytes ?

Madame Miller acquiesça.

— Alors oui, la ressemblance me force à penser qu'il est largement envisageable que l'on ait eu recours à une seule et même donneuse.

— Ça pourrait avoir un lien avec l'enquête ? demanda-t-elle.

Il prit un instant, cherchant ses mots.

— L'idée m'a effleuré. Connaissez-vous l'identité de la donneuse ?

Elle répondit par la négative d'un signe de tête.

— Doria était-elle au courant que vous aviez eu recours à

un don d'ovocytes pour l'avoir ?

— Non, nous n'avons jamais voulu lui dire…

— Aurait-elle pu l'apprendre autrement ?

— Je ne pense pas. Les quelques personnes au courant connaissaient notre choix de ne pas lui dire, et avec le temps, on se demandait même s'ils s'en souvenaient…

— Pour vous, il n'y a donc aucune chance qu'elle ait fait cette découverte et pris la décision de retrouver cette donneuse ?

— Même si elle l'avait découvert, elle ne serait pas partie sans m'en parler avant. Nous étions très proches, elle me parlait ouvertement de beaucoup de choses.

— Alors non, je ne pense pas qu'il y ait de rapport avec la disparition de votre fille.

— Vous avez retrouvé la donneuse ?

— Oui, elle habite à Washington. Je l'ai interrogée mais elle ne me semble pas suspecte. Elle était encore jeune lorsqu'elle a fait ces dons pour financer ses études, mais elle n'a jamais essayé de retrouver à qui ils avaient bénéficié.

— Elle a des enfants ?

— Oui. Plus jeunes que Doria et ce sont des garçons.

— D'accord…

— J'aurais besoin de vous pour me confirmer que nous avons bel et bien eu recours aux ovocytes de la même personne.

— Pourquoi ?

— Pour ma fille. Disons que ce fut assez déstabilisant pour elle de découvrir sa ressemblance avec Doria, elle n'en connaît pas la raison, et si aujourd'hui je suis à peu près certain que nous l'avons trouvée, je dois en avoir la confirmation.

— Comment ?

— J'ai rencontré des médecins à Washington qui m'ont aidé à retrouver le nom de la donneuse de mon épouse, mais je ne pouvais pas le leur demander pour une autre personne. Il faut que ce soit vous qui le fassiez.

— Je n'ai pas envie d'aller à Washington.

— Ce ne sera pas nécessaire, je connais maintenant quelqu'un qui peut me renseigner ; il suffit juste que vous lui parliez par téléphone et que vous lui fassiez parvenir quelques preuves de votre identité.

Madame Miller semblait hésiter.

— S'il vous plaît, insista le détective, cela ne nous prendra qu'une petite heure.

— Vous n'avez vraiment rien à m'apprendre sur la disparition de ma fille ?

— Si, je sais qu'elle venait de rencontrer un garçon.

— Comment le savez-vous ?

— Je l'ai appris par Cassandra. Doria lui en avait parlé.

— Et qui est ce garçon ?

— Elle n'a pas su me le dire. Doria ne lui aurait pas donné son nom. Ou en tout cas elle ne s'en souviens pas et la conversation étant téléphonique, je n'ai aucun moyen de le retrouver.

— Donc cette information ne sert à rien ?

— Bien sûr que si, c'est une nouvelle piste que je vais devoir travailler. Je ne vous en ai pas parlé avant car je n'en suis qu'au début, mais je vous promets de trouver qui est ce fameux garçon.

— D'accord.

— Mais pour ce que je vous ai demandé, insista Aaron, vous voulez bien m'aider ?

Madame Miller acquiesça.

— J'imagine que plus vite je vous aurai aidé, plus vite vous reprendrez sereinement l'enquête.

31

Je sors de cours, je me sens bizarre. Des filles sont en pleurs, alors que je suis à peu près certaine qu'elles ne le connaissaient même pas.

— C'est quand même troublant son suicide après la scène qu'il t'a faite hier, non ? s'interroge Alex.

— Tu penses que son suicide est lié à ça ? demandé-je. Moi, je crois plutôt que c'est l'inverse.

— Comment ça ?

— Je pense qu'il était à cran et que c'est pour ça qu'il a pété un câble, et parce qu'il était à cran qu'il s'est suicidé.

— Tu oublies ce qu'il a dit ?

En effet, je réentends les mots de Douglas, qu'il trouvait glauque le fait de me fréquenter…

— À quel point est-ce qu'il connaissait Doria ?

— Je crois que tu m'as déjà posé la question, et il ne la connaissait pas plus que ça d'après ce que je sais. Mais je commence à penser qu'il faut chercher par là.

— Ton frère peut nous aider là-dessus ?

— Je vais lui demander ; même s'il n'est pas sorti longtemps avec elle, elle lui a peut-être parlé de Douglas ou d'autres de ses amis.

Nous arrivons dans la cour centrale qui sépare les salles de cours et le réfectoire ; Alex fait signe à Lydia qui vient nous rejoindre. J'aperçois au loin Matt et sa bande, c'est pour eux que ce doit être le plus difficile.

— Salut, lance Lydia en arrivant jusqu'à nous.

— Salut, répondons-nous en chœur.

Elle a les yeux rouges, il faut dire qu'elle connaissait bien Douglas.

— Tu tiens le coup ? lui demande Alex.

— À peu près, mais je préfère éviter le sujet, si tu veux bien.

Il acquiesce, et elle reprend en se tournant vers moi :

— On peut dire que ça n'aura pas duré longtemps entre vous.

Je vois que les nouvelles vont vite…

— C'est Matt qui t'en a parlé ? demandé-je.

— Non, pas directement, mais étant dans la même classe que lui, je l'ai forcément entendu en parler.

Alex part en direction de l'entrée du réfectoire, nous le suivons.

— Et… ça va, il le prend comment ?

— Bien, il dit qu'il s'est planté dans le casting, me répond-elle.

— Charmant…

On s'arrête au bout de la file, je désespère d'attendre tellement j'ai faim.

— Et toi, ça va ? se renseigne Lydia. C'est chaud qu'il te quitte après si peu de temps quand même.

C'est de bonne guerre qu'elle me tacle.

— J'espère qu'il ne dit pas qu'il m'a quittée, quand même ?

— Si. Ce n'est pas le cas ?

L'enfoiré !

— Pas exactement, non, fulminé-je.

C'est moi qui ai rompu. Au mieux c'était d'un commun accord, mais ce n'est sûrement pas lui qui m'a quittée !

— Il est dégueulasse, reprends-je, ce n'est pas comme ça que ça s'est passé ! Il m'a demandé quelque chose et m'a dit que c'était ça ou on arrêtait, donc c'est moi qui ai rompu en refusant !

— D'accord, Alice, répond Lydia, ça n'a de toute manière pas grande importance.

Elle a sûrement raison, mais pourtant ça me met hors de moi.

— Tiens, justement, il arrive ! m'exclamé-je.

Lydia et Alex se retournent à l'arrivée de Matt et de sa bande, et comme d'habitude ils entreprennent de passer devant tout le monde.

— Oh, Matt ! appelé-je.

Je vois qu'ils ont les yeux rouges, que les filles pleurent encore, et au milieu d'elles, j'aperçois Aimy. Matt se tourne vers moi ; je réalise à cet instant que ce n'est vraiment pas le moment pour une explication, et que de toute manière, comme dit Lydia, ce n'est pas si important.

— Quoi ?

— Pas grand-chose, seulement… je suis désolée pour Douglas.

Il reste silencieux puis s'éloigne.

Une fois installés à table, Alex demande :

— Tu sais si Douglas connaissait bien Doria Miller ?

— Non, je n'en sais rien, répond Lydia.

Voyant où Alex veut en venir, j'interviens :

— Lorsqu'elle a disparu, tu fréquentais déjà la bande et Douglas ?

— C'était au début de ma relation avec Matt, oui.

— Il sortait avec Sarah avant, dit Alex.

Hein ?

— Attends, qu'est-ce que tu as dit ?

— C'est bien ça, non ? demande-t-il à l'attention de Lydia.

— Ouais, ils sont sortis un peu ensemble, avant qu'elle ne le quitte pour Rick.

— Matt est sorti avec Sarah ?

— C'est ce qu'on vient de dire, confirme Alex.

— Ouais, enfin ça fait un bail, ajoute Lydia.

Ça me fait bizarre de savoir ça mais bon, je mets cette information de côté et reprends à l'attention de Lydia :

— Et sinon, tu te rappelles comment Douglas avait pris la nouvelle de la disparition ?

— Pourquoi ces questions sur Douglas ? Je ne vois pas le rapport entre lui et la disparition de cette fille ?

— On s'interroge seulement, intervient Alex.

Voyant que nous continuons à la fixer en attente de sa réponse, elle reprend :

— Je ne me souviens pas qu'il ait eu l'air plus choqué que les autres élèves. En fait, ça avait beaucoup fait parler, il avait été demandé à tous les élèves de la ville d'être très vigilants à toute tentative d'approche de personne inconnue ou de faits inhabituels concernant les habitants. L'ambiance était à la suspicion à Laneford, tu dois t'en souvenir, Alex.

Il hoche la tête.

— Donc, à ton avis, il ne la connaissait pas ? insisté-je.

— Il faudrait demander à Tyler, répond Lydia, c'était lui son meilleur pote. Mais à mon avis, il ne la connaissait que de vue, au lycée.

Nous nous regardons avec Alex et tentons d'analyser sa réponse, qui anéantit l'idée qui s'était forgée dans nos esprits.

— Mais pourquoi ces questions ? demande Lydia, a priori énervée de subir un interrogatoire sans explication préalable.

— Hier, explique Alex, Douglas s'en est pris à Alice en reprochant à Matt de lui faire intégrer leur groupe d'amis.

— Ils aiment bien jouer sur le côté « fermé » de leur bande, indique Lydia, c'en est d'ailleurs parfois ridicule.

— C'est surtout ce qu'il a dit qui était bizarre, interviens-je.

Lydia me regarde. Elle doit attendre la suite mais j'aime bien jouer sur les silences, ça me donne l'impression d'être dans une série à suspense.

— Continue, finit-elle par s'impatienter.

— Il a dit que c'était glauque de traîner avec moi.

Elle me regarde de nouveau.

— À cause de tes cheveux bleus ?

Hein !?

— Je peux savoir ce qu'ils ont mes cheveux bleus ?

— Rien, répond-elle, je cherche juste ce qui pourrait être glauque.

— On a pensé qu'il s'agissait de la ressemblance entre Alice et Doria Miller, intervient Alex.

— Ça m'étonnerait, dit Lydia.

— Qu'il s'agisse de ça ? demandé-je.

— Oui. Si Douglas et Doria Miller avaient réellement été proches, j'aurais au moins le souvenir d'une conversation dans le groupe en ce sens, mais ce n'est pas le cas. Au début, on parlait beaucoup de la disparition avec les filles, puis ça s'est tassé. Par contre, Douglas ne prêtait pas une attention particulière à nos conversations, donc votre théorie…

— Ne tient pas la route, conclut Alex.

— Vous êtes en train de dire que je suis simplement glauque, en fait ? m'exclamé-je.

— Mouais, répond Alex.

— Pauvre con !

Mince, j'ai encore pensé à voix haute.

— C'est bon, je déconne ! ajoute-t-il.

Il se lève et m'embrasse le dessus du crâne avant de demander en prenant son plateau :

— Bon, on y va ? Si ça se trouve, il s'est seulement mis en rogne à cause de problèmes qu'il a en dehors du lycée, et ce sont eux qui l'ont poussé à bout.

Lydia acquiesce et se lève à son tour. Je me résous à ne pas terminer ma pomme, la pose dans mon assiette vide et me redresse pour les suivre. En sortant du réfectoire, je les abandonne finalement pour rejoindre les toilettes.

***

Je m'apprête à tirer la chasse d'eau lorsque j'entends la porte s'ouvrir. Je ne sais pas pourquoi, mais je me sens toujours gênée de sortir des toilettes quand il y a du monde, alors que tous viennent ici pour la même raison.

— Tu as appris que Matt Ferman était de nouveau célibataire ? demande une voix.

— Ouais, enfin ne te fais pas trop d'illusions à son sujet, répond une seconde voix.

— Pourquoi, j'ai bien le droit de rêver, non ? Tu dis ça à cause de notre différence d'âge ?

— Non, je dis ça parce que, si ça n'a pas duré avec la New-Yorkaise bizarre, c'est sûrement à cause de Sarah Garner.

À « New-Yorkaise bizarre », j'ai hésité à sortir en faisant un scandale, mais finalement, j'ai plutôt envie d'entendre la suite.

— Je ne peux pas la blairer, celle-là…

— En même temps, à part ses amies, qui peut la blairer ? D'ailleurs, je ne suis même pas certaine que ses amies l'apprécient vraiment. Être dans l'ombre de la cheerleader en chef, ça ne doit pas toujours être évident…

— En même temps, mieux vaut être son alliée que son ennemie.

Bon, ça devient chiant. Je veux savoir ce qu'elle pourrait avoir affaire avec ma rupture !

— Donc, reprend enfin la première voix, pourquoi Sarah Garner m'empêcherait de sortir avec Matt Ferman ? Elle est avec Rick Butler, que je sache.

— Peut-être, mais tu as déjà vu comment ils se regardent tous les deux ?

— Qui ça ?

— Sarah et Matt !

Les voix se taisent un moment, puis la dernière reprend plus faiblement :

— L'autre jour, au bar après le match, j'avais leur table en ligne de mire. Bon, j'étais assez éloignée, mais j'étais avec Greg... Il me bassinait avec ses histoires de robots, du coup je les observais en douce.

— Sarah et Matt ?

— Pas seulement, il y avait aussi Rick. Mais à un moment, il est parti.

— Rick ?

— Ouais, Rick.

— Il est parti où ?

— Je n'en sais rien, il a peut-être été pisser. On s'en fout à vrai dire !

De nouveau un silence, alors que ça devenait intéressant.

— Bon, en tout cas, Greg parlait toujours de robots et je continuais de les observer de loin.

— Et donc ? Ne me dis pas que Sarah et Matt se sont embrassés ?

— Bien sûr que non, t'es folle ? Dans un bar, devant tout le monde, Rick Butler aurait été fou !

— Et alors ?

— Ils se sont regardés.

— C'est tout ?

— Tu me laisses finir ? Ils se sont regardés, mais d'une manière vraiment bizarre… Comme s'il y avait un truc entre eux.

— Ah ouais ?

— En même temps, des rumeurs courent comme quoi Matt en aurait après Sarah…

— Ouais, j'ai déjà entendu ça, mais je ne pensais pas que ça pouvait être réciproque. Rick et Sarah, ça fait un moment quand même.

— Justement ! Enfin, en tout cas, ils se sont dévisagés vraiment bizarrement, jusqu'au retour de Rick où ils ont d'un coup changé de comportement.

— Excellent !

— Et je sais que ça ne se passait pas bien entre la New-Yorkaise et Sarah Garner, donc peut-être que Sarah n'appréciait pas que Matt sorte avec une autre fille…

— OK, donc je ne devrais pas m'y frotter, d'après toi ?

— Ouais, cocotte. Je pense plutôt que tu devrais jeter ton dévolu sur un remplaçant susceptible de passer titulaire la saison prochaine.

— Et comment être certaine de ne pas me planter de mec…

— Ah ça, rigole-t-elle, à moins de demander au coach ! Bon allez, Greg doit me chercher partout.

J'entends la porte s'ouvrir et se refermer. J'attends un moment pour être bien sûre qu'il n'y ait plus personne, puis me décide enfin à tirer la chasse d'eau.

Je sors troublée par ce que je viens d'entendre, mais pas vraiment certaine que ce soit vrai. Je n'ai jamais surpris de regard bizarre entre Sarah et Matt. En même temps, si Alex ne m'en avait pas parlé, je n'aurais jamais pu imaginer qu'ils étaient sortis ensemble auparavant.

***

J'arrive chez moi et remarque qu'un cabriolet bleu est garé dans la cour. Une femme en descend à mon arrivée. Elle est brune, de taille moyenne, la quarantaine mais assez jolie.

— J'imagine que tu es Alice, me dit-elle avec un large sourire découvrant sa dentition parfaite.

— Et vous ? demandé-je.

— Je suis Claire, nous nous sommes parlé hier au téléphone.

Ah oui, la médium, je l'avais complètement oubliée, celle-là !

— Vous attendez mon père ?

— En réalité je l'ai vu ce midi, nous avons déjeuné ensemble. Il m'a passé les clés de votre maison, mais je n'en ai plus besoin si tu es là, dit-elle en me tendant le trousseau.

Je saisis les clés et me dirige vers la porte, que je déverrouille.

Je me tourne vers la femme, qui est en train de tirer de toutes ses forces sur la poignée d'une valise afin de la faire sortir d'un coffre bien trop étroit pour un bagage de cette taille. J'oublie de lui proposer mon aide et la regarde galérer, ressentant une légère déception lorsque je la vois enfin parvenir à ses fins.

Oui, j'ai toujours du mal à être gentille avec les copines de mon père…

Elle me fait un grand sourire en arrivant face à moi, sa valise à ses côtés.

— Je vous indique la chambre d'amis, m'exclamé-je.

J'espère qu'elle ne comptait pas dormir avec mon père ! En arrivant dans la chambre, je suis soulagée de voir que mon paternel y a fait du rangement, il avait donc bien prévu de l'installer dans cette chambre. Je la regarde entrer et inspecter les lieux ; elle porte une robe moulante de couleur bleue, assortie à sa voiture. Elle est assez mince, mais avec des formes généreuses stratégiquement placées pour séduire. Ses cheveux ondulés descendent sur ses épaules nues, je devine à sa coiffure et à sa tenue qu'elle a dû soigner sa présentation pour ses retrouvailles avec mon père. L'effet qu'il fait aux femmes m'a toujours énervé.

— Je vous laisse vous installer, dis-je.

— Alice ! m'interpelle-t-elle alors que je m'éloigne.

Je me retourne et la regarde.

— Tu peux me tutoyer et m'appeler Claire.

— OK.

Puis je monte jusqu'à ma chambre.

***

Alors que je consulte mes mails publicitaires, j'entends frapper à ma porte. Je me retourne, la médium est à l'entrée de ma chambre.

— Je peux me joindre à toi ? me demande-t-elle.

— Allez-y.

— Alice, je t'ai dit que tu pouvais me tutoyer.

Elle s'engouffre dans ma chambre et commence à l'inspecter.

— Jolie décoration, complimente-t-elle.

Je me force à sourire, ma déco n'ayant rien de particulièrement joli. Elle se limite à des posters de groupes de rock servant à camoufler une couleur de mur fade qui n'est pas à mon goût.

— On peut reprendre notre conversation sur tes rêves ?

Je mets mon écran en veille et me tourne vers elle. En fait, ça tombe bien qu'elle me le propose, parce que mon rêve de cette nuit continue de me hanter.

Elle s'installe sur mon lit et me regarde.

— Tu ressembles beaucoup à ta mère.

Je m'apprête à lui demander comment elle la connaissait, mais remarque qu'elle a les yeux rivés sur une photo de maman posée sur ma table de chevet.

— Tu peux me reparler de ces rêves, reprend-elle, et de ce qu'ils t'inspirent ?

— J'en ai encore fait un cette nuit.

— Le même ?

— Il y ressemblait. Je vois toujours cette fille, elle est attachée, la tête penchée vers l'avant. Je m'approche d'elle et lorsque je suis proche, elle relève la tête et m'observe.

— Elle t'a parlé ?

— Non, elle n'a pas ouvert la bouche. Elle avait simplement l'air triste.

— Tu fais ces cauchemars depuis combien de temps ?

— À peu près une semaine…

Elle s'arrête et semble réfléchir. Puis elle reprend :

— Et qu'est-ce que tu en penses ?

— Vous, qu'est-ce que vous en pensez ? demandé-je.

— Tutoie-moi.

— Qu'est-ce que tu en penses ?

— Tu m'as dit n'avoir jamais rencontré cette fille, c'est bien ça ?

Je hoche la tête.

— As-tu déjà été en contact avec quelqu'un de sa famille ? Ou avec quelque chose lui ayant appartenu ?

— Non.

— Et tes cauchemars, ils ont commencé avant ou après que tu apprennes ta ressemblance avec elle ?

Je m'arrête un moment pour réfléchir, puis réponds :

— Ils ont commencé peu de temps après.

— D'accord… La nuit suivante ?

— Je ne crois pas… Un peu plus tard, il me semble. Est-ce que tu penses qu'il s'agit de mon imagination ?

Elle me fait signe de venir la rejoindre sur le lit, ce que je fais. Puis elle me prend la main et me regarde droit dans les yeux.

— Je ne peux pas savoir exactement s'il s'agit de ton imagination ou d'un réel lien entre cette fille et toi, dit-elle. Mais en effet, si cela est arrivé peu de temps après que tu aies appris l'existence d'une fille te ressemblant traits pour traits et qui a disparu dans des circonstances étranges… Ces cauchemars peuvent effectivement résulter d'un choc émotionnel causé par cette nouvelle.

Je m'écarte.

— Donc tu dis que je suis folle, c'est ça ? Que j'imagine tous ces cauchemars ?

— Non, répond-elle en tentant de me reprendre la main.

Je me lève et m'apprête à partir, mais elle se redresse à son tour et me saisit par les épaules.

Je ne sais pas ce qui me prend, mais je me sens soudainement comme vidée de mon énergie et je me mets bêtement à pleurer. Claire pose ses mains sur mes joues et attire mon visage vers son épaule.

— Je sais que ces cauchemars sont réels. Je me doute aussi

qu'ils doivent être effrayants et je comprends tout à fait que tu t'interroges à leur sujet.

Elle me serre davantage contre elle, alors que je me mets à pleurer de plus belle.

— Mais je ne pense pas qu'il s'agisse d'un contact, reprend-elle. Je pense que cette histoire prend une place plus importante dans ton esprit que tu ne veux bien l'admettre, et que c'est cela qui provoque tes rêves. Crois-moi, il vaut mieux que ces rêves soient le fruit de ton subconscient plutôt que le message d'une fille disparue.

Je m'écarte de son épaule que je viens d'inonder de larmes. Elle me sourit, puis m'embrasse sur le front et son baiser me donne l'impression d'être redevenue une enfant.

32

Il est 20 h 30 lorsque mon père arrive. Enfin !

Attendre son retour avec une personne que l'on ne connaît pas et qui a l'âge d'être votre mère, c'est long… Et puis je n'avais pas envie de parler de mes cauchemars durant toute la soirée !

— Tu aurais pu préparer à manger, me reproche mon père.

— Tu aurais pu rentrer plus tôt, lui rétorqué-je.

Il embrasse Claire sur la joue et lui lance un mielleux « ça va ? ».

— Bon, le temps que tu prépares à manger, dis-je, je monte dans ma chambre !

— OK, nous on va peut-être se servir un petit apéritif, propose-t-il en se tournant vers sa nouvelle poupée bleue.

Le mot « apéritif » freine immédiatement mon élan et je me retourne vers eux :

— D'accord, je veux bien !

— Tu te joins à nous ? s'étonne-t-il.

— Si j'ai le droit de boire, évidemment !

Ma plaisanterie, qui n'en était pas une, fait sourire Claire. J'ouvre le réfrigérateur :

— On pourrait même se faire un apéritif dînatoire, proposé-je.

***

Nous nous installons dans le salon. Étonnamment, mon père préfère se mettre sur le canapé aux côtés de notre invitée et me laisse m'installer dans son fauteuil fétiche. Claire croise les jambes et lui lance son plus beau sourire lorsqu'il s'assied près d'elle.

— Vous avez des enfants ? lui demandé-je afin de la faire regarder ailleurs que dans le fond des yeux de mon père.

— Tu ne veux vraiment pas me tutoyer, me reproche-t-elle.

— Tu as des enfants ? demandé-je de nouveau.

— Je n'ai pas cette chance.

— Cette chance ? s'étonne mon père. Je croyais que tu n'en voulais pas ?

— Et je peux savoir comment tu sais ça ? interviens-je.

— Nous en avions brièvement discuté, explique Claire, mais à l'époque il est vrai que j'étais assez catégorique sur la question. Je ne voulais pas d'enfant, cela ne m'intéressait pas du tout.

— Mais maintenant, oui ? s'intéresse mon père.

— Maintenant, c'est délicat, je vais bientôt avoir quarante ans... Je me dis de plus en plus que je suis peut-être passée à côté de quelque chose.

— Non, en réalité tu as de la chance, ironise mon père.

Hein ?

— Je plaisante, se hâte-t-il de reprendre face à ma mine déconfite.

Il se lève et se dirige vers le buffet.

— Qu'est-ce que je vous sers ?

— Tu aimes le whisky ? demandé-je à l'attention de Claire.

— Pas trop.

— C'est dommage, mon père en a un excellent !

— Je l'ai jeté, Alice, intervient-il, mais j'aurais peut-être dû te le faire boire !

Claire nous regarde, circonspecte, cherchant à comprendre de quoi nous parlons…

— Figure-toi que ma fille verse du vinaigre dans mes bouteilles d'alcool, reprend mon père.

— Parce qu'elle trouve que tu bois trop ?

Et hop ! Il passe pour un alcoolique.

— Non, non, se hâte-t-il de répondre.

— Un peu quand même…, interviens-je en prenant un air grave.

— Toi, ce soir, me dit-il, tu vas boire du jus de fruits.

— Oh, je plaisante !

— Non, rassure-toi Claire, ce n'est pas parce que je bois trop.

Comment ça « rassure-toi » ?

— Alice invite des amis durant mon absence, explique-t-il, et elle leur sert du whisky qu'elle remplace ensuite par du vinaigre afin que je ne me rende compte de rien.

Elle ouvre de grands yeux et me regarde.

— UN ami, corrigé-je.

— Ton petit ami ? me demande-t-elle.

Comme par hasard, mon père me regarde attentivement.

— Non, un AMI… Bon, tu nous sers, p'pa ?

— Vous ne m'avez pas répondu, qu'est-ce que tu veux Claire ?

— Tu as du vin ?

— J'ai un vin blanc, un moelleux, de France.

— Ce sera parfait.

— Je veux bien goûter aussi, m'exclamé-je.

— Pour toi Alice, j'ai du jus d'orange, dit-il sur un ton désagréable.

— Papa, je me souviens qu'un jour tu m'as dit que tu préférais que je boive un peu d'alcool en ta compagnie plutôt que je boive jusqu'à l'ivresse en cachette.

— Juste un fond de verre, répond-il avant de repartir dans la cuisine.

— Donc, tu as remplacé le whisky d'Aaron par du vinaigre ? me demande Claire en souriant.

— Une partie seulement, me défends-je. Papa avait tracé une marque indélébile sur chacune de ses bouteilles, j'ai alors mis la quantité de vinaigre correspondant à ce qu'on avait bu avec Alex.

Mon père revient avec la bouteille de vin sous le bras et trois verres à pied dans les mains.

— Rassure-moi, dit Claire en le regardant, tu n'as pas avalé le whisky, tu t'es rendu compte de la supercherie avant ?

— Bien sûr que si, il l'a avalé ! m'exclamé-je fière de moi.

P'pa grimace et Claire éclate de rire.

— Je trouve déjà le whisky mauvais, dit-elle, alors avec du vinaigre, je n'ose pas imaginer.

Mon père verse le vin dans les verres, nous les tend et s'installe de nouveau à côté de Claire.

— Voilà de quelle connerie est capable une adolescente, s'exclame-t-il.

— Je trouve ça plutôt drôle, répond-elle.

Nous trinquons.

— Un garçon du lycée s'est suicidé, lancé-je comme si l'information pesait de plus en plus lourd dans mon esprit.

— Je suis au courant, dit mon père en reposant son verre. Tu le connaissais ?

— C'était le pote de mon petit ami.

— Ah, donc tu as un petit ami..., intervient Claire en souriant.

Ce que je trouve un peu malvenu dans la mesure où la discussion porte sur le suicide d'un de mes camarades.

— J'AVAIS, précisé-je.

— Tu ne m'en avais pas parlé, me dit mon père.

— Ça a été trop bref pour que je t'en parle...

— Donc tu le connaissais vraiment bien, ma chérie ? s'inquiète-t-il.

— Non, pas très bien, et disons qu'il m'évitait un peu...

— Pourquoi est-ce qu'il t'évitait ?

— Je ne sais pas et je me pose justement la question.

— Tu as reparlé de tes rêves avec Claire ? demande mon

père comme pour changer de sujet.

— Oui, nous en avons rediscuté, répond-elle à ma place.

— Alors ? Est-ce qu'il faut prendre ces rêves au sérieux ? Ne me dis pas qu'il pourrait s'agir de prédictions ?

— Je sais bien que tu ne crois pas aux prédictions. Mais non, rassure-toi. Je pense qu'il s'agit de simples cauchemars. Alice est perturbée par sa ressemblance avec une fille disparue.

— Je suis là, je vous rappelle, interviens-je.

— Oui, me répond-il, et rien ne t'empêche de participer à la conversation.

— Le fait de se poser trop de questions participe à la perturbation psychique, précise Claire.

— Qu'est-ce que tu veux dire ?

— Alice est inquiète, elle se pose beaucoup de questions qui restent sans réponse. Ces questions s'accumulent et finissent par provoquer un mal-être qui se manifeste lors du sommeil.

Je les écoute parler comme si je n'étais pas là, puis mon père se tourne enfin vers moi :

— Pourquoi est-ce que tu dis qu'il t'évitait ?

— Tu parles de Douglas ?

— Oui.

J'attrape mon verre et bois une gorgée.

— Il avait l'air mal à l'aise en ma présence, il baissait la tête quand on se croisait… Avec Alex, on se demandait s'il connaissait bien Doria.

— Tu penses qu'il était gêné par ta ressemblance avec cette fille ? demande Claire.

— Oui.

— Ça pourrait en effet être ça, intervient mon père, songeur.

Nous nous tournons toutes les deux vers lui.

— Sa chambre a été fouillée, dit-il.

— La chambre de Douglas ?

— Oui. Ce que je vais te dire reste entre nous, Alice, on

est bien d'accord ?

J'acquiesce.

— Son ordinateur a été saisi, et il est actuellement en train d'être analysé.

— OK…

— Un mot a été trouvé.

— Un mot ? demandé-je pour le faire accélérer.

— Oui, répond-il, c'est souvent le cas lors de suicides, les personnes laissent un message pour expliquer leur geste.

— Et qu'est-ce qu'il disait ? demande Claire.

— Il était écrit : « Je ne supporte plus la situation, Doria me hante, elle me poursuit. »

33

J'entends frapper à ma porte.

— Je peux entrer ? me demande mon père.

— Oui, vas-y.

Je suis en pyjama, assise à califourchon sur mon lit en train de traîner sur *Facebook* en attendant de me coucher.

— Je te dois des explications, me dit-il.

Je rabaisse l'écran de mon ordinateur et me prépare au pire. J'ai trop peur qu'il me dise qu'en réalité, j'ai été adoptée.

— J'ai vu madame Miller et mes doutes ont été confirmés.

Aïe.

— OK…, réponds-je pour l'encourager à continuer.

— Ce que je vais t'annoncer ne doit pas te faire peur, d'accord ? Je vais essayer de te l'expliquer du mieux que je peux. Je me suis fait plusieurs scénarios aujourd'hui, mais il n'y en a pas un meilleur que l'autre…

— Abrège papa, le coupé-je.

— Oui, tu as raison. Il y a dix-sept ans, ta mère et moi n'arrivions pas à t'avoir…

— Vous n'arriviez pas à m'avoir ?

— Oui, nous voulions avoir un enfant, mais ça ne prenait pas, tu vois ?

— Oui, je vois.

— Ta mère était dans tous ses états, elle déprimait, on se disputait pour un rien. Il fallait qu'on trouve une solution.

Je sens les larmes monter. C'est débile, il ne m'a encore rien dit, mais c'est tellement rare qu'on parle de maman que je sens déjà que je vais pleurer. Je ravale un sanglot qui lui fait lever les yeux vers moi.

— Continue, dis-je.

— OK. Du coup nous avons eu recours à des dons d'ovocytes. Est-ce que tu vois de quoi il s'agit ?

— Je crois, oui.

— En fait les ovocytes sont…

— Non !

Est-ce qu'il est fou ?

— Je suis à peu près sûre de savoir de quoi il s'agit, mais ce dont je suis certaine, c'est que je n'ai aucune envie que ce soit mon père qui m'explique !

— OK…, répond-il. Toujours est-il que grâce à une donneuse, nous avons eu la chance de t'avoir.

J'ai la tête qui commence à me tourner et les larmes qui commencent à s'échapper. Mais je réussis à me reprendre et demande d'une voix étranglée :

— Et Doria Miller, là-dedans ?

— Les parents de Doria Miller sont passés par le même procédé. À l'époque, ils habitaient Washington, comme nous. Ce que j'imaginais, et que j'ai ensuite vérifié auprès de madame Miller et un médecin de Washington, c'est que ta mère et elle ont bénéficié des ovocytes de la même donneuse.

— Et la ressemblance ? Je ressemble à maman, non ?

— Oui, c'est vrai. Mais tu portes aussi les gènes de la donneuse. Il est donc normal que tu ressembles également à cette personne. Comme Doria Miller.

Je vais pleurer, m'effondrer… Non ! Je devrais plutôt me lever, balancer mon ordinateur, hurler et claquer la porte ! Au lieu de ça, je me remets à pleurer et quitte ma chambre en courant. J'entends la voix de mon père qui m'appelle, j'entre en trombe dans la salle de bain et m'enferme.

Je sanglote comme une idiote, seule. J'entends Claire qui monte les escaliers et qui chuchote quelque chose à mon père.

M'entendre dire que je ressemble davantage à une inconnue qu'à ma propre mère… Dois-je être en colère ? Non, papa n'y est pour rien. Mais pourquoi a-t-il attendu seize ans pour me l'avouer ? Me l'aurait-il dit sans cette histoire de ressemblance avec cette fille disparue ? Je laisse passer quelques minutes, puis me passe de l'eau sur le visage. J'ai les yeux rouges, mais je sens que ça va mieux. Et surtout, mon père n'a pas terminé son explication.

Je sors de la salle de bain et vois qu'il m'attend dans le couloir.

— Tu souhaites qu'on en parle ? me demande-t-il.

Je fais signe que oui et entre dans ma chambre. Je m'installe à nouveau sur le lit, le menton entre les genoux, pendant que mon père s'assied près de moi.

— Je suis conscient que ça peut être perturbant, concède-t-il, que tu penses que j'aurais dû t'en parler plus tôt. Mais il faut me comprendre, ta mère ne voulait pas que tu le saches. L'idée que tu ne lui ressembles pas l'angoissait au plus haut point. Nous avions finalement fait le choix d'aborder le sujet avec toi une fois devenue adolescente, afin que tu sois suffisamment mature pour comprendre les raisons de nos décisions.

Il ravale sa salive comme si lui aussi était sur le point de pleurer.

— Mais ensuite Helen et moi avons constaté des ressemblances entre elle et toi, elle en était folle de joie.

Des larmes… Des larmes coulent des yeux de mon père, je n'en reviens pas. J'ai envie de m'approcher, de me blottir dans ses bras, mais je n'ose pas. J'ai trop envie qu'il continue de me parler de maman.

— Les ressemblances étaient bien sûr dues au mimétisme. Tu copiais tout ce que faisait ta mère, tu étais toujours fourrée dans ses pattes, à l'observer et à l'imiter.

C'est de nouveau mon tour de pleurer.

— Helen s'est dit qu'il n'était finalement pas nécessaire de te parler des dons d'ovocytes. Après tout, peu de parents ayant eu recours à ce procédé le dévoilent ensuite à leurs enfants. Et c'est ta mère qui t'a portée et mise au monde.

— Cette fille, le coupé-je, c'est un peu comme si c'était ma demi-sœur ?

— Ah non, répond-il aussitôt. La donneuse n'est pas ta mère, elle a fait le don des cellules qui nous manquaient pour t'avoir, mais ta maman reste ta seule et unique mère. Je te le répète, c'est elle qui t'a portée, qui t'a élevée et qui t'a aimée.

Et voilà, je me remets à pleurer !

— Ça va ? reprend-il.

— Ça va… Même si je pleure, j'aime bien parler de maman.

34

La petite aiguille de la vieille pendule de l'hôtel de ville venait de glisser sur le 8 lorsque l'enquêteur Aaron Wayne entra dans le commissariat. Deux policiers le dépassèrent en vitesse pour aller poser leur veste sur le dossier de leur fauteuil. Deux autres, plus matinaux, traversaient les bureaux, une tasse de café à la main.

— Vous venez assister au débrief ? lança l'un d'eux.

— Ouais, la pêche a été bonne ? demanda Wayne.

— Eh bien, on va voir ça maintenant ! cria d'une voix rauque le shérif moustachu, qui attendait sa troupe dans son bureau.

Les policiers se hâtèrent de rejoindre la salle où les attendait déjà l'expert informatique. Wayne referma la porte lorsque tout le monde fut entré et s'adossa au mur. À Washington, il avait l'habitude de ce genre de réunion, mais elles avaient lieu dans des salles prévues à cet effet. À Laneford, le commissariat était si petit que la seule pièce assez grande pour ce type de réunion était le bureau du shérif.

— Vous pouvez commencer, s'exclama ce dernier à l'attention de l'expert.

— Bonjour à tous.

Les policiers se contentèrent d'acquiescer, le détective fut le seul à marmonner un « bonjour » en réponse.

— Bonne nouvelle, l'ordinateur a commencé à parler ! reprit l'expert apparemment enjoué par son annonce.

Il fit mine de trier quelques feuilles devant lui et reprit :

— Je ne vous cache pas que fouiller entièrement le disque dur d'un adolescent apparemment accro à son écran prend un peu de temps…

— Mais vous allez faire court et efficace, le coupa le shérif.

— Oui, bien sûr. Pour expliquer simplement ce que j'ai fait et ce que je vais m'atteler à poursuivre à la sortie de cette réunion, j'ai soutiré de l'ordinateur l'intégralité des informations de ces quatre dernières années. Cette étape est assez rapide, le plus long étant ensuite de traiter toutes ces informations et de récolter ce qui peut être important à vos yeux.

— Abrégez…, le coupa de nouveau le shérif.

La réunion n'avait pas l'air de ressembler à ce que l'expert s'était préparé à mener, il avait face à lui quatre policiers à moitié endormis et pour sûr pas très intéressés par ce début de présentation. Wayne, lui, avait l'air plus attentif, mais ce n'était qu'une façade.

Il connaissait déjà très bien tout ce dont venait d'aborder l'expert, seulement il feignait l'intérêt, car bien conscient de l'importance de ce travail de fourmi dans la plupart des enquêtes modernes.

— Hum… Je… Je suis loin d'avoir terminé de tout analyser, et je peux vous assurer que les conversations et les consultations Internet d'un adolescent sont loin d'être passionnantes, s'exclama-t-il en souriant.

Personne ne réagit à son humour, alors le détective sourit pour l'encourager à continuer.

— Venez-en au fait ! ajouta le shérif en soufflant.

— Oui, pardon. J'ai trouvé dans les éléments supprimés de nombreuses photos de Doria Miller.

— Qui datent de quand ? se hâta de demander un policier.

— Elles ne sont pas très récentes, répondit l'expert. J'imagine que mettre la main sur des photos d'elle datant de moins de deux ans serait une très bonne nouvelle.

Malheureusement, elles sont toutes antérieures à la date de sa disparition.

Les policiers échangèrent des regards déçus, même si, en réalité, aucun d'eux n'était arrivé ce matin avec le réel espoir de découvrir une preuve que Doria Miller était encore en vie.

— Non, ce qui est intéressant dans ces premières découvertes, intervint le shérif, c'est que ce garçon avait un intérêt certain pour la fille disparue.

— Oui, le coupa à son tour l'expert. J'ai trouvé quelques dizaines de photos d'elle, toutes téléchargées sur des sites que fréquentait Doria Miller.

— Vous voulez dire qu'il les copiait sur des plateformes comme *Facebook*, c'est bien ça ? demanda Wayne.

— Oui, la plupart provenaient d'ailleurs de là. La racine des photos reste visible même après leur suppression et même lorsque le compte sur le site concerné n'existe plus.

— Qu'avez-vous trouvé d'autre ? demanda-t-il.

L'expert se pencha vers le shérif et lui murmura quelque chose.

— Oui, c'est bien lui, répondit ce dernier en regardant Wayne.

— Qu'entendez-vous par « c'est bien lui » ? s'étonna-t-il.

— Monsieur Wayne, reprit l'expert, les premiers éléments découverts offrent une piste pour connaître la raison du suicide du jeune Douglas Ford.

Là, les policiers se redressèrent, apparemment intéressés.

— En quoi cela me concerne ? l'interrogea le détective.

— Vous êtes arrivé depuis peu et votre fille a fait sa rentrée il y a seulement deux semaines dans le même lycée que le garçon en question.

— S'il vous plaît, l'interrompit le shérif, vous êtes payé pour découvrir les éléments. Les relier entre eux, c'est le travail de mes enquêteurs, et accessoirement de monsieur Wayne pour cette affaire.

— Qu'est-ce que vous avez trouvé ? s'impatienta Aaron.

— Depuis deux semaines, Douglas Ford a recommencé à faire des recherches Internet sur « Doria Miller ». Ce qu'il n'avait pas fait depuis plus d'un an. Mais il a également fait des recherches sur votre fille.

— Il cherchait un lien entre les deux ? demanda un policier.

— C'est ce qui paraît évident, à première vue, répondit le shérif.

— La ressemblance entre la fille de Wayne et Doria Miller aurait pu réveiller un certain mal-être chez le garçon, avança un policier sans attendre de réponse.

— Si vous voulez bien, reprit le shérif, nous allons laisser l'expert terminer son compte rendu pour qu'il puisse retourner travailler sur le reste des données à analyser.

— D'accord, s'exclama l'intéressé, donc pour finir, sa dernière recherche était : « méthodes de suicide ».

35

J'arrive au lycée, soulagée de n'avoir fait aucun cauchemar durant la nuit. Claire avait peut-être raison à leur sujet.

En m'approchant de l'entrée du lycée, j'aperçois Matt et ses amis. Ils ont encore les yeux rougis de tristesse. J'ai bien envie d'aller leur présenter mes condoléances, mais je ne suis pas certaine qu'elles soient vraiment appréciées. Alors je me dirige seulement vers mon casier.

Lorsque je l'atteins, Alex arrive derrière moi :

— T'es pressée ? s'exclame-t-il, essoufflé. Ça fait deux minutes que je t'appelle…

— Ah non, du tout. Je ne t'avais pas entendu, je réfléchissais.

— Et je peux savoir à quoi tu pensais ?

— À Matt et ses copains, et à ce qui est arrivé à Douglas…

Je range les livres dont je n'ai pas besoin ce matin et referme mon casier.

— Tu as reparlé à Matt depuis hier ? me demande Alex.

— Non.

Il repousse une mèche de cheveux de mon visage et reprend :

— Et toi, comment ça va ?

— Moi ça va, c'est plus pour Matt que je m'inquiète…

— À cause de votre rupture ?

— Mais non, Alex ! À cause de Douglas.

— Ouais, c'est moche.

La sonnerie retentit et nous nous dirigeons vers la salle de classe.

— Tu fais quoi après les cours ? me demande-t-il.

— Je te rappelle que j'ai une heure de colle, ce soir.

— Ah oui, c'est vrai... Je peux peut-être demander à faire une heure de soutien, comme ça on sera ensemble !

— Ils mettent les soutiens avec les collés ? m'étonné-je.

— Ouais, ça leur permet de ne payer qu'un surveillant.

Nous arrivons devant notre salle de cours, la porte est ouverte alors nous nous installons.

— Et après, tu es libre pour sortir ? reprend-il.

— Je suis libre toute la soirée, mon père promène sa nouvelle nana !

— Ah, et à ta façon de le dire je devine que tu ne l'apprécies pas.

— Si, pour l'instant elle a l'air sympa. Mais je me méfie toujours des filles qui fréquentent mon père. Bon, sinon, j'ai du nouveau, dis-je plus bas.

Alex se penche vers moi :

— Du nouveau à propos de quoi ?

— Tu fais exprès ? Tu as déjà oublié que l'on cherche ce qui a pu arriver à Doria Miller ?

C'est difficile de continuer de chuchoter lorsqu'Alex m'énerve.

— Eh bien, sois plus claire ! réclame-t-il.

— Ça concerne Douglas, et le mot qu'il a laissé avant de se suicider.

— OK, donc ?

— Il pensait que Doria le poursuivait et qu'elle le hantait.

— Et toi, tu y crois ? rigole-t-il.

— Hein ?

— Tu crois aux fantômes ? Tu penses vraiment que Doria le hantait ?

— Non, bien sûr que non !

En même temps pourquoi pas ? Si personne n'a jamais pu prouver que les fantômes existaient, personne n'a non plus prouvé le contraire !

— Alors tu penses à quoi ? me demande-t-il.

— Que dans tous les cas, il était concerné.

— Et donc qu'il serait le coupable ?

— Ça ne te paraît pas évident ? m'étonné-je.

— Non.

— Ah bon...

— Il n'a pas écrit autre chose ?

— Non, c'est tout.

— Bien.

— Comment ça « bien » ?

— J'ai dit « bien » comme j'aurais pu dire « ah ». Reste à savoir pourquoi la disparition de Doria le touchait tant.

— Tu penses qu'elle le hantait, mais sans qu'il soit le coupable ? demandé-je.

— En vérité je ne pense pas grand-chose, répond-il alors que le professeur entre dans la salle.

Puis Alex reprend en chuchotant :

— Tu as peut-être raison.

— Bien sûr que j'ai raison. Mais à quel sujet ?

— Il pourrait être le coupable. Mais si c'est le cas, on n'a plus aucune chance de savoir où se trouve Doria.

36

Tyler n'était pas encore rentré du lycée lorsque l'enquêteur Wayne arriva chez la famille Brickwaith.

Ils habitaient une petite maison dans le centre de Laneford, le genre où il fallait accepter de vivre avec le bruit des voisins et des nombreux passages de véhicules dans le quartier. Madame Brickwaith parut d'abord inquiète lorsque Wayne se présenta et qu'il annonça qu'il souhaitait s'entretenir avec Tyler, mais le détective la rassura rapidement en lui expliquant qu'il ne s'agissait que de simples questions au sujet de Douglas Ford. Elle en informa son fils lorsqu'il passa le pas de la porte. Aaron, qui était installé dans le salon, se leva et serra la main du lycéen.

— Est-ce que vous pouvez nous laisser ? demanda-t-il à la maîtresse de maison.

Elle parut vexée, mais s'en alla malgré tout et s'enferma dans la cuisine d'où elle pourrait suivre la conversation.

— Je suis enquêteur, commença Wayne, et comme te l'a dit ta mère, je souhaite m'entretenir avec toi au sujet de Douglas.

— Je sais qui vous êtes, je connais votre fille.

— Oui, j'imagine, répondit-il un peu gêné. Mais… concernant Douglas, ses parents m'ont dit que tu étais son meilleur ami.

— Oui. Mais vous enquêtez sur quoi, exactement ? Il me semblait que vous étiez arrivé dans le coin au sujet de Doria Miller, non ?

— En effet.

Le détective prit soin d'adopter la voix la plus calme et sereine possible, afin d'apaiser les premières inquiétudes du jeune homme.

— Alors expliquez-moi pourquoi vous venez me parler de Douglas !

L'enquêteur prit un moment avant de répondre. Tyler s'énervait déjà alors que l'entretien venait à peine de débuter.

— Justement, s'exclama enfin Wayne, j'aimerais savoir quels étaient les rapports entre Doria Miller et Douglas Ford.

Tyler se calma, remua un peu sur son fauteuil et fixa du regard le détective, cherchant à comprendre où il voulait en venir.

— Tu étais son meilleur ami, reprit Aaron, tu dois savoir quels liens ils entretenaient tous les deux.

— Doria était plus vieille, elle ne traînait pas avec nous.

— Mais Douglas la connaissait ?

— Vite fait, répondit-il.

Madame Brickwaith débarqua dans le salon :

— Vous voulez sûrement boire quelque chose, monsieur Wayne, suggéra-t-elle d'une voix mielleuse, cette chaleur humide de fin d'été est assommante, je suis certaine que vous devez mourir de soif ! Tyler, je te sers un soda ?

L'adolescent acquiesça nonchalamment et s'installa au fond de son fauteuil.

— Je veux bien la même chose, répondit l'enquêteur sans se donner la peine de cacher la gêne qu'elle venait de causer par son intrusion.

— Je vous apporte ça tout de suite, annonça-t-elle en repartant vers la cuisine.

— Toi, reprit-il, tu connaissais Doria Miller ?

— Vite fait aussi.

— C'est-à-dire ?

Le jeune homme se redressa, Aaron sourcilla et nota que Tyler ne tenait pas en place.

— On la croisait dans les couloirs du lycée, elle était plutôt mignonne donc on l'avait repérée, forcément.

— Elle plaisait à Douglas ?

— Voilà vos sodas, messieurs, les interrompit de nouveau madame Brickwaith.

Aaron la gratifia d'un sourire coincé tandis que Tyler se contenta de se saisir de son verre pour commencer à boire, sans un regard pour sa mère.

— Cette fois, je vous laisse, ajouta-t-elle. Mais si vous avez besoin, appelez-moi, n'hésitez surtout pas.

— Nous n'y manquerons pas, madame Brickwaith, assura Wayne, et je ne doute pas que vous nous entendrez si tel est le cas.

Elle sourit, pas certaine d'avoir bien compris l'allusion, et s'en retourna dans la cuisine. Aaron prit son verre et but une gorgée en scrutant Tyler. Le jeune homme paraissait fuir son regard.

— Tu avais déjà parlé à Doria Miller ? reprit l'enquêteur.

— Ça a sûrement dû arriver, mais pas dans le genre « longue conversation ».

— Et Douglas ?

Cette fois, Tyler regarda l'enquêteur dans les yeux, mais ne répondit pas.

— S'il te plaît, Tyler, nous avons trouvé quelque chose qui laisse à penser que Douglas connaissait Doria Miller.

— Qu'est-ce que vous avez trouvé ? demanda-t-il.

— Contente-toi de répondre à mes questions. Je vois bien que tu tentes de me cacher des choses.

Aaron n'était sûr de rien sur ce fait, mais il prit la décision de jouer cette carte.

— Il lui avait déjà parlé, déclara enfin le lycéen.

— Je répète donc ma question de départ, s'exclama l'enquêteur en tentant l'approche intimidante ; quels rapports entretenaient-ils ?

— Pas top.

— Et pourquoi « pas top » ?

— Elle l'avait rembarré.

Wayne avait horreur d'interroger des adolescents, il avait toujours l'impression de tourner autour du pot, de devoir poser mille questions pour obtenir une réponse. Et lorsqu'il l'avait enfin, il n'était jamais certain de bien l'interpréter selon le langage de l'adolescent qui se trouvait face à lui.

— Il lui avait fait des avances ? l'interrogea l'enquêteur.

— Il lui avait proposé de sortir avec ! s'énerva Tyler.

Puis il se calma, termina son verre et reprit :

— Elle était jolie, mais pas très populaire... Alors Douglas s'est dit qu'il avait peut-être ses chances.

— Et lorsqu'elle l'a « rembarré », demanda le détective, comment est-ce que Douglas l'a pris ?

— Vous pensez que c'est Douglas qui l'a tuée, c'est ça ?

— Ce n'est pas ce que j'ai dit.

— Si, je vois bien que c'est ce que vous voulez dire !

— Admettons, Tyler. Dis-moi ce que tu penses de cette hypothèse.

Le garçon sembla gêné et ne répondit pas.

— Tu n'as pas d'avis sur la question ? insista l'enquêteur. Tu penses que Douglas aurait été capable de faire du mal à Doria Miller ?

— De toute manière, il ne peut plus se défendre, souffla Tyler au bord des larmes.

Madame Brickwaith apparut à ce moment et se précipita vers son fils. Elle le prit dans ses bras tandis qu'il cherchait à s'en défaire, puis elle se tourna vers l'enquêteur.

— Je pense que vous avez fini monsieur Wayne, n'est-ce pas ?

Aaron avait encore quelques questions sous le coude, mais ne souhaitant pas braquer le jeune homme et bien conscient qu'en présence de madame Brickwaith il avait peu de chance d'obtenir davantage d'informations, il se leva et les remercia.

La mère de Tyler lâcha finalement son garçon pour raccompagner l'enquêteur jusqu'à la sortie ; il la remercia une dernière fois et prit congé.

37

Quand Alex et moi arrivons à la maison, nous trouvons Claire dans la cuisine.

— Bonjour, s'exclame-t-elle avec un grand sourire.

— Bonjour, répond Alex.

— Mon père n'est pas là ? m'informé-je.

— Je ne sais pas ce qu'il fait… J'espère qu'il ne va pas tarder, on a réservé au restaurant pour 20 h.

— Ça va, il n'est que 18 h 30 !

— Oui, tu as raison… Tu me présentes ?

— Alex, un copain du lycée, Claire, une copine de mon père…

Cette dernière contourne le plan de travail et vient faire la bise à Alex, tout sourire.

— Qu'est-ce que vous avez prévu pour ce soir ? s'intéresse-t-elle.

— On va opter pour canapé, pizza et film.

— Joli programme.

Posant le torchon devant elle, elle s'approche de moi et demande :

— Est-ce que je peux te parler une minute, Alice ?

J'acquiesce. Elle me fait signe de la suivre dans le salon et je fais signe à Alex qu'il m'excuse de le laisser en plan. Une fois dans le salon, elle dit à voix basse :

— Tu as refait ce rêve cette nuit ?

— Non.

— C'est bien, répond-elle.

— Mais depuis j'ai repensé à un truc…

Elle lève des yeux interrogateurs.

— Au sujet d'un objet lui ayant appartenu avec lequel je serais entrée en contact, ajouté-je, il se trouve que la voiture que j'ai achetée d'occasion appartenait auparavant à Doria.

— Tu es sérieuse ?

— Oui, pourquoi ? Ça a un lien, tu penses ?

— Non, pas forcément, s'empresse-t-elle de répondre, je trouve juste la coïncidence étonnante. Tes rêves la concernant ont commencé avant ou après l'achat de la voiture ?

— Justement j'y pensais aujourd'hui, et il me semble que mes cauchemars ont débuté juste avant.

— OK… Donc il n'y a probablement aucun rapport.

J'entends mon père arriver dans la cour. Au son de la portière qui se referme, le visage de Claire s'illumine. Elle pose ses mains sur mes épaules et déclare :

— Écoute, ton père m'a dit la raison de votre ressemblance et que vous en aviez discuté ensemble. Donc si tu n'as pas refait ce rêve, cela peut confirmer mon idée que c'était dû à une anxiété concernant ta ressemblance avec cette fille. Et maintenant que tu connais la vérité, cela ne t'inquiète plus, il n'y a donc plus de raison que tu refasses ces rêves.

— Bonjour, s'exclame mon père en entrant dans la cuisine.

— Bonjour monsieur…, répond Alex d'une voix peu assurée, gêné de se trouver seul face à mon père.

Claire et moi nous empressons de rejoindre la pièce voisine, où Alex me lance un regard soulagé.

— Salut p'pa, m'exclamé-je. Alex va passer la soirée ici pendant que vous serez au restaurant.

— OK. J'ai vu que tu m'avais envoyé un message, dit-il cette fois à l'attention de Claire, je ne suis pas en retard…

— Non, mais je voulais juste m'assurer que tu n'aies pas oublié.

— On monte dans ma chambre, reprends-je, vous nous

prévenez quand vous partez ?

— Ça a été ta journée, ma chérie ? me demande-t-il alors que je suis déjà dans les escaliers.

— Impec' ! crié-je en montant les marches, Alex sur mes talons.

Aussitôt dans ma chambre, je m'installe sur mon fauteuil de bureau et invite Alex à en faire de même sur le lit.

— Elle est pas mal la copine de ton père ! s'exclame-t-il.

— Elle pourrait être ta mère ! Et ce n'est pas sa copine, mais une amie.

— Une « sex-friend », tu veux dire ?

— Comment ça une « sex-friend » ? Je n'ai pas dit qu'ils couchaient ensemble.

J'entends les pas de mon père dans les escaliers, alors je fais signe à Alex de baisser d'un ton. Puis le bruit de la porte de la salle de bain se fait entendre et il reprend :

— Ne sois pas naïve, ils sont amis, ils vont dîner ensemble et tu as vu comment elle s'est habillée pour sortir ?

Ça ne m'avait pas choquée dans la mesure où elle était déjà apprêtée de cette manière lorsqu'elle était arrivée ici, mais en effet j'imagine qu'elle ne s'habille pas tous les jours aussi classe.

— Qu'elle veuille coucher avec, réponds-je, ça je n'en doute pas. Par contre je n'ai pas envie qu'ils le fassent dans cette maison !

— Tu es jalouse, dit-il en rigolant, tu as peur de ne plus être le centre du monde pour ton père.

— Mais arrête, tu m'énerves, là !

Je cherche autour de moi ce que je pourrais lui balancer, mais mon ordinateur a trop de valeur et mes peluches sont à côté de lui.

D'ailleurs mes peluches… J'aurais dû les cacher, il va me prendre pour une gamine !

— Et de toute manière ça n'a rien à voir avec moi, reprends-je.

— Comment ça ?

— Ça ne me dérange pas qu'il voie quelqu'un...

Et il s'avère que j'aime bien Claire.

— Mais... C'est plutôt pour cette raison, dis-je en montrant du doigt le cadre photo sur ma table de nuit.

— C'est ta mère ?

J'acquiesce.

— Je remarque que la beauté se transmet de mère en fille dans ta famille, ajoute-t-il, un peu gêné par son compliment.

Il est trop mignon, je ne peux m'empêcher de lui sourire alors qu'il m'énervait une minute plus tôt.

— Mon père aussi est pas mal, ajouté-je. Chez mes grands-parents, j'ai vu des photos de lui à notre âge, je t'assure qu'il était beau gosse.

Alex grimace.

— Quoi ? Dis tout de suite que tu trouves mon père moche !

— Ce n'est pas à moi qu'il faut demander ça, je suis un mec. Mais c'est étonnant que tu puisses le trouver beau alors que c'est ton père... C'est comme si moi je disais que je trouvais ma mère belle.

— Et alors ? Je ne vois pas du tout en quoi tu ne pourrais pas trouver ta mère jolie, alors qu'à côté de ça tu arrives à trouver la copine de mon père à ton goût... elles ont quasiment le même âge.

— C'est différent... Ce n'est pas ma mère. Et ne me fais pas une crise de jalousie parce que je trouve jolie la copine de ton père.

— Mais tu n'es pas bien, mon pauvre garçon !

— Oh, je plaisantais. Pour en revenir à la photo de ta mère, qu'est-ce que tu voulais dire ?

Qu'est-ce que je voulais dire déjà...

— Je ne comprends pas ta question.

— Ton père peut avoir une relation, mais il ne doit pas

coucher avec, c'est ça ? me demande-t-il.

Ça y est, je retrouve le fil.

— Pas dans la maison. Il peut coucher avec qui il veut et où il veut, sauf ici.

— Tu m'expliques ? demande-t-il.

Mince, alors que je réfléchis à comment lui expliquer, je me mets à trouver mon raisonnement ridicule… Tant pis.

— Si l'esprit de ma mère nous a suivis dans cette maison, réponds-je, je ne voudrais pas qu'elle assiste aux ébats de mon père avec une autre femme.

— Ah, tu crois à ces choses-là ? s'étonne-t-il.

— Non.

Il me regarde avec de grands yeux, alors je reprends :

— Mais on ne sait jamais.

Quelqu'un frappe à la porte et je n'ai pas le temps de répondre qu'elle s'ouvre.

— On va y aller, annonce mon père après avoir pris soin de mesurer visuellement la distance nous séparant, Alex et moi.

J'aurais presque envie de sauter dans les bras d'Alex juste pour faire cogiter mon père tout au long de son dîner.

— Bonne soirée, p'pa.

— Bonne soirée, monsieur Wayne.

— Hum… Pas de bêtises, hein ? lance-t-il.

— Toi non plus, répliqué-je.

Je le regarde partir et refermer la porte derrière lui. Je ne peux m'empêcher de sourire, car aussi sexy que puisse être Claire, je doute qu'elle réussisse à l'empêcher de s'inquiéter de savoir sa fille seule avec un garçon, et ce pour toute la soirée.

Une fois Claire et mon père sortis, je me tourne vers Alex qui me dévisage.

— J'ai un truc à te dire.

— Quoi ? me demande-t-il d'un air inquiet.

— Il se trouve que j'ai discuté avec mon père.

Je jette un œil à la photo de ma mère et prends un moment

pour me concentrer afin de m'assurer que ma voix ne déraille pas.

— Il a découvert le secret de ma ressemblance avec Doria Miller, reprends-je.

Alex ouvre de grands yeux, attendant la suite. Mais je me demande maintenant s'il est bon de rentrer dans les détails… Alex est un ami, mais est-il fiable au point de lui dévoiler ce genre de choses ? C'est clair que c'est trop tôt pour en être assurée.

— Ce n'est rien de grave, dis-je, mais au moins maintenant, je sais.

— Et donc ?

— Donc je te dis seulement que je sais, et que ce n'est plus la peine qu'on s'interroge à ce sujet.

— Tu ne veux pas m'en parler ?

— Je veux que tu saches que ce mystère est résolu, mais c'est trop personnel pour que je t'en dise plus. Peut-être un jour, mais pas maintenant.

— Tu es de sa famille ?

— Mais non ! Et arrête de chercher, je veux juste te rassurer, c'est tout.

— Mais moi je n'avais pas peur, me dit-il.

— Oui, c'est vrai. En tout cas, je n'ai pas refait de cauchemar depuis qu'il a trouvé la raison.

— OK…, abandonne-t-il d'un air déçu. Le principal est que tu sois rassurée.

— Je comprends que tu voudrais que je t'en dise plus, Alex, je pensais d'ailleurs te le dire quand j'ai commencé à en parler, mais je crois que c'est trop tôt. En tout cas, je ne suis pas de sa famille, ne va pas t'imaginer ça. Mais il y a une raison personnelle dont je te parlerai peut-être plus tard.

— Pas de soucis, ma belle.

Je lui souris, autant pour le petit surnom que pour le fait qu'il respecte mon besoin de ne pas en dévoiler davantage.

— Bon allez, on est tranquilles, dis-je. On va se le mater, ce film ?

Nous descendons les escaliers et rejoignons le salon.

— Alors, quel genre de film est-ce que tu veux regarder ? demandé-je.

— Tu proposes quoi comme film d'horreur ? réplique-t-il en s'affalant sur le canapé.

Le cliché du film d'horreur...

— Je n'ai pas grand-chose dans ce genre, mais on peut regarder ce qu'ils proposent sur Netflix ?

— Ouais, vas-y !

Je m'installe sur le canapé et fais défiler le catalogue sur l'écran. Eux non plus ne sont pas très pourvus en films d'horreur…

— Que de la daube ! m'exclamé-je.

— Non, ça a l'air bien, ça !

— Lequel ?

— Celui-là, avec la fille sexy en couverture.

J'aurais dû m'en douter.

— Tu as vu l'histoire ?

— Non, le titre et la nana me suffisent, répond-il.

— Oui, forcément, un groupe de jeunes qui arrivent dans un village bourré de lesbiennes sexy qui les transforment en vampires ! Tu as raison, Alex, ça a vraiment l'air bien !

— Cool, alors c'est parti !

Je me retourne vers lui et le dévisage.

— Quoi ? demande-t-il.

— Non mais tu le fais exprès ?

— Le film ne te dit pas ?

— Non, et je pensais que tu l'avais compris !

Je me tourne de nouveau vers l'écran :

— Tu es certain de vouloir un film d'horreur ?

— Ouais.

— Alors débrouille-toi pour trouver un truc, moi je vais

nous chercher à boire et mettre une pizza à cuire.

— Pense aux casseroles dans le four ! me lance-t-il.

— Trop drôle.

Il fait quand même bien de me le rappeler.

— Et toi, ajouté-je, lis bien le descriptif avant de choisir, je ne veux pas d'un film plein de poufs sans cervelle en bikini.

— Tu réduis vachement les possibilités, là…

J'ouvre le four et sors les casseroles. Il faut vraiment leur trouver un autre rangement. Je le mets à chauffer et sors une pizza quatre fromages. Dans le réfrigérateur, je trouve des bières, mais j'hésite… Mon père ne devrait pas m'en vouloir, il ne m'a rien dit à ce sujet alors qu'il doit bien se douter qu'on allait être tentés d'en boire. J'en prends deux et retourne dans le salon.

— Alors ? demandé-je.

— Je t'attendais pour le lancer.

— Qu'est-ce que tu as choisi ?

— Un vieux film, je n'ai même pas retenu le titre.

— Je sens le truc plein de filles siliconées, soufflé-je.

— Non, même pas. J'ai choisi un vieux film, c'est souvent les plus flippants !

— Et l'histoire ?

— Une gamine disparaît, les années passent, les parents se séparent et quittent la maison. Puis un autre couple emménage et la petite réapparaît dans la maison vingt ans après sa disparition. Et elle n'a pas vieilli.

— C'est toujours super flippant quand c'est une petite fille ! me plains-je.

— Oui, c'est le but d'un film d'horreur en même temps…

— Eh bien ce n'est pas ce que je voulais regarder, moi.

— Oui, seulement tu m'as laissé le choix du genre.

Il jette un regard sur les bouteilles que je viens de poser sur la table basse. Le film commence, je m'installe au fond du canapé, il saisit les bières et m'en tend une.

— À la tienne !

— Dis-moi…, réponds-je.

— Quoi ?

— Tu m'as parlé de Sydney…

— Oui.

— Ça donne quoi ?

— Pourquoi est-ce que ça t'intéresse ? me demande-t-il.

— On est amis, non ?

— Alors t'es une chanceuse !

Branleur !

— Tu ne peux pas savoir à quel point je me sens privilégiée…

— Et je te comprends, réplique-t-il d'une voix sérieuse. Mais ça ne donne rien. Et je n'ai pas cherché, je ne suis pas vraiment certain qu'elle m'intéresse, en fait !

— Pourtant elle est mignonne.

— Il faudrait savoir ! La dernière fois, tu me disais que je méritais mieux.

— Oui, enfin… Disons que je te surestimais peut-être un peu.

Il me regarde en grimaçant. Moi ça me fait rire !

— Il ne fait pas très peur ton film, dis-je.

— Ce n'est que le début ! Ils plantent le décor, ça commencera vraiment quand la gamine aura disparu, je pense.

— Ouais eh bien ne t'embête pas à mettre « pause », je vais m'occuper de la pizza.

Lorsque je reviens, le film n'a pas beaucoup avancé.

— Donc avec Sydney, rien ? insisté-je.

— Non. Et toi, ton « après-Matt » ?

— Mon « après-Matt »… je n'en sais rien.

— Tu as été jusqu'où avec lui ?

Je me tourne vers lui.

— Qu'est-ce que tu veux dire ?

— Je ne vais pas te faire un dessin…

— Il me semble que je te l'ai déjà dit, je n'ai pas été

jusque-là ! Je te rappelle aussi que je ne suis restée que deux jours avec !

— Oui, c'est vrai... Enfin il ne suffit que d'une heure, ajoute-t-il en me souriant.

Je fais semblant de ne pas saisir l'allusion et bois une gorgée. Enfin si allusion il y avait...

— S'il te demandait de ressortir avec lui ? me demande-t-il.

— Matt ?

— Oui, Matt !

— Il n'y a pas de raison.

— Mais s'il le faisait ?

— Ça ne m'intéresserait pas.

— Vraiment ? s'étonne-t-il.

— Tu n'as pas l'air de me croire...

— Ça me surprend, lui que tu trouvais « trop beau ».

C'est vrai qu'il est beau...

— Il n'y a pas que ça qui compte, et il y a d'autres beaux mecs au lycée !

— Comme qui ? insiste-t-il.

— On s'en fout, OK ? m'énervé-je.

Alex acquiesce et reprend une gorgée.

— Aucune chance que tu te remettes avec, alors ? revient-il à la charge.

Je souffle en le regardant.

— Pourquoi est-ce que tu insistes à son sujet ? De toute manière, je n'ai plus envie de faire semblant.

— Comment ça ? demande-t-il.

— Matt me plaît, je pense lui plaire aussi, mais nous sommes trop différents dans notre manière d'être, je pense. Ce que l'on aime à côté...

Je finis d'une traite ma bouteille de bière et reprends :

— Rien que ses amis ! Je devais faire semblant de m'intéresser à leurs conversations qui me paraissaient pourtant sans intérêt. Et eux devaient faire semblant de m'apprécier alors que certains ne pouvaient pas me piffer.

Quoi qu'ils ne se tuaient pas à la tâche à ce niveau-là...

— Donc l'attirance physique n'est pas si importante, c'est ce que tu veux dire ?

J'ai dit ça ?

— Oh que si, elle l'est. Je ne pourrais pas mettre ma langue dans la bouche d'un mec que je ne trouve pas à mon goût ! Ce que je veux dire, c'est qu'il n'y a pas que ça et que les atomes crochus ne sont pas au rendez-vous en ce qui concerne Matt.

Alex me fixe sans rien dire, il semble réfléchir.

— Et puis, reprends-je, il me demandait de faire quelque chose que je ne voulais pas.

— Le sexe.

— Non !

— Quoi, alors ? m'interroge-t-il.

— Il m'a demandé d'arrêter de te parler, réponds-je avant de me sentir terriblement gênée.

Je ne sais plus où me mettre. Lui me regarde la bouche entrouverte, mais aucun son n'en sort, alors je mets fin au silence en m'exclamant :

— Je vais chercher deux nouvelles bières !

— Euh… OK, je t'accompagne.

***

Chacun une bière à la main, je le laisse passer devant moi pour rejoindre le salon. Mine de rien, Alex a quand même un beau c… Oh là, qu'est-ce qui m'arrive, moi ? Je n'ai bu qu'une bière et j'ai déjà l'impression d'être saoule !

— Tu penses que ton père en a pour combien de temps ? demande Alex en s'installant sur le canapé.

Je suis contente qu'il change de sujet.

— Je n'en sais rien. De toute manière, demain on a cours, il ne va pas falloir trop tarder après la fin du film.

— Fait chier… Les semaines sont trop longues et les week-ends trop courts.

— D'ailleurs, qu'est-ce que tu as prévu pour ce week-end ?

— De la moto, tu veux venir ?

— Carrément !

Nous trinquons en regardant ce qui se passe à l'écran ; la petite fille est là, elle se déplace dans les couloirs de la maison alors qu'il fait nuit. Un homme l'entend, il sort de son lit et rejoint le couloir. Et comme par hasard elle a disparu quand il arrive.

— Il n'a toujours pas l'air de faire très peur ton film, dis-je.

— En même temps, on n'a rien suivi depuis le début, et si on n'avait pas lu le résumé, on ne saurait même pas que la gamine qui se balade est morte.

— On ne sait pas si elle est morte, réponds-je, on sait seulement qu'elle a disparu.

— Oui, enfin elle revient vingt ans après et elle n'a pas changé, c'est qu'il s'agit de son fantôme, c'est évident !

— Ça ne l'est pas davantage que de voir un fantôme, je pense…

— Oui eh bien là, pour le moment, ils ne l'ont pas encore vu, ils l'ont juste entendu se déplacer dans la maison.

— Ça confirme que c'est vraiment pourri les films d'ho… Oh putain !

La vision de la gamine qui apparaît tout à coup me surprend. Alex me regarde en rigolant.

— C'était prévisible, dit-il.

— Je déteste ce genre de films…

— Tu veux venir me faire un câlin, c'est ça ?

— Non, sans façon !

Quoique… ça recommence, la gamine est de retour !

— Dis-moi, tu ne veux pas changer de film ?

— Non, je n'aime pas ne pas savoir comment ça se termine…

La chaleur a le don de me rassurer. Il me prend alors

l'envie de troquer ma bière contre un chocolat chaud et une couverture…

— Du coup tu as quelqu'un d'autre en vue ? demandé-je pour détourner son regard de l'écran que j'ai moi-même fui depuis déjà une minute – mais aussi pour couvrir le bruit des musiques effrayantes qu'ils ne peuvent s'empêcher de rajouter aux scènes déjà bien assez flippantes.

— Quelqu'un d'autre en vue ? répète-t-il.

— Oui, si Sydney ne t'intéresse plus.

— Et toi ?

— Moi ?

— Oui, tu as quelqu'un d'autre en vue si Matt ne t'intéresse plus ?

— Ça se pourrait…

Maintenant, on va jouer ! Il met le film sur « pause ».

— Alice, on est amis, n'est-ce pas ?

— Ça me paraît évident !

— Donc, ne tournons pas autour du pot.

Oh, là je ne suis pas certaine qu'Alex ait envie de jouer…

— Tu me demandes si quelqu'un d'autre m'intéresse ? ajoute-t-il.

— Oui…

— La réponse est évidente. On ne se connaît pas depuis très longtemps, mais je pense qu'on se comprend suffisamment bien. Et vu ce pour quoi tu as rompu avec Matt, ça me semble flagrant.

Je ne suis pas certaine de bien le suivre, là.

— Qu'est-ce que tu veux dire ?

— Toi, tu te verrais avec quelqu'un ? me demande-t-il.

— Oui, je te l'ai dit, ça se pourrait.

— Eh bien, moi je pense que c'est même certain et que c'est de moi qu'il s'agit. Mais tu voulais me faire le coup des questions et des indices pour découvrir petit à petit que je veux être avec toi et que tu veux être avec moi, c'est ça ?

Ce qu'il m'énerve…

— Non, pas du tout.

— Ah bon, pourquoi est-ce que tu fais la moue alors ?

— Je ne fais pas la moue.

— Si, insiste-t-il, tu la fais. Mais continue, j'adore quand tu fais cette tête.

— Et moi je déteste quand tu fais celui qui croit tout savoir ! m'énervé-je.

Je cherche la couverture pour la remonter et me rappelle que je ne l'avais qu'imaginée.

— OK…, répond-il. Peut-être que je me suis trompé sur tes intentions alors, mais en tout cas maintenant, tu sais que pour ma part, c'est toi qui m'intéresses.

Puis il remet le film.

Je reste un moment sans voix, j'ai l'impression que ça ne lui fait rien. Il continue de regarder son film comme si de rien n'était… Du coup, je ne suis même plus sûre de bien avoir compris ce qu'il m'a dit. Il me semble pourtant bien avoir entendu qu'il voulait sortir avec moi.

Je ne sais pas quoi faire… Il y a deux minutes, je voulais lui faire le jeu des questions-réponses qui devait nous amener à nous embrasser, mais là je ne sais plus… Pourquoi a-t-il réagi comme ça, aussi ? Il a voulu jouer au mec mature, au mec honnête sur ses sentiments. Du coup, c'est moi qui ne sais plus où j'en suis !

Je le regarde, il fixe l'écran, mais je suis à peu près certaine qu'il sent que je l'observe. Seulement il ne réagit pas, et en même temps il est trop beau quand il paraît réfléchi. Sauf que j'aime bien avoir le contrôle des choses et là il m'a coupé l'herbe sous le pied, et je ne supporte pas ça !

Bon, j'ai envie de faire pipi, un petit tour aux toilettes me permettra de réfléchir.

***

À mon retour, je me sens libérée de la bière ingurgitée, mais je n'ai pas l'esprit plus clair concernant Alex.

— Tu as raté un super moment, s'exclame-t-il.

— Ah.

— Le père a réussi à prendre une photo du fantôme et il a découvert qu'il s'agissait de la petite qui avait disparu…

— Je m'en fous, Alex, le coupé-je.

Il me regarde sans un mot, puis reprend :

— Ça ne va pas ?

— Je te trouve bizarre.

— Hein ? C'est toi qui es bizarre, Alice ! Je te raconte ce qui s'est passé pendant que tu étais aux toilettes et tu me réponds que tu t'en fous.

— Oui, parce que je me fous du film, je t'ai dit que je n'aimais pas les films d'horreur !

Je plie les jambes, pose le menton sur mes genoux et reprends :

— Je pense que tu devrais rentrer, Alex.

— Tu veux que je parte maintenant ?

— Oui.

Il arrête le film et éteint même la télévision, puis il se tourne vers moi :

— OK, je vais rentrer, mais c'est toi que je trouve bizarre. Et parce que je sais que tu es susceptible et capable de partir au quart de tour, je ne vais pas chercher à avoir d'explication et prendre le risque que tu me fasses la gueule. De toute manière on se voit demain au lycée !

Je n'ai pas vraiment envie qu'il parte, pourtant je le regarde se lever sans rien dire. Il attend un instant devant moi, mais voyant que je ne réagis pas, il s'éloigne.

— Je monte dans ta chambre récupérer mon casque.

— OK.

Je le regarde rejoindre les escaliers, j'ai envie de pleurer. Je ne comprends pas pourquoi je réagis comme ça. Je l'entends entrer dans ma chambre, puis en ressortir. Il faut vraiment que j'arrête d'être aussi conne ! Je me lève et me dirige vers le bas des escaliers au moment où il descend, son casque sous le bras.

— Tu t'es décidée à me dire au revoir ? s'exclame-t-il.

Je ne réponds pas et lorsqu'il arrive à ma hauteur, je prends enfin mon courage à deux mains.

Et je l'embrasse.

38

Je descends les escaliers la tête en vrac. Je n'ose pas me regarder dans une glace, je dois avoir les cheveux dans tous les sens.

— Bonjour Alice, s'exclame Claire à mon arrivée dans la cuisine.

— Salut.

Elle me regarde en souriant, tandis que je m'installe face à un bol que j'imagine m'être destiné.

— Qu'est-ce qu'il y a ? finis-je par demander face à l'insistance de son regard.

— Ça a été avec Alex ? Il est reparti vers quelle heure ?

Mais de quoi elle se mêle ? D'un autre côté, j'ai trop envie d'en parler.

— Super ! Il n'est pas resté très tard vu qu'on a cours aujourd'hui, mais je pense qu'on va passer le week-end ensemble !

Elle vient s'installer à table avec moi :

— Je sens que vous êtes ensemble tous les deux…

— Pourquoi tu dis ça ?

— Ça se voit à ta tête. Tu arrives dans la cuisine, le sourire aux lèvres et le regard à moitié dans le vague.

C'est sûrement à cause de ma tête en vrac.

— Alors ? insiste-t-elle.

Je lui réponds par un sourire et elle sautille sur sa chaise.

Une vraie gamine !

À ce moment-là, mon père débarque dans la cuisine, ce qui

a le don de la calmer tout de suite. D'ailleurs, lui aussi arbore un sourire béat. Elle le regarde avec le même sourire, alors je demande :

— Et vous, vous êtes rentrés à quelle heure ?

Parce que c'est vrai que je ne les ai pas entendus… Est-ce qu'il l'aurait emmenée à l'hôtel ? Beurk ! Ils se jettent des regards à moitié gênés. Je sens bien que mon père n'est pas à l'aise avec le fait que je sois là, j'en conclus donc qu'il s'est passé quelque chose.

— Il était quelle heure ? tente de se souvenir Claire en regardant mon père. Il devait être environ 2 h, non ?

— Environ oui.

Puis elle lui sourit de nouveau.

— Je dois y aller, reprend-il. Tu es vraiment certaine que tu ne souhaites pas rester ici quelques jours de plus ?

— Non, je te l'ai dit, je dois rentrer. Mais j'essaie de revenir la semaine prochaine. D'ailleurs, ça ne te dérange pas si je reviens, Alice ?

Je les regarde tous les deux ; qu'est-ce que ça veut dire ? On me demande mon avis, maintenant ?

— Vous faites ce que vous voulez, me contenté-je de répondre.

— Tu n'as pas cours cet après-midi, Alice, me demande mon père, c'est bien ça ?

— En effet…

— On peut déjeuner ensemble ?

— Oui, si tu veux, mais vite fait alors parce que je passe l'après-midi avec Alex !

— OK, on se retrouve au *diner* de la dernière fois, et toi…, dit-il en se tournant vers Claire.

Il semble hésiter à l'embrasser devant moi, et il a raison parce que je n'ai pas envie d'assister à ça !

— Tu m'appelles quand tu arrives chez toi, se contente-t-il de lui dire avant de se diriger vers la porte.

— Attends, je t'accompagne à ta voiture, dit-elle en vitesse.

Comme par hasard… En même temps, je préfère qu'ils aillent faire ça loin de ma vue.

Une fois qu'ils sont sortis, je remplis mon bol de céréales et me mets à penser… Ça y est, Alex m'obsède. Je repense à nos baisers sur le canapé, à ses mains baladeuses que j'ai dû réfréner et au coup de casque qu'il m'a donné sans faire exprès en se relevant juste avant de partir. En tout cas, je ne regrette pas de l'avoir embrassé. Mais je stresse déjà par rapport au comportement à adopter avec lui au lycée, j'ai peur qu'on me prenne pour une fille facile à passer si vite de Matt à Alex.

J'ai l'esprit tellement ailleurs que je n'entends pas Claire rentrer et ne me rends compte de sa présence que lorsqu'elle s'exclame :

— Tu m'as encore l'air rêveuse, tu me racontes ta soirée ?

Je comprends évidemment qu'elle cherche à se rapprocher de moi, à me mettre dans sa poche, mais bizarrement, je n'ai pas l'impression que ce soit nécessaire. Voir mon père sourire comme il le faisait tout à l'heure – même si c'était un sourire niais – me fait quand même plaisir. Et puis je suis de bonne humeur, c'est peut-être aussi ça.

— Ça s'est bien passé, me contenté-je de répondre, et vous ?

— Tu veux vraiment que je te raconte ? me demande-t-elle.

Oh mince… Et je vois qu'en effet elle meurt d'envie de m'en parler.

Dans quoi est-ce que je me suis engagée, moi…

— Si tu m'épargnes les détails…

— Évidemment. Ton père va me tuer s'il apprend que je te parle de ça, donc s'il te plaît, ne lui dis rien.

— Attends, Claire…

Là, elle me fait flipper. Qu'est-ce qu'elle veut me dire ?

— J'ai dit sans les détails, répété-je, n'oublie pas qu'il s'agit de mon père…

— Ne va pas t'imaginer que je vais te parler de ce genre de choses, s'exclame-t-elle, ne t'inquiète pas.

— OK…

— Non, je dois juste te dire que je trouve ton père exceptionnel.

— C'est tout ? demandé-je.

— Eh bien, en fait il me plaisait déjà beaucoup avant, mais… Ton père ne voulait pas d'une relation sérieuse vis-à-vis de toi, il pensait que tu serais contre et il craignait ta réaction.

Il avait raison !

— Et ?

— Et aujourd'hui je peux t'assurer que je suis sincèrement amoureuse de ton père.

Je retiens les céréales qui réclament de s'enfuir de ma bouche. J'ai l'impression que je vais fondre sur place, ce serait d'ailleurs une très bonne idée parce que je trouve la situation assez embarrassante. Une femme est en train de me dire qu'elle est amoureuse de mon père et j'ai surtout l'impression qu'elle me demande la permission d'engager une relation sérieuse avec lui.

— Enfin, ce que je veux dire, reprend-elle, c'est que je t'apprécie beaucoup et que je ne voudrais pas que tu prennes mal la relation entre ton père et moi…

— Claire, la coupé-je.

— Oui ?

— Tu me demandes l'autorisation d'être avec mon père ?

— Euh…

Je crois qu'elle réalise la saugrenuité de la situation.

Puis elle reprend :

— En fait, je te dis juste que je veux tout faire pour que tu m'acceptes, parce que je tiens beaucoup à lui.

— Mais je t'apprécie, réponds-je.

Ce n'est pas mon genre d'être aussi gentille, qu'est-ce qu'il m'arrive ?

— C'est vrai ? s'étonne-t-elle.

Elle n'attend pas la réponse et se lève pour me prendre dans ses bras. Je suis étouffée contre son épaule et j'ai l'impression de l'entendre pleurer. Elle relâche son étreinte et heureusement, je n'aperçois pas de larmes !

— J'ai quelques petites choses à faire chez moi ce week-end, mais ton père m'a invitée à revenir la semaine prochaine, me dit-elle.

— Cool.

— En tout cas, je suis ravie que tu réagisses comme ça. Vraiment, je suis sincère.

— D'accord.

— Je m'inquiétais pour rien, en fait. Et tu sais, à mon âge, rencontrer un homme comme ton père est inespéré…

— Est-ce qu'on peut changer de sujet ? la coupé-je.

— Oui, pardon, répond-elle.

Elle boit son bol de café et reprend :

— Donc, Alex et toi, vous êtes ensemble ?

J'acquiesce avec un sourire.

— Je le trouve très beau garçon, avoue-t-elle.

Je ne dis rien, mais suis d'accord.

— Je pensais retirer ma coloration, annoncé-je.

— Ah bon ? Le bleu te va bien. Je trouve que ça révèle ta personnalité.

— Oui, mais je pourrais aussi revenir à ma couleur naturelle.

— Tu es blonde au naturel ?

— Non, j'ai les cheveux châtains.

— Il faudrait que tu me montres des photos, alors.

— Mouais, réponds-je en me levant de table. Je te laisse, Claire, je dois finir de me préparer.

Et j'ai surtout hâte d'arriver au lycée !

***

J'y suis vingt minutes plus tard, et je crois que c'est la première fois que j'arrive avec autant d'avance. Sur le parking, je n'aperçois pas la moto d'Alex, alors à moins que ses parents l'aient déposé, je ne pense pas qu'il soit arrivé. Par contre Lydia est là, elle me sourit alors que je descends de voiture et que je la rejoins.

— Salut Alice, ça va ?

— Oui, et toi ?

— Ça va. J'ai vu Rick tout à l'heure, il te cherchait et il avait l'air en rogne.

En rogne ?

— Qu'est-ce qu'il me veut ?

— Je n'en sais rien, il m'a seulement demandé si je t'avais vue. Quand je lui ai dit que non, il s'est tiré vers le hall.

— OK…

Je m'apprête à m'y rendre, mais entends le bruit de la moto d'Alex qui approche, alors je décide de l'attendre. Je le regarde descendre du deux-roues et retirer son casque. Je me sens tout à coup fébrile… Est-ce qu'on doit s'afficher en couple ou pas ? On n'en a pas discuté ensemble hier, alors je n'ai aucune idée de ce qu'il souhaite faire. Il arrive et met un terme à ma réflexion en m'embrassant. Et lorsque nos lèvres se quittent, il se tourne vers Lydia pour lui faire la bise.

Elle nous regarde avec de grands yeux et dit :

— Je vois qu'il y a du nouveau !

Je m'apprête à répondre, mais j'aperçois Rick venir vers nous, et en effet, il a l'air en rogne.

— Je peux savoir ce que tu as raconté à ton père ? crie-t-il.

— Qu'est-ce qui se passe ? intervient Alex.

— Oh toi, Godson, te mêle pas de ça !

Je sens Alex perdre son sang-froid alors je le retiens. Je ne voudrais pas qu'il se fasse casser la figure du fait de sa fierté.

— Je ne vois pas de quoi tu parles, Rick, répliqué-je.

— Qu'est-ce que tu lui as raconté sur Matt ?

— Rien, je ne lui ai rien dit. Mon père ne sait même pas que je suis sortie avec !

— Alors tu peux m'expliquer pourquoi il est interrogé en ce moment même par ton père ?

39

Lorsque le détective Wayne arriva au commissariat, on lui annonça que Matt Ferman était déjà arrivé et qu'il l'attendait. Le jeune garçon venait d'être installé dans une salle d'interrogatoire où Aaron s'étonna de la présence de sa mère.

— On ne peut pas lui refuser d'être présente, se justifia un policier, étant mineur et non suspecté, le jeune homme a le droit d'être accompagné.

L'enquêteur ne répondit rien et entra dans la pièce ; un policier fit de même et vint s'installer à ses côtés.

— Je m'appelle Aaron Wayne, se présenta-t-il.

— Nous savons qui vous êtes, répliqua madame Ferman, mais ce que nous ne comprenons pas, c'est votre rapport avec la police de cette ville.

Le détective sembla étonné et demanda :

— Comment ça ? Quel rapport ?

— Vous réclamez à voir mon fils, et c'est au commissariat que cela se passe. Vous avez idée du traumatisme que cela peut engendrer chez un adolescent de seize ans de se retrouver interrogé dans un commissariat de police ?

— Madame Ferman..., l'interrompit Aaron, lui-même interrompu par l'entrée du shérif dans la salle.

— Britt, intervint ce dernier, je sais qu'être convoqués ici ne doit pas être agréable pour vous, mais il s'agit de simples questions que nous avons à poser à ton fils.

— Pourquoi ne pas venir les lui poser chez nous, alors ?

répliqua-t-elle.

— Nous aurions pu, en effet, répondit le shérif, et cela ne change rien au protocole. Et pour ce qui est du rapport entre le détective Wayne et la police, il se trouve qu'il est à Laneford pour enquêter sur la disparition de Doria Miller. En sa présence, de nouveaux éléments ont permis de rouvrir l'enquête, et dans la mesure où il a fait partie durant de nombreuses années de la police de Washington, nous n'avons aucun problème avec le fait qu'il participe étroitement à nos investigations.

— Donc, à qui répond mon fils aujourd'hui ?

— À la police de Laneford, mais monsieur Wayne posera les questions. Et encore une fois, il n'y a pas lieu de s'inquiéter. Matt n'est aucunement suspecté, il ne s'agit que de questions en rapport avec l'un de ses amis.

La mère sembla enfin se calmer et le détective put reprendre là où elle l'avait coupé.

— Donc, je suis le détective Wayne, et si nous t'avons demandé de venir aujourd'hui, précisa-t-il à l'attention de Matt, c'est que nous avons trouvé dans les affaires de Douglas Ford des éléments nous alertant d'un possible lien entre lui et la disparition de Doria Miller. D'autres éléments indiquent qu'il pourrait ne pas être le seul impliqué.

— Qu'est-ce que vous voulez dire ? demanda Britt Ferman.

— Madame Ferman, répondit-il, nous acceptons votre présence auprès de votre fils, néanmoins nous apprécierions que vous le laissiez répondre seul à nos questions, s'il vous plaît.

La mère de famille se tourna aussitôt en direction du shérif, mais devant la moue de ce dernier, elle préféra ne rien ajouter et se contenta de pousser un soupir de mécontentement.

Le shérif, quant à lui, profita du moment de silence pour s'échapper et sortir de la pièce.

— J'aurais quelques questions à te poser, Matt, reprit

Wayne.

— Allez-y, répondit-il.

— Douglas Ford était un de tes amis, n'est-ce pas ?

— Oui.

— Vous vous connaissiez depuis combien de temps ?

— Depuis l'école primaire, mais on a réellement commencé à se fréquenter à notre arrivée au collège, lorsque nous avons commencé le football.

— Et tu connaissais Doria Miller ?

— Comme ça…

— C'est-à-dire ?

— Qui est accusé ? demanda Britt Ferman.

Wayne sembla agacé, mais reprit rapidement le contrôle et sa voix ne trahit aucune impatience lorsqu'il reprit :

— Madame Ferman, rappelez-vous ce que nous avons dit. N'oubliez pas qu'il s'agit d'un interrogatoire de police, ne me forcez pas à vous demander de sortir.

— Je suis accusé ? rétorqua Matt accompagné du sourire approbateur de sa mère.

— Non, tu ne l'es pas, nous avons seulement besoin de quelques informations et notre entrevue peut être très rapide si tu te contentes de répondre aux questions que je te pose.

Désormais l'agacement devenait perceptible dans la voix du détective.

— Quels étaient tes rapports avec Doria Miller ?

— On se croisait au lycée, c'est tout.

— Tu étais intéressé par cette fille ?

— Ah non, pas du tout !

Wayne resta un instant silencieux, puis il reprit :

— Mais tu connaissais au moins une personne qu'elle intéressait, n'est-ce pas ?

— Vous parlez de qui ?

— De qui parle-t-on, d'après toi ?

— Vous parlez de Douglas.

— Elle l'intéressait ?

— Je n'en sais rien, répondit le garçon apparemment sûr de lui. Vous avez trouvé des trucs qui vont dans ce sens ?

Aaron ne réagit pas face à l'insolence du lycéen et s'approcha de lui de manière à l'intimider.

— En effet, nous avons des éléments qui vont dans ce sens. Nous avons aussi des éléments qui vont dans le sens de la culpabilité de ton ami Douglas.

— Il est mort, je vous rappelle ! répliqua aussitôt Matt.

Sa mère à côté ne semblait pas savoir comment réagir. Voyant que son fils était en train de s'énerver, elle sembla sur le point d'intervenir, mais se ravisa.

— Justement, reprit le détective, tout laisse à penser qu'il se serait suicidé avec beaucoup de remords.

— Il a laissé un mot ? demanda le jeune homme.

— Un mot stipulant qu'il avait des complices, tu veux dire ?

— Non, pas du tout. Vous semblez dire qu'il pourrait être coupable, qu'est-ce qui vous fait penser ça ? Il a laissé un mot disant qu'il avait fait quelque chose à cette fille ?

Encore une fois, le détective prit un moment avant de répondre. Il tentait d'analyser le comportement du garçon, mais semblait éprouver des difficultés à le faire. Il n'eut d'ailleurs pas le temps de réagir que Matt Ferman reprit la parole :

— Vous voulez mon avis ? Je crois que vous cherchez au mauvais endroit !

— Que veux-tu dire par là ? s'enquérit Wayne.

— Allez plutôt fouiner du côté de chez les Godson.

La mère se tourna brusquement vers son fils, désireuse d'une explication à ce qu'il venait d'avancer.

— Chez les Godson ? s'exclama Aaron.

— Oui !

— Et il a un prénom, ce Godson ? demanda Wayne.

— Oui, Peter Godson.

Le détective se tourna vers le policier qui l'accompagnait pour s'assurer qu'il retranscrivait bien tout ce que disait le jeune homme, puis il reprit :

— Excuse-moi, Matt, tu sais que je ne suis pas à Laneford depuis très longtemps… Qui est Peter Godson ?

— Vous, vous devez connaître Alex Godson, il est pote avec votre fille. Mais il a un frère, Peter, plus vieux que lui.

— Et d'après toi, il serait impliqué dans la disparition de Doria Miller ?

Matt Ferman se tourna vers sa mère qui avait l'air aussi impatiente que l'enquêteur de connaître la réponse de son fils.

— On a une récompense lorsqu'on donne des informations ? demanda le lycéen en se tournant vers le détective.

— La récompense d'avoir fait ton devoir. Je te rappelle que tu es dans l'obligation de répondre à toute demande d'informations de la police de ce pays.

Le garçon sourit, apparemment fier de sa requête qu'il savait sans la moindre chance d'aboutir.

— Peu de temps avant sa disparition, reprit-il à voix basse comme s'il s'agissait d'un secret qui devait rester entre ces murs, j'ai aperçu Doria Miller qui buvait un verre avec Peter Godson.

— Ils se fréquentaient ? demanda Wayne.

— À ce moment-là, oui, mais à l'époque il n'y avait rien d'officiel. Au lycée, tout le monde sait qui sort avec qui, ça se découvre rapidement. Mais, les concernant, on ne savait même pas qu'ils se parlaient ! Ils n'étaient jamais ensemble.

— Quand tu dis « on », tu parles de qui ?

— De moi, des potes, de tout le monde au lycée, quoi !

L'enquêteur sembla agacé par la tournure que prenait la conversation.

— Donc, tu dis les avoir vus boire un verre ? C'était où ?

— C'était dans un bar à Grathville. Ils étaient juste tous

les deux et ils avaient l'air très proches.

— Et tu es sûr que c'était seulement quelques jours avant sa disparition ?

— Oui, je me souviens en avoir discuté avec des potes…

— Lesquels ? le coupa Wayne.

— La bande.

— Douglas Ford en faisait partie ?

— Oui, entre autres…

— Comment est-ce qu'il a réagi ?

— Je ne sais plus, moi, mais ça n'a rien à voir avec lui ! Là, je suis en train de vous dire que Peter Godson et Doria Miller étaient ensemble, et ça, personne ne le savait ! Je suis sûr que la police n'a jamais cherché de ce côté-là !

40

Je sors du lycée, c'est enfin le week-end ! Et quelque chose me dit que ce week-end va être génial parce que je le passe avec Alex.

— On fait comme on a dit, s'exclame-t-il en me rejoignant, tu passes chez moi en début d'après-midi ?

— Je déjeune avec mon père et te rejoins aussitôt !

Il arrive à ma hauteur et m'embrasse, je sens mes jambes qui flageolent. Si j'avais su qu'il embrassait aussi bien, je n'aurais pas attendu aussi longtemps.

— À tout à l'heure, me lance-t-il.

Je monte dans ma voiture et tente de me rappeler par où il faut que j'aille pour me rendre au *diner*.

Je tourne dix minutes dans le centre-ville à la recherche de ce foutu restaurant ! Ce n'est pas possible, Laneford doit en compter trois au maximum et je ne suis pas foutue de le trouver alors que j'y ai mangé pas plus tard que la semaine dernière ! Je m'arrête devant l'un d'eux et descends de la voiture. Je m'apprête à appeler mon père lorsque je l'aperçois derrière une vitre, à l'intérieur du restaurant devant lequel je me trouve.

J'entre et le rejoins à sa table.

— Alors, ça a été ta matinée ? me demande-t-il au moment où la serveuse arrive vers nous.

— Bonjour, me dit-elle.

— Maintenant que ma fille est arrivée, intervient mon

père, nous allons pouvoir commander.

— Minute, dis-je, j'ai le temps de regarder la carte ?

— Ils ont des pennes au pesto en menu du jour, indique mon père, pas besoin de réfléchir !

— Oui, eh bien j'aime avoir le choix.

— Ne vous inquiétez pas, répond la serveuse avec un sourire directement adressé à mon paternel, je vous laisse le temps de réfléchir et je repasse dans quelques minutes.

Il la regarde s'éloigner et me dit :

— Tu adores ça, les pennes au pesto.

— Et alors ? J'aime d'autres choses, aussi.

J'ouvre la carte et me plonge dans les propositions de plats.

— Donc, ta matinée ? reprend mon père.

Je baisse la carte et lève les yeux vers lui :

— Ah oui, tiens, tu n'aurais pas vu un certain Matt Ferman, ce matin ?

— Si, en effet…

— Tu ne pourrais pas me prévenir lorsque tu interroges des amis à moi ? Tout le monde me tombe dessus, après. On va me prendre pour une balance.

— Comment ça ?

Je me calme.

— Bref, pourquoi est-ce que tu l'as vu ?

— Alice, quelqu'un t'a fait des reproches à cause de son interrogatoire ?

— On m'a juste prévenue. Et pourquoi Matt ?

— Tu le connais bien ? me demande-t-il.

Voyant que je ne suis plus plongée dans la carte, la serveuse revient.

— Vous avez fait votre choix ?

Mon père lui sort son sourire de séducteur et s'exclame :

— Mon choix reste le même, je prendrai votre plat du jour, et ne lésinez pas sur le parmesan.

Il m'énerve, la serveuse et son sourire aussi.

— Et vous, mademoiselle ? me demande-t-elle en quittant les yeux de mon père, non sans peine, j'imagine.

— Je prendrai la même chose.

Elle note sur son carnet, mon paternel me regarde en souriant.

— Et sinon, ça a l'air sérieux entre Claire et toi, m'exclamé-je bien fort avant que la serveuse ne s'en aille.

Mon père, gêné, attend qu'elle s'éloigne et répond :

— Euh… Oui, enfin… Tu veux en parler ?

— Non.

La serveuse l'a entendu, et c'est bien tout ce qui compte.

— Mais reprenons, dis-je, qu'est-ce que tu lui voulais, à Matt ?

— Tu sais que ce qui regarde l'enquête doit rester confidentiel, ma chérie.

— Je n'en parlerai pas.

— N'insiste pas. Il n'est pas suspecté, si c'est ce qui t'inquiète.

— Je ne m'inquiète pas…

La serveuse nous apporte une bouteille d'eau et je remarque qu'elle s'attarde moins qu'avant. Le message est bien passé.

— Dis-moi, dit-il, est-ce que tu connais Peter Godson ?

Oh, merde. Je regarde mon père, tentant de voir dans ses yeux s'il est énervé ou quoi que ce soit d'autre.

— Alors ? insiste-t-il.

— Oui, je le connais.

— C'est le frère d'Alex, c'est bien ça ?

Ça fait bizarre d'entendre mon père prononcer le prénom « Alex ».

— Oui, c'est son frère, mais pourquoi est-ce que tu me parles de Peter ?

— Juste comme ça…

Je le fixe, l'analyse, le… Je manque de vocabulaire.

— Tu l'as rencontré ? me demande-t-il.

J'attrape la bouteille d'eau et remplis mon verre.

— Merci, ironise-t-il.

Je reprends la bouteille d'eau et remplis également son verre.

— Si tu me demandes ça, c'est en lien avec l'enquête sur la disparition de Doria Miller ?

Mon père se retourne, apparemment gêné, et je me dis que je ferais mieux de parler moins fort.

— Il pourrait en effet avoir un lien avec Doria Miller, dit-il à voix basse.

Je me sens fébrile, je sens que je transpire…

— Ça va ? me demande-t-il.

Je me lève.

— Je vais aux toilettes, indiqué-je avant de partir sans trop savoir où elles se trouvent.

Je croise la serveuse.

— Les toilettes, s'il vous plaît ?

Elle m'indique une porte sur laquelle sont dessinés un petit bonhomme et une petite bonne femme. J'aurais dû me douter…

***

À mon retour, nos assiettes sont servies et mon père reprend directement :

— Tu n'as pas l'air bien, c'est en rapport avec notre discussion ?

Se doute-t-il de quelque chose ? Comment pourrait-il savoir pour la lettre, alors que c'est Peter qui l'a ? Et quand bien même mon père l'aurait récupérée, il ne peut pas savoir que je l'ai lue.

— Tout va bien, réponds-je de la manière la plus sereine possible.

— Tu le connais bien ? me demande-t-il avant d'avaler une pleine fourchette de pennes.

— De qui est-ce que tu parles ?

— De Peter Godson, où est-ce que tu as la tête ?

— Je l'ai rencontré, c'est tout.

— OK.

Il me fixe. Je n'aime pas ça. Je me sens mal à l'aise et je sais qu'il le voit.

— Alice, dit-il d'une voix grave, je sais que tu me caches quelque chose.

Il sait tout ! Il va me mettre en prison, sur la chaise élec… Reprends-toi, Alice, il ne sait rien. Il faut que je calme mon imagination, mon père ne va quand même pas m'incarcérer pour une information que j'aurais oublié de lui donner.

— Pourquoi est-ce que tu dis ça ? demandé-je.

— Je te sens tendue depuis que je te parle de ce Peter, tu peux me dire ce qui ne va pas ?

— Je te dis que tout va bien, p'pa.

— Alors dis-moi ce que tu me caches ! s'énerve-t-il tout en réussissant à ne pas élever la voix.

Il faudrait qu'il me dévoile son secret un jour, c'est cool de pouvoir s'énerver ou intimider quelqu'un en toute discrétion.

— Je ne te cache rien…

Il avale une nouvelle bouchée sans me quitter des yeux.

— Je te connais, Alice, tu sais quelque chose sur Peter qui pourrait concerner l'enquête.

Je me demande s'il est aussi fort avec les personnes qui ne sont pas ses enfants.

— Est-ce qu'il faut que je m'énerve ? insiste-t-il.

— Non.

— Alors dis-moi.

Je réfléchis. Je repense à ma discussion avec Alex et me sens mal. Seulement mon père attend une réponse. Peut-être est-il déjà au courant… Et ça n'a de toute manière probablement pas beaucoup d'importance.

— Peter est sorti avec Doria Miller, dis-je avec une

sensation de soulagement, comme s'il s'avérait d'une confession auprès d'un pasteur.

Mon père me regarde, puis reprend :

— Quoi d'autre ?

— Rien.

— Il y a autre chose, insiste-t-il, je te connais et lorsque tu avoues quelque chose, tu commences toujours par la partie émergée de l'iceberg !

Il m'énerve.

— Elle lui a écrit une lettre…

— Quoi ?

— Elle lui a écrit une lettre, répété-je.

— Oui, j'avais compris, mais qu'est-ce qu'elle lui a écrit ?

— Tu ne le sais pas ? demandé-je.

— Non, je ne peux pas le deviner si tu ne me le dis pas, s'énerve-t-il de plus belle.

Est-ce que j'ai bien fait d'en parler ? De toute façon maintenant, je n'ai plus le choix.

— Elle lui a écrit juste avant de disparaître…

— Qu'est-ce qu'elle lui a écrit ? s'impatiente-t-il.

— Je ne me rappelle pas mot pour mot, mais elle lui disait un truc niais dans le genre : « Ne me quitte pas, reviens, je ne peux vivre sans toi. »

À ces mots, mon père ouvre de grands yeux.

— Et tu sais ça depuis longtemps ?

Il repousse son assiette et reprend :

— Non, peu importe. Je suis déçu, Alice, vraiment. Ce dont tu me parles là est un indice primordial dans l'enquête, tu aurais dû me le dire !

— Je sais, avoué-je, penaude.

— Tiens, dit-il en posant des billets sur la table, tu paieras l'addition avec ça.

— Qu'est-ce que tu fais ?

— Je dois voir ce Peter, rapidement ! Et en attendant,

je t'interdis de parler de notre discussion à qui que ce soit, d'accord ?

J'acquiesce.

— D'accord ? insiste-t-il. Même pas à ton ami Alex, OK ?

— OK, réponds-je.

Puis je le regarde quitter le *diner*.

***

J'arrive chez Alex, je me sens trop mal par rapport à lui. Mon père m'a demandé de ne rien lui dire mais je ne sais pas si je vais pouvoir me retenir.

Je me gare dans sa cour, arrête le moteur et réfléchis. Je regrette de ne pas avoir eu le temps de faire part de mon sentiment sur Peter à mon père, parce que maintenant, il risque d'aller le voir avec un avis négatif… Est-ce que j'avoue à Alex que j'ai parlé de la lettre ? Non, mon père va me tuer si je le fais et qu'il l'apprend. D'ailleurs, le voilà qui sort de chez lui et qui arrive !

— Qu'est-ce que tu fais ? me demande-t-il. Tu te décides à descendre ?

Je me décide à quitter le siège de ma voiture.

— Ça va ? demandé-je.

Il s'approche de moi et m'embrasse. J'ai un mouvement de recul, j'espère qu'il ne l'a pas remarqué. Je ne suis pas encore habituée à cette proximité. Ou alors, je suis tellement préoccupée que j'en oublie qu'on sort ensemble.

— Ça va, toi ? me demande-t-il.

Ça y est, il a remarqué quelque chose ! Qu'est-ce que je fais ? Je lui dis ? Oui ? Non ?

— Ça va, réponds-je, euh… Tu as prévu quoi pour cet après-midi ?

— Je n'ai rien prévu, mais j'ai plein de choses à te proposer.

— Je t'écoute.

— Moto, film, glander dans ma chambre à écouter de la

musique…

— On a l'après-midi, on peut faire un mix des trois.

— On commence par ?

— Moto !

— OK, dit-il, et on finira par glander dans mon lit en écoutant de la musique.

Lit ?

— Tu avais dit « chambre », il me semble, non ?

— Chambre, lit… c'est pareil !

— Moi j'y vois une nuance, mais bref, moto !

— C'est parti ! s'exclame-t-il en se dirigeant nonchalamment vers le hangar dans laquelle elle se trouve.

— Et cette fois-ci, tu me montres ta piste de cross !

Il se retourne.

— Attends, tu n'en as fait qu'une seule fois, tu ne vas faire que te vautrer si on en fait là-bas. C'est plein de bosses et des grosses !

— Et alors ? Tu te souviens comme je me débrouille bien ?

— Justement…, répond-il en repartant vers le hangar.

— Quoi ?

— Rien.

J'entends le bruit du moteur provenant de l'intérieur, puis il la sort.

— Encore une fois, tu n'as pas prévu la tenue adéquate, me dit-il.

Il croit quoi ? On sort ensemble maintenant, je ne suis pas prête à me remontrer dans un vieux jogging ou un vieux jean troué.

— Je n'ai pas eu le temps de repasser par chez moi, prétexté-je. Tu te doutes bien que j'étais trop pressée de te voir…

Je le dis sur le ton de l'humour et il le saisit ainsi. Même si je le pense réellement. Il retourne dans le hangar et en revient avec une combinaison et un casque sous le bras.

— C'est pour moi ? demandé-je.

— Vaut mieux, crois-moi.

— Attends, je vais avoir l'air de quoi là-dedans ?

— De la plus belle des filles portant une combinaison de cross, et j'ai toujours eu un faible pour les nanas dans ce genre de tenue !

— Bien sûr…

Il a l'air sérieux alors je me laisse convaincre. Je l'enfile par-dessus mes vêtements et m'apprête à enfiler mon casque, lorsqu'il m'arrête.

— Attends.

— Quoi ?

Il s'approche et m'embrasse.

— C'est bon, tu peux le mettre, maintenant.

Il est trop mignon.

— Oh, un peu de virilité ! m'exclamé-je, pour l'embêter.

— Hein ? s'écrie-t-il en se retournant vers moi.

— Arrête de faire ton amoureuse, et enfourche-moi cette moto ! dis-je avec la voix la plus rauque possible.

Ce qui me provoque une quinte de toux. Je sens que je vais m'étouffer dans mon casque et Alex se marre. Mince, mais il va vraiment me regarder mourir en rigolant !

Je reprends tant bien que mal ma respiration, lui n'en a rien à faire ! Il est sur sa moto et me regarde l'air de dire : « Qu'est-ce que tu fais ? »

— Ça va ? finit-il enfin par me demander.

— J'ai vu la lumière blanche, réponds-je.

— Cool, dit-il, et tu as fait demi-tour pour moi ?

Il y a deux minutes il jouait les romantiques et là, il était prêt à me laisser crever devant ses yeux !

— Même pas en rêve ! m'exclamé-je. C'était juste pour la séance de moto.

— Allez monte, dit-il en souriant.

Je m'exécute et monte derrière lui. Cette fois je ne me fais pas avoir et me tiens fermement à ses hanches, et je fais bien puisqu'il démarre comme un furieux. Mais j'adore vraiment ça !

Nous empruntons un chemin qui contourne sa maison et arrivons devant la piste dont il m'a parlé, et en effet, ça a l'air super ! Une piste de terre avec des bosses en veux-tu en voilà.

Il arrête sa moto et me fait signe de descendre. Puis il arrête le moteur et descend à son tour.

— Je le sens mal, me dit-il.

— Pourquoi ?

— Tu as vu ces bosses ? s'exclame-t-il en m'indiquant certaines d'entre elles au milieu du terrain.

— Oui, je les vois.

— Eh bien celles-ci, si tu ne t'y engages pas à pleine vitesse, tu peux être certaine de ne pas réussir à les franchir et à te vautrer avant d'arriver à la moitié.

— Alors j'irai à fond !

— Et tu te vautreras aussi parce que tu ne sauras pas bien atterrir.

— Oh, tu m'énerves, fais-moi confiance un peu !

— Ce n'est pas que je ne te fasse pas confiance, mais on ne se lance pas là-dedans dès le départ, il faut commencer par des petites bosses avant d'attaquer les grandes.

Il s'approche de moi et m'agrippe par les épaules. Il se prend pour mon paternel ou quoi ?

— Mon père m'a fait cette piste après deux ans de moto en club, reprend-il.

— Mais je suis meilleure que toi, réponds-je avec un sourire exagéré.

— Eh bien, ne le prends pas mal, mais je préfère quand même que tu commences par des allers-retours sur la ligne droite du départ.

Hein ? La ligne droite juste devant nous ? Mais il n'y a aucune bosse, il se moque de moi ?

— Tu parles de ton petit chemin tout plat là ? demandé-je en le montrant du doigt.

— Oui, parce qu'après ça attaque dur. Je ne veux pas que tu pètes ma moto, mon père me tuerait…

J'aurais apprécié qu'il ne veuille pas que moi je me casse quelque chose, mais bon…

— On commence ? Je m'impatiente, là !

— Je te montre ? me demande-t-il.

— Non.

Je monte sur sa moto et donne un coup de « je ne sais pas comment ça s'appelle » pour la démarrer. La machine doit savoir que je ne connais pas le nom de ce bout de métal qui dépasse parce qu'elle refuse de se lancer… Et Alex, immobile, me regarde en souriant. Ah, ce qu'il m'énerve…

— Tu viens m'aider, oui ou non ?

— Il suffisait de me le demander, répond-il.

Il démarre en reproduisant mon geste, je n'y comprends rien. Je lui fais signe de s'écarter.

— Attends, me dit-il.

Ce que je ne fais pas.

— Waouh !

J'avance à toute allure.

— Putain !

Il est où déjà le frein ? Le virage s'approche de moi, les arbres qui se trouvent juste derrière aussi, qu'est-ce que je fais !?

La mémoire me revient, le frein est au pied droit, mais c'est trop tard, je suis dans le virage ! Contre toute attente, je réussis à tourner. Je suis trop forte ! Mais maintenant, c'est une bosse qui surgit au milieu du chemin. J'entends la voix d'Alex au loin, mais avec le bruit du moteur je ne comprends pas ce qu'il dit. La bosse s'approche, et plus elle s'approche, plus elle grossit. Je me dégonfle et freine. La moto dérape jusqu'en haut de la bosse et s'arrête pile à son sommet.

— Merde !

Me revoilà au sol sous la moto. Et ce, juste parce que j'ai oublié de poser le pied par terre. Décidément, cette moto est impitoyable, elle pourrait au moins accepter une petite marge d'erreur au début.

Mon sauveur arrive en courant.

— On peut dire que tu n'y es pas allée avec le dos de la main morte toi ! s'exclame-t-il.

Encore une de ses expressions…

— Ça va ? reprend-il.

— Ça irait mieux si tu me dégageais cette moto, elle pèse une tonne !

Il la soulève et je suis immédiatement soulagée. Je me relève, retire la terre sur ma combinaison et fais un rapide check-up de mes articulations. Je n'ai rien ! Et je n'ai mal nulle part !

— Je recommence ! m'exclamé-je.

— Je peux te faire une petite démo avant ?

— Vas-y, bougonné-je.

Il monte sur la moto et s'amuse avec l'accélérateur.

— Ne l'abîme pas, lui dis-je.

Il me fait sa moue habituelle et démarre en trombe.

Mince, il est doué ! Et dire que j'avais l'impression d'aller vite. Il enchaîne les bosses et s'envole entre chacune d'entre elles. Il commence même à faire des figures, je crois qu'il cherche à m'impressionner… Et il y arrive ! J'ai l'impression d'être devant ma télé, je le regarde évoluer sur le terrain accidenté, les yeux écarquillés. Cela ne dure que quelques minutes et il revient à ma hauteur. Il met la béquille et descend de la moto, et moi, je crois bien que je tombe amoureuse.

Je referme la bouche et le regarde s'approcher de moi.

— Alors ? demande-t-il.

Ne nous emballons pas. Je le connais, après il va se la péter !

— Pas mal, finis-je par répondre.

Mais franchement c'était grandiose, je veux faire pareil !

— C'est à moi ! reprends-je.

— Attends, commence par t'habituer sur la ligne de départ, insiste-t-il.

— Mais je veux faire comme toi !

— Il faut déjà que tu apprennes à t'arrêter.

Là, il redevient énervant.

— S'arrêter, c'est pour les nuls, moi je ne veux pas m'arrêter.

— Tu sais très bien ce que je veux dire.

— Bon, tu me laisses essayer ?

Il s'approche de moi, me regarde dans les yeux et dit :

— Ne mets pas la calèche avant les chevaux.

Je m'y perds avec ses expressions à la con. Je n'arrive même plus à retrouver les originales.

— Tu veux brûler les étapes, explique-t-il, du coup tu vas finir par te blesser ! Et moi je ne veux pas que tu te blesses, ton père s'en prendrait à moi et je n'y tiens pas.

Ah d'accord !

— En fait tu as peur de mon père, ma santé physique, tu t'en fous !

— Non, j'essaie juste de te convaincre, dit-il. Si je te dis que je ne veux pas que tu te blesses, tu vas me dire que tu n'es pas une gamine et que je ne dois pas m'inquiéter pour toi.

Il commence à me connaître.

— Mais si j'y vais doucement…, insisté-je.

— En allant doucement, tu n'arriveras pas à franchir certaines bosses.

Bon, je rends les armes et acquiesce piteusement. Je remonte sur la moto et décèle son inquiétude.

— Je pars dans l'autre sens, rassure-toi.

Il me laisse faire, même si je suis quand même bien tentée d'essayer. Mais un vent de raison me touche et je repars en direction de la ligne droite.

Je roule, je roule ! Je roule doucement, mais j'ai le contrôle, et ça, c'est une avancée ! Je prends parfaitement le virage, et j'arrive dans la ligne droite. Je jette un œil à Alex. Je rêve ou il me fait signe d'accélérer ?

Je ne me fais pas prier.

— Youhou !

J'arrive au bout !

— Super ! crie Alex derrière moi.

Je me suis arrêtée sans problème, j'ai même pensé à poser le pied par terre.

Puis Alex me fait faire des allers-retours pendant une trentaine de minutes, avant de me laisser enfin attaquer quelques bosses, des petites... Mais quel pied !

Il est déjà 17 h lorsque j'accepte de m'arrêter, ou plutôt lorsque le réservoir vide me contraint à me stopper.

— Ça t'a plu ? me demande bêtement Alex.

— Non mais tu rigoles ? J'ai trouvé ma nouvelle passion ! Et tu seras mon professeur particulier, c'est décidé. Tu n'as pas le choix, je serai chez toi tous les week-ends !

— Ça me va ! répond-il gentiment.

Je retire mon casque et c'est à mon tour d'aller l'embrasser. Je le revois sur sa moto enchaîner les figures...

— Tu ne fais pas de compétitions ? demandé-je.

— Si, très souvent le dimanche. On rentre ?

— De toute façon, on n'a pas le choix, à moins que tu ne fasses le plein.

— On va rentrer, ça fait quand même déjà deux heures que tu enchaînes, là.

J'aurais bien continué, même si je commence à avoir sérieusement mal aux fesses.

Nous arrivons chez lui, et me revoilà présentable, belle et sexy !

— Ça doit exister des combinaisons taillées pour les filles, non ?

— Comment ça ? me demande-t-il.

— Dans un genre un peu plus glamour, moins sac que celle

que tu m'as filée.

Il sourit.

— Oui ça existe, tu demanderas à ton père de t'en acheter une, ainsi qu'une moto si tu continues.

Ça, je crois que ce n'est pas demain la veille qu'il acceptera de me payer une moto…

— On monte ? reprend-il alors que je finis à peine le verre d'eau qu'il vient de me servir.

J'acquiesce en manquant de m'étrangler en avalant de travers, et le suis dans les escaliers.

— C'est la première fois que je vois ta chambre, dis-je sur un ton volontairement coquin.

— J'ai prévu le coup, tu vas la voir rangée, répond-il. Profites-en, ça n'arrive pas souvent ! D'ailleurs, je crois que ma mère va te bénir pour ça.

Nous entrons dans sa chambre. Je la trouve trop classe ! Des posters de figures aériennes de motocross sur les murs, un lit une personne dans le fond à gauche de la pièce, et tout le mur gauche en imitation briques, ça fait cool !

— J'adore ta chambre ! m'exclamé-je.

— Ouais, elle est sympa, répond-il d'un air blasé.

Et il a même un canapé !

— À quoi te sert un canapé dans la mesure où tu n'as pas d'amis ? lui lancé-je ironiquement.

Il m'ignore et allume sa chaîne hi-fi.

— Les Red Hot, j'adore ! lancé-je au son de la musique.

Il s'approche de moi et me pousse sur le canapé. Oh là, qu'est-ce qui lui prend ? Il s'installe à côté de moi et commence à m'embrasser.

— Tes parents rentrent bientôt ? demandé-je pour lui éclaircir les idées.

Je n'ai pas envie qu'il aille trop vite.

— Ils ne rentrent pas avant 20 h.

Puis il recommence à m'embrasser. Ses mains se posent sur

mes cuisses et remontent progressivement jusqu'à ma poitrine.

— Attends, l'arrêté-je.

Il s'écarte.

— Je ne veux pas le faire, c'est trop tôt, expliqué-je.

Il me regarde en souriant.

— Pas de problème, Alice, je ne faisais que t'embrasser, ne t'inquiète pas.

Je reste distante.

— Qu'est-ce qu'il y a ? demande-t-il.

— Je vais te paraître idiote, mais j'aime que les choses soient claires.

— C'est-à-dire ?

— Savoir où on en est et où on va.

Il me regarde bêtement, je crois qu'il ne comprend toujours pas. Les mecs…

— Tu veux savoir si je suis sincère ? me demande-t-il.

Ce n'était pas exactement ça, mais bon !

— Ce qui est clair, dis-je, c'est que ça ne fait que deux jours que nous sommes ensemble.

— Je le sais bien, et ne va pas croire que je t'ai emmenée dans ma chambre pour qu'on le fasse.

— Ça en prenait clairement la direction, non ?

— Non.

— Alors j'ai mal interprété tes gestes…

— Excuse-moi si tu m'as trouvé trop entreprenant, se vexe-t-il, c'est juste que j'avais envie de ce moment depuis la première fois que je t'ai vue.

Je n'y crois pas, là.

— Ne te moque pas de moi.

— Je ne le fais pas, répond-il.

— Attends, rappelle-toi la première fois qu'on s'est vus !

— Oui, j'ai cherché à attirer ton attention, que tu te souviennes de moi, puis je t'ai collée pendant toute la pause déjeuner.

Vu comme ça…

— Tu es en train de me dire que tu étais hyper lourd dans le but de me séduire ?

— Maintenant, tu comprends que je n'aie pas beaucoup d'amis.

Je rigole et il me sourit en retour. Au moins, il n'a plus l'air vexé.

— Bon, s'exclame-t-il, je vais essayer de trouver un truc que l'on peut faire avec les mains dans les poches. Parce que je suis désolé, mais si j'ai les mains libres, te toucher est trop tentant !

Je l'embrasse et réponds :

— Non, maintenant que les choses sont claires, je veux bien reprendre là où on en était.

41

Aaron arriva en milieu d'après-midi à l'université de Northall.

On lui annonça à l'accueil que Peter Godson avait encore une heure de cours. Le détective demanda à consulter une photo du garçon et décida de l'attendre devant sa chambre universitaire. Des jeunes traînaient dans les couloirs. Bien qu'Aaron ne soit jamais allé à l'université, la vue de tous ces étudiants lui rappela ses fins de journée lorsqu'il était encore en école de police. Il se souvint qu'à cette époque il rêvait d'être shérif avec l'ambition secrète de finir chef de la police de Washington. Il avait rencontré Helen dès sa sortie de l'école et en était aussitôt tombé éperdument amoureux. Lui qui, durant toutes ses études, avait vaillamment assumé son rôle de séducteur en passant de fille en fille, il ne voyait soudainement plus que par une seule, celle qui deviendrait quelques années plus tard la mère de sa petite Alice. Cela faisait six ans qu'elle était décédée, et il commençait seulement aujourd'hui à pouvoir penser à elle sans s'enfoncer dans une profonde tristesse. Les premières années avaient été pour lui plus que difficiles. Il se croyait fort et infaillible, mais s'était pourtant laissé aller à la dépression et avait même failli perdre la garde de sa fille. Il avait alors été contraint de laisser Alice à ses parents durant toute une année, le temps de se reconstruire afin de pouvoir assumer son nouveau rôle de parent unique. Cette période fut la plus dure de sa vie. Il venait de perdre sa femme et craignait d'être séparé de celle qu'il appelait « l'autre petite femme de ma vie ». Aujourd'hui, tout semblait revenir à la normale.

Alice était de plus en plus conciliante ; elle avait un fort caractère, mais faisait toujours en sorte de ne pas aller trop loin avec lui. Et bien qu'il pensait toujours énormément à Helen, il commençait néanmoins à ressentir pour Claire des sentiments qu'il avait cru ne jamais plus connaître.

L'arrivée de Peter dans les couloirs le fit émerger de ses pensées. Il le reconnut aussitôt et l'accosta rapidement avant qu'il n'entre dans sa chambre. Le jeune homme eut d'abord l'air surpris lorsqu'Aaron l'appela par son prénom, puis inquiet lorsqu'il lui divulgua la raison de sa présence. Il comprit rapidement qu'il s'agissait du père d'Alice et la maudit intérieurement de ne pas avoir su tenir sa langue.

— Allez-y, s'exclama Peter à Aaron en lui indiquant l'intérieur de sa chambre.

Deux lits s'y trouvaient, ainsi qu'un bureau et deux armoires. Au mur étaient punaisées des affiches de finales de football des cinq dernières saisons. Peter rêvait de pouvoir un jour y figurer, et tous ceux qui le connaissaient étaient persuadés que cela arriverait.

— Peter, j'ai besoin de quelques éclaircissements, s'exclama le détective.

— OK…

Peter s'assit sur son lit et présenta sa chaise de bureau à Aaron qui entra aussitôt dans le vif du sujet :

— Vous reconnaissez avoir eu une relation avec Doria Miller ?

Peter se prit la tête dans les mains. Une question vint envahir son esprit : « Pourquoi ne me suis-je pas débarrassé de cette lettre ? »

— Vous êtes le père d'Alice, c'est bien ça ?

— Ce n'est pas le sujet, répondit Wayne.

— C'est elle qui vous a parlé d'une relation entre Doria et moi.

— Non, Alice n'a rien à voir là-dedans.

— Ne vous foutez pas de moi, s'énerva le jeune étudiant.

— Tu veux que je sois franc ? s'énerva le détective à son tour. C'est lors d'un interrogatoire de police qu'une personne nous a affirmé t'avoir vu boire un verre avec Doria Miller, seulement quelques jours avant sa disparition.

Aaron Wayne s'était mis à tutoyer Peter. S'agissant d'une rencontre dans le cadre de son enquête au nom de madame Miller, il pouvait se permettre ce genre de familiarité. Même si le respect des règles n'avait, de toute manière, jamais été son fort.

— Je ne crois pas un mot de ce que vous avancez, rétorqua Peter, c'est Alice qui a balancé.

Intérieurement, le détective bouillonnait, mais il fit en sorte que cela reste invisible. Il avait horreur qu'on lui parle de sa fille lors d'enquêtes criminelles. Cela réveillait ses vieux démons, et la peur qu'Alice puisse être en danger le hantait de plus belle. La crainte de perdre de nouveau une personne qu'il aimait lui était insupportable.

— Je te répète qu'elle n'a rien à voir avec cette histoire. Pour te le prouver, je peux même te donner cet élément : tu as été aperçu buvant un verre avec Doria Miller dans un bar de Grathville.

— Je l'ai dit à Alice. Il n'y a qu'elle et mon frère qui étaient au courant. Et c'est clair que ce n'est pas mon frère qui vous a raconté ça !

Aaron fulmina davantage à l'idée que sa fille fût au courant de cet élément et qu'elle ait décidé de garder cela pour elle.

— Et pourquoi est-ce que ton frère n'en aurait pas parlé ?

— Parce que justement c'est mon frère, il ne me balancerait pas !

— Donc ça veut dire que tu as des choses à te reprocher ?

— Ce n'est pas ce que j'ai dit, se hâta de répondre Peter.

— Pourtant, ça y ressemble.

Peter se sentait de plus en plus mal à l'aise et l'idée d'en venir aux mains avec cet homme commençait à le démanger.

— Pour être franc avec toi, reprit Wayne, le fait que tu aies caché cette information loin d'être anodine suffirait à justifier une mise en détention provisoire.

— Je n'ai fait que boire un verre avec Doria, objecta l'étudiant en se prenant à nouveau la tête dans les mains.

Il sentait l'étau se resserrer sur lui et qu'il pouvait craquer à tout moment.

— Quelle était la nature exacte de votre relation ? demanda le détective.

— On est juste sortis ensemble, mais ça n'a pas duré.

— Combien de temps ?

— Une semaine.

— Qui a quitté l'autre ?

Peter releva la tête et Aaron remarqua les yeux rougis du garçon.

— Disons que… c'était d'un commun accord.

— Vraiment ? insista Wayne.

Peter le regarda et ne dit rien, alors le détective reprit :

— Et tu vas nier l'existence d'une lettre qu'elle t'aurait écrite suite à votre rupture ? Une lettre dans laquelle elle te demande de revenir, car elle ne supportait pas que tu l'aies quittée.

L'étudiant eut un rire nerveux et s'exclama :

— Ça aussi, vous allez me dire que c'est votre informateur secret qui vous en a parlé ?

Wayne se leva et s'approcha de Peter, puis le souleva par le col. L'étudiant, d'abord surpris, voulut le repousser, mais fut stoppé par la force du détective.

— Écoute-moi bien, reprit l'enquêteur, tu as, par je ne sais quel moyen, contraint ma fille à me cacher des informations, et ça je ne le supporte pas. Malgré tout ça, je suis venu ici pour te laisser t'expliquer, mais tu continues à faire le malin… Alors je peux d'ores et déjà t'informer que tu es dans une sacrée merde !

42

C'est si bon d'être réveillée par les rayons du soleil un samedi matin, de se lever et de se dire qu'il n'y a rien d'autre à faire que de passer la journée avec son petit ami.

Je m'attends à retrouver mon père en bas et m'étonne de son absence. Dehors, je n'aperçois pas sa voiture. Et il ne m'a pas laissé de mot. Je comptais l'interroger au sujet de Peter, c'est raté. Je décide de l'appeler :

— Oui ?

— P'pa ? Tu te sauves et tu ne laisses pas un mot à ta fille ?

— J'allais t'appeler, répond-il, je ne suis pas loin, je suis au commissariat.

— Ça veut dire que tu as du nouveau ? Qu'est-ce que t'a dit Peter ?

— Rien de très intéressant.

Quel soulagement !

— Il est hors de cause ? m'assuré-je.

— Ne te mêle pas de ça, Alice.

— C'est le frère de mon copain, dis-je, c'est normal que je m'y intéresse.

Oups. Qu'est-ce qui me prend d'annoncer ça comme ça, moi ?

— Il est au commissariat, explique-t-il, il a été mis en garde à vue.

Au moins, il n'a pas relevé… Soudain, je percute.

— Attends, tu as dit quoi, là ?

— Il est au commissariat et va être interrogé dans la

matinée.

— C'est une blague ? Il n'a rien fait, je te rappelle.

— Ça, tu n'en sais rien. Ce qui est certain, c'est qu'il a été suffisamment proche de Doria Miller pour qu'il soit important de l'interroger.

— Ça veut dire quoi ?

— Je dois te laisser, Alice, je ne pense pas manger à la maison ce midi.

— Att…

Il a raccroché. Qu'est-ce que je fais ? J'appelle Alex ?

Un bruit de moteur provient de dehors, je m'approche de la fenêtre de la cuisine. C'est justement lui !

Il descend de sa moto et s'approche rapidement de la porte. Je ne lui laisse pas le temps de frapper et lui ouvre. Il me regarde de bas en haut… J'avais oublié que j'étais en pyjama.

— Alors, tu es fière de toi ? me lance-t-il méchamment.

— Quoi ?

— Ton père ! Il est passé voir Peter hier. Et comme par hasard, il est en prison ce matin ! crie-t-il.

— Oh, Alex, calme-toi ! Déjà, il ne doit s'agir que d'une garde à vue, et s'il y est, je n'y suis pour rien.

— Ah ouais ? Ce n'est pas toi qui as parlé de la lettre à ton père, peut-être…, rétorque-t-il d'un ton sarcastique.

— Je suis à peu près certaine qu'il était au courant pour la relation entre Doria et Peter. Il a cherché à me tirer les vers du nez au sujet de ton frère, c'est que quelqu'un lui avait déjà appris qu'il avait un rapport avec elle.

— Bien sûr ! répond-il.

Là, il commence sincèrement à m'énerver.

— Et par qui est-ce qu'il l'aurait appris, alors ? ajoute-t-il.

— Je ne sais pas… Il a commencé à me parler de lui après avoir vu Matt, peut-être que lui était au courant.

— Je ne vois pas comment Ferman aurait pu être au courant !

Alex entre chez moi en me bousculant.

— Ton père n'est pas là ?

— Tu vois bien que sa voiture n'est pas là, répliqué-je. Et j'imagine que s'il avait été là, tu ne te serais pas permis de hurler de la sorte.

— Ah, tu crois ça ? Pourtant j'aimerais bien lui expliquer deux trois choses, à ton père ! s'énerve-t-il de plus belle.

— Et qu'est-ce que tu lui expliquerais ? Dis-moi, ça m'intéresse !

Il se tourne vers moi et semble chercher ses mots, puis il répond :

— Eh bien, je lui dirais qu'il est inutile de chercher un coupable, puisqu'il en a déjà un.

— Qui ça ? demandé-je.

— Douglas, ça me paraît évident ! crie-t-il. Tu lui faisais peur à cause de ta ressemblance avec Doria, et il se suicide en laissant un mot suffisamment évocateur !

— Eh bien, si ton frère n'a rien à se reprocher, pourquoi est-ce que tu t'inquiètes autant ? crié-je à mon tour.

Je m'en veux à peine les mots sortis de ma bouche. Alex s'énerve parce qu'il est inquiet pour Peter, je devrais plutôt le rassurer. Je vois qu'il s'apprête à revenir à la charge lorsque son téléphone se met à sonner. Il regarde l'écran et s'écarte un peu.

— Allo, répond-il.

— …

— Oh putain…

— …

— OK, j'arrive !

Puis il raccroche et sort.

— Tu fais quoi, Alex ?

— Les flics et ton père sont chez moi, ils fouillent la chambre de mon frère.

— Et toi, tu fais quoi ?

— Ma mère veut que je rentre, déclare-t-il sèchement en

grimpant sur sa moto.

— Je peux venir ?

Il ne me répond pas et démarre en trombe.

Qui ne dit mot consent et, de toute manière, même s'il n'est pas d'accord, j'y vais quand même ! Je récupère mes clés et m'élance jusqu'à ma voiture. Je m'arrête aussitôt, rejoins finalement la maison. Ça ferait mauvais genre de débarquer en pyjama…

***

J'arrive quinze minutes plus tard chez Alex et l'aperçois sur le perron de sa maison. La voiture de mon père se trouve devant, ainsi qu'une voiture de police. Je me gare, Alex jette un rapide coup d'œil vers moi avant de me tourner le dos. Un policier sort avec une caisse en plastique qu'il porte à bout de bras, suivi par les parents d'Alex et par mon père, qui me jette un regard noir.

— Je peux savoir ce que tu fais là ? me demande-t-il.

— J'ai appris qu'il y avait une perquisition, alors je viens soutenir mon petit ami ! me défends-je.

Il doit voir l'inquiétude dans mes yeux, car il semble se calmer. Un second policier sort de la maison, lui aussi porte une caisse. Lorsqu'il nous dépasse, mon père lui dit :

— Partez devant, ne m'attendez pas.

Le policier se contente d'acquiescer, puis rejoint son collègue.

— Ma chérie, je n'aime pas te voir sur les lieux d'une enquête, dit-il doucement en se penchant vers moi.

À une vingtaine de mètres de nous, Alex et ses parents nous scrutent. Et cela me gêne…

— Dis-moi juste qu'il n'a rien à voir là-dedans…, murmuré-je.

— Pour l'instant, nous n'avons rien trouvé qui l'inculpe. Douglas Ford reste donc le principal suspect.

— Et les caisses qu'ils ont emmenées ?

— Procédure habituelle, vérification du matériel informatique. Mais si nous ne trouvons rien qui l'accuse, sa garde à vue prendra fin rapidement.

Je me sens soulagée. Il doit le sentir car il m'embrasse et reprend :

— Maintenant, rentre à la maison, s'il te plaît. Moi, je retourne au commissariat. On se voit ce soir.

J'acquiesce et le regarde monter dans sa voiture. Je me tourne vers Alex et vois sa mère en pleurs lui dire quelque chose à l'oreille puis rentrer chez elle, suivie de son mari. Je m'approche, gênée, tandis qu'Alex vient à ma rencontre, furieux.

— Mon père m'a dit qu'il y avait de grandes chances que la garde à vue de ton frère prenne fin, m'exclamé-je pour tenter de le rassurer.

— C'est ta faute ! crie-t-il. T'as vu dans quel état les flics ont mis ma mère ? Son fils est accusé, et maintenant ils font une perquisition chez nous !

— Peter n'est pas accusé, le coupé-je.

— Ne joue pas sur les mots ! Et tout ça, c'est ta faute ! Si tu n'avais pas parlé à ton père de la lettre, nous n'en serions pas là !

— Attends, Alex, je te rappelle qu'il s'agit d'un possible meurtre, tu voulais que je mente à mon père ?

— Il s'agissait d'un secret, Alice. Mon frère s'est confié à toi, il te faisait confiance, et moi aussi.

— Mais tu peux toujours, Alex…

— Pars.

— Quoi ?

Il m'indique ma voiture.

— Pars, je te dis !

Je le regarde, des larmes menaçant de recouvrir mes joues. Je voudrais les retenir, mais je n'y arrive pas.

— Attends, articulé-je à travers un sanglot.

— Mes parents ne veulent plus te voir ici, et moi non plus.

— Qu'est-ce que ça veut dire ? demandé-je en redoutant sa réponse.

Mais il ne prend pas la peine de répondre et se retourne pour rejoindre la porte d'entrée, qu'il referme sans un regard en arrière. J'aperçois le visage de sa mère derrière une fenêtre, elle se hâte de replacer le rideau lorsqu'elle voit que je la regarde. Je tente de contrer un dernier sanglot, je sens l'air rafraîchir mes joues humidifiées par les larmes et rejoins ma voiture sans prendre la peine de les sécher.

***

Je passe l'après-midi dans mon lit, alternant entre colère et tristesse. Colère, car Alex ne répond pas à mes messages ; il cherche à me faire culpabiliser alors qu'il devrait plutôt essayer de se mettre à ma place pour me comprendre. Et tristesse parce que je suis bien consciente de la signification de notre dernière conversation, il souhaite rompre, mais il n'a pas osé le dire explicitement.

Je consulte une énième fois les SMS que je lui ai envoyés depuis que je suis rentrée :

Aujourd'hui à 13 h 37

Alex, je suis désolée pour ton frère, et je comprends que tu te fasses du souci pour lui, mais je suis persuadée que ce sera bientôt de l'histoire ancienne.

Aujourd'hui à 13 h 54

S'il te plaît, réponds-moi, dis-moi au moins où nous en sommes…

Aujourd'hui à 14 h 32

Franchement tu me saoules ! Si tu te mettais un peu à ma place aussi ! Et je te préviens, si tu décides que c'est terminé entre nous, ce sera tant pis pour toi !

Aujourd'hui à 14 h 39

Alex, je ne pensais pas ce que j'ai dit dans mon message précédent, je suis désolée et j'aimerais vraiment te parler. Est-ce que je peux t'appeler ? Ou est-ce qu'on peut se voir ?

Aujourd'hui à 15 h 24

Alex, j'essaie de t'appeler et toi tu laisses sonner ! Je serai contente si ton frère sort de garde à vue, mais toi je n'en ai plus rien à faire ! C'est terminé.

Aujourd'hui à 16 h 17

Au cas où mon message précédent n'était pas assez clair, sache que je te quitte.

Aujourd'hui à 17 h 59

Si ça se trouve, tu n'as même pas ton téléphone avec toi… Tu vas me prendre pour une folle lorsque tu vas lire tous ces messages. Je ne te quitte pas vraiment, enfin même pas du tout. Je suis sûre que lorsqu'on va se retrouver au lycée lundi, on reparlera de cette histoire en se disant que le pire est derrière nous, n'est-ce pas ?

Aujourd'hui à 19 h 12

Bon, dis-le clairement si c'est terminé entre nous ! Et puis, qu'est-ce que tu veux

que ça me fasse ? Moi
je devrais comprendre
ta position par rapport
à ton frère, mais toi tu
te fiches de la mienne
envers mon père.
Donc ça peut bien être
terminé, je m'en fous !

Bon… Mon père vient de m'envoyer un message pour me dire qu'il rentrera tard, je n'ai pas faim et je suis fatiguée. Je décide d'écrire un dernier message à Alex, après je me coucherai.

Aujourd'hui à 21 h 03

Alex, peu importe la
suite de notre relation,
je t'apprécie et je crois
au moins à notre
amitié. Je suis certaine
que Peter sortira
bientôt de garde à
vue, et même si tu me
fais la gueule un bon
moment, je souris à
l'idée qu'un jour tout
redevienne comme
avant entre nous. Je
vais me coucher et je
pense à toi. Bonne
nuit. Alice

43

Lorsque j'ouvre les yeux, il fait jour. Je me tourne et manque de tomber de mon lit. Mon radioréveil indique 9 h 47. Moi qui pensais que la situation avec Alex allait m'empêcher de dormir, j'ai dormi toute la nuit et d'une traite. Au moins, j'ai les idées plus claires, je n'ai rien à me reprocher, et si Alex veut me faire la gueule, qu'il la fasse.

J'entends du bruit en bas, je sors de ma chambre et descends prendre mon petit-déjeuner.

— Salut p'pa !

— Salut ma chérie, tu m'as l'air de bonne humeur.

— Non, pas vraiment… Mais j'ai bien dormi.

Je me dirige vers les placards pour sortir un bol et des céréales, puis rejoins mon père à table, son bol de café au bord des lèvres.

— Tu ne voulais pas m'attendre pour le petit-déj' ? demandé-je.

— Je dois retourner au commissariat, et vu que je ne savais pas à quelle heure tu te lèverais…

— Tu vas encore au commissariat ? Tu n'aurais pas plutôt une nouvelle copine ?

— N'importe quoi, répond-il en détournant les yeux.

S'il fuit mon regard, c'est que j'ai raison.

— Attends, m'irrité-je, pour une fois que j'apprécie une de tes poufs, tu la trompes avec une autre ?

Il pose son café et me regarde pour de bon cette fois-ci. En fait, je ne suis plus très sûre que ce soit pour « de bon » vu la manière dont il me regarde.

— C'est Claire que tu appelles « pouf » ? demande-t-il d'un ton assassin.

— C'est juste une façon de parler, me défends-je. Mais je te l'accorde, j'ai mal choisi mes mots et « pouf» ne lui correspond pas.

Je le regarde avec mes yeux de chien battu. Et ça fonctionne parce qu'il semble se calmer.

— Je me rends réellement au commissariat, dit-il, et pour une raison qui devrait te faire plaisir : le frère de ton copain sort de garde à vue tout à l'heure.

Il vient de dire « le frère de ton copain » et voilà que j'ai de nouveau le cafard. Peter est-il encore le frère de mon copain ? Ou plutôt mon copain est-il encore le frère... Non, je m'embrouille ! Bien sûr qu'ils sont encore frères ! Mais le frère de Peter est-il encore vraiment mon copain ? Bref, je m'égare et mon père commence à me regarder bizarrement.

— Ça va, Alice ?

— Donc, Peter sort de garde à vue ?

— C'est ce que je viens de dire.

— Cool.

Je vide le quart du paquet de céréales dans mon bol et y plonge ma cuillère. Je pense à Alex... Je vais essayer de l'appeler, mais j'hésite encore entre l'incendier ou essayer de lui parler.

— Ça n'a vraiment pas l'air d'aller, insiste mon père.

Je relève la tête vers lui.

— Ne t'inquiète pas...

— C'est l'affaire qui te travaille ? demande-t-il.

Je réfléchis ; est-ce que je lui parle de la situation avec Alex ? Non, ça le mettrait mal à l'aise et moi aussi. Et surtout ça ne servirait à rien.

— Il y a du nouveau dans l'enquête ? demandé-je en sachant qu'il ne me dira rien de toute manière.

— Il ne faut pas que tu prennes cette affaire trop à cœur, dit-il. La disparition date d'il y a deux ans et nous n'habitions pas là à l'époque, donc arrête de trop t'impliquer dans cette enquête.

— Attends, tu plaisantes ? Tout le monde m'en parle et mes potes sont interrogés ou mis en garde à vue ! Et pour finir, je connaissais le suspect numéro un !

— Douglas Ford ? demande-t-il.

— Oui, ce n'est plus lui votre suspect numéro un ?

— Si, plus que jamais, mais il n'a pas agi seul.

Mon père se lève et va poser son bol dans le lave-vaisselle. Je le regarde faire et attends la suite de ses explications, mais il quitte la pièce.

— Oh, attends p'pa ! m'écrié-je en me levant pour le suivre.

— Qu'est-ce qu'il y a ?

Non mais il perd la tête ou quoi ? Il commence à me donner une information super importante et s'arrête en plein milieu. Je crois que mon père devient sénile…

— Tu dis qu'il n'a pas agi seul, qu'est-ce qui te fait dire ça ?

— Je t'ai surtout dit de ne pas t'en occuper, répond-il.

— Je veux bien ne pas m'en occuper, mais tu peux au moins me mettre au courant des découvertes.

— Justement, non !

— Mais je m'inquiète ! Je te rappelle que je fréquentais Douglas.

Il attrape sa veste et se dirige vers la porte d'entrée.

— Papa…, geins-je.

— Nous n'avons pas de nouvelle piste, finit-il par articuler. Juste un nouvel élément qui nous confirme la probable implication de Douglas ainsi que celle d'un complice.

— Quel élément ? demandé-je.

— Une lettre qu'il a rédigée à l'ordinateur puis effacée. Il ne l'a jamais imprimée, mais l'expert en a retrouvé la trace.

— Pourquoi est-ce qu'il l'a écrite alors ?

Mon père semble gêné par la situation. Je vois bien qu'il voudrait partir, mais il sait aussi que je ne lâcherai pas l'affaire.

— Peut-être pour soulager sa conscience… Il avait des remords et il a eu besoin de les exprimer. Il s'est sans doute dit que sur ordinateur il ne laisserait pas de trace en la supprimant aussitôt.

— Et qu'est-ce qu'il a écrit exactement ? me dépêché-je de demander avant qu'il ne parte vraiment.

— Bon, de toute manière, les avancées de l'enquête vont bientôt être rendues publiques. Mais en attendant, tu tiens ta langue !

J'acquiesce.

— Il a écrit qu'il s'en voulait de ce qu'il avait fait et que ce n'était pas son idée.

— C'est tout ? demandé-je.

— C'était adressé à Doria Miller.

***

Mon père vient de partir. Je ne finis pas mon petit-déjeuner et me précipite dans ma chambre pour récupérer mon téléphone. J'appelle Alex. Ça sonne…

— Décroche, décroche, décroche…

Merde, le répondeur ! Je réessaie.

Encore cette sonnerie qui n'en finit pas ! Et encore ce répondeur ! Tant pis, j'insiste et lui envoie un SMS :

Salut Alex, je sais que
Peter sort de garde
à vue tout à l'heure
et j'en suis soulagée.
C'est terminé, il va
être mis hors de cause
et je suis certaine que
mon père prouvera
bientôt que Douglas

est le coupable. Alice

J'attends quelques secondes, mais je ne vois pas de réponse arriver. Je me relis, de moins en moins sûre de l'efficacité de mon message. Je pense qu'il est bien pour engager un début de réconciliation, mais il n'appelle pas réellement de réponse.

J'en envoie un second :

Alex, réponds-moi s'il te plaît, il y a du nouveau dans l'enquête. Mon père m'a appris quelque chose ce matin, il faut que je t'en parle.

Avec ça s'il ne répond pas… Malgré tout, mon téléphone reste désespérément silencieux. Il commence franchement à m'énerver, je décide donc de l'appeler à nouveau. Mais je tombe encore sur ce foutu répondeur !

— Alex, tu commences vraiment à me faire chier, là ! Lis tes messages, je te dis que j'ai du nouveau, alors réponds-moi !

Je raccroche. J'y suis peut-être allée un peu fort, mais en même temps il sait que je suis comme ça. Toujours pas de réponse, je réfléchis. Peut-être qu'il est au commissariat pour récupérer Peter ? Il me répondra à son retour ou dès qu'il aura un moment. Mes pensées sonnent faux, mais j'essaie de me convaincre malgré tout. Il faut que je pense à autre chose, je décide donc d'aller me préparer.

***

À la sortie de la douche, j'attrape mon téléphone que j'avais laissé sur le bord du lavabo. Mes mains mouillées sont glissantes et mon téléphone termine sur le carrelage de la salle de bain. Je le ramasse et consulte mes SMS, mais rien. Ce petit con d'Alex ne veut pas me répondre !

Mon dernier espoir : *Facebook.*

Je rejoins ma chambre et allume mon ordinateur. Et il est là ! Alex est connecté ! Qu'est-ce que je fais ? Si je lui saute dessus, il va croire que je suis accro mais si je ne fais rien, je suis certaine qu'il va m'ignorer, ou pire, se déconnecter. Il faut que je me décide.

Salut.

Hein ? Il m'a devancée ! Je regarde à deux fois l'horaire de son message pour être bien sûre, mais oui, il vient bien de l'envoyer.

Restons calme et naturelle.

Eh bien, ce n'est pas trop tôt ! Tu as reçu mes messages ?

Je retirerais bien le « ce n'est pas trop tôt », mais c'est trop tard.

Sur mon portable ?

Oui, sur ton portable !

J'ai un problème avec mon téléphone.

Je n'y crois pas… Enfin, en même temps, pourquoi est-ce qu'il mentirait vu qu'il me parle, là ?

On peut se voir ?

Oui, pas de problème !

Il n'écrit plus…

Quand ?

Là, maintenant.

Soudain, je flippe. Et si c'était pour me larguer ? Enfin, il l'a déjà fait à demi-mot. Et puis s'il veut me voir, c'est bon signe, non ?

OK.

Je viens chez toi ?

Non, pas chez moi. Il y a un champ pas loin de chez toi, il s'appelle « le champ des festivaliers».

Oui, je crois savoir où il se trouve, mais tu ne préfères pas qu'on se voie à la clairière ?

Non, Alice, tu peux me retrouver au champ dans vingt minutes ?

OK.

À tout de suite.

44

Aaron rentra chez lui en début d'après-midi. Il s'installa au fond de son fauteuil, exténué. Peter Godson avait fini sa garde à vue comme prévu, et l'enquêteur avait dû affronter les regards pleins de reproches des parents du jeune homme, même s'il en avait l'habitude.

Le jeune Godson restait tout de même suspect aux yeux de la police ; les enquêteurs étaient maintenant quasiment certains que Douglas Ford avait un rapport avec la disparition de Doria Miller, mais ils savaient également qu'il n'avait pas agi seul, et qu'il était probablement sous l'influence d'au moins une personne.

Aaron finit par se relever et se dirigea vers la cuisine. Il ouvrit la porte du réfrigérateur à la recherche d'un reste de repas qu'aurait pu laisser Alice, mais il n'en trouva pas.

Il se dit qu'elle avait dû, comme lui, sauter son déjeuner, alors il l'appela :

— Alice ? Tu veux manger quelque chose ?

Il continua de fouiller dans le réfrigérateur et en sortit de quoi préparer un risotto de poulet.

— Un risotto, ça te dit ? cria-t-il à l'attention de sa fille qu'il imaginait dans sa chambre.

Il n'obtint pas de réponse, mais commença la préparation de sa recette. Après quelques minutes, et alors qu'il s'apprêtait à faire chauffer le repas, il s'inquiéta de ne pas entendre de bruit et monta à l'étage. Il se dirigea vers la chambre d'Alice, frappa puis entra après quelques secondes. Face à la pièce vide, il saisit son téléphone pour s'assurer qu'il n'avait pas de message ou d'appel en absence, mais rien. Il redescendit et ne trouva pas non plus de mot d'Alice indiquant une sortie quelconque. Alors il l'appela et tomba directement sur le répondeur.

Aaron ne s'inquiéta pas, il comprenait que sa fille veuille être tranquille. Elle avait seize ans et il savait qu'elle fréquentait un garçon… Bien que la situation ne lui soit pas agréable, il prenait sur lui et se faisait à l'idée que sa fille grandisse. Il finit de se préparer à manger, puis s'installa dans son canapé devant la télévision.

***

Il regarda sa montre lorsqu'il se réveilla, il était 19 h passées. S'endormir assis n'était pas dans ses habitudes, mais il se sentait réellement exténué. Ses doigts glissèrent sur le cuir à la recherche de son téléphone ; Alice n'avait pas appelé. Il composa son numéro et tomba de nouveau directement sur le répondeur. Il s'énerva intérieurement contre sa fille, mais l'énervement laissa très vite place à l'inquiétude. Alice avait ses défauts, mais elle le prévenait généralement lorsqu'elle s'absentait. Au risque de paraître lourd et envahissant, il décida tout de même d'appeler chez les Godson, imaginant qu'elle devait être avec leur plus jeune fils.

— *Allo*, répondit madame Godson au bout du fil.

— Madame Godson, je suis navré de vous déranger, c'est Aaron Wayne au téléphone.

Il y eut un silence, puis la voix féminine reprit :

— *Qu'est-ce que vous nous voulez encore ?*

— Si je vous appelle, c'est au sujet de ma fille. Je voulais seulement m'assurer qu'elle était bien chez vous.

— *Ça*, s'exclama-t-elle aussitôt, *ça ne risque pas.*

Ce fut au tour d'Aaron de rester silencieux. Il réfléchit quelques instants et demanda :

— Elle est passée chez vous ?

— *Votre fille n'est plus la bienvenue ici, monsieur Wayne, et je vous prierai de nous laisser tranquilles désormais.*

— Attendez ! Votre fils, Alex, il est chez vous ?

— *Oui, il est là, pourquoi ? Accuser Peter ne vous a pas suffi ? Vous voulez maintenant vous en prendre à lui ?*

Le détective ne releva pas l'attaque, mais seulement le fait qu'Alex se trouvait chez lui alors que sa fille n'y était pas.

— Est-ce que je peux lui parler ? demanda-t-il.

— *Il en est hors de question.*

Aaron allait répliquer, mais madame Godson ne lui en laissa pas le temps :

— *Au revoir,* conclut-elle.

Wayne réessaya d'appeler Alice, mais se confronta de nouveau à son répondeur.

***

Il arriva peu avant 20 h au commissariat. Le shérif s'apprêtait à partir lorsqu'il le vit entrer :

— Aaron ? Vous allez finir par intégrer la police de Laneford, j'ai l'impression de vous voir plus souvent que mes ho…

— J'ai besoin de vous, le coupa-t-il.

Le shérif le sonda du regard. Wayne lui parut fatigué et à cran, alors il l'invita à entrer dans son bureau.

— Ma fille a disparu, s'exclama Aaron alors que le shérif l'invitait à s'asseoir.

— Votre fille a disparu ?

— Oui, je n'arrive pas à la joindre et je n'ai aucune idée de l'endroit où elle peut être.

— Vous vous êtes disputés ?

— Non ! Elle est sortie alors que j'étais ici, ce matin ou ce midi, je ne sais pas… Toujours est-il que je n'ai plus de ses nouvelles.

— Attendez, Aaron… Vous dites que c'est depuis ce midi ?

Wayne remua sur son fauteuil, il savait très bien ce que le shérif allait lui dire et il aurait probablement eu le même discours à sa place, mais de son point de vue c'était différent. Et il sentait qu'il perdait le contrôle.

— Oui, seulement depuis ce midi vous allez me dire, répondit-il, mais écoutez, je pense qu'il y a certains éléments inquiétants qu'il faut prendre en considération.

— Lesquels ? demanda le shérif.

— Que nous enquêtons actuellement sur une affaire de disparition, que les principaux suspects sont des proches de ma fille, dont la ressemblance avec la jeune disparue n'est plus à démontrer.

— D'accord, Aaron... Mais n'extrapolons pas trop rapidement tous ces éléments. Votre fille est partie de chez vous il y a seulement quelques heures. Il est quoi là ? 20 h ? demanda-t-il en cherchant sur le mur une horloge qui n'existait pas.

— Son portable est éteint, répliqua Wayne, et ce n'est pas dans ses habitudes. Et j'aimerais avoir votre autorisation pour procéder à une géolocalisation de son téléphone.

Le shérif se leva avec un air gêné et s'exprima :

— Vous savez très bien que c'est bien trop tôt pour débloquer ce genre de dispositif. Je ne peux que vous conseiller de rentrer chez vous. D'ailleurs, votre fille est peut-être rentrée pendant que vous étiez là. Et puis, Alice a quel âge ?

— Elle a seize ans, répondit Aaron qui se retenait de ne pas exploser de colère.

— Si j'avais dû compter toutes les fois où mon fils rentrait au beau milieu de la nuit, à cet âge...

— Vous connaissez très bien la situation, rétorqua Aaron, ne faites pas semblant de ne pas me comprendre.

Le ton adopté par le détective ne plut pas au shérif et cela se vit à son changement de faciès.

— Aaron...

— Non, shérif, je vais essayer d'appeler ma fille, mais je peux d'ores et déjà vous assurer que si je n'arrive pas à la joindre, je ne quitterai pas ce bureau avant que vous ayez donné votre accord pour la demande de géolocalisation.

Le shérif resta silencieux et près de la porte à observer Aaron composer le numéro d'Alice. Comme les fois précédentes, il tomba directement sur le répondeur. Il laissa tout de même un rapide message lui demandant de le rappeler dès qu'elle aurait eu son appel. Puis il raccrocha.

— J'essaie chez moi, s'exclama-t-il sans quitter des yeux l'écran de son smartphone.

Il laissa sonner une bonne minute pour être bien certain qu'elle ait le temps de répondre, puis il se tourna vers l'homme.

— Vous voulez que je rédige la demande ?

— Non, Aaron, insista calmement le shérif, je vous ai dit que c'était trop tôt. Rentrez chez vous et attendez votre fille. Si elle n'est pas de retour demain, ce qui m'étonnerait, alors revenez ici et on lancera les démarches.

Aaron ne laissa rien paraître, il se leva de son fauteuil et s'approcha du shérif. Il ne s'arrêta qu'à quelques centimètres de son visage, ce qui provoqua chez le policier un léger recul jusqu'à le faire buter contre sa porte fermée.

— Aaron, prévint-il entre sa moustache, ne faites pas quelque chose que vous pourriez regretter.

— Monsieur, murmura le détective, je suis au courant des délais habituels pour déclencher des recherches, mais mon expérience personnelle fait que ce genre de situation pourrait facilement me faire perdre mon sang-froid. Alors j'essaie de vous le demander une dernière fois calmement, accordez-moi cette géolocalisation, s'il vous plaît. Après je me débrouillerai seul, vous rentrerez chez vous, vos hommes resteront tranquillement ici ou feront comme vous et j'irai seul rechercher ma fille.

Le shérif sembla chercher un espace inexistant entre son

dos et la porte, puis il se tourna de nouveau vers Wayne et déclara :

— OK, Aaron... Je n'aime pas du tout vos manières et sachez que je connais bien votre expérience personnelle. Ne croyez pas que je vous aie laissé participer de près à notre enquête sans m'être préalablement renseigné sur vous. Je vais tâcher de prendre tout ça en compte et vous accorder cette faveur en espérant sincèrement qu'elle s'avèrera inutile.

— Je n'ai jamais autant espéré faire erreur, répondit le détective.

Le shérif pianota sur son clavier, puis se tourna vers le détective :

— J'ai besoin de son numéro ainsi que de son opérateur.

***

Moins d'une heure après, Aaron avait les informations demandées. Mais elles l'inquiétèrent encore davantage. Le téléphone d'Alice avait arrêté d'émettre à 11 h 43.

— Votre fille a pour habitude de retirer la batterie de son téléphone ? demanda le shérif.

— Je ne vois pas pourquoi elle le ferait...

— OK, comme convenu, je vous laisse aller vérifier en vous rendant sur les lieux du dernier signal. Par contre si vous trouvez quelque chose de suspect, plus d'histoire de délai à respecter, vous me prévenez aussitôt, c'est compris ?

Aaron ne prit pas le temps de répondre et se précipita jusqu'à sa voiture.

Le détective roula bien au-dessus des limitations jusqu'au lieu de la géolocalisation. La précision de ces dispositifs n'étant pas parfaite, il venait de dépasser l'endroit indiqué d'une petite centaine de miles lorsqu'il la vit : la Dodge rouge d'Alice se trouvait dans l'entrée d'un champ sur sa gauche. Il se gara et se précipita à l'extérieur.

Personne au sein du véhicule. Il regarda autour de lui,

mais ne vit rien. Et la pénombre naissante ne l'aidait pas. Il parcourut du regard l'intérieur de la voiture à la recherche du téléphone d'Alice, mais ne le trouva pas. Il n'osait pas examiner le véhicule de plus près afin de ne pas souiller de possibles traces que la police serait à même d'analyser le lendemain.

Aaron s'éloigna de la voiture et s'enfonça dans le champ. Il tourna sur lui-même à la recherche d'un quelconque indice ; il espérait trouver Alice allongée quelque part. Il l'appela à de nombreuses reprises, cria son prénom, mais il n'obtint pour seule réponse que l'envol de quelques corbeaux dérangés par le bruit. Des larmes coulaient le long de ses joues et sa tête commençait à lui tourner, tandis qu'il courait d'un bout à l'autre du champ, en espérant la voir ou l'entendre. Il ne savait plus quoi faire. Il pensa à sa femme qu'il avait perdue et il se savait incapable de supporter un nouveau traumatisme de ce genre. Mais il se reprit rapidement. Il devait garder les idées claires, rester rationnel. Il réfléchit aux différentes hypothèses. Il pouvait s'agir d'une simple panne. Alice aurait garé la voiture et n'ayant plus de batterie, elle aurait fait du stop pour rentrer à la maison. Cette pensée lui redonna espoir et il courut jusqu'au pick-up rouge pour vérifier si les clés s'y trouvaient. Elles n'étaient pas sur le contact, il n'avait donc aucun moyen de vérifier s'il y avait une panne, mais d'un côté cela le rassura, car si sa voiture était immobilisée, Alice n'aurait pas laissé les clés à l'intérieur.

Il ne réfléchit pas une minute de plus. Il regagna son véhicule et partit en direction de chez lui.

***

Aussitôt arrivé, Aaron appela Alice à voix haute, mais comme il le redoutait, il n'obtint aucune réponse. Il monta alors avec hâte dans la chambre de sa fille et alluma son ordinateur. Aaron s'enfonça dans le fauteuil de sa fille le temps du démarrage. Il resta un moment ainsi, tentant de garder son sang-froid. Mais il n'en pouvait plus. Il ne savait que trop bien que lors des disparitions, les premières heures étaient cruciales. Wayne anticipa un prochain obstacle en rejoignant son bureau pour y récupérer son disque dur dans lequel se trouvaient les logiciels pouvant lui servir en cas de mots de passe à décrypter.

Il remonta alors à l'étage et s'installa au bureau d'Alice. Aaron ouvrit une page Internet puis *Facebook*. Par chance, Alice gardait en mémoire son identifiant et son mot de passe, et son père n'eut qu'à cliquer pour se connecter à son compte.

Il consulta aussitôt son historique de conversations et ouvrit la dernière en date : Al Ex. Au pseudo et à la nature des échanges, il en déduisit qu'il s'agissait bien d'Alex Godson. Les derniers messages étaient explicites : l'adolescent avait donné rendez-vous à sa fille à l'endroit même où il venait de retrouver sa voiture abandonnée. Wayne se concentra alors sur l'heure des échanges. Leur conversation débutait dans les environs de 11 h et il se rappelait qu'à cette heure, il se trouvait au commissariat en compagnie de Peter Godson et de ses parents. Alex, lui, n'y était pas. Il remonta plus haut dans les échanges et se sentit soudain gêné en lisant des messages de sa fille dont il n'était pas censé avoir connaissance. Il découvrit par la même occasion les discussions en rapport avec la lettre de Doria à Peter. Sa fille voulait lui en parler, mais c'est le jeune Godson qui l'en avait empêché. Décidément, le garçon lui plaisait de moins en moins. Par contre, le fait qu'Alice ait voulu être honnête envers lui le rassura. Il relut les messages et trouva les réticences d'Alex à être honnête de plus en plus suspectes. Il descendit jusqu'au dernier échange et lut une dernière fois la proposition de rendez-vous au champ des festivaliers. Aaron ne prit pas le temps de refermer l'ordinateur, se leva du fauteuil et regagna sa voiture en vitesse.

***

Le coup de frein brutal d'Aaron à son arrivée dans la cour

dut se faire entendre, car monsieur Godson se trouvait déjà sur le perron lorsque le détective descendit de sa voiture.

— Je peux savoir ce que vous venez faire là ? lui reprocha-t-il.

— Je veux voir votre fils, Alex, répliqua Wayne.

Madame Godson, vêtue seulement d'une robe de chambre, apparut à cet instant derrière son mari. Ce dernier lui demanda aussitôt de retourner se coucher en lui assurant qu'il avait la situation sous contrôle. Elle se contenta d'un regard noir envers le détective avant de retourner à l'intérieur.

— Il est ici ? insista Aaron.

— Est-ce que vous savez l'heure qu'il est ? Je ne suis pas expert en règlements policiers, mais il ne me semble pas que vous ayez le droit de venir embêter les gens chez eux à une heure pareille !

— Écoutez, monsieur Godson, s'exclama Wayne en tentant d'adopter une voix calme, prenez ça comme une visite personnelle si vous préférez. Mais si je me permets de venir ce soir, c'est au sujet de ma fille, elle a disparu, et c'est pour cette raison que j'ai vraiment besoin de parler à votre fils.

— Vous savez où vous pouvez vous la foutre, votre visite personnelle ! Vous nous avez assez fait chier comme ça ! Mon fils s'est retrouvé en garde à vue et suspecté de je ne sais quoi, alors qu'il n'a rien à se reprocher !

— Cette fois-ci, ça n'a rien à voir, rétorqua le détective.

— Je m'en fous ! Et maintenant, vous voulez vous en prendre à mon autre fils, alors je vais essayer de rester calme en vous demandant de partir.

— Dites-moi au moins s'il est là ! s'énerva Wayne.

— Je n'ai rien à vous dire, je n'ai aucune obligation envers vous, c'est bien compris ?

Aaron sonda l'homme qui se trouvait face à lui et analysa les risques qu'il avait à forcer le passage.

— D'ailleurs…, reprit le père Godson. Il ne vous faut pas un mandat pour intervenir comme ça chez les gens ?

Le sang du détective ne fit qu'un tour, il s'approcha de l'homme et le saisit par le col.

— Écoutez-moi bien, espèce de raclure, arrêtez de vous croire dans une série policière. Je suis ici pour ma fille, car il se trouve que j'ai la preuve que votre fils est la dernière personne à l'avoir vue.

— Chérie, appelle la police, cria le père en tentant de se défaire de l'emprise du détective.

Le mot « police » refroidit aussitôt Wayne. Non qu'il en ait peur, bien sûr, mais dans cette situation il savait qu'il valait mieux pour lui avoir le shérif de son côté. Il relâcha alors doucement Godson et lui demanda une dernière fois :

— Vous me laissez entrer ?

— Il en est hors de question.

Aaron entendit la voix de madame Godson venant de l'intérieur, probablement au téléphone et décrivant la situation à un policier. Il se dit alors qu'il était préférable que le marshal ait sa version des faits avant d'apprendre cela par un de ses hommes. Il ne dit plus rien et s'en retourna à son véhicule, laissant monsieur Godson, effaré, sur son perron.

Aussitôt dans sa voiture il composa le numéro du shérif ; il ne fallut que trois sonneries pour qu'il réponde :

— *Allo ?*

— C'est Aaron Wayne.

— *Oui, je me doutais bien, dites-moi que vous avez retrouvé votre fille.*

— Non. J'ai retrouvé sa voiture à l'endroit du dernier signal de son téléphone, mais Alice n'y était pas.

Il y eut un silence au bout du fil, alors Aaron reprit rapidement :

— Je suis chez les Godson.

— *Qu'est-ce que vous faites là-bas à cette heure-ci ?*

— C'est leur fils, Alex, qui a donné rendez-vous à ma fille à l'endroit même où j'ai retrouvé sa voiture. Il s'agit d'un champ appelé « le champ des festivaliers ».

— *Oui, je vois bien de quel champ vous parlez, intervint le shérif.*

— J'ai besoin de parler au fils Godson.

— *Vous venez de me dire que vous étiez chez eux…*

— Les parents ne veulent pas me laisser l'approcher ni même me dire s'il est présent. Vous pouvez faire quelque chose ?

— *Pas à cette heure, Aaron, vous le savez bien.*

— Alors vous êtes au moins au courant que je vais intervenir, se contenta-t-il de répondre.

— *Oh, attendez ! Je commence à connaître votre façon de faire, alors si j'ai un conseil à vous donner, réfléchissez bien. Si vous intervenez par la force, demain vous serez en garde à vue au lieu de chercher votre fille !*

Aaron qui pensait raccrocher hésita finalement. Il regarda à travers sa vitre ; monsieur Godson était toujours sur le perron, sa femme près de lui, le téléphone à la main.

— Madame Godson a déjà appelé la police.

Le shérif souffla, s'attendant au pire :

— *Qu'est-ce que vous avez fait ? Dites-moi que vous n'avez frappé personne…*

— Je n'ai rien fait, pour le moment.

Le détective bouillait de l'intérieur. Il s'imaginait déjà sortir de la voiture, se ruer sur le couple et entrer de force pour aller retrouver celui qui lui avait enlevé sa fille. Il savait qu'il devait intervenir vite, mais il savait également que le shérif avait raison, et qu'il serait bien moins efficace s'il se retrouvait en cellule.

— *Aaron*, s'exclama le shérif, *je vais vous parler sincèrement, car je sais que je serais probablement dans le même état que vous si j'étais dans votre situation. Mais, aussi difficile que cela puisse être, il faut que vous gardiez votre sang-froid. Nous ne pouvons intervenir avant demain matin, alors il faut que vous rentriez chez vous et que vous reveniez au commissariat l'esprit clair. Alors seulement, l'enquête pourra commencer.*

Le détective resta muet, il raccrocha son téléphone et ferma les yeux. Les prochaines étapes défilèrent dans sa tête. Il se rendrait dès 6 h du matin au commissariat, il y ferait sa déposition puis des policiers interviendraient dans la chambre de sa fille afin de se saisir de son ordinateur pour l'étudier, tandis que d'autres iraient inspecter la voiture et les possibles indices laissés autour. La discussion et le rendez-vous entre Alex et Alice seraient prouvés. À partir de ce moment-là, les policiers pourraient enfin interpeller Alex Godson. Ce qui laissait au jeune homme toute la matinée pour filer s'il le désirait… Mais y avait-il un autre moyen ? Et dans ce genre d'enquête, ne valait-il pas mieux garder la tête froide et, par-dessus tout, son énergie ? Il prit alors la décision d'écouter les conseils du shérif et de rentrer chez lui.

Il démarra et quitta la cour, sans un regard vers les Godson.

45

Lorsqu'Aaron rentra chez lui, il n'y avait toujours aucune trace d'Alice. Il réessaya d'appeler, mais sans succès. Il se servit un whisky et s'installa dans son fauteuil.

Il avala une petite gorgée en pensant à sa fille, puis il reprit son téléphone et regarda son historique d'appels. Claire avait essayé de le contacter à trois reprises ; il balaya les appels en absence et porta le verre à sa bouche pour le terminer d'une traite. Il se tourna vers le buffet et estima que cette nuit, la bouteille de whisky aurait davantage sa place à ses côtés que dans le meuble. Il se resservit.

***

Aaron fut réveillé par la lumière du soleil. Il eut d'abord du mal à ouvrir les yeux, mais les souvenirs de la situation le firent rapidement émerger. Il s'était endormi dans son fauteuil, à côté de lui gisait la bouteille vide de whisky dont il ne lui restait qu'un épouvantable mal de crâne. Il se leva tant bien que mal et se dirigea vers la salle de bain. Il s'insulta à la vue de l'horloge dans le couloir, il était bientôt 7 h ! Alice avait disparu et il perdait son temps à dormir alors qu'il pourrait déjà être en train de faire sa déposition. Il décida de sauter les étapes salle de bain et petit-déjeuner et se hâta de partir.

Le shérif était déjà là à l'arrivée du détective. Il le regarda entrer et comprit à son allure que la nuit avait dû être difficile.

— David et Mickael ! Venez dans mon bureau !

Puis il se tourna vers Aaron et l'invita à entrer. Les deux hommes arrivèrent à leur tour et le plus jeune fut aussitôt renvoyé pour rapporter des cafés.

À l'arrivée des boissons chaudes, le shérif débuta :

— Alors, la situation… Alice, la fille d'Aaron, a disparu. Pour rappel, elle a seize ans et fréquente le lycée de Laneford…

Il se tut et se tourna vers celui qui venait de leur rapporter les cafés :

— David, tu attends quoi pour prendre des notes ?

— Pardon, chef !

Il se saisit du clavier et commença à taper.

— Donc, commençons, reprit-il. Aaron…

Aaron posa sa tasse et s'approcha du bureau. Il avait hâte de terminer l'étape de la déposition, mais savait qu'il n'avait pas d'autre choix que d'en passer par là. À cet instant, il aurait voulu avoir le rôle du shérif, se lever et donner les directives à tous ses hommes. Mais il ne le pouvait pas et chercha donc à raconter la situation en prenant soin d'influencer au maximum les prises de décision qui en découleraient. Et comme il l'avait espéré, une fois la déposition terminée, le marshal donna les ordres tel qu'il l'eût fait lui-même, à l'exception près qu'il lui demanda de rester en dehors de ça. Du moins pour le début de l'enquête. Aaron s'offusqua et commença à se plaindre, mais le shérif le fit taire et ordonna à ses hommes de partir. Puis il referma la porte de son bureau et pria Wayne de se rasseoir, tandis qu'une équipe d'intervention se formait dans le bureau voisin afin d'aller inspecter la voiture d'Alice.

— Vous ne pouvez pas me demander de rester en dehors de l'enquête ! cria le détective.

— Ce n'est pas ce que je fais, Aaron, mais regardez-vous ! Vous avez la tête d'un homme qui n'a pas dormi et vous empestez l'alcool ! Alors, je ne vais pas aller jusqu'à vous donner l'ordre d'aller dormir, parce que je me doute bien que vous ne le ferez pas, mais nous avons besoin de l'ordinateur de votre fille, alors rentrez chez vous le récupérer. Mais, s'il vous plaît, avant de revenir, prenez au moins le temps de vous doucher et de vous changer.

Aaron ne se donna pas la peine de répondre, se leva et sortit du bureau. Il s'arrêta un instant pour observer les policiers se préparer puis quitter le commissariat. Il aurait aimé les accompagner, leur dicter ce qu'il y avait à faire… Mais il avait pu voir certains de ces hommes à l'œuvre et savait qu'ils connaissaient bien leur travail. Il regagna alors sa voiture.

Il était tout près d'arriver chez lui lorsqu'il croisa un bus scolaire. La vision de ces étudiants se rendant à l'école lui fit bien évidemment penser à sa fille, mais aussi à Alex Godson qu'il imaginait également sur le chemin des cours. Si tout se passait bien, son arrestation serait décidée avant midi, il faudra donc intervenir au lycée… Mais il redoutait que le shérif décide d'attendre la fin de journée pour l'arrêter. C'était le problème dans ces petites villes, tout le monde se connaissait et la police faisait beaucoup plus attention à ce genre de détails que dans les grands districts. L'envie d'intervenir seul ne le quittait pas, cela rendrait les choses bien plus rapides, mais il se força à oublier cette idée. Lorsqu'il arriva chez lui, il passa rapidement par la chambre d'Alice, pour constater seulement que rien n'avait bougé. Sa fille n'était pas rentrée. Puis il se dirigea vers la salle de bain et laissa tomber ses vêtements pour entrer dans la douche.

Il était en train de se sécher lorsqu'il entendit son téléphone sonner. Il sauta sur son jean qui se trouvait au sol et en sortit son mobile de la poche.

— Oui ? répondit-il.

— Aaron, c'est le shérif Davis à l'appareil. Je crois qu'il faut que vous rappliquiez au commissariat !

Aaron se demanda s'il avait déjà entendu le shérif se

présenter sous son nom, il savait qu'il s'appelait Robert Davis, mais tout le monde l'appelait « shérif ».

— Qu'est-ce qui se passe ? demanda-t-il d'une voix étranglée.

Il sentit ses jambes trembler sous son poids, il pensa à sa fille. L'avaient-ils trouvée ? Le pire lui vint aussitôt à l'esprit. Le shérif devina l'inquiétude du détective au téléphone et se dépêcha de répondre afin de ne pas laisser planer le doute.

— Alex Godson est là. Il se trouve qu'il s'est rendu de lui-même et je crois qu'il souhaite vous parler.

Aaron, qui se voyait déjà s'effondrer, sentit ses forces lui revenir.

— J'arrive tout de suite.

Quinze minutes plus tard, il entra dans le commissariat, l'ordinateur d'Alice sous le bras. Le shérif vint immédiatement à sa rencontre et se tourna vers un de ses hommes :

— Gary, débarrasse Wayne de l'ordinateur. Tu l'allumes et tu me fais une copie des dernières activités, mails et réseaux sociaux compris, OK ?

Le policier acquiesça et se saisit du matériel. Robert Davis s'approcha d'Aaron et lui parla à voix basse :

— Le petit est venu se présenter de lui-même, alors ne faites pas le con et ne lui faites pas peur !

— J'ai le droit de l'interroger ? s'étonna Aaron.

— En fait, c'est lui qui a demandé à vous parler.

Étonné et intrigué, le détective dépassa le shérif pour entrer dans son bureau. Il reconnut tout de suite Alex Godson qui était assis dans le fauteuil dans lequel lui-même se trouvait une heure plus tôt. Le jeune homme se leva, apparemment gêné ; Aaron se retint de lui sauter dessus et contourna le bureau pour aller s'installer dans le fauteuil du shérif.

Ce dernier qui le suivait s'en étonna et resta en retrait, près de la porte qu'il venait de refermer.

— Tu as demandé à me parler ? commença le détective.

Alex reprit sa place sur le fauteuil et s'éclaircit la voix.

— J'étais réveillé quand vous êtes venu chez moi hier soir. Je voulais vous parler, mais ma mère m'en a empêché.

— Et maintenant ?

— Mes parents me croient au lycée.

— OK. Je t'écoute.

— Il est arrivé quelque chose à Alice ?

Aaron vira à l'écarlate, il se leva et se pencha par-dessus le bureau.

— Est-ce que tu es venu pour te foutre de moi ? hurla-t-il tandis qu'Alex s'enfonça autant qu'il le put au fond de son siège.

— Calmez-vous, Wayne ! ordonna le shérif. Monsieur Godson est venu vous parler de sa propre initiative, je pense qu'il vous serait plus profitable de l'écouter.

Le père d'Alice se rassit et serra les dents jusqu'à ce qu'il puisse s'exprimer sans hurler.

— Est-ce que tu as quelque chose à m'apprendre ?

— On s'est disputés la dernière fois qu'on s'est vus...

— Où est-ce que vous vous êtes disputés ?

Le shérif ouvrit doucement la porte et appela quelqu'un.

— Chez moi, juste après votre départ samedi.

Aaron eut un rire nerveux. Un policier entra et s'installa devant une petite table face à un ordinateur, puis se tourna vers eux en attendant la suite de l'échange. Le détective ne fit pas attention à lui et reprit :

— Je sais très bien que vous vous êtes vus hier !

— Mais non, répliqua Alex, j'étais chez moi.

— Tu lui as donné rendez-vous !

Le jeune homme se tourna vers le shérif, cherchant une explication ou un soutien, mais ce dernier lui fit signe de continuer et ajouta :

— Répondez, monsieur Godson...

— Je… Je ne lui ai pas donné de rendez-vous…

— Tu peux me passer ton téléphone ? demanda Aaron.

— Pourquoi ça ?

— Donne-moi ton téléphone !

Alex se tourna une nouvelle fois vers le shérif et, n'obtenant toujours pas de soutien, il tendit l'appareil au détective.

Wayne le saisit et commença à regarder l'écran.

— Il faut un code pour le déverrouiller, constata-t-il.

— Vous avez le droit de fouiller dans mon téléphone ? demanda le garçon à l'attention de Robert Davis.

— Vous avez quelque chose à vous reprocher ? lui rétorqua-t-il.

— Non !

— Alors, laisse-le vérifier.

Surpris par le tutoiement soudain, Alex capitula :

— 2211, pour le déverrouiller.

Aaron s'exécuta et consulta aussitôt les derniers SMS échangés. Il trouva rapidement la conversation avec Alice et la consulta. Les messages les plus récents étaient restés sans réponse de la part du jeune homme et prouvaient en effet qu'ils s'étaient disputés.

Il sortit des messages et se déplaça dans les menus.

— Qu'est-ce que vous faites ? demanda Alex.

— Je vérifie quelque chose…

Il ouvrit l'application *Messenger* et eut de nouveau un rire nerveux. Face au détective, le garçon se sentait de plus en plus embarrassé et commençait à remuer sur sa chaise. Le shérif s'apprêtait à intervenir lorsqu'Aaron tendit le téléphone à Alex, afin qu'il puisse voir l'écran.

— Et c'est quoi ça, alors ?

Le jeune homme reconnut son historique de conversations *Facebook* dans lequel figurait le fameux échange concernant le rendez-vous de la veille.

— Qu'est-ce que c'est que ça ? demanda-t-il l'air étonné.

— À toi de nous le dire, intervint le shérif après s'être approché pour voir de quoi il s'agissait.

— Ce n'est pas moi qui ai écrit ça.

— Ce n'est pas ton profil ? demanda Aaron.

— Si, mais je n'ai rien à voir avec ce qui est écrit !

La conversation s'accélérait et le jeune policier peinait de plus en plus à tout retranscrire sur ordinateur.

— Tu connais le champ des festivaliers ? demanda le détective.

— Oui, bien sûr que je le connais.

— Pourquoi as-tu choisi ce lieu pour donner rendez-vous à Alice ?

— Mais je n'ai pas donné de rendez-vous à Alice !

— Tu vas continuer longtemps à te foutre de nous ? s'emporta Wayne.

Le détective faillit passer par-dessus le bureau pour attraper Alex, mais le shérif et le policier vinrent s'interposer pour le retenir.

— Ce gamin se fout de nous ! cria-t-il. Ses messages sont inscrits noir sur blanc, qu'est-ce qu'il vous faut de plus ?

— Rien, répondit le shérif, nous allons lancer la demande de garde à vue, mais en attendant je vous invite à aller vous calmer dehors.

— Attendez, qu'est-ce que vous avez dit ? s'étonna Alex.

Robert Davis lui fit signe de se taire et accompagna Aaron jusqu'à la porte de son bureau.

— Vous, lança-t-il à l'attention du policier resté à l'intérieur, gardez un œil sur le gamin.

Le shérif suivit Aaron jusqu'à la machine à café. En passant au milieu de l'open space, il en profita pour demander à un de ses hommes d'enclencher la garde à vue du jeune Godson.

— Encore ? s'étonna le policier.

— Non, pas encore. Cette fois, il s'agit de son petit frère, Alex. Il est dans mon bureau.

Le policier sembla comprendre et partit dans la direction du bureau. Arrivé à la machine à café, Aaron demanda au shérif :

— Qu'est-ce que vous en pensez ?

Davis positionna manuellement un gobelet dans la machine et la mit en marche.

— Je pense que vous emporter n'a fait que couper court à un entretien qui aurait pu nous en dévoiler bien davantage. Je n'étais pas favorable à ce que vous l'interrogiez, vous êtes bien trop impliqué.

— Pourtant vous m'avez laissé faire…

— Je vous l'ai dit, c'est le petit qui voulait à tout prix vous parler. D'ailleurs, qu'est-ce que vous en dites ?

— Du fait qu'il veuille me parler à moi ?

— Oui.

Le détective saisit le café que le shérif lui tendait, puis répondit :

— Je pense surtout qu'il essaie de nous embobiner…

— Donc vous l'accusez ? demanda Davis.

— Vous avez vu les messages comme moi, non ?

Le shérif acquiesça tout en se saisissant à son tour de son café.

— Je pense qu'on a affaire à un garçon malin, reprit Aaron, mais qui malheureusement est dérangé.

— Comment ça ?

— Vous voulez ma théorie ?

— Oui, répondit Robert Davis en l'invitant à s'asseoir sur un coin de bureau.

— Il y a deux ans, Peter Godson sort avec Doria Miller. Son frère, Alex, l'apprend. Lui qui nourrit une certaine jalousie envers son grand frère tombe aussi amoureux de celle qui lui plaît tant. Peut-être lui en parle-t-il, je ne sais pas… Elle le remet à sa place, il s'emporte et l'enlève.

— Il l'aurait enlevée pour faire quoi ? demanda le shérif.

— Je ne sais pas… Il ne supporte pas le fait d'être rejeté et il décide de le lui faire payer.

Aaron but une gorgée et ajouta :

— Il veut avoir le sentiment de la posséder pendant un moment…

— Et votre fille dans tout ça ?

— J'y viens.

Le détective termina d'une traite son café puis lança le gobelet dans une poubelle à quelques mètres.

— Alice arrive deux ans plus tard au lycée, reprend-il, elle ressemble beaucoup à cette Doria Miller et Alex Godson s'y attache. Je pense d'ailleurs que ses sentiments sont réels, mais ce garçon est dérangé, comme je vous l'ai dit… Et peut-être que les souvenirs de son expérience avec Doria Miller lui reviennent ? Toujours est-il qu'il suffit d'une dispute avec ma fille pour que ses envies malsaines réapparaissent. Il ressent le besoin de la dominer elle aussi, peut-être même de lui faire du mal…

Wayne souffla en se rendant compte du scénario qu'il était en train d'imaginer.

— Mais il est venu de lui-même et il nie, s'exclame le shérif, cherchant à comprendre le raisonnement du détective.

— Je sais, mais s'il avait une double personnalité ? Il pourrait parfois agir comme dans un état second, et le reste du temps être tout à fait normal, allant même jusqu'à être amoureux. Ce qui expliquerait le fait de nier avoir envoyé des messages dont on a pourtant la preuve.

— Donc, vous pensez que je devrais demander une analyse psychiatrique d'Alex Godson ?

— Oui, je le pense. Il faut bien sûr que nous le réinterrogions, mais confronter les résultats à un profil psychologique pourrait nous éclairer.

Le détective avait à peine terminé sa phrase que les portes du commissariat s'ouvrirent violemment, laissant entendre des hurlements.

— Où est le shérif Davis ? hurla madame Godson.

— Je suis là, répondit l'intéressé en s'approchant pour tenter de la calmer.

— Je veux voir mon fils, cria-t-elle. Tout de suite !

Madame Godson était accompagnée d'un homme en costume, Aaron remarqua aussitôt qu'il ne s'agissait pas de monsieur Godson.

— Venez dans mon bureau, l'invita le shérif.

— Pas avant d'avoir vu mon fils, insista-t-elle.

— Il s'y trouve.

La femme le suivit, toujours accompagnée de l'individu tiré à quatre épingles. Davis les fit entrer et s'apprêtait à fermer la porte lorsqu'Aaron se faufila rapidement dans le bureau.

Madame Godson prit son fils dans ses bras tandis que l'homme en costume tendit la main au shérif.

— Maître Wallat, avocat de la famille Godson, puis-je savoir ce qui est reproché à mon client ?

Madame Godson se tourna vers le shérif et aperçut Aaron.

— Ah, il est là, lui ! Je comprends mieux, maintenant.

— Madame Godson ! s'exclama Robert Davis en s'approchant d'elle.

— Non, ne me touchez pas ! Vous vous acharnez sur ma famille, cria-t-elle en montrant Wayne du doigt. Vous cherchez à faire emprisonner mes garçons !

Ce fut au tour de l'avocat de tenter de calmer sa cliente, ce qui s'avéra plus efficace. Elle se tut et retourna auprès de son fils.

— Quelles sont les charges retenues contre mon client ? demanda de nouveau Wallat.

— Il est le petit ami d'une jeune fille disparue, intervint Aaron, et il est le dernier à l'avoir vue.

— Et je peux savoir ce qui justifie une garde à vue ? répliqua l'avocat de manière hautaine.

— Nous avons la preuve que c'est Alex qui a donné rendez-vous à ma fille, et ce à l'endroit même où a été retrouvée sa voiture.

Madame Godson se tourna de nouveau vers son fils, le regard interrogateur.

— Je n'y suis pour rien, se défendit-il.

— Ne dites plus rien, intervint l'avocat. Au moins jusqu'à ce que j'aie pu analyser tous les éléments du dossier.

— Mais si, je veux parler justement ! Je n'y suis pour rien et…

Madame Godson posa sa main sur la bouche de son fils et lui fit signe de se taire, mais il la repoussa.

— Non ! Si Alice a disparu, je veux qu'on la retrouve !

— Tais-toi maintenant ! hurla-t-elle.

Alex obéit à l'ordre de sa mère, et comme son avocat le lui avait demandé, il n'adressa plus la parole aux policiers.

46

Aaron rentra chez lui vers 2 h du matin. Il tournait en rond et accepta finalement d'arrêter les recherches jusqu'au lendemain. Mais il lui était impossible de s'endormir. Il était trop énervé par l'enquête, parce qu'il piétinait et qu'il n'avait pas d'autre piste que celle d'Alex Godson qui était maintenant réduit au silence par son avocat.

Ce n'est que tard, et après avoir avalé une demi-bouteille de gin, qu'il finit par s'endormir, affalé sur son fauteuil.

Le réveil de son téléphone sonna à 6 h. Il sauta sous la douche et en sortit rasséréné, prêt à repartir. Sur la route, il tenta une nouvelle fois d'appeler Alice. Il essayait sans trop y croire et ne fut pas surpris de tomber directement sur le répondeur. Il remarqua les quelques appels de Claire, qu'il se contenta tel la veille de balayer du doigt, puis il se concentra de nouveau sur la route jusqu'à son arrivée au commissariat. À peine en avait-il franchi le seuil qu'il se dirigea aussitôt vers le bureau du shérif, mais fut interrompu par une voix derrière lui :

— Davis n'est pas encore arrivé, s'exclama Mickael.

— OK.

— Mais viens voir, j'ai les résultats des relevés d'empreintes.

Aaron le suivit jusqu'à son bureau.

— Alors ? s'impatienta-t-il.

Le policier s'installa devant son écran et commença à pianoter tandis qu'Aaron prenait place derrière lui afin de voir ce qu'il faisait.

— Pour ce qui est de la voiture, les seules empreintes que l'on a trouvées sur le volant sont celles d'Alice.

— Vous aviez ses empreintes ? s'étonna le détective.

— Elle n'était pas fichée, mais on les a comparées à celles se trouvant sur son clavier et ce sont bien les mêmes.

— OK…

Le policier se tourna vers Aaron.

— Tu comprends l'importance de ce prélèvement sur le volant ?

— Vous cherchiez à savoir qui avait conduit la voiture pour la dernière fois, et donc déposé le véhicule dans le champ, répondit Wayne.

— Voilà ! Et personne n'a touché au volant après Alice.

— Pas de trace de nettoyage ou de gants ?

— Non.

— Et dans le reste du véhicule ?

— J'y viens, assura Mickael.

Il changea de dossier et ouvrit quelques photos comprenant le tableau de bord côté passager, un accoudoir, une poignée ainsi que la banquette arrière.

— À ces endroits, reprit le policier, nous avons des empreintes intéressantes.

— Identifiées ?

— Plutôt, oui ! Et elles appartiennent aux deux frères Godson.

— Récentes ? demanda Aaron.

— Récentes, oui, mais aucun moyen de savoir à quel point. Tout ce que l'on sait, c'est que celles de Peter Godson ont été prélevées à l'arrière du véhicule, et celles d'Alex Godson à l'avant, côté passager.

— Il ne reste plus qu'à les interroger à ce sujet, s'exclama Wayne.

— Attends, ce n'est pas fini.

— Je t'écoute, l'encouragea-t-il.

— Pas de trace de violence à l'intérieur de la voiture, ni sang ni griffure.

— Et autour ?

— J'allais y venir…

Le policier ouvrit un autre dossier contenant des clichés du sol.

— Pas évident de trouver des traces, la terre est super sèche en cette saison…

Il agrandit quelques photos.

— On peut imaginer à certains endroits qu'un objet lourd a été déplacé, mais impossible d'en être certain.

— T'as un truc intéressant ou pas ? s'impatienta de nouveau Aaron.

— Oui, répondit Mickael, et on peut remercier David pour ça. On allait partir quand il a remarqué quelque chose…

Il agrandit une autre photo montrant une plante.

— C'est quoi ? demanda Wayne.

— Des feuilles de chardon ! David a eu l'œil sur ce coup-là, il a remarqué que deux feuilles brillaient au soleil. Il a voulu les analyser et je vais être honnête, on l'a regardé faire sans vraiment y croire. Sauf que tout à l'heure, les résultats des analyses sont arrivés, et bingo !

— Accouche.

— Des traces d'anesthésique.

— Sur les feuilles ?

— Oui, sur les feuilles ! On peut imaginer un tissu imbibé tombé sur ce chardon avant d'être ramassé.

Aaron se redressa, sembla réfléchir puis s'exclama :

— Donc Alice aurait été endormie…

***

Il patientait dans le bureau du shérif depuis un bon moment quand ce dernier arriva.

— Vos hommes ont fait du bon boulot, s'exclama le détective en guise de salutations.

— Oui, j'ai eu les résultats des analyses par mail, ça pourrait confirmer l'enlèvement.

Wayne se prit la tête dans les mains.

— L'utilisation d'un anesthésique peut vouloir dire qu'il n'y a pas la volonté de tuer, ajouta le shérif.

— Mouais… Sur quoi bossent vos gars, aujourd'hui ?

— Une enquête de voisinage et l'arrivée de Dave dans la matinée.

— Dave ?

— Dave Burt, l'expert informatique qui avait analysé l'ordinateur de Douglas Ford.

— Je vois, répondit Aaron, il vient pour authentifier les messages d'Alex Godson ?

— Voilà ! Et s'ils le sont, il ne sera plus en mesure de nier et n'aura pas d'autre choix que de parler.

À cet instant, quelqu'un frappa à la porte. Le shérif, qui était toujours devant, l'ouvrit.

— Votre café, s'exclama le jeune policier.

— Ah, David, tu tombes bien. Entre.

— Bonjour, dit-il à l'attention d'Aaron.

— Bonjour, et bravo pour hier. Trouver des traces sur des feuilles, c'était un beau coup.

Le jeune policier se contenta de sourire et se tourna vers le shérif.

— Tu vas diriger le porte-à-porte ce matin, annonça Davis.

— Quel secteur ?

— Un rayon de trois miles autour du champ des festivaliers. Et je veux que tu interroges tous les habitants sur ce qu'ils ont vu, la voiture, Alice ou n'importe qui… Et note-moi bien les coordonnées des personnes qui te donnent des informations, OK ?

— Je m'en occupe.

David repartit et le shérif referma derrière lui.

— De mon côté, j'aimerais de nouveau interroger Alex Godson, s'exprima Aaron.

— Je comprends, mais depuis que l'avocat s'en mêle c'est un peu plus compliqué.

— Comment ça ?

— Madame Godson vous accuse d'acharnement, son avocat a donc exigé que vous ne participiez plus aux interrogatoires.

— Qu'est-ce que vous lui avez répondu ? s'énerva Aaron.

— Il est dans son droit. Je vous rappelle que vous êtes un détective privé, que ces interrogatoires doivent être menés par la police en charge de l'enquête et que l'avocat est en droit de refuser votre présence.

— Attendez, qu'est-ce que vous me dites là ? Vous me demandez de rester à attendre les bras croisés, de ne pas me mêler de l'enquête concernant la disparition de ma fille ?

— Ce n'est pas ce que je vous demande. Soyez juste un peu en retrait. Rassurez-vous, je vous tiendrai informé de l'avancée des interrogatoires.

Wayne quitta le commissariat, furieux d'être tenu à l'écart. Il croisa Dave Burt en sortant et lui fit un signe de tête. Son téléphone se mit à sonner, c'était Claire et il décida une nouvelle fois de ne pas répondre. Il fourra l'appareil dans sa poche et deux minutes plus tard ce dernier émit un nouveau signal. Il le ressortit pour constater que Claire venait de lui envoyer un message :

Je suis à la gare de Laneford,
peux-tu venir me chercher ?

— Fait chier, souffla-t-il.

Il appuya sur la touche « appel ».

— *Allo.*

— Putain, qu'est-ce que tu fous ?

— *Merci pour l'accueil...*

— Écoute, ce n'est vraiment pas le moment !

— *Quoi ? Qu'est-ce qui se passe ? Il était convenu que je revienne aujourd'hui, j'ai essayé de t'appeler à plusieurs reprises avant, seulement tu ne me répondais pas.*

— Je suis pas mal pris et je n'ai pas le temps, désolé.

— *Attends, tu te fiches de moi, Aaron ? Je viens d'enchaîner les heures de train pour venir te voir, alors ne compte pas sur moi pour repartir.*

— Alice a disparu ! cria-t-il dans le combiné tout en ouvrant la portière de sa voiture.

Il y eut un silence au bout du fil, puis la voix de Claire revint :

— *Qu'est-ce que tu me racontes ? Depuis quand ?*

— Dimanche, répondit-il.

— *Merde...*

— Rentre chez toi.

— *Tu rigoles ? Tu crois que je vais te laisser dans un moment pareil ? Je peux comprendre que tu ne veuilles pas me voir, mais tu devras faire avec, parce que ne compte pas sur moi pour te laisser affronter ça tout seul.*

— Je ne suis pas seul.

— *Viens me chercher.*

— Non.

— *Viens me chercher à la gare !*

— Je n'ai pas de temps à te consacrer, Claire !

— *Peu m'importe, viens me chercher.*

Aaron raccrocha, laissant Claire incertaine de sa venue.

Quelques minutes plus tard, elle fut soulagée de le voir arriver devant la gare. Il descendit rapidement et la rejoignit pour prendre ses sacs. Il ne l'embrassa pas et elle devina le stress qui le rongeait.

— Je suis désolé, mais comme je te l'ai dit, je ne vais vraiment pas être disponible, s'exprima-t-il enfin après quelques miles parcourus dans un silence de mort. Mais tu peux rester autant de temps que tu le souhaites.

— Comment est-ce que c'est arrivé ? Tu en sais un peu plus sur les circonstances de la disparition ?

Aaron souffla, puis répondit :

— Elle avait rendez-vous dimanche avec son copain…

— Alex ?

— Oui. Et à l'endroit du rendez-vous on n'a retrouvé que sa voiture.

— C'est Alex qui a donné l'alerte ?

— Non, il est suspecté. Il doit être interrogé à l'heure qu'il est.

— Il est suspecté ? s'étonna-t-elle.

— Bien sûr qu'il l'est ! Nous avons la preuve qu'il lui a donné rendez-vous et malgré tout, il nie les faits.

— Mais pourquoi s'en serait-il pris à Alice ? Ça avait l'air de fonctionner entre eux…

— Ça, je ne sais pas, répondit Aaron, mais ils s'étaient disputés la veille. Et ça aussi, nous en avons la preuve avec les SMS envoyés par Alice.

Le détective écrasa l'accélérateur dès qu'il eut passé le panneau de sortie de Laneford.

— J'avais oublié que tu devais venir, ajouta-t-il, sinon je t'aurais prévenue.

— Tu aurais dû m'appeler dès dimanche. Tu sais que j'ai plusieurs fois aidé la police sur des affaires similaires.

Wayne sourit et la regarda.

— S'il te plaît, évite les faux espoirs avec moi, tu sais que je ne crois pas en ces trucs.

— Tu as peur de ce que tu ne comprends pas.

— Pense ce que tu veux.

Claire tourna la tête vers la vitre et observa les arbres défiler derrière la paroi de verre.

— Qu'est-ce que l'enquête a révélé ? demanda-t-elle sans le regarder.

— Des échanges entre Alex Godson et Alice, dont le rendez-vous qu'il lui a proposé.

— C'est tout ?

— Non, ils ont aussi trouvé les traces d'un anesthésique sur le sol près de la voiture d'Alice.

— Elle aurait été endormie ?

— C'est possible…

— Et du coup, son petit copain, qu'est-ce qu'il en dit ?

Aaron n'apprécia pas le fait que Claire appelle Alex Godson de cette manière, mais il ne releva pas et se contenta de répondre :

— Il nie avoir proposé le rendez-vous et soutient qu'il n'a rien à voir avec sa disparition.

— Tu ne t'es pas dit qu'il disait peut-être la vérité ?

— Je me suis posé la question, forcément. Les messages envoyés par *Facebook* vont être analysés aujourd'hui afin de savoir s'il s'agit d'un piratage ou non.

— Mais tu n'as pas l'air d'y croire…

— Je ne le sens pas, ce gamin, il ne m'inspire pas confiance.

Ils arrivèrent enfin devant la maison. Aaron s'arrêta, s'affaira sur son trousseau et tendit une clé à Claire.

— Tiens, fais comme chez toi. Je dois retourner aider aux recherches.

— OK, tu rentres pour le déjeuner ?

— Je ne pense pas.

Claire ne dit rien, descendit de la voiture et récupéra ses sacs à l'arrière, puis rejoignit le perron tandis qu'Aaron repartait déjà.

Il arriva quelques minutes plus tard au champ des festivaliers ; il put constater que la voiture d'Alice avait été retirée et qu'il ne restait plus aucune trace de ce qui s'était passé deux jours plus tôt. Il s'arrêta malgré tout et inspecta le champ en détail. Il avait plu durant la nuit, la terre était moins sèche que l'avant-veille et Aaron regretta qu'elle n'ait pas été ainsi lors du rendez-vous d'Alice. Des traces de pneus ou de pas auraient pu les aider dans leurs recherches.

Il le traversa en marchant, scrutant alternativement le sol, puis les arbres qui l'entouraient. Mais il ne trouva rien d'intéressant.

Il rejoignait sa voiture lorsque son téléphone sonna :

— Oui ?

— *Aaron, c'est Claire.*

— Je viens seulement de te déposer, qu'est-ce qui se passe ?

— *Tu peux revenir, s'il te plaît ?*

— Non.

— *Quelqu'un est là et te demande.*

— Qui ça ? demanda-t-il.

— *Peter Godson, le frère d'Alex.*

— J'arrive tout de suite !

47

À peine une dizaine de minutes s'écoulèrent entre le départ de l'enquêteur du champ et son arrivée chez lui. Il entra précipitamment dans le salon où étaient installés Claire et Peter, et s'adressa directement à ce dernier :

— Je peux savoir ce que tu fais ici ?

— Ne croyez pas que je vienne de gaieté de cœur, répondit Peter en se levant, si je suis là c'est pour mon frère.

— Pour ton frère ?

Claire resta assise à les observer.

— Oui, c'est Alex qui m'a demandé de venir vous parler.

— Ah bon, lui qui refuse de me voir a finalement des choses à me dire…

— C'est l'avocat qui fait barrage et qui refuse qu'il vous parle, mais je vous assure qu'Alex n'a rien à cacher.

— Il n'a rien à cacher ? Il pourrait peut-être commencer par me dire où se trouve ma fille, alors !

— Il faudrait déjà pour ça qu'il le sache.

— Tu es venu pour te foutre de moi ?

Cette fois-ci, voyant qu'il était sur le point de sortir de ses gonds, Claire se leva pour s'interposer.

— Aaron, dit-elle, Peter a des choses à te dire, je pense qu'il est important que tu l'écoutes.

Le détective avait davantage envie de lui sauter au cou pour lui faire dire par la force tout ce qu'il savait, mais il prit sur lui et s'installa dans son fauteuil. Claire fit signe à Peter de se rasseoir également.

— Alex veut vous aider, s'exclama-t-il.

— Tu pourrais commencer par m'expliquer la présence de tes empreintes dans la voiture de ma fille, répliqua Aaron.

— Mes empreintes ?

— Oui, nous avons trouvé tes empreintes ainsi que celles de ton frère à l'intérieur de la voiture.

— C'est normal, nous sommes montés dedans.

— Je me doute, mais je peux savoir à quelle occasion ?

— Votre fille est venue me chercher à une fête, elle était accompagnée de mon frère. J'avais un peu bu, donc elle m'a ramené.

— Ah oui ? le questionna Wayne douteux. C'était quand ?

— Écoutez, on ne s'aime pas tous les deux, ça me paraît évident. Mais si j'ai fait l'effort de venir aujourd'hui, c'est pour vous ouvrir les yeux. Vous cherchez au mauvais endroit. Vous nous suspectez, mon frère et moi, et pendant ce temps le vrai coupable n'est pas inquiété. Vous perdez du temps, là.

— Primo, s'énerva Aaron, ce n'est pas toi le détective, et deuxio, vous n'êtes pas les seuls suspects, mais il se trouve que beaucoup d'éléments vous accusent.

— Pour ce qui est des empreintes dans la voiture, vous pourrez demander à Lydia Britt, elle était également présente ce soir-là.

— Lydia Britt ?

— Oui, elle au lycée avec votre fille.

Aaron nota le nom dans son téléphone.

— Mais pour ce qui est d'Alex, reprit Peter, il m'a dit de vous signaler qu'à l'époque de la disparition de Doria, les seuls amis de Douglas Ford étaient ses coéquipiers de football et que selon lui, c'est de ce côté que vous devriez chercher.

— Ça n'enlève en rien sa relation avec Alice, répondit le détective. D'ailleurs, le lien entre les deux disparitions n'est pas avéré.

Claire les observait, subjuguée par cet échange.

— Il y a dans les amis de Douglas Ford un certain Matt Ferman, il est footballeur dans l'équipe du lycée.

— Oui, je vois très bien qui c'est.

— Eh bien ce gars est sorti avec votre fille.

Le détective se concentra sur ce que le jeune homme lui apprenait, mais ne laissa pas transparaître sa surprise.

— Ils se sont séparés il y a une semaine, reprit Peter, mais Alex ne sait pas très bien qui a quitté l'autre…

— Donc il pense qu'il pourrait y avoir un lien, ajouta Claire.

Aaron se leva et alla se servir un verre.

— Tout ça est très intéressant, s'exclama-t-il à l'attention de Peter, et ça pourrait tenir debout. Mais figure-toi que juste avant d'arriver, j'ai reçu les résultats de l'analyse des messages envoyés par ton frère. Il se trouve qu'il nie les avoir envoyés…

— Ce n'est pas lui, il me l'a dit, le coupa Peter.

— Oui, c'est ce qu'il dit… On a donc vérifié d'où provenait la connexion, puisqu'il est en effet possible qu'il se soit fait pirater son compte *Facebook*, mais figure-toi que la connexion provenait bien de votre box.

— Comment ça ?

Aaron vint se rasseoir.

— Les messages sont bien partis de chez vous, expliqua-t-il. Alors, je ne t'accuse pas toi, parce qu'à l'heure à laquelle les messages ont été envoyés, tes parents et toi étiez avec moi au commissariat. Mais il reste ton frère.

— Alex est accro à votre fille, il n'aurait aucune raison de lui vouloir du mal.

— Alors il y a une autre hypothèse…

— Laquelle ? demanda Peter.

— Il te protège.

— Il me protège ? répéta le jeune homme.

— Oui, il a bien donné rendez-vous à Alice pour la voir et peut-être discuter. Mais toi, tu es revenu et tu as voulu t'en mêler. Tu t'en es pris à ma fille et maintenant, il préfère nier le rendez-vous pour éviter d'avoir à s'expliquer à ce sujet.

— Ça ne tient pas debout, pourquoi est-ce que je m'en prendrais à votre fille ?

— Tu aimais Doria, n'est-ce pas ?

— Je ne vois pas le rapport.

— Alice lui ressemble beaucoup, j'imagine que ça n'a pas été simple pour toi de voir ton frère sortir avec quelqu'un te rappelant tant ton ex disparue.

— Ce que vous dites est ridicule.

— Ce que je veux dire, c'est que j'ai pas mal d'hypothèses en tête, et que le fait d'insister sur une en particulier ne veut pas dire que je néglige les autres.

— Donc vous allez chercher du côté de Matt Ferman ? demanda Peter.

Aaron se leva et l'invita à en faire autant.

— Laisse-moi mener mon enquête, si ton frère veut me parler, qu'il le fasse.

— Je vous ai dit qu'il ne le pouvait pas.

— Bien sûr que si, il le peut. Rien ne l'oblige à obéir à son avocat.

Wayne raccompagna Peter à la porte et revint dans le salon.

— Qu'est-ce que tu en dis ? demanda Claire.

— Je ne savais pas pour Alice et Matt Ferman…

— Ça me semble être l'information à retenir, en effet.

— Ça ne fait pas de lui le suspect numéro un, mais ça donne une bonne raison d'aller l'interroger à nouveau.

— Tu vas prévenir le shérif ?

— Non, je vais y aller seul. Ils me mettent à l'écart, donc si je veux avancer il faut que je m'en occupe personnellement.

— Je ne crois pas en la culpabilité d'Alex, déclara Claire.

— Pourquoi ? Parce qu'il avait l'air amoureux ?

— Oui.

— Claire, plus de la moitié des meurtres sont des crimes

passionnels dont le meurtrier est justement trop amoureux.

— C'est vrai, mais… je ne sais pas, je…

Aaron se releva.

— J'y retourne, j'ai quelques infos à aller récolter avant d'aller voir ce Matt Ferman.

— Attends, l'interrompit Claire, ça te dérange si je jette un œil dans la chambre d'Alice ?

— Fais comme chez toi.

— Peut-être qu'au milieu de ses affaires je pourrais ressentir quelque chose…

— Je te l'ai dit, fais comme chez toi, Claire.

— Je sais bien que tu n'y crois pas, mais…

Wayne s'approcha de la femme et l'embrassa sur le front.

— Au point où j'en suis, tout est bon à prendre. Et même si je n'y crois pas, je serai le premier à me réjouir si tu voyais quelque chose.

Aaron prit sa veste sur le dossier du fauteuil puis rejoignit sa voiture.

Il se rendit d'abord au commissariat et Robert Davis sortit de son bureau en le voyant arriver.

— Vous avez eu mon message ?

— Oui, répondit le détective, votre expert est formel ?

— Venez, il est dans mon bureau.

Aaron le suivit à l'intérieur et salua l'informaticien qui était installé sur un fauteuil, un sandwich à la main.

— Je ne vous présente pas, s'exclama le shérif.

— Je suis désolé qu'il s'agisse de votre fille, déclara Dave Burt.

— C'est comme ça, se contenta de répondre Wayne. Les messages sont bien d'Alex Godson ?

— Oui, j'ai analysé l'ordinateur de votre fille et suis remonté à partir de l'adresse IP jusqu'à la localisation de la box Internet. Les messages ont bien été envoyés du domicile des Godson.

— Et pour ce qui est de l'interrogatoire de ce matin ? demanda Aaron en se tournant vers le shérif.

— Le petit continue de nier toute implication, il ne veut rien nous dire.

— Il n'a pas demandé à me voir ?

— Ah ça, non, et à vrai dire c'est plutôt son avocat qui répond aux questions. Ce petit merdeux arrogant du barreau nous empêche d'avancer. Quoique depuis qu'il a pris connaissance de la mise en détention de son client, il paraît moins sûr de lui.

— Alex va être transféré ?

— Bien sûr qu'il va l'être. Même s'il ne parle pas, les messages échangés suffisent à l'incriminer.

Le shérif observa la réaction d'Aaron et reprit :

— Vous paraissez embêté par cette nouvelle, ce n'est pas ce que vous souhaitiez ?

— Si, bien sûr que si. Je préfère qu'il soit derrière les barreaux plutôt que dehors…

— Mais ?

— Mais ce qui m'embête, c'est qu'il ne parle pas.

— Oui, ça n'aide pas à retrouver votre fille, intervint l'informaticien.

— Mais l'incarcération va sûrement faire réfléchir l'avocat, reprit le shérif, et il se pourrait bien que la langue de son client se délie dans les jours qui viennent.

— Oui, mais les « quelques jours » m'emmerdent. Pendant ce temps, ma fille est peut-être retenue quelque part, sans eau ni nourriture !

Ils restèrent un moment silencieux, puis Aaron reprit :

— Et pour ce qui est de l'enquête de voisinage ?

— Rien, répondit le shérif, à croire que personne n'a rien vu ! En même temps, le champ est assez isolé et les gens ont tendance à rouler assez vite sur la route qui le borde…

— Et les empreintes trouvées dans la voiture ?

— Ah oui, j'allais oublier ! Nous avons interrogé Alex Godson à ce sujet, il dit être monté à de nombreuses reprises dans la voiture d'Alice, ce qui s'explique aisément par la nature de leur relation.

— Et pour ce qui est de son frère ? demanda Aaron afin de comparer à la version qu'il avait eue de Peter.

— Nous ne l'avons pas convoqué. Il est passé rendre visite à son frère, mais n'a pas été interrogé. Par contre, nous avons demandé à Alex, il nous a parlé d'une soirée datant de la semaine passée. Votre fille serait venue récupérer Peter Godson un peu alcoolisé. Nous avons vérifié, cette soirée a bien eu lieu, reste à obtenir une confirmation par une tierce personne se trouvant également dans la voiture ce soir-là. Il nous a parlé d'une fille, elle sera interrogée à sa sortie du lycée.

Aaron se dit qu'il devait s'agir de Lydia Britt et fut soulagé de savoir que la police prévoyait de l'interroger, cela faisait ça de moins à prévoir de son côté. D'autant qu'il était persuadé qu'elle allait confirmer les dires de Peter.

— Quand est-ce qu'Alex Godson sera transféré ?

— En fin de journée, répondit le shérif ; il sera incarcéré dans une prison pour mineurs à une centaine de miles d'ici.

— Vous pensez qu'il y aurait une possibilité que je lui parle avant son transfert ?

— Aucune et n'insistez pas ! Actuellement, sa mère et son avocat sont à ses côtés et ils vous tiennent toujours pour responsable de ce qu'il lui arrive.

— Mais vous, qu'est-ce que vous en pensez ?

— Si ça peut vous rassurer, nous allons l'interroger une dernière fois juste avant son transfert. Nous espérons que la crainte de l'incarcération le fera parler.

— Et si j'arrive à convaincre sa mère ? s'exclama Wayne.

Robert Davis leva les mains au ciel en soufflant.

— Vous voulez vraiment aller lui parler ? Qu'elle fasse une

scène et qu'elle devienne hystérique ?

— Si c'est son hystérie le plus grave dans l'affaire, sans hésiter.

Le shérif attrapa le combiné du téléphone :

— Est-ce que vous pouvez faire venir madame Godson, s'il vous plaît ?

— …

— Oui, dans mon bureau.

Puis il raccrocha.

— J'espère qu'elle acceptera de vous parler.

— Je voudrais m'entretenir avec elle en privé, dit Aaron.

— Vous ? Seul avec madame Godson ? demanda le marshal.

— Oui.

— Allons bon ! s'exclama-t-il en se levant de son fauteuil en guise d'approbation.

Robert Davis et Dave Burt sortirent du bureau tandis que madame Godson arrivait du couloir qui menait aux cellules.

— Qu'est-ce qui se passe ? interrogea-t-elle le shérif.

— Le détective Aaron Wayne est dans mon bureau, il souhaiterait s'entretenir avec vous.

— Ah ça, il en est hors de question !

Robert Davis s'apprêtait à aller annoncer le refus au détective lorsqu'elle reprit :

— Et qu'est-ce qu'il me veut ?

— Ça, c'est à lui qu'il faut le demander. Tout ce que je sais, c'est qu'il aimerait vous parler seul à seule.

Madame Godson se tourna vers la vitre du bureau et observa l'enquêteur qui la regardait également. Puis, sans un mot, elle entra dans la pièce et referma la porte derrière elle.

Le shérif, se trouvant ponctuellement privé de son bureau, fit un signe en direction de la machine à café à Dave Burt afin qu'il l'y suive.

— Bonjour madame Godson, l'accueillit Aaron en lui

indiquant un fauteuil.

— Qu'est-ce que vous me voulez ? s'énerva-t-elle, refusant de s'asseoir.

Wayne ne se laissa pas impressionner par l'agressivité de la femme et répondit aussitôt :

— Je souhaite parler à votre fils, Alex.

— Il va être incarcéré, ça ne vous suffit pas ? Qu'est-ce que vous voulez qu'il vous dise, où se trouve votre fille ? Quand est-ce que vous allez comprendre qu'il n'en sait rien ?

— Et comment voulez-vous que je le comprenne si vous ne me laissez pas lui parler ?

— Mais il vous l'a dit !

— Non, je vous rappelle que vous l'avez empêché de s'expliquer dès le départ ! s'énerva-t-il à son tour.

Madame Godson allait quitter le bureau quand il la retint par l'épaule.

— Ne me touchez pas ! hurla-t-elle en se retournant.

À l'extérieur, des officiers s'étaient levés et regardaient à l'intérieur, hésitant à intervenir.

— Je souhaite étudier d'autres pistes, s'exclama Aaron d'une voix plus douce afin de tenter de la faire rester dans le bureau.

Elle resta muette et ne bougea pas, l'invitant à continuer.

— Pour le moment les preuves accablent votre fils…

La mère de famille allait reculer lorsqu'il reprit rapidement :

— Mais j'ai de plus en plus de doutes quant à la culpabilité d'Alex.

— Attendez, qu'est-ce que vous êtes en train de dire exactement ? demanda-t-elle en s'asseyant sur le fauteuil que lui avait indiqué Wayne quelques minutes plus tôt.

— J'ai besoin d'interroger votre fils afin d'étudier d'autres pistes. Sa relation avec ma fille laisse à penser qu'il saura forcément des choses que j'ignore.

— Ça pourrait empêcher son incarcération ?

— Non, pour ça il aurait fallu qu'il parle bien plus tôt. Il est aujourd'hui le suspect numéro un et comme je vous l'ai dit, tous les indices retrouvés l'accusent. Alors, soit il me parle et me permet de partir à la recherche de nouveaux éléments pouvant le disculper, soit il s'enfonce dans son mutisme et se dirige droit vers un jugement sans aucun élément pour le défendre.

Madame Godson fixa Aaron d'un regard noir, elle ne l'appréciait toujours pas, mais elle savait que ce qu'il disait était exact. Et une énorme crainte la rongeait de l'intérieur, celle de voir son fils emprisonné au milieu de dangereux délinquants. C'est la raison pour laquelle elle accepta.

***

— Vous souhaitiez me parler ? s'exclama Alex en observant le détective pénétrer dans sa cellule.

Aaron attendit que l'avocat s'éloigne et répondit :

— Il me semble que c'est toi qui as demandé à me parler le premier, non ?

— Peter est passé vous voir, en déduisit-il.

— Oui, il est passé. Alex, je crois qu'il est temps d'arrêter de jouer, s'exclama durement Aaron.

— Vous croyez vraiment que la situation m'amuse ? Regardez où je me trouve !

— Qu'as-tu à m'apprendre ?

— Peter vous a parlé de Matt Ferman ?

— De sa relation avec ma fille ? Oui, il m'en a parlé.

— Qu'est-ce que vous en pensez ?

— Que ça ne suffit pas à faire de lui un coupable, mais je vais l'interroger.

— Et c'est un ami de Douglas, ajouta Alex.

— Justement, à quel point le connaissais-tu ?

— Douglas ou Matt ? Enfin de toute manière, je ne les connais que très peu tous les deux. Je les croise au lycée, on se prend la tête par moment. Disons que nous ne sommes pas du même monde.

— C'est-à-dire ?

— On est très différents, ce qui me vaut quelques moqueries de leur part. En vérité, ce sont des crétins.

— C'est la raison pour laquelle tu essaies de leur mettre tout ça sur le dos ? demanda le détective de manière à le faire réagir.

— Si vous êtes là, c'est que vous doutez de ma culpabilité, répondit Alex.

L'assurance du garçon ne plut pas au détective, mais il ne laissa rien paraître.

— Peux-tu me donner les noms des principaux amis de Douglas Ford ?

— Alors, son meilleur ami était Tyler Brickwaith.

Aaron l'avait d'ailleurs déjà interrogé pour cela.

— Puis il y avait Matt Ferman, continua-t-il, celui qui est sorti avec Alice. Et puis Richard Butler et Marcus Guermo.

— Tu peux me parler d'eux ? demanda Aaron après avoir pris soin de noter tous les noms dans son téléphone. Qui ils sont, où ils habitent, qui sont leurs parents…

— Je ne sais pas grand-chose sur eux…, hésita Alex. Je sais que le père de Richard Butler possède une très grande exploitation agricole en dehors de Laneford, pas très loin de chez vous. Matt Ferman, je ne sais rien de lui ni même où il vit, pareil pour Marcus, d'ailleurs.

Aaron savait très bien où vivait Matt Ferman et pour Marcus Guermo et Richard Butler, il se renseignerait.

— Je sais où habite Tyler Brickwaith, intervint Aaron voyant qu'Alex s'apprêtait à continuer.

— J'imagine qu'il habite près du magasin de son père…

Wayne se remémora la maison, puis leva les yeux.

— La boutique qui jouxte sa maison ? demanda-t-il.

— S'il s'agit d'un magasin informatique, alors oui, répondit

Alex.

Aaron rabattit la housse de son téléphone.

— Est-ce qu'il y a autre chose que tu souhaites me dire ?

Alex sembla hésiter, puis il s'exclama :

— J'espère que vous retrouverez Alice le plus vite possible.

48

Aaron monta dans sa voiture, mais au moment de démarrer il hésita et commença à réfléchir. Il redescendit alors et retourna dans le commissariat.

En entrant, il regarda en direction du bureau du shérif, mais ne vit pas celui qu'il recherchait.

— Tu as vu l'informaticien ? demanda-t-il au policier se trouvant à l'accueil.

— Dave ?

— Oui.

— Le shérif l'a installé dans un bureau là-bas, répondit le jeune policier en indiquant le bout du couloir.

Wayne le quitta pour rejoindre l'endroit qu'il venait de lui montrer. Une porte était légèrement entrouverte et il reconnut l'expert informatique qui avait les yeux plongés dans son écran.

— Vous devez en passer des heures face à votre ordinateur, s'exclama le détective.

— C'est mon job, confirma Dave Burt en levant à peine les yeux.

— Justement…

Aaron entra, s'installa sur une chaise et reprit :

— J'ai besoin de vos lumières.

Cette fois-ci, l'informaticien leva les yeux pour de bon et décocha un sourire reflétant le plaisir qu'il ressentait à l'idée de se sentir utile.

— Est-ce qu'il est possible de pirater un compte *Facebook* en piratant également le lieu de connexion ?

— Vous me demandez si quelqu'un aurait pu se connecter sur le profil *Facebook* d'Alex Godson à partir de sa propre box ?

— Pas forcément à partir de sa box, mais qu'il fasse croire qu'il y est connecté.

L'informaticien s'écarta du bureau pour placer sa chaise face à celle d'Aaron.

— Pas besoin de faire semblant, il est tout à fait possible de se connecter sur la box de quelqu'un d'autre, mais il faut pour cela ne pas être trop éloigné géographiquement. Comme lorsque vous détectez le signal des box de vos voisins, c'est le même principe.

— Oui, je vois, répondit le détective, mais pour ce qui est des Godson ça me paraît peu probable, ils habitent une maison assez isolée. Est-il possible de pirater la box à distance ?

— À une centaine de mètres avec du bon matériel, c'est possible, mais si vous voulez le faire de plus loin, il vous faut du matos qui vous coûtera probablement une petite fortune.

— Mais à une centaine de mètres, il est possible de se connecter sur la box d'un autre, puis à son compte *Facebook* et de se faire passer pour le propriétaire.

— Nous avons vérifié, sa connexion était sécurisée, expliqua Dave.

— C'est inviolable ?

— Non…

— Vous tournez autour du pot, s'agaça Aaron.

— J'essaie de comprendre où vous voulez en venir. Si vous me disiez à quoi vous pensez ?

Wayne sourit.

— Vous auriez aimé être flic ? demanda-t-il.

— Les enquêtes me fascinent, répondit Burt avec les yeux brillants d'excitation.

— Je cherche à étudier une autre piste que celle du petit Godson…

— Laquelle ? le coupa l'informaticien.

— Si vous me laissiez finir… Il se trouve que le père du meilleur ami du principal suspect sur l'enquête de la disparition de Doria Miller est informaticien.

— Et ?

— Et donc je me demandais si le fils, baignant dans cet univers, pouvait être capable de ce genre de piratage…

Dave Burt sembla réfléchir, puis déclara :

— Avec du bon matériel, c'est à la portée de beaucoup de petits génies de l'informatique… Et si son père est informaticien, il se peut en effet qu'il ait plus facilement accès à des logiciels espions.

— Quel genre de logiciels ?

— Le genre qui vous décrypte les mots de passe. Si vous l'associez à un amplificateur wifi, alors vous êtes paré pour pirater presque n'importe quelle box. Mais il faut quand même pour cela être installé à proximité de l'émetteur.

— De la maison des Godson ?

— Oui. Enfin c'est assez simple, il suffit du petit boîtier de hacking, d'un bon ordinateur portable et le tour est joué ! Ça peut se faire d'une voiture stationnée près de la maison.

Aaron se laissa tomber contre le dossier de sa chaise et leva les yeux vers le plafond.

— Mais cet ami aurait des raisons d'en vouloir à votre fille ?

La question fit sortir le détective de ses pensées. Il se leva et se tourna vers l'informaticien.

— Contrairement à ce que l'on voit dans les séries policières, le coupable est bien souvent découvert avant le mobile du meurtre.

Aaron regretta aussitôt d'avoir parlé de meurtre, mais il essaya de ne pas le faire paraître. Il remercia Dave Burt et allait prendre congé lorsque ce dernier l'interrompit dans son élan :

— L'ordinateur, là, dit-il en montrant du menton celui en face de lui, il s'agit de celui de Douglas Ford.

— D'accord…

— J'ai terminé ce pour quoi le shérif m'a fait venir, j'en profite donc avant mon départ pour l'examiner un peu plus en détail à la recherche de quelque chose à côté de quoi j'aurais pu passer…

— Vous voulez bien aller droit au but ? le coupa Wayne.

Dave Burt sembla offusqué par le ton du détective, mais se contenta de dire :

— Venez voir.

Wayne réalisa, en s'approchant, qu'il avait été un peu dur avec celui qui avait accepté de répondre à ses questions.

— Ce sont les films qu'il possédait, reprit l'informaticien en montrant une liste sur l'écran.

— OK…

— Vous connaissez celui-ci ?

Le détective se pencha vers l'écran pour bien lire le titre : *Au bout du sixième jour.*

— Non, je ne connais pas.

— Le nom me disait quelque chose alors je l'ai regardé. Et, en effet, j'ai déjà vu ce film il y a quelques années. Ce n'est pas du grand cinéma, c'est même très moyen qualitativement parlant, mais c'est le sujet qui m'a interpellé…

— Vous recommencez à être long.

— Oui, pardon, s'excusa-t-il, confus. Ce film traite de jeunes hommes qui se disent serviteurs du diable et qui enlèvent des filles.

— Et il y aurait des ressemblances avec la disparition de Doria Miller ou de ma fille ?

— Ça, je ne sais pas, vous connaissez l'enquête mieux que moi, vous devriez le regarder pour voir. Mais ce dont je voulais vous parler, c'est le déroulement de chacun des enlèvements, ils respectent un rite…

— Lequel ? s'impatienta Aaron en voyant l'informaticien s'arrêter de nouveau.

— En fait, les trois premiers jours sont dits « d'observation ». Les geôliers apportent à leur victime une faible quantité d'eau et un unique repas par jour, ces trois jours servant à l'affaiblir. Le quatrième jour, c'est le début des châtiments corporels. La victime est dénudée et subit de premiers sévices légers : brûlures, humiliations, tourments. Au cinquième jour, ils commencent les sévices plus lourds, des coupures, des « marques du diable ». Et enfin, lors du sixième jour, c'est le viol collectif. En plus de cela, ils lui font subir de nouvelles scarifications, puis ils brûlent leur victime à minuit.

Le détective resta un moment sans voix, puis s'exclama :

— Vous pouvez me faire une copie de ce film ?

Burt acquiesça.

— Mettez-moi ça sur une clé, dit-il en se levant rapidement, je passerai la récupérer tout à l'heure !

Aaron Wayne sortit du petit bureau et se dirigea vers la sortie du commissariat. Il regarda sa montre : il était 17 h passées. Il se tourna vers l'un des policiers :

— Ton fils fait du football, il me semble ?

— Oui, répondit-il fièrement.

— Il est dans l'équipe du lycée, c'est bien ça ?

— Oui, pourquoi ?

— Il a entraînement aujourd'hui ?

L'agent regarda l'horloge.

— Dans un peu moins d'une heure.

Aaron repartit vers la sortie.

— Qu'est-ce que tu lui veux ? lança le policier apparemment inquiet.

— À ton fils, rien, le rassura Aaron sans se retourner, je voulais juste savoir où me rendre pour parler à un de ses camarades.

Puis il sortit.

Lorsqu'il arriva sur le parking au bord du terrain

d'entraînement, il se gara près de la seule voiture présente. Il pensait d'abord attendre ici l'arrivée des footballeurs, puis il se décida à aller s'informer auprès du propriétaire du véhicule.

Dehors il tendit l'oreille, mais il n'y avait aucun bruit. Et aucune habitation ne se trouvait autour du terrain ; il en déduisit donc que le propriétaire devait se trouver à l'intérieur du seul petit bâtiment dans les parages, celui ressemblant à des vestiaires. Il frappa à la porte et entra. Un homme avec une casquette vissée sur la tête arriva, apparemment surpris de recevoir de la visite.

— Je peux vous aider ? demanda-t-il.

Aaron le dévisagea un instant ; l'homme portait une tenue de sport et il en conclut qu'il devait s'agir de l'entraîneur.

— Il va y avoir un entraînement, n'est-ce pas ?

L'homme leva la tête en direction d'une horloge accrochée au mur

— Ouais, les gars devraient commencer à arriver d'ici… d'ici une petite vingtaine de minutes ! L'entraînement commence à 18 h, vous voulez y assister ?

Wayne acquiesça et se tourna vers le terrain.

— C'est vous qui les entraînez ? demanda-t-il sans cesser de regarder le terrain de sport.

— Je suis leur coach, ouais. Et vous ? Je ne crois pas vous avoir déjà vu à Laneford, ce n'est pourtant pas une grande ville…

Aaron sentit que l'homme se méfiait, il décida d'aller droit au but.

— Vous avez coaché Douglas Ford ? demanda-t-il en se tournant vers l'entraîneur.

— Ah, mais je vous remets ! C'est vous le gars qui vient enquêter au nom de la famille Miller !

— Vous l'avez entraîné, alors ? insista le détective.

— Douglas ? Ouais, je l'ai entraîné… Un bon gars, c'est moche ce qu'il a fait !

Wayne sortit son téléphone pour prendre des notes.

— Ce qu'il a fait ?

— Oui, son suicide. Je suis catholique et je ne comprends pas qu'on puisse en arriver là.

— OK… Vous savez qui sont ses amis ?

— L'équipe tout entière !

— Plus précisément ? s'agaça Aaron. Il devait bien avoir davantage d'affinités avec certains.

— Je vous ai dit, l'équipe ! Mes gars sont soudés, j'ai fait un gros travail sur la cohésion. Résultat, ils s'entendent tous très bien.

Les premiers bruits de moteur provinrent du parking et le détective décida d'accélérer l'interrogatoire.

— Vous avez entraînement ou match le dimanche matin ?

— Non, juste un petit décrassage lorsque les gars ont joué à l'extérieur le vendredi…

— Le dimanche matin ?

— Oui, lorsqu'il y a eu match à l'extérieur, répéta le coach. Les gars sont souvent nazes après les déplacements, alors on ne les fait revenir que le surlendemain.

— Et dimanche dernier, vous avez fait un « décrassage » ?

— Celui qui vient de passer, là ?

— Oui, celui-ci.

Aaron perdait patience, il entendait les voix des joueurs s'approcher et il voulait obtenir les réponses à ses interrogations avant leur arrivée.

— Ouais, les gars étaient là.

— Je peux connaître leurs horaires ?

L'homme sembla agacé par l'avalanche de questions.

— À quoi est-ce que ça va vous servir toutes ces informations ? Douglas est mort, et c'était déjà le cas dimanche, que je sache !

— J'ai seulement besoin de connaître les habitudes qu'il avait… Alors, ces horaires ?

— De 11 h à midi. Les gars ne sont pas très matinaux, le dimanche.

Les informations fusèrent dans l'esprit d'Aaron. Les messages sur *Facebook* avaient été envoyés peu après 11 h, donc durant le décrassage.

— Vous avez la liste des joueurs qui étaient présents dimanche ?

— Je n'ai pas besoin de noter, mes gars sont sérieux, ils étaient quasiment tous là.

— Quasiment ? répéta le détective.

— Oui, quasiment tous, 23 joueurs présents sur 24 ! Je défie les autres coachs d'avoir si peu d'absents aux entraînements !

— Je peux savoir qui était le joueur absent ?

— Pourquoi, vous allez le punir ? demanda l'homme en rigolant.

D'autres rires masculins sans rapport avec la conversation éclatèrent à quelques mètres de l'entrée ; la montre d'Aaron indiquait presque 18 h, les joueurs s'apprêtaient à entrer pour se changer.

— Alors, c'était qui ? insista-t-il.

— C'était le petit Brickwaith.

— Tyler Brickwaith ?

— Je vois que vous êtes bien renseigné, s'exclama le coach. Tiens Tyler, on parle de toi, justement !

Aaron se retourna et croisa le regard du garçon apparemment surpris par sa présence.

— J'aimerais m'entretenir avec vous, s'exclama Wayne.

— Vous m'avez déjà posé des questions, répondit Tyler.

Les camarades du garçon s'agglutinèrent autour de lui, regardant le détective avec méfiance.

— Eh bien j'en ai de nouvelles.

— On m'a dit que j'avais tout à fait le droit de refuser de vous parler, car vous n'êtes pas de la police.

— Qui t'a dit ça ?

— Peu importe, je ne suis pas obligé et c'est tout ce qui importe. Alors, laissez-moi tranquille.

Tyler contourna le détective et entra à l'intérieur des vestiaires, suivi par ses coéquipiers. Aaron les regarda s'enfermer, fulminant intérieurement.

— C'est un bon gars, intervint l'entraîneur, je ne sais pas ce que vous lui voulez, mais je suis certain qu'il n'a rien fait de mal.

Wayne ne prit pas la peine de répondre et quitta le stade. Il reprit la route du commissariat ; il avait l'impression d'y passer tout son temps.

Lorsqu'il y parvint, une jeune fille en sortait, accompagnée d'un couple qui devait être ses parents. La jeune fille ayant l'âge d'Alice, il demanda dès qu'il aperçut le shérif :

— Elle a un rapport avec la disparition de ma fille ?

— Lydia Britt, qui était dans la voiture d'Alice lors de la fameuse soirée où elle a raccompagné Alex et Peter Godson.

Aaron s'en voulut d'avoir oublié cet interrogatoire.

— Qu'est-ce que ça a donné ?

— Elle valide la version d'Alex Godson.

Robert Davis lança un regard autour de lui et reprit :

— Vous avez une minute ?

— Oui, je voulais justement vous parler, répondit Wayne.

— OK, alors venez dans mon bureau.

Les deux hommes s'installèrent l'un en face de l'autre.

— Comment vous sentez-vous ? Vous tenez le coup ?

— J'essaie de me concentrer sur l'enquête plutôt que sur le sort de ma fille.

— Je comprends, compatit le shérif.

— Écoutez, j'ai besoin de votre aide, car j'ai peur que les investigations n'avancent pas assez vite.

— Aaron, Dave m'a parlé de votre échange… Je ne crois pas en ce qu'il vous a dit. Ou plutôt je ne pense pas que ce soit à prendre au sérieux.

— De quoi est-ce que vous parlez ?

— Du film. Le film qu'il a trouvé dans le disque dur de Douglas Ford, je ne pense pas que ce soit une piste sérieuse.

— Moi, je pense que tout mérite d'être considéré. Lorsque j'ai débuté dans la police, mon mentor disait que le fait d'avoir plusieurs pistes devait être considéré comme un luxe plutôt que comme une difficulté. Il disait : « Plus les pistes sont nombreuses, plus les chances d'élucider l'affaire sont importantes. »

— Je suis assez d'accord avec ça, répondit Davis, mais…

— Robert, je ne tire pas un trait sur la culpabilité d'Alex Godson, mais je tiens à fouiller ailleurs.

— Oui, ça je comprends très bien. D'ailleurs, en parlant du jeune Godson, il vient de partir pour la prison de Wymouth.

— Il n'a rien dit de nouveau avant son transfert ?

— Non, il continue de nier toute implication.

Wayne sembla se perdre dans ses pensées.

— Vous vous intéressez à monsieur Brickwaith, l'informaticien de Laneford ? reprit le shérif.

— Je m'intéresse surtout à son fils, précisa Aaron en levant les yeux. Il se trouve que j'ai réuni plusieurs éléments rendant son implication envisageable.

— Je vous écoute…

Robert Davis posa les coudes sur son bureau.

— Pour commencer, Tyler Brickwaith se trouvait être le meilleur ami de Douglas Ford. L'implication de ce dernier étant presque une certitude dans la disparition de Doria Miller, et sachant qu'il a sûrement bénéficié d'une aide, Tyler serait le complice idéal.

— Les coupables sont rarement les plus évidents.

— Je suis d'accord, mais ce n'est pas une raison pour négliger l'hypothèse.

Le shérif acquiesça pour l'inviter à continuer.

— Le fait que son père soit informaticien, reprit Aaron,

indique qu'il a probablement des notions plus que correctes dans le domaine de l'informatique.

— Je vous le confirme, il donne souvent des coups de main à son père en allant faire quelques dépannages chez les clients de sa boutique.

— Ah, eh bien vous voyez, ça, vous me l'apprenez, et ça me conforte dans mon idée. Et d'après Dave, il est facile pour ce genre de profil de pirater une connexion Internet.

— Et donc de se faire passer pour Alex Godson afin d'envoyer un message à votre fille…

— Exactement ! Je me suis renseigné sur ce que faisait Tyler à l'heure de l'échange en question.

— Ce que nous avions déjà fait, le coupa le shérif.

— Pardon ?

— Mes gars s'étaient renseignés sur l'emploi du temps des amis de Douglas Ford, et notamment sur ce qu'ils faisaient le dimanche matin.

— Vous ne m'en aviez pas parlé, s'étonna le détective.

— Non, car il n'y avait rien à en dire. Il y avait un entraînement de football à cette heure, et tous ses amis étant dans l'équipe…

— Et c'est tout ?

— L'entraînement s'est terminé vers midi.

— Je sais, répondit Aaron, j'ai discuté avec l'entraîneur. Mais il se trouve que Tyler Brickwaith n'était pas à cet entraînement.

Le shérif leva les sourcils.

— Cela m'étonne que vos gars n'aient pas vérifié la présence ou non des joueurs, ajouta Wayne.

Davis n'apprécia pas la remarque, mais ne prit pas la peine de répliquer.

— Tyler n'étant pas à l'entraînement, reprit le détective, j'ai voulu l'interroger pour savoir ce qu'il faisait à cette heure précise.

— Et ?

— Il a refusé de me répondre.

— Et c'est là que vous avez besoin de moi…

— C'est là que j'ai besoin que la police fasse son boulot ! s'énerva Aaron.

— Calmez-vous ! ordonna le shérif sur le même ton. Premièrement, je n'apprécie pas tellement que vous mettiez en doute les compétences de mes hommes…

— Ce n'est pas ce que je fais, le coupa Wayne, mais le temps nous est peut-être compté !

— Vous faites référence au film ?

— Qu'il ait un rapport ou non, ça ne change rien ! Ma fille est peut-être retenue quelque part, donc il faut faire vite ! Et je pense que les éléments que je viens de vous citer suffisent à faire interroger ce « Brickwaith».

Le shérif marmonna quelque chose dans sa moustache que le détective ne saisit pas, puis il reprit plus distinctement :

— On va organiser ça.

Il se leva et frappa quelques coups à l'une des vitres de son bureau. Derrière, deux hommes réagirent et se levèrent.

— Vous pouvez rentrer chez vous, s'exclama Robert Davis à l'attention d'Aaron.

— Quoi ?

— Nous allons faire venir Tyler Brickwaith pour l'interroger. Vous, pendant ce temps, allez vous reposer. Je vous tiendrai informé.

Les deux hommes appelés entrèrent dans le bureau et saluèrent Wayne, qui ne quitta pas le shérif des yeux et reprit :

— Vous n'allez pas recommencer à me mettre à l'écart ? Je vous rappelle qu'il s'agit de la disparition de ma fille !

— C'est justement pour ça que je vous demande de rentrer chez vous, temporisa-t-il. Je vous l'ai déjà dit, vous êtes trop impliqué et cela risque de vous faire manquer d'objectivité durant l'interrogatoire. Je vous remercie pour les informations que vous m'avez transmises, je vais les partager avec mes hommes et nous aurons peut-être des nouvelles à vous apprendre demain matin lorsque vous reviendrez.

Le détective resta sans voix, tentant d'analyser ses chances de persuasion.

— S'il vous plaît, reprit Robert Davis, nous connaissons notre travail alors, j'aimerais que vous cessiez de remettre nos compétences en doute. Et je peux vous assurer que s'il s'avère que ce jeune homme a bien quelque chose à voir avec la disparition d'Alice, nous l'aurons découvert d'ici demain.

Aaron en conclut qu'il valait mieux ne pas insister pour ne pas envenimer ses relations avec le shérif s'il voulait être tenu informé. Il se leva et salua les trois hommes.

Wayne rentra chez lui et retrouva Claire. Elle avait entendu la voiture arriver et prit donc le soin d'éteindre la télévision afin d'accueillir Aaron dans le silence. Elle avait passé son après-midi à s'inquiéter pour Alice et redoutait maintenant qu'il lui annonce une mauvaise nouvelle.

— Alors ? se risqua-t-elle lorsqu'il entra.

Il déposa sa veste sur le dossier d'une chaise et la regarda.

— Alex Godson vient d'être transféré en prison et un autre suspect s'apprête à être interrogé.

— Qui ça ?

— Un des jeunes footballeurs dont a parlé Peter Godson. Plusieurs éléments le rendent louche, mais je ne sais pas si j'ai vraiment envie de parler de ça ce soir…

Il s'approcha d'elle, l'embrassa et reprit :

— Je vais prendre une douche.

— OK, murmura-t-elle.

Lorsqu'il en ressortit, Claire l'attendait sur le canapé.

— J'ai bien envie de boire quelque chose, dit-elle.

Il sortit deux verres et versa dans chacun un fond de cognac.

— On a refusé ma présence à l'interrogatoire du jeune dont je t'ai parlé.

— C'est assez logique, répondit Claire en saisissant le verre qu'Aaron lui tendait.

Il s'assit à ses côtés et resta un moment silencieux.

— À cet interrogatoire, s'exclama-t-elle en levant légèrement son verre, en espérant qu'il apporte toutes les réponses.

Aaron la regarda et ils burent une gorgée en chœur.

— Peut-être que tu n'as pas très envie d'en parler, mais j'ai fait un tour dans la chambre d'Alice…

— Ah… Dis-moi…

— Je n'ai malheureusement pas senti grand-chose, mais j'ai quand même l'intime conviction qu'elle est vivante…

Le détective se contenta d'un petit sourire que Claire eut du mal à interpréter.

— Je n'ai pas senti d'ondes froides, reprit-elle. C'est ce qui arrive lorsque quelqu'un est décédé, mais là ce n'était pas le cas.

— OK…

Aaron ne croyait pas en ces choses-là, mais cela lui fit du bien malgré tout. Et cette fois, il eut réellement envie d'y croire.

49

Ce matin-là, Aaron ne perdit pas de temps et quitta son domicile dès l'apparition des premiers rayons de soleil. À son arrivée au commissariat, il ne put que constater l'absence du shérif et surtout celle de Tyler Brickwaith, que le détective pensait retenu en garde à vue.

— Comme d'habitude, le suspect nie toute implication et par manque d'éléments, nous ne pouvions justifier une mise en garde à vue, se défendit un agent.

Wayne murmura quelques vulgarités et s'éloigna pour se calmer.

— Mais on a saisi son matériel informatique, ajouta le policier.

Le détective se retourna.

— Et ?

— Dave l'a analysé une bonne partie de la nuit et il est parti il y a quelques heures, donc ne vous attendez pas à ce qu'il revienne avant le déjeuner.

— D'accord, mais qu'est-ce qu'il a trouvé ?

— Je n'en sais rien, il doit présenter un rapport au shérif à 14 h.

— Et le shérif, demanda Aaron, il arrive à quelle heure ?

L'homme regarda sa montre et sembla réfléchir.

— Il n'est que 7 h… Il devrait arriver d'ici une heure ou deux.

— OK, merci.

Le détective prit la direction de l'entrée pour se rendre au *diner* de l'autre côté de la rue. Il s'installa à une petite table à l'intérieur et commanda un café ainsi qu'un beignet. Il se saisit du journal qui traînait sur la table voisine et entreprit de lire les actualités nationales. Après les deux premiers paragraphes d'un article traitant de nouveaux dérapages de la part du Président, il réalisa qu'il lisait sans réel intérêt pour ce qui était écrit. L'enquête l'obsédait et il était incapable de se concentrer sur autre chose. Il avait besoin de connaître les résultats de l'interrogatoire de la veille avant de lancer ses prochaines recherches. Mais l'attente le rendait dingue.

Une serveuse vint poser une tasse sur sa table, qu'elle remplit aussitôt de café.

— Je vous apporte votre beignet, dit-elle avant de repartir vers le comptoir.

Et c'est lorsque la serveuse revint qu'il la reconnut. Il s'agissait de la jeune femme qu'Alice avait imaginé qu'il draguait. Mais lorsqu'elle lui apporta son beignet, elle sembla gênée et se contenta de déposer la note sur le bord de la table.

Elle s'éloigna, puis se retourna.

— J'espère de tout cœur que vous allez la retrouver, s'exclama-t-elle avant de repartir pour de bon.

Le détective s'était volontairement installé côté rue, ce qui lui permit de voir le shérif arriver. Il laissa la somme suffisante sur la note et sortit pour rejoindre le commissariat.

— On vient de me dire que vous me cherchiez, s'exclama Robert Davis en accueillant Wayne dans son bureau.

— Oui, vous n'aviez pas assez d'éléments pour garder Tyler Brickwaith ?

— En effet.

— Malgré tout ce que je vous ai dit ?

— Asseyez-vous.

Le détective retira sa veste et la posa sur le dossier du fauteuil dans lequel le shérif l'invitait à s'asseoir.

— Nous avons saisi son matériel informatique, ajouta Davis. Si l'ordinateur parle, il sera toujours temps d'appréhender le suspect.

— Vous l'avez au moins mis sous surveillance ? s'inquiéta Aaron.

— Un policier ne devrait pas tarder à appeler le lycée pour s'assurer de sa présence. Je dois m'entretenir avec Dave à 14 h et s'il s'avère que des éléments l'incriminent, nous irons le cueillir là-bas.

— Et en attendant le retour de votre informaticien, vous étudiez d'autres pistes ?

— En attendant, nous travaillons sur d'autres affaires, Aaron. Je comprends bien votre impatience, mais revenez après le déjeuner, vous pourrez assister au rapport de Dave.

Wayne n'insista pas et retourna au *diner*, où il s'installa à la même table qu'une heure plus tôt et attendit que la serveuse le rejoigne.

— Vous reprenez un café ? lui demanda-t-elle.

— Est-ce que vous pouvez vous asseoir ?

La jeune femme aux cheveux châtains sembla gênée par la demande.

— C'est que je suis en service…

Aaron balaya de la main le reste de la salle.

— Je suis votre seul client.

Elle sourit.

— Je vous sers au moins un café, ça fera moins louche si mon responsable arrive.

La jeune femme revint avec une cafetière, détacha le petit tablier qui recouvrait le dessus de sa jupe, puis s'assit face au détective.

— Vous vouliez me parler ?

— Vous m'avez dit tout à l'heure espérer que je la retrouve…

— Oui.

— Vous parliez de Doria Miller ou…

— Je parlais de votre fille, le coupa-t-elle.

Il but une gorgée de café.

— Les nouvelles vont vite.

— Vous savez, Laneford est une petite ville. Et une nouvelle disparition deux ans après celle de Doria Miller rend les habitants suspicieux.

— Justement, dit Aaron, votre métier vous permet d'être au contact des habitants, vous devez entendre des choses, des rumeurs…

— Vous savez, si j'avais dû entendre quelque chose d'important, je serais venue vous le dire, ou j'aurais au moins été prévenir la police.

— Bien souvent, des choses que l'on ne considère pas comme importantes peuvent en réalité l'être, déclara Wayne.

La jeune serveuse repoussa une mèche de cheveux qui lui cachait les yeux et sembla se perdre dans ses pensées.

— Qu'est-ce qu'il se dit au sujet de la disparition de ma fille ? reprit-il.

— Les choses habituelles lorsqu'il arrive ce genre d'événement, j'imagine. Les gens s'inquiètent, ils parlent d'insécurité…

— Mais est-ce que certains se suspectent entre eux ? Est-ce qu'ils ont donné des noms ? Est-ce qu'ils ont des théories ?

— Non, ça ne va pas jusque-là. Les habitants de Laneford ne s'entendent pas tous, ça, c'est clair, mais de là à s'accuser entre eux… Ils plaignent plutôt la famille Ford après la découverte de l'éventuelle implication de leur fils dans la disparition de la fille Miller.

— Et au sujet de ma fille ?

— C'est différent. Ils ne vous connaissent pas, alors que la plupart des habitants connaissent au moins de vue la famille Ford… Donc, vous concernant, c'est souvent de la méfiance.

— De la méfiance ?

— Oui, répondit la jeune femme, mais ça a commencé

avant la disparition de votre fille. Dès votre arrivée, ils commençaient à jaser.

— Comment ça ?

— La ressemblance de votre fille... Alice, c'est ça ?

— Oui, c'est ça.

— Eh bien, le fait qu'Alice ressemble à Doria Miller a rendu quelques personnes suspicieuses. Plus tard, certains ont dit l'avoir vue dans la voiture de Doria Miller… Les gens se méfient et se font donc rapidement des idées.

— Quel genre d'idées ?

— Certains ont dit que votre fille pourrait être Doria déguisée… Qu'il y aurait eu une histoire entre vous et madame Miller et que vous seriez en réalité le père biologique de sa fille.

— Quoi ? s'exclama Aaron en ouvrant de grands yeux.

— Oui, vous auriez accepté de revenir en échange de la discrétion de madame Miller. Elle reverrait sa fille, mais n'avouerait rien de votre rapt.

— Mais c'est n'importe quoi !

— Bien sûr que c'est n'importe quoi. Mais c'est le principe des ragots, la moindre suspicion se transforme rapidement en rumeur et prend des proportions ridicules.

— Et qu'est-ce qu'il se dit d'autre ? la questionna-t-il.

— Là, je vous ai dit le pire. Le reste est bien fade…

— C'est-à-dire ?

— Les gens s'interrogent, tout simplement. Mais ne vous connaissant pas, ça ne va guère plus loin.

— OK. Donc vous ne voyez rien qui pourrait aider l'enquête ? Vous n'avez rien constaté d'anormal depuis dimanche ?

— Le jour de la disparition de votre fille ?

— Oui.

— J'ai bien peur que non.

Aaron soupira.

— Je suis désolée, reprit-elle.

— Vous n'y êtes pour rien.

— Mais j'aimerais pouvoir vous aider, sincèrement.

— Je vous crois, répondit Wayne en se levant.

Il donna un billet de cinq dollars à la jeune femme ; elle attrapa son tablier pour y chercher de la monnaie, mais il posa sa main sur son poignet pour interrompre son geste :

— Gardez-la, dit-il avant de quitter le *diner*.

Aaron se rendit au commissariat à 14 h. Il trouva Dave Burt dans le bureau du shérif, accompagné d'un autre agent.

— On allait commencer, s'exclama le shérif en guise d'accueil.

Tous s'assirent face au bureau et attendirent que l'homme à la moustache prenne la parole.

— Alors, pour revenir sur l'interrogatoire de Tyler Brickwaith, commença-t-il, il nie toute implication dans la disparition de Doria ou d'Alice. Sa proximité avec le principal suspect ne faisant pas de lui un complice, le manque d'éléments l'incriminant rendait un maintien en garde à vue inenvisageable. Mais nous avons confisqué son matériel informatique, assez volumineux d'ailleurs…

— C'est clair, ajouta l'informaticien, un vrai petit arsenal.

— Le genre à pouvoir pirater une connexion à distance ? demanda Aaron.

Dave Burt allait répondre, mais le shérif l'interrompit d'un geste de la main.

— OK, entrons dans le vif du sujet, dit-il. Mais pour être certain de ne pas manquer d'éléments, je te propose, Dave, de nous énoncer tes découvertes et – c'est à vous que je m'adresse, Aaron – sans brûler les étapes.

L'enquêteur fit semblant de ne pas entendre la remarque, et l'informaticien prit la parole :

— En effet, ce garçon avait en sa possession un véritable

arsenal de guerre informatique, dit-il avec un grand sourire qu'il était le seul à arborer.

Il se leva et contourna le bureau pour se poster à côté du shérif.

— Avant même de commencer l'analyse du matériel, je savais déjà qu'avec ce que j'avais face à moi, ce garçon aurait été tout à fait capable de pirater une connexion à distance. Et pour avoir ce matériel, il doit également avoir de sacrées connaissances dans le domaine.

— Son père est informaticien, le coupa le shérif.

— Oui, j'entends bien, répondit Dave, mais la plupart des informaticiens que je connais n'ont pas un tel matériel. Ce petit a peut-être déjà dépassé son père, du moins dans le piratage.

— Qu'avez-vous trouvé concrètement ? le pressa Wayne.

— Concrètement… Rien.

Face aux regards hébétés des deux hommes face à lui, Dave se hâta de reprendre :

— Aucune trace d'espionnage ou de piratage, mais tout le matériel et les logiciels pour le faire, donc je ne peux pas croire qu'il ait tout ça en sa possession juste pour le plaisir de ne pas s'en servir.

— Mais nous n'avons aucune preuve ? l'interrogea le shérif.

— Pas de preuve de piratage, non. Mais il a pu tout effacer, c'est à sa portée. Le principal logiciel espion qu'il a, le plus performant j'entends, semble avoir été installé avant-hier.

— Ce qui veut dire ? demanda Aaron.

— Qu'il a très bien pu le désinstaller, effacer toute trace de son travail pour ensuite le réinstaller il y a deux jours.

— Mais vous ne pouvez pas en avoir la preuve, insista Robert Davis.

— Non.

— Et ensuite ?

— J'ai donc fouillé son ordinateur, ses activités dans les réseaux sociaux, et soit ce gamin est parano, soit il a réellement quelque chose à se reprocher, car encore une fois, aucune trace ! Il prend soin d'effacer les moindres détails qui prouveraient l'existence d'un échange. Par exemple, il possède un compte *Facebook*, il y est actif, mais il n'y a pas la moindre trace de messages privés échangés dessus.

— Cela ne prouve pas qu'il y en ait eu, si ? demanda le shérif.

— Non, mais c'est quand même fort probable.

— Mais vous avez la preuve qu'il a cherché à dissimuler des informations ?

— Encore une fois, non, mais j'en ai la conviction.

— Eh bien on se passera de votre conviction ! l'interrompit-il. Contentez-vous de nous dire ce que vous avez trouvé.

Aaron et l'autre agent restèrent muets face aux réprimandes du shérif à l'encontre de l'informaticien. Et de son côté, le détective perdait de plus en plus espoir et les preuves qu'il pensait pouvoir obtenir s'échappaient à mesure que Burt annonçait ses conclusions.

— OK…, reprit Dave en regardant Aaron, eh bien je n'ai rien trouvé concernant Doria Miller ou votre fille. Il y a juste une chose…

Wayne leva les yeux, attendant la suite.

— Le jeune Brickwaith a lui aussi le film *Au bout du sixième jour* dans son ordinateur.

— Ça, c'est une preuve ! s'exclama Aaron à l'attention de Robert Davis.

— Ça ne l'est pas plus que pour Douglas Ford.

— C'est quand même louche, en convint l'informaticien.

— Je vous ai déjà dit que ce n'était pas à vous de tirer les conclusions ! s'énerva le shérif.

— Mais je suis d'accord avec lui ! s'exclama Aaron. Dave vous a expliqué le déroulé machiavélique du film ?

— Oui, je suis au courant.

— Eh bien nous sommes dans le quatrième jour ! Ce qui voudrait dire que c'est le début des sévices corporels !

— Pas exactement, intervint Dave. Dans le film, la victime est enlevée durant l'après-midi et le décompte des jours ne débute que le matin suivant. Ce qui voudrait dire que nous serions dans le troisième jour.

Le shérif balaya le dernier échange d'un geste de la main et s'adressa au détective :

— Écoutez, Wayne, je comprends votre inquiétude, mais ce n'est pas pour autant qu'il faut considérer le moindre élément comme une preuve. Et là, encore une fois, le fait que deux adolescents, qui plus est amis, aient le même film sur leur ordinateur n'en fait pas pour autant des coupables. Et je peux vous assurer qu'aucun juge n'acceptera une mise en garde à vue pour cette raison.

— Ça mérite d'être creusé.

— Je ne pense pas, l'interrompit-il avant de se tourner vers l'informaticien. Vous avez fini ? Vous n'avez donc rien contre lui ?

— En fait, si, le simple fait d'avoir ce matériel est un délit.

— C'est du matériel illégal ? demanda Davis.

— Oui, vous savez bien que tout matériel pouvant servir à l'espionnage est interdit.

— Mais vous nous avez dit vous-même ne pas avoir trouvé de preuve qu'il s'en servait, s'énerva-t-il.

— C'est vrai, mais le matériel en lui-même est interdit.

— Oui, on doit lui confisquer, intervint l'agent assis aux côtés d'Aaron.

— D'accord, mais c'est tout, s'exclama le shérif. Dave, j'aimerais savoir si vous avez quelque chose de sérieux ?

L'informaticien resta muet, apparemment achevé par les critiques à répétition de son supérieur.

— On en a fini ? demanda Aaron.

— Il me semble, oui, répondit Robert Davis.

— Pour ce qui est du film, même si je sais que ça n'a aucune importance pour vous, ça m'intéresserait quand même de savoir s'il se trouve aussi dans les ordinateurs des autres amis de Douglas et Tyler.

— Vous me demandez de perquisitionner les ordinateurs de tous les amis de Tyler Brickwaith ?

— Ça ne fait que trois personnes.

Le vieil homme se frotta un instant la moustache et accepta d'un air contrarié :

— Bon, c'est d'accord. À cette heure-ci, ils sont encore au lycée, nous allons donc perquisitionner leurs ordinateurs en leur absence. Dave, il faudra être rapide pour les analyser, car s'il s'avère qu'ils ont tous ce film, je veux pouvoir les cueillir dès la sortie des classes afin de les interroger à ce sujet. Je ne veux pas qu'ils puissent préparer un discours commun destiné à nous baratiner.

L'informaticien acquiesça, le shérif se leva de son fauteuil et invita tout le monde à en faire autant.

— Aaron, je vous invite à repasser en fin de journée.

— Vous me mettez encore à l'écart…

— N'insistez pas, vous en connaissez la raison.

Wayne tourna les talons et quitta le commissariat.

Il rentra chez lui et ne remarqua pas l'absence de Claire. Il se rendit directement dans son bureau et commença à pianoter sur le clavier de son ordinateur. Il mit le film qu'il souhaitait étudier à télécharger, se rappelant avoir oublié de récupérer la clé de Dave. Il entreprit aussi de s'informer à son sujet : *Au bout du sixième jour* était un film qui datait de 2016 ; il n'avait pas rencontré un grand succès et était sorti en DVD sans passer par l'étape cinéma. Il nota que 2016 était aussi l'année de la disparition de Doria Miller. Le film ciblait un public d'adolescents et de jeunes adultes, et le casting était inconnu du détective. Les ventes du DVD n'étaient pas à la hauteur des prévisions, si bien que le nombre de sites qui parlaient de ce film était très faible. La plupart des critiques du film étaient dans l'ensemble assez négatives et dénonçaient un scénario et un jeu d'acteurs médiocres. Les descriptions de certaines scènes lui firent froid dans le dos par leur côté malsain et diabolique. C'était le genre de film qu'il ne comprenait pas, « un navet qui ne devrait pas exister » pensa-t-il.

Le téléchargement terminé, il le visionna.

50

Claire n'était toujours pas revenue lorsqu'Aaron reprit le chemin du commissariat. Il était 17 h, l'heure des dernières sorties de cours.

Il se gara devant le *diner* et vit en sortant de sa voiture des policiers entrer dans l'enceinte policière avec, chacun à leur côté, un jeune homme pas beaucoup plus âgé que sa fille. Le détective en conclut qu'il devait s'agir des amis de Tyler Brickwaith et les suivit jusqu'au hall d'entrée. Là, les policiers emmenèrent chaque jeune dans une salle différente.

Wayne vit Robert Davis lui passer devant sans lui adresser la parole et se diriger rapidement en direction de l'une de ces salles.

— Alors ? demanda le détective à Dave Burt qui venait à sa rencontre.

— Ils ont tous le film.

— Quoi d'autre ?

— J'ai été à l'essentiel, je n'ai pas eu le temps de fouiller plus en détail.

— OK.

Aaron allait partir en direction des salles pour tenter d'entendre à travers les portes, lorsque l'informaticien reprit :

— Ma mission prend fin ce soir.

— Comment ça ? demanda le détective en se retournant.

— Vous savez que je suis missionné ici, et Robert m'a confirmé que mes services n'avaient d'utilité que jusqu'à ce soir.

— Donc vous repartez ?

— Dans deux jours, oui. J'espère au moins avoir aidé. Et je vous souhaite de retrouver votre fille.

— Vous n'allez pas fouiller davantage les ordinateurs des amis de Brickwaith ?

— Si, j'y retourne là. Je le fais parce que je crois en cette piste, mais je ne vous cache pas que le shérif est persuadé de la culpabilité d'Alex Godson.

— Ça, j'avais remarqué, répondit Aaron, et il a peut-être raison…

— Vous pensez ?

— Je ne sais pas, mais dans tous les cas, je veux tout étudier. Vous me tenez au courant si vous trouvez quelque chose ?

— J'ai votre numéro.

— OK, alors à plus tard.

Aaron reprit sa marche en direction des salles d'interrogatoire et prit bien soin de se positionner contre leurs murs. Il se rappela du commissariat dans lequel il officiait à Washington ; les murs étaient si fins que l'on entendait tout ce qui se disait en interrogatoire, mais malheureusement pour lui ce n'était pas le cas à Laneford. Après deux minutes à ne discerner que de faibles murmures, Aaron se ravisa et retrouva Dave dans son petit bureau qu'il découvrit envahi d'ordinateurs.

— Vous trouvez quelque chose ?

— Des discussions entre Matt Ferman et votre fille, mais rien d'autre.

— Et ces discussions ?

— Ils sortaient ensemble, mais rien de spécial ou d'alarmant…

— Je peux voir ?

Aaron n'attendit pas la réponse et se positionna au-dessus de l'épaule de l'informaticien afin de pouvoir lire les conversations de l'ex-petit ami de sa fille disparue. Mais en effet, il ne vit rien d'inquiétant. Il découvrit les bobards de sa fille et la demande de Matt Ferman, puis un autre échange où il l'invitait à le rejoindre, mais où elle avait décliné l'invitation.

— Et les autres ? demanda-t-il.

— Aucun échange avec Alice, et rien non plus sur Doria Miller. Mais je n'ai pas fini mes recherches…

— Je peux vous aider ?

Dave se retourna et le regarda d'un air qui ne plut pas à Aaron.

— Ne le prenez pas mal, s'exclama l'informaticien, mais je ne suis pas certain que vous me soyez d'une grande utilité dans ce domaine.

— Tenez-moi au courant, se contenta-t-il de répondre avant de repartir.

Le détective traversa le couloir sans trop savoir quoi faire. Il se sentait inutile et avait horreur de ça, et l'effet était amplifié du fait qu'il s'agissait de sa propre fille et que le temps était compté.

Il sortit du commissariat et composa un numéro sur son téléphone :

— Bureau pénitencier de Wymouth.

— Bonsoir, ici le détective Aaron Wayne, j'aimerais rendre visite à l'un de vos détenus et j'aimerais connaître l'heure limite pour le faire.

— 19 h, monsieur.

Aaron regarda sa montre et sut qu'il ne pourrait y être avant cette heure.

— Je ne pourrai malheureusement pas arriver avant, est-ce qu'il est possible d'obtenir un délai supplémentaire ?

— Vous êtes détective privé ?

— Oui.

— Alors non, monsieur, le règlement pour vous est le même que pour n'importe quel civil, il faudrait que vous soyez de la police et que ce soit pour les besoins d'une enquête pour que l'heure de visite vous soit prolongée.

— Mais il s'agit d'une enquête, insista Wayne.

— Peut-être, mais vous n'êtes pas de la police.

— Mais je suis détective.

— Monsieur, vous savez comme moi qu'un enquêteur privé ne bénéficie pas des mêmes droits qu'un enquêteur fédéral.

Wayne le savait parfaitement, même s'il dépassait régulièrement ses droits, il savait qu'il lui était cette fois impossible de le faire.

— Est-ce que je peux au moins lui parler par téléphone ?

— Je peux faire une demande. Vu l'heure, il s'agira d'une conversation téléphonique entre 18 h 30 et 19h, monsieur, mais le détenu est en droit de refuser cet entretien.

— J'en suis bien conscient, répondit le détective.

— Comment s'appelle le prisonnier avec qui vous souhaitez vous entretenir ?

— Alex Godson.

— Très bien, je fais la demande. Rappelez à 18 h 30, je vous transférerai au parloir si la demande est acceptée.

Aaron raccrocha et se dirigea vers le *diner* pour patienter.

***

Lorsque l'heure d'appeler Alex Godson arriva, il vit les jeunes lycéens sortir libres du commissariat. Il hésita alors à appeler le détenu, pour se précipiter auprès du shérif afin de connaître le résultat des interrogatoires, mais il se retint. Il ne s'attendait pas à ce qu'ils aient été fructueux dans la mesure où les interrogés ressortaient libres, mais il avait également envie de les suivre, au moins pour s'assurer qu'ils rentraient bien chez eux. Finalement, c'est l'envie d'échanger avec celui qui restait le principal suspect de la disparition de sa fille qui l'emporta.

— *Allo*, entendit-il au bout du fil après qu'on l'a transféré au service du parloir.

— Alex Godson ?

— *Oui, monsieur Wayne.*

— Comment s'est passé ton premier jour en prison ? le provoqua-t-il pour le faire réagir.

— *Vous avez retrouvé sa piste ?* demanda Alex d'une voix inquiète que le détective jugea fausse.

— Il me semble que toi seul peux nous aider à ce sujet.

— *Matt Ferman, vous avez enquêté à son sujet ?*

— Nous l'avons fait, il n'a apparemment rien à se reprocher.

Le silence s'installa au bout de la ligne, le détective le laissa faire effet avant d'y mettre fin :

— Il est temps de parler, Alex.

— …

— Alex ?

Aaron commençait à perdre patience.

— *Je réfléchis*, répondit finalement le jeune homme.

— Quoi ? Tu as des conditions ?

— *Comment ça ?*

— Tu auras une remise de peine si tu avoues, c'est ça que tu veux entendre ?

— *Vous vous trompez*, déclara Alex avant de raccrocher.

Ces derniers mots ne convainquirent pas le détective, bien au contraire. Il avait plusieurs fois eu affaire à des manipulateurs et c'était tout à fait le genre de réponses qu'ils affectionnaient. Ils imaginaient mettre le doute de cette manière, mais le jeu du garçon ne fit finalement que conforter les suspicions du détective envers lui. Sachant qu'il refuserait de reprendre l'appel, Aaron ne retenta pas et décida de retourner au commissariat.

Les lycéens étaient partis, les suivre lui était désormais impossible. Le shérif sortit alors que Wayne traversait la rue, il vit le détective venir à sa rencontre et la mine qu'il fit trahit l'agacement de devoir à nouveau s'expliquer.

— On ne les a pas gardés, si c'est ce que vous voulez savoir, anticipa-t-il.

— J'ai vu, mais qu'en est-il des interrogatoires ?

— Un film à la mode, ils l'ont vu, l'ont apprécié, mais ça s'arrête là.

— C'est tout ? insista Aaron la voix pleine de reproches. Je me suis renseigné sur ce film, il a plus l'air d'avoir fait un bide que d'avoir été à la mode.

— Bref, de toute manière ce ne sont que des gamins. Le film est tordu, mais les jeunes sont quand même nombreux à aimer ce genre de fiction, et ça n'en fait pas pour autant des criminels en puissance, bien heureusement !

— Pas de suite ?

— Pas dans ce sens, non. Demain, deux de mes agents interrogeront de nouveau le petit Godson. Je reste persuadé que lui seul pourra nous apporter des éléments concernant votre fille.

— OK… Et Dave, il n'a rien trouvé de plus ?

— Non, rien, et je viens de lui dire d'arrêter ses recherches et de rentrer chez lui.

— Vous abandonnez complètement ! s'énerva Aaron.

— Écoutez, vous commencez à me fatiguer ! Je me suis écarté de mon intuition première afin d'enquêter sur vos pistes, mais il se trouve que vos pistes ne mènent nulle part ! Elles sont nourries de suppositions et nous, ce qu'il nous faut, ce sont des pistes bien réelles. Alors il serait dans votre intérêt de me laisser enfin faire mon boulot. Depuis le temps que je vous dis de vous écarter de l'enquête, je pense que je vais maintenant être plus strict. Demain nous reprenons la piste Godson, qui me paraît être la plus plausible, et nous allons enfin tout mettre en œuvre pour retrouver votre fille vivante. Car, pour le moment, ce sont vos intuitions qui nous retardent !

Aaron allait répliquer quelque chose, mais Robert Davis ne lui en laissa pas le temps et reprit :

— Et sur ce, je vous laisse et vous invite à rentrer chez vous et à attendre que l'on vous apporte des nouvelles.

Le shérif sortit des clés de sa poche et le bruit de l'ouverture centralisée se fit entendre. Wayne attendit qu'il s'en aille pour entrer dans le commissariat. Il se dirigea de nouveau vers le bureau de l'informaticien, mais ne trouva à l'intérieur qu'un agent en train de rassembler le matériel, afin de le restituer à ses propriétaires.

— Où est Dave ? demanda Aaron.

— Il doit être reparti, répondit l'agent.

— Reparti ?

L'agent leva la tête, mais n'eut pas le temps de répondre que le détective avait déjà disparu. Ce dernier regagna le hall d'entrée et demanda au policier à l'accueil :

— Dave Burt est parti ?

— À l'instant, précisa-t-il en montrant la porte du doigt.

Aaron se précipita à l'extérieur et vit en effet l'informaticien qui regagnait le parking du commissariat.

— Dave ! cria-t-il.

Ce dernier se retourna et lui fit signe. Wayne le rejoignit.

— Je peux vous offrir un verre ?

Burt accepta et le suivit jusqu'au *diner* où le détective commençait à avoir ses habitudes. La jolie serveuse avait repris son service et vint à leur rencontre une fois qu'ils furent installés.

— Bonjour Aaron, s'exclama-t-elle.

La soudaine familiarité surprit le détective, mais il ne se laissa pas troubler.

— Bonjour, vous allez bien ?

— C'est plutôt moi qui devrais vous le demander. Qu'en est-il de l'enquête ?

Aaron se tourna vers Dave et répondit :

— Justement, je vous présente Dave, il est expert en informatique et d'une grande aide pour la police.

— Bonjour, le salua-t-elle avant de se retourner de nouveau

vers le détective.

— L'enquête…, reprit-il. Disons qu'on fait du surplace.

— Mince.

— Et de votre côté, vous avez entendu des choses depuis notre dernière conversation ?

La serveuse se pencha de manière à pouvoir parler moins fort, Aaron tendit l'oreille, tandis que Dave profitait du décolleté de la jeune femme.

— L'enquête agace de plus en plus de monde, confia-t-elle.

— Comment ça ?

— Le fait que vous suspectiez des mineurs, notamment le jeune Brickwaith. C'est un garçon très apprécié à Laneford, il est très bon footballeur et rend beaucoup de services aux habitants.

— Et donc ?

— Certains disent que vous n'auriez pas dû venir ici, que vous avez mis le bazar dans la ville.

— C'est n'importe quoi ! s'emporta Wayne sans faire attention à la puissance de sa voix.

La jeune femme se redressa et se retourna d'un air gêné ; les quelques autres clients s'étaient tournés vers leur table. Puis elle reprit en murmurant :

— Les gens défendent d'abord ceux qu'ils connaissent, j'imagine que c'est naturel.

Aaron souffla.

— Qu'est-ce que je vous sers ? reprit-elle d'une voix plus audible.

Les deux hommes commandèrent une bière et Aaron engagea la conversation dès que la serveuse fut éloignée :

— Vous n'avez rien trouvé de plus ?

— Non, rien qui les accuse. Et Robert reste persuadé que c'est Alex Godson le coupable.

— Et je pense qu'il a raison, confessa Aaron.

— Vraiment ?

— Oui. Les éléments l'accusent, il reste le plus impliqué et ce gamin me paraît très intelligent.

— Qu'est-ce que l'intelligence vient faire…

— Une intelligence machiavélique, le coupa le détective. Je sens qu'il se joue de nous. Comme s'il prenait plaisir à nous faire tourner en rond.

La serveuse revint avec les bières qu'elle posa sur la table avant de repartir.

— Le fait qu'il ne craque pas, reprit Aaron, il a seize ans et se retrouve accusé d'enlèvement avec possibilité de meurtre, et pas une fois il ne fond en larmes !

— On est fier à cet âge, répondit l'informaticien.

— Ça n'a rien à voir ! Là c'est sérieux, puisqu'il se retrouve en prison ! Je l'ai eu au téléphone tout à l'heure, et pas le moindre tremblement dans sa voix. Ce gamin paraît trop sûr de lui, comme s'il avait tout prévu, qu'il contrôlait la situation.

Wayne leva son verre pour inviter Burt à en faire autant, puis ils burent leur première gorgée.

— Je peux vous donner mon avis ? proposa Dave.

— Bien sûr, Davis n'est pas dans les parages pour vous l'interdire.

L'informaticien sourit et reprit :

— Ce Tyler Brickwaith… Le matériel qu'il a est bien trop sophistiqué pour une simple connexion pirate sur le réseau du voisin.

— Qu'est-ce que vous voulez dire ?

— On ne rassemble pas un tel matos sans avoir une idée précise derrière la tête.

— Il est peut-être juste très jaloux…

— Ce serait pour espionner sa copine, vous voulez dire ? demanda Dave.

— Peut-être…

— C'est possible, mais il y a des investissements moins coûteux et tout aussi efficaces pour ça, comme moucharder un smartphone…

— Bon, j'arrête de vous contredire, reprit Aaron, allez au fond de votre pensée.

Il but une gorgée et répondit :

— Le fait qu'il ait réinstallé son logiciel il y a deux jours… Je dis « réinstallé », car ce serait un sacré hasard qu'il l'ait eu il y a deux jours alors que le matériel date d'il y a deux ans.

— D'il y a deux ans ? demanda Wayne.

— Presque trois en fait, j'ai pu voir la date de la première mise en route.

— Elle date d'avant la disparition de Doria Miller ?

— Oui.

— Donc ça aurait pu servir aussi à cette occasion.

— C'est ce que je suis en train de vous dire.

— Mais vous ne l'avez pas dit tout à l'heure dans le bureau du shérif, lui reprocha Wayne.

— Non, en effet, mais le shérif voulait que je sois concis et de toute manière, il ne croit pas en cette hypothèse.

— Mais c'est de la dissimulation de preuve !

— Vous exagérez, Aaron, l'information la plus importante est que le matériel peut servir à pirater une connexion *Facebook*. Et même après avoir dit ça, on me dit que l'information ne vaut rien. Je ne vois pas en quoi le fait de dire que le matériel date de deux ou trois ans aurait fait la différence.

— Pour moi l'information est importante.

— Je vois ça.

Aaron but la fin de sa bière et la serveuse réapparut aussitôt.

— Je vous ressers quelque chose ?

— Non, ça ira, déclina Wayne, je vais vous régler l'addition.

La serveuse repartit et le détective reprit :

— Dave, vous rêvez de faire partie de la police, n'est-ce pas ?

— J'aimerais, en effet.

— Je n'abandonne jamais une piste avant d'être totalement

certain qu'elle soit fausse, c'est pourquoi j'aurais besoin d'un petit coup de pouce, demain…

Aaron fut interrompu par le retour de la serveuse. Il lui tendit sa carte et composa son code. Lorsqu'elle repartit, il attendit qu'elle soit suffisamment éloignée pour reprendre sa discussion là où il l'avait laissée.

— Ce petit coup de main doit rester confidentiel, je dois d'abord être certain que vous serez discret avant de vous en dire davantage.

— Pas de problème, répondit-il les yeux pétillants d'excitation.

— Je voudrais filer les trois lycéens interrogés aujourd'hui ainsi que Tyler Brickwaith, révéla Aaron.

— D'accord…

— J'ai deux amis détectives qui accepteront sûrement de venir me donner ce coup de main, avec moi ça fait trois, vous seriez donc la quatrième personne. Ça n'a rien à voir avec la police dans la mesure où il s'agit d'une enquête privée, donc à la limite de la légalité. C'est pourquoi je comprendrais que vous refusiez…

— Je vous ai dit que j'étais d'accord, le coupa Dave.

— Très bien.

Aaron se leva et ils sortirent du *diner*. Il raccompagna Dave jusqu'à sa voiture et lui dit :

— Je contacte mes amis tout à l'heure et je vous appelle pour vous dire comment on s'organise. Mais encore une fois, vous gardez ça pour vous, d'accord ?

— Pas de problème, j'attends votre appel.

Wayne lui serra la main et repartit en direction de son véhicule.

— Aaron, s'exclama Dave, merci de me faire confiance.

51

Les amis d'Aaron arrivèrent à quelques minutes d'intervalle les uns des autres, peu avant 7 h. Il y avait Patrick, un grand mince, les cheveux gris, la cinquantaine. Ancien shérif, il avait quelques années plus tôt été victime d'un burn-out. Cela lui était arrivé alors qu'il était en plein divorce ; il avait été arrêté huit mois et n'avait ensuite pas supporté le changement dans le regard de ses collègues. Il avait alors décidé de quitter la police et s'était, comme Aaron, lancé dans le privé. Il avait monté sa propre agence de détectives et, à la différence d'Aaron, il avait aujourd'hui quatre employés sous ses ordres. Mais il était venu seul et à titre privé, pour venir en aide à son concurrent de travail, néanmoins ami.

Quant au second, Mark, il était un ancien collègue de Wayne. Il avait une quarantaine d'années, des cheveux bruns légèrement grisonnants sur les côtés. Il était de taille moyenne et plutôt séduisant.

Aaron les accueillit tous les deux ainsi que Dave autour d'un café. Claire était également présente et écoutait elle aussi les explications du détective. Il leur parla du film, leur expliqua que suivant le déroulé du scénario, ils en étaient au quatrième jour et que s'il s'agissait réellement d'un mimétisme de cette fiction, le temps était compté avant les premiers sévices envers Alice. Il parla des quatre jeunes hommes qu'ils devaient suivre, leur annonça qu'il s'occuperait lui-même de suivre Tyler, qui était à ses yeux le principal suspect. Il supposait qu'il pouvait être le complice d'Alex Godson.

— Ça ne tient pas debout, intervint Dave, Godson accuse lui-même les footballeurs, dont Tyler Brickwaith fait partie.

— Là encore, à mon avis, il cherche surtout à nous faire tourner en rond, répondit Aaron.

Il ne restait plus beaucoup de temps avant le début des filatures, les deux détectives récemment arrivés ne prirent pas part aux spéculations sur l'enquête en cours et firent confiance à l'intuition de Wayne. Ce dernier leur fournit un plan avec l'adresse des domiciles de chacun des jeunes footballeurs suspectés ainsi qu'un descriptif concis de leur profil et de leur degré d'implication dans l'affaire. Munis de leurs documents, les détectives montèrent dans leur véhicule respectif, et Claire prit place aux côtés d'Aaron. Les enquêteurs confirmés ainsi que l'informaticien suivirent les étudiants et se retrouvèrent presque en même temps dans le quartier du lycée. Les suspects s'y étaient rendus directement et n'avaient pas dévié de leur trajet domicile-école. Durant toute la journée de cours, les détectives se relayèrent aux abords de l'établissement scolaire afin de ne pas avoir, en continu, quatre véhicules stationnés. Lorsque la sonnerie de fin de cours retentit, Mark, qui était le seul à avoir la sortie de l'enceinte en vue, informa chacun de ses collègues des directions prises par les adolescents qu'ils devaient pister. Ainsi, Dave suivit le bus dans lequel était monté Marcus Guermo, Mark resta à son poste, Rick et Matt traînant sur le parking en compagnies d'étudiantes, tandis que Claire et Aaron prirent en filature la voiture de Tyler Brickwaith, dans laquelle se trouvait également une jeune lycéenne.

— Mark, s'exclama Patrick, tu me tiens au courant dès que ça bouge.

Les quatre hommes avaient lancé une conversation téléphonique de groupe. Branchés en Bluetooth dans leur véhicule, ils s'informaient mutuellement de l'évolution de leur filature.

— Ils sont toujours en pleine discussion et ne bougent pas du parking, répondit-il.

— De mon côté je galère pour ne pas me faire remarquer, le bus s'arrête tout le temps et je dois avoir l'air d'un con à m'arrêter aussi, dit Dave.

— Essaie de bien garder tes distances pour ne pas te faire remarquer, expliqua Aaron, mais surtout ne le dépasse jamais.

— Et vous, vous en êtes où ? demanda Mark à l'attention du couple.

— On les suit. J'ai l'impression qu'il ramène sa copine chez lui.

— Elle pourrait être impliquée ? demanda Patrick.

— Je n'en sais rien, je ne sais rien sur cette fille…

Les filatures continuèrent un moment en silence jusqu'à ce que Dave Burt interrompe ce dernier :

— Marcus descend du bus !

— Tu es garé ? demanda Aaron.

— Je suis en train de le faire.

— Garde toujours un œil sur ce qu'il fait, OK ?

— Il rentre dans un magasin de jeux vidéo.

— Alors reste dans ta voiture et attend qu'il en sorte.

— OK.

— Patrick, tu es prêt ? demanda Mark.

— Parce que ça bouge ?

— Ils font la bise à leurs copines, j'imagine qu'ils s'apprêtent à partir.

— OK, je n'attends que ton signal pour démarrer.

— Je confirme que Brickwaith va chez lui, s'exclama Aaron, il vient de se garer.

— Patrick, démarre ! Les gars montent dans leurs voitures.

— J'arrive !

— Tu sens quelque chose ? murmura Aaron à l'attention de Claire, en observant Tyler et sa copine entrer dans le domicile du premier.

Elle qui ne quittait pas le jeune couple des yeux se contenta d'un signe négatif de la tête.

— On perd le contact visuel, s'exclama Aaron au téléphone.

— Alice pourrait être retenue chez lui ? demanda Mark.

— Ça me semble peu probable.

— Pour ma part, je ne le vois toujours pas sortir, s'inquiéta Dave.

— Rien d'alarmant, le rassura Patrick, tu as déjà vu un ado dans un magasin de jeux vidéo ? Mon fils est capable d'y rester des heures !

— Eh bien, j'espère que ça va être un peu plus rapide…

— Mark et Patrick, quelle est votre situation ? s'informa Aaron.

— J'ai Patrick dans mon rétroviseur, répondit Mark, et les deux jeunes à une centaine de mètres devant.

— Ils sont ensemble ?

— Non, chacun dans sa voiture, mais ils se suivent pour le moment.

— OK, nous, ça ne bouge pas. Continuez de nous tenir informés.

— Là-haut ! s'exclama Claire en montrant une fenêtre à l'étage.

— Qu'est-ce qui se passe ? s'intéressa Mark.

— Du mouvement à l'étage, expliqua Aaron, Brickwaith qui ferme des rideaux, probablement ceux de sa chambre.

— J'en connais un qui va se dépêcher de faire des galipettes avec sa copine avant que papa et maman ne reviennent, ajouta Mark, son sourire largement audible au téléphone.

Les autres ne réagirent pas et restèrent concentrés sur leurs objectifs.

— On sort de Laneford, avertit Patrick.

— Richard Butler et Matt Ferman se suivent toujours ?

— Oui, répondit Mark.

— Et si Alice était dans la maison…, s'inquiéta Claire en

observant la fenêtre où était apparu pour la dernière fois Tyler Brickwaith.

— Ça m'étonnerait, objecta Aaron, ça impliquerait que la copine et les parents soient complices du rapt et ça me paraît difficilement envisageable.

— Il sort du magasin ! cria Dave au téléphone.

— Ne t'énerve pas, mec, s'exclama Mark, contente-toi de le suivre.

— Tu nous préviens s'il y a quelque chose de louche, intervint Aaron.

— Rien pour le moment, il monte dans sa voiture.

— À mon avis Matt va chez Richard, s'exclama Patrick.

— Ça m'en a tout l'air, ajouta Mark.

— Si ça se confirme, un seul continue la filature, précisa Wayne, je ne veux pas que vous vous fassiez remarquer.

— T'entends, Patrick ? Laisse faire le pro !

— Ta gueule, Mark…

— Il a fait demi-tour, il a fait demi-tour ! s'excita Dave.

— Et alors ? Suis-le ! répondit Aaron.

— Mais je crois qu'il m'a vu, il m'a regardé en tout cas !

— Si tu n'en es pas certain, suis-le ! Reste à distance et fais en sorte qu'il ne te repère pas dans ses rétros, OK ?

— Je vais essayer, articula l'informaticien.

— Je ralentis, ils empruntent tous les deux un chemin, dit Mark.

— Quel chemin ? demanda Aaron.

— Celui qui mène chez Richard Butler.

— OK, ne te fais pas remarquer.

— Putain, Patrick, qu'est-ce que tu fous ? s'écria Mark. Bouge de là, continue ta route et ne t'arrête pas, bordel !

— Oh, ça va, ils ne nous voient pas, répliqua ce dernier.

— Eh bien, permets-moi d'en douter, tu vas réussir à me faire remarquer avec tes conneries !

— C'est bon, je continue, grommela-t-il.

— Patrick, intervint Aaron, trouve un endroit où t'arrêter à maximum un mile de façon à pouvoir revenir rapidement si besoin.

— Il rentre chez lui, dit Dave, et je ne pense pas qu'il m'ait vu.

— Gare-toi à proximité, suggéra le père d'Alice, et signale-nous le moindre mouvement.

Il y eut un moment de silence, puis Aaron reprit :

— Tu les vois d'où tu es, Mark ?

— Qu'est-ce que tu crois ? J'ai tout prévu, j'ai une paire de jumelles !

— Alors accouche et décris-nous ce que tu vois, s'énerva Patrick.

— Oh, calme-toi, vieillard, rétorqua-t-il manifestement très satisfait de sa plaisanterie. Ils viennent d'entrer dans la maison. Claire, qu'est-ce que tu vois toi ? Je crois que tu aurais mieux fait de monter avec moi, c'est toujours plus excitant avec Mark !

— Pas de mouvement de notre côté, répondit Aaron. Je te demanderai juste de rester sérieux. Je te rappelle qu'il s'agit de la disparition de ma fille et non d'un jeu.

— Ne t'en fais pas, Aaron, j'essaie juste de détendre l'atmosphère, se défendit-il.

— Il ressort ! cria Dave.

— Et tu vas nous éclater les tympans dès qu'il se passe un truc ? lui fit remarquer Mark.

— Qu'est-ce que je fais, Aaron ? demanda l'informaticien.

— Tu le suis, on ne change pas les plans.

— OK, mais il part à pied, qu'est-ce que je fais ?

— Tu sors de ta voiture et tu le suis, se moqua Mark avant de crier à son tour. Ça bouge, ça bouge !

— Et les nôtres, de tympans ? répliqua Patrick.

— Dis-nous ce qui se passe, s'informa Claire.

— Ils viennent de ressortir de la maison et s'engagent à

travers champ.

— À travers champ ? répéta Aaron.

— Putain, oui, à travers champ, mais je ne les vois plus à cause des arbres !

Une des lignes se coupa.

— Qui a raccroché ? s'inquiéta Aaron.

— Pas moi, informa Patrick.

— Mark ?

Pas de réponse.

— Dave ?

Pas davantage.

— Putain, c'est quoi ce bordel ! s'énerva Wayne dans sa voiture.

— Vous m'entendez ? demanda une voix dans le combiné.

— C'est qui ? C'est toi, Mark ?

— Ouais, c'est moi. Je suis descendu de la voiture et je suis à pattes.

— Tu les vois ?

— Ouais c'est bon, je les vois et… il va peut-être falloir que vous veniez.

— Qu'est-ce qui se passe ? demanda Patrick.

— Les mecs se dirigent vers un hangar, un vieux hangar en plein milieu d'un champ.

— C'est quoi ce hangar ? demanda Aaron.

— Le genre hangar à avion, répondit Mark.

— Hangar à avion ? s'étonna Patrick.

— Oui, tu sais, le style à abriter un petit avion destiné au traitement des champs. Et pour info, les deux jeunes viennent d'entrer.

— Tu as vu l'intérieur ? demanda Aaron.

— Non, je n'ai pas eu le temps, ils sont entrés par une grande porte coulissante qu'ils ont aussitôt refermée derrière eux.

— Et tu te trouves où par rapport à l'entrée ?

— À une centaine de mètres, je suis derrière une petite haie.

— Eh bien, dépêche-toi d'y aller ! s'énerva le détective.

— Quoi ? Tu ne veux pas que je vous attende ?

— C'est le quatrième jour, Mark ! Tu veux que je te rappelle ce qu'il se passe au quatrième jour ?

— Non, c'est bon, j'y vais.

Mark passa sa main à l'arrière de son jean afin de s'assurer de la présence de son arme, tandis qu'Aaron s'engagea à toute allure à travers les rues de Laneford en direction de la sortie de la ville.

52

Maman, peut-être m'entends-tu… Je sens que je vais bientôt te retrouver. J'aurais préféré que cela se passe d'une autre manière, j'imagine que ce doit être dur pour toi si tu me vois d'où tu es. Mais je pense aussi à papa. Il va se retrouver seul et ça m'inquiète. Après toi, c'est à mon tour de disparaître et je crains qu'il décide de nous rejoindre.

Je ne sais pas depuis combien de temps je suis ici, mais j'ai arrêté de m'apitoyer sur mon sort et c'est à ça que je sens que c'est probablement bientôt terminé. Je sens mes forces me quitter, je crois que je n'arrive même plus à pleurer, je crois que si on me retirait ce truc obstruant ma bouche, je ne pourrais même pas crier ni même parler. Je n'ai plus envie de savoir pourquoi je suis là, attachée, bâillonnée ; j'ai seulement envie de te retrouver, vite.

Mais j'entends un bruit, je crois qu'ils reviennent.

— Alors, on t'a manqué, ma belle ?

Une main se glisse derrière mon crâne et je sens le tissu qui me couvre les yeux se desserrer jusqu'à ce que mon regard se pose sur Rick et Matt. J'ai envie de hurler, de les insulter, mais j'ai toujours ce chiffon dans la bouche qui m'en empêche. Ils me regardent avec leurs yeux diaboliques. Ils sont effrayants.

— C'est le grand jour, annonce Matt avec un large sourire.

Je ne sais pas de quoi il parle, mais je devine que ça ne présage rien de bon pour moi. Et j'ai le sentiment au fond de moi qu'ils vont m'éliminer. Je n'ai aucune idée de la raison pour laquelle ils veulent me tuer, mais je vois dans leurs yeux qu'ils me veulent du mal. Pour moi, ça ne fait plus aucun doute, c'est eux qui ont enlevé Doria Miller il y a deux ans, et je ne sais pas si c'est parce que je lui ressemble, mais c'est maintenant mon tour.

— Pour commencer, on va te retirer ça…

J'essaie de me débattre, mais les bras attachés, je ne peux pas faire grand-chose. Rick dézippe le devant de mon sweat et l'ouvre en grand.

— Maintenant, on va pouvoir s'amuser, se réjouit Matt en regardant la scène.

— Tu ne crois pas qu'on devrait l'attendre ? demande Rick.

— On ne fait que la préparer, t'inquiète, on s'amuse un peu en attendant qu'elle arrive.

Je ne comprends rien à ce qu'ils disent, qui doit venir ? Que vont-ils me faire ? Des larmes commencent à couler le long de mes joues, il me semble entendre un bruit au-dessus de nous. Rick commence à déboutonner le haut de mon jean et je me mets à pousser des cris étouffés à travers le chiffon. Matt s'accroupit et délie les cordelettes qui me retenaient les chevilles. J'ai envie de profiter de cette occasion pour lui asséner un coup de pied, mais la simple pression de ses mains sur mes chevilles suffit à retenir le peu de force qu'il me reste. C'est à ce moment que j'entends de nouveau un bruit. Matt a dû l'entendre aussi, car il fait signe à Rick de s'arrêter et de rester muet. Nous entendons un frottement, comme si un objet lourd venait d'être déplacé à l'étage.

— Tu penses que c'est elle ? demande Rick.

Matt répond d'un signe négatif de la tête tout en lui intimant le silence. L'inquiétude dans les yeux des deux garçons me convainc de tout tenter, alors je me mets de nouveau à hurler. Matt réagit instantanément et se jette sur moi, puis appuie de toutes ses forces sur le chiffon. Je ne crie plus, il me fait horriblement mal et ne réduit pas sa pression. J'ai l'impression qu'il va m'enfoncer le chiffon au fond de la gorge, je n'arrive plus à respirer. Je me sens partir, ma tête tourne, ma vue se trouble, j'entends des voix autour de moi, mais ne discerne plus les mots. Puis de nouveau ma vue s'éclaircit. J'aperçois Matt et Rick au fond de la pièce, ils ont chacun quelque chose à la main et soudain, je me rends compte que la pression au fond de ma gorge a disparu. Je respire, soulagée. Ma tête tourne toujours, mais je me sens presque bien. J'ai l'impression d'être enivrée.

Je crois voir des jambes pendre du plafond, je dois délirer. Les jambes descendent, puis j'aperçois le reste d'un corps qui suit. Oui, un homme est en train de descendre le long d'une échelle ! Je regarde derrière lui, puis autour… Mais non, je ne vois ni Matt ni Rick. Où sont-ils passés ? Je croise le regard de l'homme, et je sens comme un soulagement bienfaiteur dans ses yeux. Cela me rassure. Il s'approche de moi et une peur soudaine me prend aux tripes. Ma crainte se confirme lorsque je vois Rick sortir de l'ombre avec une barre en métal dans les mains. J'essaie de crier, mais aucun son ne sort à cause du bâillon. Malgré cela, l'homme doit comprendre mon inquiétude, car il se retourne, mais c'est trop tard. Je vois la barre s'abattre sur le crâne de l'homme, avant qu'il ne tombe au sol. Rick se tient au-dessus du corps immobile, la barre prête à frapper de nouveau, mais l'homme ne se relève pas.

— Il est mort ? demande Matt en sortant de l'ombre.

— Je n'en sais rien, j'ai frappé fort en tout cas.

— Attache-le.

— Fais-le toi, répond Rick, moi je lui remets un coup s'il bouge.

Matt retourne le corps pour lui lier les poignets, j'en profite pour regarder plus attentivement le visage de l'homme, mais je ne le reconnais pas. Qui peut-il bien être ? Je revois le regard soulagé qu'il m'a lancé après m'avoir aperçue… Il venait pour moi, pour me venir en aide.

— C'est qui ce mec ? demande Rick à Matt qui se relève.

— Je n'en sais rien, moi !

Puis il se tourne vers moi.

— Tu le connais, je parie !

Ses yeux… je n'y vois que de la fureur. Comment ai-je pu croire que j'étais amoureuse de ce monstre ?

Il s'approche de moi.

— Alors ? Tu le connais ? hurle-t-il.

Je veux faire non de la tête, mais un violent coup de poing suspend mon geste. J'ai l'impression que ma mâchoire vient de se disloquer. Une douleur me transperce le visage alors que je vois un poing se lever pour m'asséner un nouveau coup.

53

Mark avait coupé le haut-parleur de son téléphone, mais n'avait pas raccroché. De l'intérieur de leur véhicule, Claire, Aaron et Patrick entendaient des bruits, des frottements, l'avancée du détective dans ce hangar que Patrick commençait à percevoir de la bordure du champ où il venait de se garer. Puis il y eut des bruits métalliques à répétition, chacun en conclut qu'il devait être en train de monter ou de descendre d'une échelle, mais tous restaient silencieux, à l'affût du moindre son inquiétant.

Les bruits paraissaient lointains, le téléphone devait se trouver dans une des poches de Mark et le tissu filtrait en grande partie les sons, les rendant difficilement identifiables. Puis il y eut un bruit sourd, suivi d'un autre beaucoup plus important. Dans la voiture, Claire et Aaron se regardèrent, tout en s'approchant à grande vitesse du lieu en question. Patrick, de son côté, avait abandonné sa voiture et rejoignait, arme au poing, le hangar le plus discrètement possible.

Puis il y eut ces mots qu'ils réussirent à discerner : « Il est mort ? » Ça ne ressemblait pas à la voix de Mark. Ce n'était pas lui qui avait prononcé cette phrase, ils en étaient certains. Et la réponse d'une seconde voix leur confirma ce qu'ils redoutaient, le bruit qu'ils avaient capté correspondait à celui d'un corps s'affalant au sol, probablement celui de Mark.

Les dernières informations mirent un terme à la prudence des enquêteurs et Aaron fut le premier à rompre le silence :

— Patrick, tu en es où ?

— À une cinquantaine de mètres de l'entrée du hangar, et vous ? J'entre seul ou je vous attends ?

— On arrive ! répondit Aaron.

Patrick n'avait progressé que d'une dizaine de mètres quand il entendit un moteur vrombir en sa direction et aperçut le véhicule d'Aaron s'engager à travers champ.

54

Une sensation affreuse… J'ai mal, mal au crâne, au visage, je tremble. Ce qui se passe est horrible, je sens un poids, quelqu'un est sur moi. On me frappe, on m'arrache mes vêtements. Des mains, des mains crochues par centaines… Elles m'attaquent, me griffent, me découpent la chair. J'ai envie de hurler, je veux me débattre, me défendre, mais je ne fais rien. Et pour je ne sais quelle raison, je n'arrive plus à bouger. Des créatures me font du mal et je n'arrive même pas à les voir. Je ne distingue que des formes, à moins que je ne les imagine. Parce qu'elles changent de visage, si rapidement que je ne sais même pas si elles sont vraiment réelles. Je n'arrive plus à penser. La souffrance et la peur viennent de verrouiller toutes mes perceptions. Seules ma terreur et ma douleur restent présentes. Je ne suis qu'un corps inerte et abandonné. Abandonné à une souffrance qui ne veut pas cesser.

Puis je sens une autre main se poser sur moi. Celle-ci est différente. Elle est chaude et j'ai l'impression que sa présence fait s'évanouir toutes les autres. Je me sens apaisée. La chaleur de ce contact me réchauffe intégralement. Suis-je enfin morte ? Est-ce la fin de mon supplice ? Je crois entendre un bruit… non, une voix ! Cette voix… Elle me demande d'ouvrir les yeux. Je les cligne, la lumière me fait mal. Mais elle me rend heureuse aussi. Tellement heureuse que je m'effondre en larmes. La voix est celle de mon père, cette main posée sur la mienne est également la sienne. Je n'arrive plus à m'arrêter de pleurer. J'ai la tête contre son épaule, il me serre fort contre lui. La pression de cette étreinte fait s'échapper de moi mes peurs et mes douleurs. Il tremble, mon papa pleure et moi aussi. Je voudrais m'écarter pour le regarder, m'assurer que ces larmes soient bien celles du bonheur et du soulagement, mais il me serre si fort que je ne peux le faire. Et j'ai tellement espéré ce moment que je n'ose plus le repousser. Ses sanglots couvrent les miens, il pleure comme je ne l'en aurais jamais pensé capable. Tout s'éclaircit autour de moi, la pièce qui nous entoure se dévoile au fur et à mesure que mes yeux s'habituent à la lumière. Nous sommes dans une chambre d'hôpital.

Ce n'est pas encore l'heure, maman, je te retrouverai plus tard.

Mon père relâche son étreinte et m'embrasse sur le front. Je lui souris, péniblement, car une douleur au visage me foudroie. Je ne sais pas ce qu'il s'est réellement passé et ne suis pas certaine de vouloir le savoir. Malgré la douleur, je souris de nouveau à mon père, à la vue de ses yeux rougis.

— J'ai eu si peur, me dit-il.

— Ça va, réponds-je.

Mon père saisit de nouveau mon visage et m'embrasse la joue. Habituellement je l'aurais repoussé, mais pas cette fois. Et malgré la douleur, j'accepte volontiers ses débordements affectifs. Je me sens bien, je me sens en sécurité.

***

Je me réveille. Je suis seule dans ma chambre. Mon père n'est plus là et cela m'inquiète. Depuis mon premier réveil, je n'ai cessé d'émerger, de me rendormir et ainsi de suite. Une infirmière m'a expliqué que c'était le fait de mon traitement contre la douleur. J'ai des hématomes plein le visage, je ne les ai pas vus, bien heureusement, mais je les sens. Je dois être défigurée. Ils ne sont pas près de me voir retourner au lycée !

À cette pensée je revois Matt, Rick… Et je pense à Alex.

Les questions commencent à m'envahir l'esprit et je n'ai personne à interroger ! Je regarde autour de moi ; la chambre est petite, il y a un fauteuil près de mon lit et une table sur roulettes. À quelques mètres de moi, une fenêtre laisse entrer la lumière. Elle m'attire, je veux regarder par cette fenêtre, voir l'extérieur, voir où je me trouve exactement. Parce que ce décor pourrait très bien être le fruit de mon imagination, je pourrais être en train de rêver.

Je me redresse sur mon lit, mais il y a ce tuyau qui me retient l'avant-bras. Je regarde où il mène et cela me rassure : à l'autre bout se trouve une poche en plastique pendue à un truc sur roulettes. Il va pouvoir me suivre jusqu'à la fenêtre. Je manque de tomber en posant les pieds au sol. Mes jambes tremblent, je veux me tenir sur le truc à roulettes, mais il me paraît instable… Agrippée au lit, je reprends de l'assurance, puis marche doucement vers la lumière. J'ai mal partout et découvre ce que les vieux appellent des courbatures. Je pense à ma grand-mère… Est-ce qu'elle est au courant de ce qui m'est arrivé ? Elle serait là si elle savait… Peut-être que je rêve finalement. Après quelques pas j'arrive enfin à la fenêtre. Je ne reconnais rien… Mais une chose est certaine, je ne suis pas à Laneford. De grands immeubles, un centre commercial au loin et… et un Burger King ! La faim me saisit tout à coup ! Bon, je ne sais pas dans quelle ville je me trouve, mais je suis à peu près certaine de bien être dans une chambre d'hôpital. Quoiqu'un centre commercial et un Burger King pourraient être mon idée du paradis. Je souris de ma bêtise et cela me fait mal. Sous mes doigts, mon visage me paraît tout amoché. J'ai envie de sortir de la chambre, de retrouver mon père et de rentrer chez moi. Après avoir pris un double Whopper à emporter.

Toujours accompagnée de mon truc à roulettes, je pars dans la direction opposée, vers la porte. Lorsque j'y arrive, j'appuie sur la poignée, mais elle bat dans le vide, la porte reste fermée. J'essaie de la tirer, de la pousser, mais rien ne fonctionne. La porte est verrouillée.

Oh putain ! Une paire d'yeux m'observe derrière la petite vitre ronde de la porte. Je prends peur et me précipite vers mon lit… Mais dans la précipitation, j'ai oublié le truc à roulettes et le tuyau m'arrache tous les pansements du bras. Du sang coule de mon avant-bras, des points noirs, partout, des points noirs... Je sens que je perds connaissance. Je m'accroupis au sol, tandis que j'entends la porte s'ouvrir derrière moi.

***

— Papa…, m'exclamé-je en ouvrant les yeux.

— Ma chérie, ça va ?

J'aperçois Claire derrière mon père, elle me sourit. Je regarde autour de moi, je me trouve toujours dans cette même chambre.

— Une infirmière nous a dit que tu t'étais évanouie au pied de ton lit, ajoute mon père.

Une infirmière ? Les yeux derrière la vitre, est-ce qu'ils étaient les siens ?

— On est où, papa ?

— À l'hôpital, c'est ici que tu as été amenée lorsque l'on t'a retrouvée.

— C'est vraiment un hôpital ? J'ai cherché à sortir, mais la porte était fermée.

— Disons qu'il s'agit d'un hôpital particulier, répond mon père d'un air gêné en se tournant vers Claire. Et ça me dérange aussi que cette porte soit verrouillée.

— C'est pour ton bien, intervient Claire.

— Pour mon bien ? Comment ça, ne me dites pas qu'on est dans un hôpital psychiatrique, quand même ?

— Tu es dans un hôpital normal, ma chérie, reprend mon père, mais dans l'aile psychiatrique, en effet.

— Dans l'aile psychiatrique ? Je suis folle, c'est ça ?

— Mais non, tente de me rassurer Claire en s'approchant du lit, tu as subi un traumatisme, il est donc normal que tu sois surveillée…

— C'est en partie parce que tu as dit des choses durant ton sommeil, la coupe mon père. Tu as parlé de créatures, de monstres… Les médecins tiennent donc à s'assurer que tout va bien.

De vagues souvenirs me reviennent à l'esprit, des choses qui se tiennent sur moi, un poids qui me compresse la poitrine…

— Peut-être faut-il appeler un médecin ? propose Claire à mon père. Ils nous avaient demandé de les prévenir au réveil d'Alice.

Il appuie sur un bouton près de mon lit puis se tourne vers moi :

— De quoi te souviens-tu ?

Je me tourne et me blottis dans le lit. Je suis bien consciente que je dois avoir l'air d'une enfant dans cette position, mais je n'ai vraiment pas envie de me rappeler ce qui s'est passé.

J'entends la porte s'ouvrir et lève les yeux vers une vieille femme habillée en infirmière.

— Vous avez appelé ? demande-t-elle.

— Oui, ma fille s'est réveillée et le médecin avait demandé à être prévenu lorsque cela arriverait.

— Je vais le chercher, répond-elle.

Je me tourne de nouveau vers mon père.

— Il va probablement te poser des questions, me dit-il.

— Le médecin ?

— Oui.

— Je préférerais que tu commences par tout me raconter, dis-je, ce que je fais ici et ce qu'il s'est passé avant.

— C'est que…

La porte s'ouvre de nouveau et la vieille infirmière entre, accompagnée d'un jeune et beau médecin. Vu mon état d'esprit, je m'étonne de le trouver séduisant.

— Elle a parlé ? demande ce dernier à l'attention de mon père.

J'ai envie de répondre « je suis là, j'entends ce que vous dites ! », mais au lieu de ça je me tourne vers mon père qui prend la parole :

— Vous pensez vraiment que c'est nécessaire qu'elle parle de cela dès maintenant ? Elle ne pourrait pas tout simplement rentrer à la maison, retrouver sa chambre, ses habitudes... Elle pourrait voir un psychologue en parallèle...

— Monsieur, il me semble que nous en avons déjà parlé et je peux comprendre que vous ayez hâte qu'Alice rentre avec vous...

— Euh... Pardon ?

Ils se tournent vers moi, se rappelant enfin que je suis là.

— Non en fait rien, reprenez.

— Vous voulez..., reprend le médecin avant que je le coupe à nouveau.

— C'est parce que j'ai vu des monstres que je suis là ? Parce que des souvenirs me reviennent et j'aimerais qu'on me dise une fois pour toutes ce qu'il s'est réellement passé. J'ai besoin de faire le tri.

— Est-ce vraiment nécessaire de lui cacher les choses ? demande Claire au médecin sans que personne ne réponde à mon interrogation.

— Mais il n'est pas question de cacher quoi que ce soit à Alice, expliqua-t-il.

J'ai l'impression d'assister à un match de tennis dans lequel je serais la balle.

— Vous vous souvenez de ce dont nous avons parlé, ajoute-t-il.

— Pas moi, interviens-je.

— Il est justement question de ne rien dire tant qu'elle ne nous a rien dit elle-même, répond mon père.

Ce n'est pas vrai ! Je suis totalement transparente ou quoi ?

— Ce n'est pas exactement ça..., précise le médecin.

— J'ai été violée ? demandé-je.

Tous se tournent vers moi et j'ai enfin l'impression d'exister ! Ils me regardent tous, l'air grave. J'aimerais que mon intervention ait eu pour seul but de les faire réagir, mais la vérité est que je me pose réellement cette question, et leurs regards ne me rassurent pas du tout…

— Non, ma chérie, s'exclame enfin mon père.

— C'est un de vos souvenirs, Alice ? demande le médecin.

— Mes souvenirs ? En fait, j'ai comme un trou noir à partir d'un certain moment. Et pour dire vrai, je ne sais même pas si j'ai vécu ce que je crois avoir vécu. Mais pourquoi est-ce que vous ne me dites rien ?

— Je dois pouvoir diagnostiquer votre état, répond le docteur, et pour cela j'ai besoin que ce soit vous qui me décriviez ce que vous avez vécu. Il ne faut pas que vos souvenirs soient influencés par un autre récit.

— Mais je ne sais pas ce qui m'est arrivé !

— Alors, contentez-vous de nous parler de ce que vous savez.

Je regarde mon père, j'ai l'impression qu'il va exploser. Je vois bien qu'il n'est pas en accord avec la méthode du médecin, alors pour éviter un drame je commence :

— Je me souviens m'être rendue dans un champ. Je devais voir une personne, mais c'est quelqu'un d'autre qui est venu.

— D'accord…, m'encourage le médecin.

— C'est un camarade du lycée, on a discuté, puis… je crois qu'il m'a agressée.

— Il vous a fait du mal ? me demande-t-il.

— Il me semble que la présence d'un policier pour prendre la déposition serait importante, s'exclame mon père.

— Monsieur, je fais passer le bien de votre fille avant le travail de la police.

— Et moi, j'apprécierais que ma fille n'ait pas à se rappeler ces souvenirs douloureux plusieurs fois alors qu'une seule suffirait.

— Vous ne m'aidez pas.

— Deux enquêteurs doivent venir cet après-midi, insiste mon père, il est primordial pour l'enquête que les souvenirs d'Alice soient bien retranscrits sur le rapport.

— Papa, le coupé-je, je crois que j'ai besoin d'en parler.

— Au risque de devoir te répéter cet après-midi ?

— Papa, ce que je veux, ce sont des réponses. Si je suis obligée d'en passer par là pour en obtenir, alors d'accord, je me répéterai.

Mon père acquiesce et le médecin se tourne de nouveau vers moi pour m'écouter.

— Je me suis réveillée je ne sais combien de temps après, je me souviens juste que j'avais un énorme mal de crâne. Ajouté au fait de me réveiller les mains liées dans un endroit sombre que je ne reconnaissais pas, je me souviens avoir commencé à paniquer. Et c'est à ce moment qu'ils sont arrivés.

— Tes ravisseurs ? demande Claire.

— Des gars du lycée. Ils ont été arrêtés ? demandé-je à mon père.

Il acquiesce et cela me fait un drôle d'effet. Le fait de savoir qu'ils ont été arrêtés me soulage, mais j'ai… Je ne sais pas trop en fait…

— Alice, s'exclame le médecin, je voudrais maintenant que tu me racontes ton dernier souvenir, celui avant de te retrouver ici.

J'essaie de faire le tri dans ma tête…

— Je me souviens de Matt se tenant sur moi et qui me frappe. À moins que… non en fait, je crois qu'il me frappe d'abord… Oui, je me rappelle la douleur, la sensation que ma mâchoire se brise…

Je me touche le bas du visage qui est encore endolori. Claire, apparemment émue par ce que je raconte, vient près de moi et me prend la main ; j'ai l'impression qu'elle va pleurer.

— En fait c'est après, reprends-je, c'est après qu'il est venu sur moi. Lui ou autre chose… Je me souviens d'un poids sur la poitrine, de nouveaux coups puis de mes vêtements arrachés. Des griffures, des morsures… J'ai l'impression que l'on me dévorait.

Je lève les yeux vers les trois auditeurs et ajoute :

— Je réalise que c'est ridicule…

— Non, pas du tout, répond le médecin, continuez.

— C'est tout, je ne me souviens de rien d'autre.

J'allais conclure en disant que j'étais folle, mais il me coupe :

— À votre avis, combien de temps a duré votre agression ?

Quelle question ! Je n'en ai aucune idée !

— Je ne sais pas.

— Une minute ? Dix minutes ? Une heure ? insiste-t-il.

— Plus proche d'une heure, je pense… Peut-être même davantage.

— OK, se contente-t-il de répondre.

Je rêve ou il s'en va ? Ah, finalement il se retourne vers mon père.

— Monsieur Wayne, est-ce que l'on peut échanger quelques mots ?

— Si ça me concerne, j'aimerais au moins savoir ! crié-je sans le vouloir.

Je me sens honteuse de m'emporter comme ça. Mais d'un côté, j'ai l'impression d'être prise pour une gamine !

— Je suis folle, c'est ça ? insisté-je comme pour expliquer mon accès de colère.

— Ah non, pas du tout, se hâte de me contredire le médecin, et au contraire je pense avoir une explication tout à fait rationnelle à votre réaction lors de votre arrivée à l'hôpital.

— Mais quelle réaction ?

L'homme se tourne vers mon père comme pour avoir son aval, puis déclare :

— Vous êtes arrivée en semi-inconscience.

J'ouvre de grands yeux et il doit le remarquer, car il reprend :

— Je m'explique, vous étiez cliniquement éveillée sauf qu'il nous était impossible d'interagir avec vous. Vous étiez perturbée, vous trembliez et vous poussiez des gémissements.

— C'est vrai ? demandé-je en regardant mon père.

Il acquiesce.

— Monsieur, reprend le médecin en regardant mon père, je parle sous votre contrôle, mais si j'ai bien compris…

Il se retourne vers moi.

— Alice, vous vous faisiez agresser lorsque votre père vous a retrouvée…

Enfin je sens les explications arriver.

— Vous avez été frappée, certains de vos vêtements avaient été arrachés.

— Lesquels ?

— Euh… Sweat et T-shirt il me semble, répond-il en regardant mon père au cas où il se tromperait.

Je ne dois pas être normale, car ce qui m'inquiète à ce moment précis c'est le fait qu'on m'ait vue à moitié nue.

— Tu étais seul quand tu m'as trouvée, p'pa ?

— J'étais avec Claire et un ami détective.

— Je t'ai couverte dès notre arrivée, intervient Claire qui décidément m'épate par sa compréhension fulgurante.

— Alice, reprend le médecin, d'après les explications que j'ai eues de votre père, un jeune homme se trouvait sur vous lorsqu'il vous a retrouvée. Et il commençait seulement à vous agresser.

— Qu'est-ce que vous voulez dire ? Que ça n'a pas duré plus d'une heure comme je l'imagine ?

— C'est exactement ça. Et c'est très fréquent lors d'agressions, le cerveau se verrouille.

Nous le regardons tous, perplexes, alors il explique :

— C'est une sorte de protection pour ne pas ressentir la douleur lorsqu'elle devient impossible à supporter, c'est très fréquent lors des viols, par exemple. Cela donne l'impression aux victimes de se sentir plus éloignées. Elles sont conscientes qu'on les agresse, mais cela leur paraît flou.

— Mais j'ai senti qu'on m'arrachait la peau… Peut-être que la douleur n'était pas en effet aussi forte, mais j'ai malgré tout eu cette sensation.

— Lorsque votre cerveau s'est verrouillé, vous êtes passée en semi-inconscience. C'est une sorte de cauchemar qui a pris le relais. Le garçon qui se trouvait sur vous s'est transformé en créature, et les gestes qu'il a eus se sont démultipliés dans votre esprit. Et vos craintes, peut-être amplifiées au fur et à mesure de votre séquestration, ont pris forme dans votre cauchemar. Et ce dernier peut durer quelques minutes, une heure ou davantage, mais le temps paraît s'écouler toujours moins vite lorsque l'on rêve.

— C'est réellement plausible ? demande mon père d'un ton sceptique.

— Je dirais plus que plausible et tout à fait naturel. Encore une fois, ce type de réaction est fréquent. C'est d'ailleurs ce à quoi j'ai pensé dès le départ, mais j'avais besoin des explications d'Alice pour me le confirmer.

— Alors je ne suis pas complètement folle ?

— Non, vous ne l'êtes pas, répond le médecin.

— Pas complètement, rajoute mon père pour me faire sourire.

55

Je rentre enfin ! Installée sur la banquette arrière de la voiture de mon père, j'observe les paysages qui défilent. J'ai hâte d'être dans ma chambre, de me poser sur mon lit et d'écouter ma musique. Je n'arrête pas de repenser à ces derniers jours, je crois que je suis seulement en train de réaliser.

Deux policiers sont venus me voir cet après-midi, ils m'ont posé des questions, mais ils m'ont surtout apporté les réponses à mes propres interrogations. Je pense avoir réussi à lier tous les fils entre eux dans mon esprit et mes souvenirs commencent à avoir du sens : un rendez-vous avec Alex où c'est finalement Tyler qui se montre et qui s'attaque à moi dès que j'ai le dos tourné… Je frissonne rien que d'y repenser. Je me réveille ensuite dans un endroit sombre qui m'est inconnu, puis arrivent Matt et Rick. Je me souviens leur avoir demandé à quoi ils jouaient, car à ce moment-là je ne réalisais pas l'ampleur de ce qui m'attendait. Ça me paraissait irréel. Matt que j'avais trouvé si craquant me parlait maintenant comme un psychopathe… Je pensais qu'il jouait la comédie. Rick, quant à lui, avait l'air de le seconder. C'était bizarre, lui qui était le leader de la bande de footeux paraissait être sous les ordres de Matt dans son délire machiavélique. Ils me parlaient de ce que j'allais endurer, puis d'une autre personne, qu'ils me préparaient pour elle, qu'elle allait venir. Qu'elle serait là pour me voir souffrir.

Je me mets à pleurer et vois que Claire le remarque dans le rétroviseur. Mais c'est plus fort que moi, je n'arrive pas à m'arrêter d'y penser. Matt et Rick disaient qu'on allait s'amuser, que j'allais prendre mon pied et qu'ils avaient hâte de commencer, mais que, malheureusement, ce n'était pas encore l'heure et qu'ils devaient attendre la maîtresse des lieux.

Je crois que j'ai vraiment réalisé que ce n'était pas une blague lorsque j'ai vu la folie dans leurs regards… Ils paraissaient complètement déments et semblaient suivre un ordre ou un culte diabolique. Ils parlaient d'une autre victime avant moi et j'ai tout de suite pensé à Doria. Ils disaient qu'elle avait pleuré, qu'elle les avait suppliés d'arrêter et qu'elle avait hurlé de douleur jusqu'à en perdre connaissance. Et que c'était ce qui m'attendait… Je pleurais à l'idée de vivre ce qu'ils avaient fait endurer à l'autre fille et j'essayais de comprendre pourquoi ils m'avaient choisie, moi. Ils disaient avoir hâte de voir la maîtresse des lieux dans l'état de la dernière fois, et que je sois la victime décuplerait probablement son plaisir.

Je ne comprenais pas. Est-ce que je connaissais la personne pour qui ils faisaient ça ? Pourquoi le fait que ce soit moi lui plairait davantage ? Et si l'autre victime dont ils parlaient était bien Doria, alors mon enlèvement était-il le fait de notre ressemblance ? Ou était-ce pour une autre raison ? Parce que j'étais sortie avec Matt et qu'il ne s'était rien passé ? Était-il sorti avec moi dans l'idée de me séquestrer ? Je repensais alors au soir où il insistait pour que je le rejoigne…

Derrière la vitre, les paysages commencent à m'être familiers, nous ne sommes plus qu'à quelques miles de la maison. Je sèche mes larmes et remets en ordre mes cheveux ébouriffés par l'appuie-tête.

— Ça va ? se renseigne Claire.

Je me contente d'acquiescer avec un léger sourire. C'est vrai, je me sens bien, soulagée de rentrer. Mais le plus dur est à venir.

Lorsque nous arrivons, j'abandonne Claire et mon père

pour rejoindre ma chambre. Quelqu'un y est entré en mon absence. Je le vois, car elle est rangée. J'essaie de me remémorer les quelques petites choses sur lesquelles il serait très gênant que mon père soit tombé… D'ailleurs je l'entends qui m'appelle.

— Quoi ? crié-je.

J'entends des pas dans les escaliers.

— Je suis désolé, je dois repartir, s'exclame-t-il en entrant.

— Tu vas où ?

— Je dois me rendre au commissariat, ce sont les premiers interrogatoires et je tiens à y assister.

— Il y aura Alex ? demandé-je.

— Non, on interroge d'abord les quatre autres en espérant que leurs réponses nous éclairent sur la culpabilité ou non de Godson.

Ma certitude est qu'il est innocent et mon père le sait, alors je le laisse partir sans rien ajouter. Je l'entends demander à Claire de veiller sur moi quelques minutes avant que la porte d'entrée ne se referme. J'en fais autant avec celle de ma chambre et me couche sur mon lit. Il m'a tellement manqué ces derniers jours ! Mais le réconfort disparaît et est très vite remplacé par des images de Matt et Rick… Ils ont voulu me faire du mal et je voudrais comprendre pourquoi. Je me mets à frissonner, à avoir peur. Qui est cette fille pour qui ils faisaient ça ? Qui pourrait m'en vouloir ? Sarah ? Lydia, parce que je lui ai pris Matt ? Ou Doria, qui ne serait en fait pas réellement disparue ?

Je n'en ai aucune idée ! Mais la police sait maintenant qu'une autre personne est derrière tout ça et ils vont s'efforcer de faire parler Matt et Rick pour le découvrir.

Puis je pense au lycée ; je ne suis pas vraiment certaine de vouloir y retourner… Suis-je en sécurité quelque part ? Si la bande s'en est prise à moi, d'autres pourraient vouloir en faire autant. Je voudrais rester ici et ne plus voir personne… Je me mets à trembler, je n'arrive pas à m'arrêter. Je me recroqueville sur mon lit, mais rien n'y fait, je ne cesse de trembler. De gros sanglots s'ajoutent aux tremblements.

J'ai l'impression de perdre le contrôle de moi-même.

56

Aaron arriva juste à temps pour assister au début de l'interrogatoire de Richard Butler. Le jeune lycéen était assis devant une petite table et semblait fébrile. Il avait les traits fatigués et portait les stigmates d'une nuit difficile. Le shérif était absent et l'officier fit signe à Wayne de se placer au fond de la salle. Pas de miroir sans tain dans cette pièce, alors les personnes autorisées voulant assister aux interrogatoires devaient se trouver à l'intérieur.

Un homme en costume arriva, et Aaron déduisit à son allure qu'il était l'avocat du jeune Butler.

— Bonjour messieurs, dit-il en s'asseyant près de son client.

— Monsieur Butler, s'exclama l'officier, je vais rappeler les faits et les éléments en ma possession, je vous laisserai intervenir si ce que je dis est faux et vous poserai des questions lorsque j'aurai connaissance de certains détails. Nous sommes bien d'accord ?

Le garçon regarda son avocat, et ce dernier prit la parole :

— Mon client est d'accord et fera de toute manière tout son possible pour aider la police dans cette affaire.

Le policier leva les yeux, apparemment étonné par cette réponse et se replongea dans ses papiers. La lenteur de ce début d'interrogatoire énervait sérieusement Aaron qui mourrait d'envie de prendre les choses en main. Trois autres interrogatoires devaient suivre et il s'attendait à y passer la nuit, si l'officier n'allait pas droit au but.

— Vous avez organisé l'enlèvement d'Alice Wayne, reprit

ce dernier.

— Ah ça non, le coupa l'avocat, mon client n'a rien organisé du tout. Il n'est que la victime d'une manipulation de la part d'amis aux idées malsaines.

— Alors, qui a organisé l'enlèvement d'Alice ? intervint Aaron.

— Ce n'est pas mon client, répondit l'avocat.

— C'est à lui que je pose la question.

— Monsieur Butler m'a tout dit et le fait qu'il soit mineur est suffisant pour que je réponde pour lui.

— Il me semble que vous aviez débuté en affirmant que votre client désirait faire son possible pour aider l'enquête, dans ce cas j'apprécierais que vous le laissiez s'exprimer.

L'avocat se tourna vers Richard et lui fit un signe approbateur.

— C'est Matt qui a tout organisé, dit-il.

Face à l'absence de contradiction de son collègue policier, Aaron continua l'interrogatoire et prit place debout face à l'adolescent, les mains posées sur la table et le regard sévère.

— Matt Ferman a tout organisé, dites-vous ?

— Oui.

— Et pour Doria Miller ?

Le garçon se tourna vers son avocat qui prit la parole :

— Mon client n'a rien à voir avec cette affaire.

— Vous m'en direz tant, ironisa Wayne.

— Monsieur Butler est interrogé pour la séquestration d'Alice Wayne.

— Ce n'est pas à vous de décider ce pour quoi il est interrogé. Je sais qu'il est aussi coupable de l'enlèvement, de la séquestration, du viol et probablement du meurtre de Doria Miller.

— Pas du tout ! s'exclama l'intéressé.

— Tu vas peut-être me dire que tes amis et toi n'avez rien à voir avec la disparition de Doria Miller ?

— Wayne…, voulut tempérer le policier.

— Vous l'avez dit vous-même à Alice ! s'emporta le détective.

— Je n'ai rien dit de ce genre à votre fille.

— D'ailleurs, intervint l'avocat, est-ce normal que vous interrogiez mon client alors qu'il s'agit d'une affaire concernant votre fille ?

— Le détective Wayne est accrédité par les parents de Doria Miller, répondit le policier, et dans la mesure où cet interrogatoire concerne également la disparition de cette dernière, cela explique les questions qu'il pose. Et je vous rappelle que vous avez émis la volonté de collaborer au mieux à l'enquête.

L'avocat s'enfonça dans son siège et ne dit mot.

— Vous avez, ton ami Ferman et toi, parlé d'une fille avant Alice, une fille à qui vous aviez fait subir des sévices sexuels.

L'avocat se tourna vers son client, apparemment surpris par ces informations.

— Je n'ai jamais rien dit de ce genre, affirma de nouveau le garçon.

Aaron fit un tour de la pièce pour se calmer tandis que le policier prenait la suite.

— Revenons à l'enlèvement d'Alice Wayne. C'est donc Matt Ferman qui l'a organisé ?

— Oui, répondit-il en baissant la tête.

— Pour qui avez-vous fait ça ? Vous avez parlé d'une « maîtresse des lieux ».

Le jeune homme resta muet, alors l'officier reprit :

— Qui est cette personne pour qui vous faisiez ça ? Une femme ?

— Je ne vois pas de quoi vous parlez.

— Qui cherches-tu à protéger, Butler ? cria Aaron.

— Personne.

— Donc Matt Ferman a agi seul ? demanda le policier.

— Oui.

— Et c'est lui qui a enlevé Alice ?

Le jeune lycéen releva la tête et répondit :

— Non. Matt a organisé l'enlèvement et la séquestration, mais c'est Alex Godson qui s'est occupé de la piéger.

57

Matt Ferman s'assit d'une manière sûre de lui. Comme pour l'interrogé précédent, un avocat suivait le jeune homme de près et s'assit à ses côtés.

— Matt Ferman, commença l'officier, vous êtes accusé d'enlèvement, de séquestration, de violence et de tentative de viol sur la personne d'Alice Wayne.

— Mon client n'a jamais voulu violer cette fille, répondit l'avocat.

— Pourquoi l'ai-je alors retrouvé sur elle avec une partie de ses vêtements arrachés ? intervint Aaron de manière étonnamment calme.

— Mon client n'a jamais voulu la violer.

— Votre client a une langue, non ?

— Mon client n'a rien à dire, les accusations contre lui sont abusives.

Le jeune lycéen regardait Wayne droit dans les yeux et arborait un sourire en coin comme pour faire sortir le détective de ses gonds.

— En quoi le sont-elles ? demanda le policier.

— Je vous l'ai dit, il n'a jamais tenté de la violer. Monsieur Ferman et ses amis sont de jeunes garçons un peu désorientés et ils ont voulu faire une farce à une camarade de classe qui, je vous l'accorde, était de mauvais goût.

— Une farce ?! hurla Wayne.

— Monsieur, nous savons que votre implication dans cette affaire est forte et par conséquent gênante, répondit l'avocat.

— Vous osez définir un enlèvement, une séquestration et des coups de « farce » ?

— Mon client a agi de façon immature et en est bien conscient, mais il souhaitait seulement faire peur à votre fille, rien de plus.

— Et à Doria Miller ?

— Mon client n'a rien à voir avec cette autre affaire, si ce n'est qu'il s'en est inspiré pour sa farce.

— Vous voulez bien arrêter de parler de « farce » ! vociféra Aaron en frappant du poing sur la table.

— Est-ce que la présence de cet homme est obligatoire ? demanda l'avocat à l'attention de l'officier.

— Il y a été autorisé, se contenta-t-il de répondre.

— Quand t'est venue l'idée de cet enlèvement ? demanda Aaron au lycéen qui n'avait toujours pas quitté son sourire.

— Mon client n'a rien organisé du tout, il s'agit de l'un de ses amis et monsieur Ferman n'a fait que se rendre sur les lieux où était retenue Alice Wayne.

— C'est amusant, son ami Richard Butler vient de nous dire quelque chose de tout à fait différent.

— Je ne sais pas ce que vous a dit cette autre personne, déclara l'avocat, mais moi je me contente de vous dire ce qui est vrai.

— Cette autre personne, qui d'après nos sources serait le meilleur ami de votre client, nous a affirmé que cet enlèvement avait été imaginé et préparé par monsieur Matt Ferman et que ce dernier avait usé de son influence sur ses amis afin d'obtenir leur aide.

— Ça m'étonnerait qu'il vous ait dit ça ! s'exclama pour la première fois Matt.

Son avocat lui fit signe de se taire, mais il ne l'écouta pas et reprit :

— Vous mentez et je le sais.

— Ah oui ? Alors dis-moi qui a enlevé Alice, répliqua

Aaron.

Mais le garçon se contenta de reprendre son sourire et son mutisme.

— De toute manière nous savons déjà le plus important : tu as organisé l'enlèvement, tu étais présent et actif lors de la séquestration et tu es celui qui a donné les coups.

— Vous n'en avez pas la preuve, répliqua l'avocat.

— Nous avons les dires de la victime, répondit le policier.

— J'ai aussi vu dans le rapport que ses souvenirs étaient vagues et parfois incohérents.

— Et si on parlait de la fille avant Alice ? rétorqua Aaron pour ne pas rentrer dans le jeu de l'avocat.

— Quelle fille ? demanda Matt alors que l'avocat lui fit à nouveau signe de se taire.

— Celle dont tu as parlé à Alice, celle que tu aurais brutalisée et violée. S'il ne s'agissait pas de Doria Miller, qui était-elle ?

— Je ne vois pas de quoi vous parlez.

— Comme c'est étonnant…

— Monsieur, vous n'avez rien qui prouve que mon client ait fait quoi que ce soit à une autre personne. Tout ce que vous avez, c'est une séquestration de quelques jours et des coups donnés.

— On aura bien plus que ça, se contenta de répondre le détective.

58

Marcus Guermo fut le troisième à passer en interrogatoire. Il s'assit et attendit les questions. Mais contrairement à Matt Ferman, il paraissait fébrile et mal à l'aise.

Cette fois-ci, probablement pressé d'en finir, c'est Aaron qui prit la parole :

— Marcus, quels sont tes liens avec Matt Ferman et Richard Butler ?

— On est amis, répondit-il d'une voix tremblante.

— Et tu l'étais également avec Douglas Ford ?

— Oui.

À côté de lui se trouvait son avocat, un jeune homme d'une trentaine d'années qui n'avait pas l'air de vouloir beaucoup interagir et qui préférait laisser la liberté de répondre à son client.

— Et quel rôle as-tu joué dans la disparition de Doria Miller ? demanda Aaron.

Marcus se tourna vers son avocat qui, cette fois-ci, prit la parole :

— Marcus n'a joué aucun rôle dans cette histoire, ni même dans celle concernant Alice Wayne. Nous sommes ici afin de répondre à vos questions, mais n'accepterons aucune accusation infondée.

— J'ai seulement posé une question, se défendit le détective. Douglas t'avait parlé de Doria ?

— Non, et je ne pense pas qu'il soit réellement lié à ça.

— Et le mot qu'il a laissé, alors ?

— Je ne sais pas…

— Et tes autres amis ? demanda l'officier. Matt, Richard et Tyler ?

— Je ne les vois pas faire ce dont on les accuse.

— Tu connais le film *Au bout du sixième jour* ?

— Oui, je l'ai vu.

— Avec tes amis ?

— Oui.

Aaron faisait les cent pas dans la pièce sans cesser de poser ses questions.

— Est-ce que tes amis ont émis le fantasme de reproduire ce qu'il se passait dans ce film ?

— Le fantasme ? s'étonna le garçon.

— Le fantasme, le désir, le souhait, appelle ça comme tu voudras, Marcus, mais réponds à ma question.

— Non, ils n'en ont pas parlé, mais en même temps c'est du grand n'importe quoi ce film. Mais…

Aaron s'arrêta et l'observa.

— Mais quoi ? demanda-t-il.

— Vous avez vraiment retrouvé Matt et Richard dans le hangar des Butler avec Alice ?

— Tu connais ce hangar ? demanda l'officier.

— Oui, je le connais.

— Dis-nous-en davantage, s'il te plaît.

— On y allait souvent quand on était un peu plus jeunes, bredouilla-t-il toujours de sa voix tremblante, c'est un vieux hangar à avion, mais le père de Rick ne l'utilise plus depuis bien longtemps.

— Et tu y allais avec qui, exactement ?

— La bande de potes.

— D'accord, mais tu peux être plus précis ?

— Eh bien… Douglas, Matt, Rick, Tyler, Sarah, Aimy et July. On est potes depuis un bon moment !

Les policiers notèrent les prénoms et Aaron demanda :

— Avais-tu remarqué un comportement bizarre chez tes amis à l'époque de la disparition de Doria Miller ?

— Non, pas du tout. On n'avait que 15 ans, je ne crois pas vraiment que ce soit eux qui aient fait ça.

— Ce serait qui alors ? insista Wayne.

— Je pense plutôt à Peter Godson… Il paraît qu'il est sorti avec… D'ailleurs son frère est sorti avec votre fille, et s'il est en prison, c'est qu'il y a bien un lien, non ?

— C'est nous qui posons les questions, l'arrêta le policier.

— Parlons de Tyler Brickwaith, reprit Aaron. Il est bon en informatique, n'est-ce pas ?

— C'est le meilleur.

— L'as-tu déjà vu pirater des connexions Internet ?

Marcus sembla gêné et demanda :

— Ça peut lui causer du tort ?

— Contente-toi de nous répondre.

Le lycéen se tourna vers son avocat, ne sachant pas quoi faire.

— Vous devez tout dire, lui conseilla-t-il, vous n'avez rien à vous reprocher, n'ayez aucune crainte.

— Il… Il s'amusait assez souvent à pirater nos connexions, mais c'était juste pour le fun.

— Pour le fun ? répéta Aaron.

— Oui, pour rigoler, quoi !

— Es-tu au courant d'une connexion pirate qu'il aurait faite chez Alex Godson ?

— Non.

Aaron et le policier se regardèrent, ils n'avaient a priori plus de question et s'apprêtaient à donner congé à Marcus lorsque ce dernier reprit :

— Vous me posez des questions sur Tyler, mais il n'était pas dans le hangar lorsque la police a arrêté Matt et Rick.

— Non, il n'y était pas, répondit Aaron, mais comment le sais-tu ?

Son avocat ouvrit de grands yeux et se tourna, inquiet, vers son client.

— Lorsqu'on m'a arrêté, je venais d'apprendre que Matt et Rick avaient été eux-mêmes arrêtés chez les Butler et que la police allait chercher Tyler chez lui.

— Qui t'a appris ça ?

— Ma copine.

— Et comment le savait-elle ?

— Par Sarah, la copine de Rick.

59

Tyler Brickwaith avait les yeux rouges lorsqu'il entra dans la petite pièce d'interrogatoire. Il venait de parler avec ses parents dans les couloirs du commissariat et leur échange l'avait apparemment bouleversé.

Aaron regarda sa montre et commença :

— Tu sais que tu es dans de sales draps, Tyler ?

Le détective voulait tout de suite exploiter la fragilité apparente du garçon. Ce dernier renifla et ouvrit la bouche, avant de fondre en larmes.

Son avocat intervint :

— Mon client n'y est pour rien. Il a agi sous la contrainte de ces deux garçons qui se disaient être ses amis.

— D'accord…, répondit Aaron. Alors Tyler, si tu veux pouvoir t'en sortir, il est temps que tu nous dises la vérité.

Le jeune homme releva la tête et renifla, puis il déclara :

— Ils m'ont demandé de le faire.

— De qui parles-tu ? demanda le policier qui notait toutes les informations au fur et à mesure.

— Matt et Rick, je ne voulais pas le refaire et Douglas non plus d'ailleurs… Mais ils nous ont menacés de nous faire porter le chapeau si nous ne les aidions pas.

— Le refaire, tu dis ? répéta Aaron en insistant sur le préfixe de répétition.

— Oui, mais je ne voulais pas, alors ils m'ont dit que je pouvais me contenter de piéger Alice et qu'ils feraient le reste.

Tyler se mit à pleurer de plus belle et dit quelque chose

qu'aucun des trois hommes présents ne comprit.

— Donc, tu t'es fait passer pour Alex Godson et tu as invité Alice à venir te retrouver, s'exclama Aaron sous le regard désapprobateur du policier, qui n'appréciait pas que l'on influence les paroles d'un suspect.

Le garçon marmonna une réponse entre deux pleurs, mais encore une fois, personne n'en discerna le sens.

— Pardon ? fit Wayne.

— Oui, articula enfin Tyler.

— Et je vous répète qu'il a été contraint de le faire, ajouta l'avocat.

— Ça, comme son rôle l'indique, ce sera au juge d'en juger, répondit le détective, tandis que les larmes du suspect redoublaient d'intensité.

Aaron s'étonnait de le voir dans cet état alors qu'il avait paru si sûr de lui la première fois qu'il l'avait interrogé. Mais Tyler se savait piégé et la discussion qu'il avait eue juste avant avec ses parents lui avait fait réaliser les risques qu'il encourait.

— Tu nous confirmes donc qu'Alex Godson n'a rien à voir dans cette affaire ? insista Aaron, que cette nouvelle soulageait plus qu'il ne l'aurait pensé.

— C'était une idée de Matt… Il n'aimait pas Godson et le sachant proche d'Alice, il a voulu lui faire porter le chapeau.

— Et pourquoi est-ce que tu nous dis tout ça maintenant ? demanda le policier.

— Parce qu'ils l'ont tué, s'effondra de nouveau Tyler.

— Ils l'ont tué ? répéta Aaron.

— Ils ont poussé Douglas à se suicider… C'était mon meilleur ami…

Le policier continua de noter les informations et le silence prit place dans la salle. Après quelques minutes, Wayne reprit :

— Et ensuite ?

Le garçon reprit sa respiration et demanda :

— Ensuite ?

— Oui, après t'être fait passer pour le jeune Godson ?

— Ensuite, j'ai retrouvé Alice et l'ai endormie avec du chloroforme.

Le policier notait toujours et Aaron invita Tyler à continuer.

— J'exige que la bonne collaboration de mon client soit notée et qu'elle lui serve lors du procès, s'exclama très fort l'avocat.

— Nous en tiendrons compte, répondit l'officier.

Le jeune Brickwaith regarda Wayne et reprit :

— Je l'ai mise dans ma voiture et l'ai emmenée jusqu'à chez Rick. Arrivé là-bas, j'ai attendu que Matt et lui reviennent du foot, puis ils l'ont attrapée pour la descendre dans la partie inférieure du hangar.

— Et toi ? demanda Aaron.

— Moi je suis reparti, puisqu'ils avaient accepté que je n'en fasse pas davantage.

— Et pour Doria Miller ? demanda le détective.

— Pour Doria…, murmura-t-il. Pour Doria, j'ai participé.

60

Je me réveille paniquée et il me faut quelques secondes avant de réaliser que je suis dans ma chambre. J'imagine que ce type d'angoisse est appelé à se répéter.

Une fois redressée, et malgré le stress soudain que je viens de ressentir, je crois me sentir assez bien. Et j'ai l'impression d'avoir dormi des jours. Je me lève et me dépêche de descendre. Claire m'accueille avec un sourire et je m'assieds dans la cuisine.

— Tu as faim ? me demande-t-elle.

— P'pa est rentré ?

Je l'ai attendu hier soir, j'espérais qu'il puisse me parler des interrogatoires à son retour, mais je me suis finalement endormie avant de le voir.

— Il est rentré il y a seulement quelques heures…

— Il t'a dit quelque chose ?

— Sur les interrogatoires, tu veux dire ?

J'acquiesce et me relève pour me diriger vers le réfrigérateur.

— Il était exténué lorsqu'il est rentré et s'est endormi aussitôt, répond Claire. Tu veux que je te prépare quelque chose ?

— Non, ne t'inquiète pas, je vais juste me prendre un bol de céréales.

J'attrape une bouteille de lait et le paquet qui m'intéresse dans le placard, puis quitte la cuisine pour m'installer dans le salon. Cela fait des jours que je n'ai pas regardé la TV. Je ne suis pas une accro des écrans, ou en tout cas pas de la télévision, mais je compte dessus pour me changer les idées.

J'avale ma première cuillère de céréales tandis que Claire arrive, une tasse de café à la main. Elle s'installe sur un fauteuil près du canapé et m'observe. Je fais d'abord mine de ne pas la voir et me concentre sur le dessin animé à la télévision, mais son regard insistant – ou le peu d'intérêt du programme – me fait tourner la tête vers elle.

Il ne lui en fallut pas plus :

— Tu veux discuter ? Je t'ai entendu pleurer hier et je me doute que ce que tu as vécu doit être très traumatisant…

Je la regarde. Elle semble attendre une réponse mais face à mon silence, elle reprend :

— Je ne veux pas être trop envahissante, mais je veux que tu saches que je suis là si tu as besoin. Et que…

Elle se tait et boit une gorgée.

— Et je veux que tu saches que je t'aime beaucoup, Alice.

Mais qu'est-ce qui lui prend ? Je me sens super mal à l'aise, j'ai l'impression qu'elle attend une réaction de ma part alors que tout ce que je veux, c'est prendre mon petit-déjeuner et ne plus penser à rien.

— Je monte dans ma chambre ; tu pourras demander à mon père qu'il vienne me voir quand il se lèvera ?

— D'accord, répond-elle alors que je la laisse devant les dessins animés.

Je referme la porte de ma chambre derrière moi et me rends compte à cet instant que j'ai probablement été trop dure avec Claire. Moi aussi je l'aime bien, c'est certain… Mais… En fait, je n'en sais rien. Je sors de ma chambre et redescends. Claire est de retour dans la cuisine. Elle est en train de poser sa tasse dans l'évier quand je m'approche d'elle et pose ma tête sur son épaule. Elle me serre contre elle et je me laisse aller à pleurer.

— Ça va aller, Alice, me dit-elle en me caressant les cheveux.

Je ne sais pas si ça va aller, mais son geste a le mérite de me réconforter.

***

De retour dans ma chambre, je m'installe sur mon lit avec mon ordinateur portable. La curiosité pourrait me pousser à aller voir ce qu'il se dit sur moi sur les réseaux sociaux, mais je préfère me retenir. Le but est de me changer les idées, sinon je sais que je vais me remettre à pleurer pendant des heures. Après avoir visionné une dizaine de vidéos de conneries, j'entends mon père qui se lève et qui salue Claire. Elle a dû passer le message, car très rapidement je l'entends gravir les marches des escaliers.

— Oui, réponds-je aux faibles coups donnés à ma porte.

— Ça va ma chérie ?

Je referme l'écran de mon ordinateur et le pose au pied de mon lit. Cette fois-ci, il ne pourra pas me reprocher de lui manquer d'attention et de ne pas lever les yeux de mon écran lorsqu'il me parle. Et j'espère qu'en retour, il me donnera toutes les réponses que j'attends.

— Les interrogatoires ? demandé-je.

Il s'assied près de moi.

— Ils sont peut-être finis. Enfin, il y en aura deux ou trois autres pour confirmer quelques détails, mais si les informations obtenues sont vérifiées, alors l'enquête sera derrière nous.

Cela veut dire qu'il sait. Il sait qui est derrière tout ça et il sait si Alex a joué un rôle dans mon enlèvement, s'il a voulu me faire du mal… J'ai envie de savoir, même si je redoute un peu la réponse.

— Ça va sinon ? me demande-t-il. Claire m'a dit que tu n'avais pas mangé hier soir…

— P'pa…

— Oui ?

Je me mets à pleurer. Il s'approche pour me prendre dans les bras… Mais pourquoi est-ce que je ne peux pas m'arrêter de pleurer !?

— P'pa, arrête, dis-je en le repoussant.

— Qu'est-ce qu'il y a, Alice ?

— J'ai besoin de savoir…

— Je comprends, répond-il, et je te dirai tout ce que tu veux savoir.

— Alex ?

Mon père se tourne vers moi et me sourit.

— Il n'y est pour rien, me dit-il.

— Il n'y est pour rien ?

— Non, une demande de remise en liberté va être formulée dans la matinée.

J'éclate en sanglots. Mon père ne sait pas comment réagir, mais il n'y a rien à faire, c'est nerveux. Je pleure, je me sens tellement soulagée. J'ai l'impression que le plus dur dans cette histoire était de croire qu'Alex ait voulu me faire du mal.

— Ce n'est pas lui qui m'a envoyé le message me demandant de le rejoindre au champ des festivaliers ? arrivé-je à peu près à balbutier.

— C'est Tyler Brickwaith, qui t'a endormie et enlevée. C'est lui qui a piraté la connexion Internet de ton ami.

Je souris à travers mes larmes.

— Et la personne derrière tout ça ? demandé-je. Celle pour qui ils m'ont enlevée ?

— On pense savoir qui c'est, elle sera interrogée aujourd'hui.

61

— Je ne comprends pas ce que vous voulez à ma fille ! hurla madame Garner en entrant dans le bureau du shérif.

— Madame, temporisa-t-il, nous souhaitons seulement poser quelques questions à Sarah, nous avons accepté votre présence, mais à la seule condition que vous nous laissiez interroger votre fille.

— Je vous demande seulement de m'expliquer, insista-t-elle devant sa fille qui restait impassible.

— Je vous l'ai dit, nous avons des questions à lui poser au sujet de la récente séquestration d'Alice Wayne et de sa relation avec les principaux suspects.

— Ma fille ne traînera plus avec ces garçons…

— Stop ! la coupa Robert Davis. Je ne veux plus vous entendre. Nous avons, comme je vous l'ai dit, des questions à poser à votre fille. Soit vous nous laissez les lui poser, soit vous sortez, vous m'avez bien compris ?

La mère de famille ne broncha pas et s'installa sur une chaise libre, où vint la rejoindre Sarah.

Face à elles se trouvaient le shérif Davis, le détective Wayne, mais aussi David, le jeune agent qui était chargé de l'interrogatoire.

— Bonjour Sarah, commença-t-il.

La jeune femme répondit d'un sourire crispé.

— Je vais vous poser des questions brèves et j'attends de vous des réponses claires. Je vous demanderai de vous contenter de répondre simplement aux questions et de ne pas tenter d'influencer de quelconque manière nos retranscriptions.

Est-ce que je me suis bien fait comprendre ?

Wayne fut amusé de l'entrée en matière du jeune agent, et se revit lors de son premier interrogatoire. Comme lui, il dictait mot pour mot ce qu'il avait appris à l'école.

— Quelle est la nature de votre relation avec Matt Ferman, mademoiselle Garner ? reprit l'agent.

— La nature ? demanda Sarah.

— S'il vous plaît…

— Nous sommes amis, je ne vois pas ce que vous voulez savoir.

— Justement ça, c'est ce que j'appelle une réponse claire.

Sarah se dandina sur sa chaise, elle paraissait mal à l'aise tandis que sa mère la couvait d'un regard bienveillant, une main sur celle de sa fille.

— Et avec Richard Butler ?

— C'est mon petit ami.

— Nous n'avions aucune connaissance des idées malsaines de ce garçon, ajouta sa mère.

— Bon, sortez maintenant, madame Garner.

— Non ! s'offusqua-t-elle.

— Je vous avais prévenue.

— Ma fille est trop jeune pour subir seule ce genre d'interrogatoire.

— Votre fille a l'âge requis, madame.

— Je me tairai.

— Non, madame.

— Alors ma fille a le droit à un avocat.

Aaron échangea un regard avec le shérif, ils savaient tous les deux que l'arrivée de l'avocat retarderait l'interrogatoire.

— Je vous demanderai de ne plus dire un mot, intervint David.

— Je ne dirai plus rien, je veux seulement soutenir ma fille.

Le jeune agent se tourna vers le shérif qui l'invita à continuer.

— Depuis combien de temps Richard Butler était-il votre petit ami ?

— Un peu plus de trois ans…

— Connaissiez-vous Doria Miller ?

La jeune femme prit un moment pour répondre.

— Bien sûr que je la connaissais, nous étions dans le même lycée.

— Vous étiez amies ?

— Je ne la connaissais pas assez.

— Que saviez-vous sur elle ?

Elle resta de nouveau muette un moment, sa mère à côté serra encore davantage la main de sa fille.

— Je ne savais pas grand-chose…

— Mais encore ?

— Mis à part la tête qu'elle avait, je ne savais rien d'elle.

— Vous saviez qu'elle sortait avec Peter Godson ?

— Non.

— Vous en êtes certaine ? Matt Ferman le savait, et vous traîniez avec lui à l'époque, n'est-ce pas ?

— Oui.

— Il ne vous l'avait pas dit ?

— Je ne me souviens plus.

Le jeune agent se tourna vers ses deux collègues qui retranscrivaient les réponses sur leurs calepins. Voyant qu'il avait encore le champ libre, David continua :

— Nous savons aujourd'hui que vos amis sont impliqués dans la disparition de Doria Miller, vous sortiez déjà avec Richard Butler à cette époque. Qu'aviez-vous remarqué de suspect ?

— Rien du tout.

— Vous aviez dû remarquer quelques signes… Ils ont bien dû parler de la disparition.

— On en a parlé, normal, ça concernait une fille de notre lycée.

David la regarda, l'invitant à continuer.

— C'est tout, rien de plus.

— Vous aviez regardé un film ensemble.

Sarah leva les yeux, semblant réfléchir.

— *Au bout du sixième jour*, dit le policier.

— Ça ne me dit rien, répondit aussitôt Sarah.

— Vraiment ?

— Oui.

— L'histoire d'un homme qui retient ses victimes six jours avant de les tuer…

— Je ne me rappelle pas.

— Vos amis ont dit l'avoir vu avec vous.

— Ah bon ?

— Oui, vous l'auriez regardé tous ensemble.

— On a souvent regardé des films, je ne me souviens pas de tous. Et…

— Oui ?

— Lors de nos soirées films, avec les filles on discutait plus qu'on ne regardait l'écran.

— OK…

Madame Garner se redressa, sembla vouloir intervenir puis s'en abstint. Elle se cala au fond de son siège tandis que Wayne vint s'asseoir à côté du jeune policier.

— Quand avez-vous appris l'arrestation de vos amis ? demanda le détective.

— Comment ça ?

— Dans le hangar, lorsque la police les a arrêtés…

— Je ne sais plus.

— Alors, vous souvenez-vous comment vous l'avez appris ?

La jeune femme se tourna vers sa mère et, pour la première fois, parut perdre pied.

— Est-ce que je peux ? se risqua madame Garner.

— Quoi ? demanda le shérif.

— Il y en a encore pour longtemps ? Peut-être pourriez-vous accorder une pause à ma fille…

— Madame Garner, nous venons à peine de commencer, nous avons une petite liste de questions qui ne prendra pas longtemps si Sarah accepte de coopérer.

— De coopérer ? demanda l'intéressée.

— Oui, reprit Aaron, c'est ce que nous souhaitons.

— Mais comment ça, coopérer ? Qu'est-ce que j'y gagne ?

Les policiers se regardèrent, avant de se retourner vers la jeune femme.

— Comment ça, qu'est-ce que vous y gagnez ? reprit Wayne. Dois-je vous rappeler que vous avez l'obligation de répondre aux questions de la police ?

— Mais qu'est-ce que vous attendez exactement de moi ? Que je dénonce Rick et Matt ?

— Non, ils ont avoué tous les deux.

— Alors qu'est-ce que vous voulez ?

— Nous voulons seulement éclaircir quelques détails…

— Lesquels ?

— Vous vous foutez de moi ? s'énerva le détective.

La mère de famille se redressa et le shérif la fit taire d'un geste.

— Commencez par répondre à mes questions ! reprit Wayne.

Sarah baissa les yeux.

— Qui vous a prévenu de l'arrestation de vos amis ?

— Je ne sais plus, vraiment, je vous le jure. Comme tout le monde, j'imagine.

Le détective remua la tête, un sourire nerveux aux lèvres.

— Avez-vous prévenu Margareth Donald de l'arrestation de vos amis ?

— Non, elle vous a dit ça ?

— Marcus Guermo a été prévenu par sa petite amie Margareth Donald, elle-même prévenue par vous.

— Je ne crois pas…

— Je peux voir votre téléphone ?

La jeune femme regarda sa mère, puis le shérif.

— Il a le droit de le faire, répondit Robert Davis avant même que la jeune femme ne lui demande.

Elle sortit son téléphone de son sac et déverrouilla l'écran.

— Laissez-moi faire, intervint aussitôt Wayne.

— Je vous le déverrouillais, se défendit-elle.

— Je m'en sortirai.

Le détective saisit le smartphone, puis ouvrit aussitôt les messages. Il trouva rapidement ceux adressés à « Margot » et ouvrit la conversation. La plupart concernaient l'arrestation de Matt Ferman et de Richard Butler, mais aussi de Marcus Guermo. Margot paraissait très inquiète tandis que Sarah semblait s'être faite à l'idée de leur culpabilité et blâmait déjà ses amis. Il remonta le fil de la discussion.

— « Putain Margot, les flics sont chez Rick, il y a un tas de voitures ! », lut à haute voix le détective.

Sarah le regarda, sans rien dire.

— Donc, c'est bien vous qui avez prévenu votre amie Margareth…

— Je ne me souvenais pas de ce message.

— Évidemment…

— Attendez, intervint la mère.

— Madame Garner, s'il vous plaît ! s'emporta le shérif. Ça devient sérieux, je vous demanderai de ne plus dire un seul mot et de laisser votre fille s'expliquer.

— Je n'ai rien à dire, dit aussitôt Sarah.

— Tu n'as rien à dire ? répéta Aaron.

— Non.

— « Il y a un tas de voitures ! », relut-il, tu étais donc sur place ?

Sarah ne répondit pas.

— Tu étais à la résidence Butler lorsque tu as envoyé ce message ?

— Non.

— Ah non ?

— Je passais sur la route, j'ai vu les gyrophares.

— Et qu'est-ce que tu faisais là, je peux savoir ?

— Ce n'est pas un crime, se défendit-elle.

— Je te demande seulement ce que tu faisais là.

— Je roulais.

— Ne joue pas à ça avec moi, Sarah, tu pourrais te retrouver rapidement derrière les barreaux, voulut-il l'impressionner.

— J'allais chez Aimy, elle habite un peu plus loin.

— Aimy comment ? J'imagine qu'elle pourra nous le confirmer…

— Non.

— Non ?

— Lorsque j'ai vu les voitures de police, ça m'a chamboulée. J'ai fait demi-tour et je suis rentrée chez moi.

— Quelque chose me dit que tu te rendais chez Richard Butler, insista Aaron.

— Pensez ce que vous voulez.

— Ah tiens, c'est marrant ça, et tu veux savoir ce que je pense ?

La jeune femme ne répondit pas.

— Moi, je pense que tu te rendais au hangar pour voir tes petits copains maltraiter Alice.

— Je ne peux pas vous laisser dire ça, intervint la mère de famille en se relevant, furieuse.

— Attendez, dit le shérif.

— Non, c'en est trop, cet homme accuse ma fille alors qu'elle n'est qu'une victime dans cette histoire.

— Laissez-nous terminer l'interrogatoire.

— Nous avons accepté de répondre, conclut-elle, ma fille ne dira plus un mot sans la présence de son avocat.

Le shérif lança un regard noir à Aaron Wayne, il savait que sa précipitation venait de gâcher l'interrogatoire.

62

Deux semaines que je n'ai pas bougé de la maison… La première nuit s'est passée sans cauchemar, mais ce ne fut pas le cas des suivantes. Je pense avoir épuisé mon stock de larmes et reste toujours aussi effrayée à l'idée de sortir. Je vais malgré tout devoir me forcer, car ce matin, je retourne au lycée.

Je suis devant mon miroir, en train de me maquiller pour tenter de cacher ce qu'il me reste de bleus au visage, perdue dans mes pensées. Même si le procès n'a pas encore eu lieu, je m'efforce de me dire que tout est terminé, qu'il n'y a plus de raison d'avoir peur. Et pourtant je suis quand même terrifiée. Terrifiée à l'idée de retourner au lycée, angoissée par le regard des autres…

Est-ce qu'Alex est revenu au lycée ? Parce que lui va sûrement m'en vouloir ! Et les copines et amis de Matt, Rick, Tyler et Sarah… Ça fait pas mal de personnes qui doivent me haïr. Non, c'est décidé, le lycée sera pour une prochaine fois. Je sors de ma chambre et descends dans la cuisine.

— C'est trop tôt, dis-je à l'attention de mon père et de Claire qui sont à table, leurs bols de café entre les mains.

— Tu ne veux pas y aller ? demande Claire.

— Non, peut-être la semaine prochaine…

— Attends, s'exclame mon père alors que je fais déjà demi-tour.

— Quoi ?

— Il faut que tu te fasses violence. Je me doute que ce n'est pas simple, mais plus tu attendras et plus tu rendras ton retour compliqué.

— Oui, si tu restes ici, enchérit Claire, tu vas te faire une montagne de ce que les autres peuvent penser alors qu'ils ont sûrement hâte de te revoir et pourront même t'aider à tourner la page.

OK, Claire n'a aucune idée de ce que sont les adolescents aujourd'hui ! Ce qu'elle dit pourrait être vrai si j'étais la fille ultra populaire entourée de dizaines d'amis, mais c'est loin d'être mon cas.

— Alors ? lance mon père voyant que je prends le temps de la réflexion.

— OK, j'y vais…

Au pire si certains me font chier, je leur saute au cou. Ça me défoulera et me fera peut-être du bien.

Je me retrouve donc dans ma voiture. Il me faut un moment avant de démarrer, car la dernière fois que j'y suis montée, c'était pour me rendre au champ des festivaliers. Mon père m'a proposé de m'emmener, il a même été jusqu'à me proposer de me prêter sa voiture, ce qui est exceptionnel. Mais j'ai refusé, car je veux pouvoir faire face à mes souvenirs, comme je le fais depuis deux semaines, nuit et jour.

À mon arrivée au lycée, tout le monde se retourne pour me regarder. J'avais prévu ce moment durant le trajet, je m'étais dit que je marcherais bien droit et que je parlerais à ceux qui ont l'air de se poser des questions. Mais au lieu de ça, je baisse la tête et me précipite jusqu'au hall d'entrée.

Et qui voilà ? Le directeur…

— Alice, je vous attendais.

— Oui ?

— Vous voulez bien me suivre ? me demande-t-il en se tournant vers le couloir menant à son bureau, sans même attendre ma réponse.

Il ouvre la porte et me fait signe d'entrer.

— Helen, vous pouvez s'il vous plaît appeler madame Forrester et lui demander de venir tout de suite dans mon bureau ?

— Oui, monsieur le directeur, s'exclame sa secrétaire.

Il referme la porte derrière lui et va s'installer dans son fauteuil.

— Allez-y, me dit-il.

— Pardon ?

— Asseyez-vous, Alice. Tout d'abord, je tiens à vous dire au nom de toute l'équipe enseignante que nous sommes soulagés et très heureux de vous voir revenir parmi nous.

— Merci.

— Comment allez-vous ? me demande-t-il en se penchant sur son bureau et en me dévoilant un large sourire.

— Ça va…

Cet homme me rend toujours aussi mal à l'aise !

— Écoutez…

Des coups à la porte l'interrompent.

— Entrez, s'exclame-t-il.

La porte s'ouvre et ma professeure principale entre.

— Bonjour, s'exclame madame Forrester à l'attention du directeur, puis elle s'assied sur la chaise à côté de la mienne et me prend les mains. Comment vas-tu ? Oh, tu n'imagines pas à quel point je suis contente et soulagée de te voir, tu sais que nous avons tous été très inquiets pour toi ?

Je me force à sourire, à vrai dire je ne sais pas quoi répondre…

— Ça ne te rappelle rien ? demande le directeur.

Je me tourne vers lui et j'ai bien l'impression que c'est à moi qu'il pose la question…

— Euh…

— Ton premier jour ici, je t'ai reçue dans ce bureau et tu avais cours juste après avec madame Forrester.

— Comme aujourd'hui, ajoute-t-elle.

— Ah oui, en effet, dis-je en prenant l'air le plus enthousiaste possible.

Vu le changement d'expression de mes deux interlocuteurs, je n'ai pas dû paraître convaincante.

— Bon, reprend le directeur, je tenais à te recevoir en compagnie de ta professeure principale afin de savoir, d'abord comment tu allais, mais aussi comment tu présageais ton retour au lycée ?

— D'accord.

— Donc ? relance-t-il.

— Ça va… je suis contente de revenir au lycée.

Qu'est-ce que je mens bien !

— En tout cas, tu ne dois surtout pas hésiter à venir me parler si quelque chose ne va pas, d'accord ? s'exclame madame Forrester en tentant de m'attraper de nouveau les poignets.

La sonnerie retentit et j'en profite pour écarter les mains, faisant mine de regarder ma montre.

— Je ne voudrais pas arriver en retard dans la classe, dis-je en me levant.

— Tu as raison ! s'exclame le directeur avec enthousiasme.

Il contourne son bureau et ouvre la porte que je vois comme une délivrance. J'imagine presque la lumière blanche, forte, mais apaisante qui m'attire… Plus sérieusement, je me contente d'un sourire et me sauve. Je les entends échanger quelques mots derrière moi, mais je suis déjà trop loin pour les discerner.

Une horde d'étudiants arrive droit sur moi… Et je ne sais pas si c'est mon entretien avec le directeur ou le stress du retour en classe, mais j'ai besoin de m'isoler quelques instants. Je me glisse dans les toilettes et repense à la mauvaise blague d'Alex à mon arrivée ici… Ce souvenir me fait maintenant sourire, c'est étonnant. J'ai vraiment hâte de le revoir, je m'en veux toujours de ce qui lui est arrivé… Je me lave les mains en me demandant comment il va m'accueillir, moi, celle qu'il a été accusé d'avoir enlevée, celle pour qui il a fait une semaine de prison. J'essaie de mettre mes inquiétudes de côté et rejoins le couloir. De toute manière, je vais très bientôt être fixée.

Le flot des étudiants est passé, je regarde ma montre et me presse, car je vais finir par être en retard. Madame Forrester s'apprête à refermer la porte de la classe lorsque j'arrive face à elle, elle me sourit et me laisse entrer. Le stress revient, j'ai l'impression de revivre mon premier jour. Face à moi tout le monde est assis, mon regard flotte jusqu'au fond de la classe où je ne vois pas Alex. Lorsque je le repère enfin, je n'en crois pas mes yeux. Il est assis à l'avant de la classe avec la pouf Betty Stanford ! Je croise son regard l'espace d'un instant avant d'aller m'installer dans le fond de la classe. J'ai le choix entre partager la table de Derek le gros lourd ou me mettre seule à l'ancienne table d'Alex. Je choisis cette dernière option. J'aperçois Alex qui se retourne, mais je préfère baisser les yeux. Pourquoi ? Parce que c'est Alex et que je me sens mal vis-à-vis de lui. Je sors mes affaires de mon sac et tends l'oreille pour écouter la prof.

***

Une fois le cours terminé, je suis sur le point de partir lorsque madame Forrester m'appelle :

— Tu peux rester un moment, s'il te plaît ?

J'espérais avoir l'occasion de parler avec Alex, mais apparemment je vais devoir attendre. Ma professeure sourit à chaque élève, jusqu'à ce qu'il ne reste plus qu'elle et moi dans la salle.

— Alice, je voulais juste te dire de ne surtout pas t'inquiéter quant au retard pris.

— OK.

— Je vais réunir, avec tes autres professeurs, l'intégralité des cours donnés en ton absence. Tu n'auras qu'à prendre le temps de tout relire et réviser, mais n'hésite surtout pas à revenir vers l'un d'entre nous si tu bloques sur quelque chose, d'accord ?

— Merci.

— Non, c'est normal, ma chérie…

Ma chérie ? Mais qu'est-ce qu'il lui prend, elle est folle ?

— Ce que tu as vécu c'est…, reprend-elle. Enfin, je veux que tu saches que je suis là si tu as besoin d'en parler, d'accord ?

— OK, merci.

Elle me sourit pendant que je m'éclipse vers la sortie.

***

Au réfectoire, je m'installe seule. Alex a disparu, je ne l'ai vu ni dans la file d'attente ni dans la cour. Je regarde autour de moi, mais il n'est pas non plus dans le self.

Tout le monde m'observe, mais personne n'ose me parler… Malgré tout, les regards semblent bienveillants, je ne sens pas d'animosité et ça me soulage un peu dans la mesure où c'est ce que j'appréhendais. Mais rester seule est assez pesant… Je m'étais habituée à avoir au moins la présence d'Alex, quelqu'un à qui parler, auprès de qui me plaindre…

— Salut Alice.

Je lève les yeux de mon plateau, c'est Lydia.

— Salut.

Elle s'assied près de moi et me revient mon interrogation sur son implication dans mon enlèvement…

— Ça va ? me demande-t-elle.

— Ça va, et toi ?

— Non, mais on s'en fout de moi, c'est toi qui importes ! me lance-t-elle en haussant la voix.

— Quoi ?

— Mais attends, ce qui t'est arrivé… c'est grave, quoi !

Merci Lydia, heureusement que tu es là, pensé-je.

— D'accord, réponds-je finalement en me replongeant dans mon assiette pour mettre fin à la discussion.

— Moi, ça m'a trop choquée, ajoute-t-elle en commençant

son entrée.

Je la regarde manger, d'un côté sa présence me fait du bien.

— Tu ne m'en veux pas de ce qui est arrivé ? demandé-je.

Je sais qu'elle n'a pas de raison de m'en vouloir, que je n'y suis pour rien, mais je n'arrive pas à me sortir ce putain de sentiment de culpabilité. Le fait de savoir que quatre de ses amis sont en prison, que celui dont je suis amoureuse a lui aussi fait une semaine de prison par ma faute…

— Que je t'en veuille ? demande-t-elle.

— Tu aimais Matt, non ?

— Attends, tu es en train de reparler de ton histoire avec Matt ?

— Non, pas ça. Je parle du fait qu'il soit en prison…

— Non mais Alice, tu es devenue folle ?

Quoi ? Je la regarde, mais ni son ton ni l'expression de son visage ne me renvoient de signes sur la manière dont je dois interpréter sa question.

— Tu penses que je pourrais t'en vouloir pour ça ? reprend-elle. Mais c'est n'importe quoi ! Attends, lorsque j'ai appris que ce mec était en réalité un malade, ne t'inquiète pas, j'ai vite fait le deuil de notre relation !

Je la regarde parler avec son entrain et sa sympathie évidente pour moi… Voilà, je me mets à pleurer comme une gamine ! Lydia lâche ses couverts et me rejoint de l'autre côté de la table. La tête posée contre son épaule, j'ai bien conscience que tout le monde doit être en train de nous observer dans le self, mais tant pis.

Sa présence m'apaise – ou bien ce sont les regards scrutateurs de mes camarades – et mes larmes se tarissent rapidement.

— Tu ne dois pas te sentir coupable de quoi que ce soit, me dit-elle, c'est juste effroyable ce que tu as vécu.

Ça me fait bizarre d'entendre le mot « effroyable » au sujet d'une chose qui m'est arrivée.

— Tout le monde est choqué de ce qui s'est passé, reprend-elle, et tout le monde s'est fait avoir par cette bande de malades.

— Mais Alex s'en fout apparemment, réponds-je sans réfléchir.

— Quoi ?

— Il ne m'a pas parlé depuis ce matin…

— Vous êtes toujours en classe ensemble, non ?

— Oui, mais il est assis à côté de Betty, la pouf de la classe. C'est bizarre, il ne pouvait pas l'encadrer et maintenant il est assis avec elle. Peut-être même qu'il est encore avec elle à l'heure qu'il est, car je ne l'ai pas vu depuis la pause.

— Non, il mange avec des mecs de votre classe. Tu te rappelles du petit Gary ?

Quoi ? Encore un autre qu'il ne pouvait pas piffer.

— Qu'est-ce qu'il fait avec lui ? demandé-je.

— La mère de Gary tient un resto, du coup tous les midis Gary mange gratuitement là-bas avec quelques-uns de ses potes. Et il se trouve qu'il lui a semblé intéressant d'inviter un mec qui sort de prison, ça doit faire classe…

— C'est Alex qui t'a dit ça ?

— Oui, me répond-elle. Je lui ai parlé à son retour, il m'a juste dit que tout le monde le regardait différemment et qu'il avait l'impression de devenir populaire, mais qu'il s'en foutait.

— Pourtant, il traîne avec des personnes qu'il ne fréquentait pas avant…

— Il faut croire qu'il a finalement pris goût à la popularité, dit-elle en mimant une grimace.

Ma mousse au chocolat terminée, je repousse mon plateau et la regarde finir le sien.

— Je pense que tu devrais essayer de lui parler, me conseille-t-elle.

— Pourquoi ? Il t'a dit quelque chose ? Il t'a parlé de moi ?

— Bien sûr qu'il m'a parlé de toi, ça fait un moment que tu es son principal sujet de conversation, mais…

— Quoi ? m'inquiété-je.

— Non, il faut que ça vienne de toi ou de lui. Bon j'y vais moi, j'ai un devoir dans vingt minutes et ce serait pas mal que je jette au moins un œil à mes cours avant !

Je la laisse partir et reste incrédule, plongée dans mes pensées.

Lorsque je reprends enfin conscience, je me lève avec mon plateau à la main et vais débarrasser couverts et assiettes. Encore une fois, tout le monde me regarde, mais j'essaie de faire abstraction.

Je finis les cours à 15 h 30, j'aimerais avoir l'occasion d'échanger quelques mots avec Alex avant de rentrer chez moi. Ou bien je lui enverrai un SMS, mais pour ça il faudrait que mon père daigne récupérer mon téléphone qui servait de pièce à conviction pour l'enquête… De toute manière, s'il ne l'a pas récupéré tout à l'heure, il devra m'accompagner pour m'en offrir un neuf. Je vais d'ailleurs miser sur son oubli.

Je me rends dans la salle de jeux, mais Alex n'y est pas. Il n'est pas dans la cour non plus. En fait, quand ni Alex ni Lydia ne sont présents, je n'ai vraiment personne avec qui être. Je me fais à cette idée et vais m'installer sur un banc, sans même un téléphone pour passer le temps… Perdant patience très rapidement, je décide de parier sur le fait que ma prochaine salle de cours est ouverte et rejoins le couloir pour m'y rendre. Je marche les quelques mètres qui me séparent de la porte derrière laquelle je vais endurer les deux heures d'histoire qu'il me reste avant de me tirer d'ici, et bingo ! La porte est ouverte et il n'y a personne à l'intérieur, c'est nickel.

Je m'installe à la table où j'étais auparavant assise avec Alex, et me demande où il s'installera lorsqu'il arrivera… Je sors mes cours et attends. C'est fou comme on se sent seul quand on n'a pas de portable. Mon cahier d'histoire me sert de cahier de dessin : un lapin qui fume une clope, une licorne qui saute par-dessus un lapin qui fume une clope… J'ai toujours adoré les licornes, sans trop savoir pourquoi. Il me semble que mon père m'a dit un jour que ma mère me chantait une chanson lorsque j'étais petite qui parlait d'une licorne…

Bref, je divague.

Lorsque je jette un œil à ma montre, il est 13 h 25. Les premiers élèves arrivent, et constatant que la porte est ouverte et que je suis installé, ils entrent.

— Ça va ? me demande Sydney en s'installant à la table voisine de la mienne.

— Ça va.

D'autres arrivent, mais toujours pas d'Alex… Monsieur Gareth entre et s'installe à son bureau. Les blagues de merde d'Alex me reviennent en tête… « Déjà qu'un Gareth, ça me fait chier, alors six Gareth, ça me file le cancer. » Il me suffisait d'y penser pour qu'il apparaisse. Et comme par hasard, il est accompagné de Betty et s'installe avec elle.

OK, là il commence sérieusement à me gonfler !

Le professeur referme la porte et je me retrouve encore seule à ma table pour suivre le cours. Triste année qui m'attend… Et triste programme : les premières phrases de Gareth suffisent à m'endormir.

***

La sonnerie retentit enfin, il est 15 h 20. J'imagine la marque que je dois avoir à travers la joue et tente de revenir à la surface. Je sors en vitesse de la salle de cours et me dirige vers le parking. Je pense déjà à ce que pourrait être mon prochain téléphone…

— Salut Alice.

Cette voix… Je me retourne.

— Salut Alex.

Il se tient face à moi. Il est beau, grand, avec ses cheveux bruns en bataille… Enfin toujours le même, quoi !

— Ça va ? me demande-t-il.

— Ça va, oui… Et toi ?

Je réponds d'une voix mielleuse alors que je devrais lui sauter au cou, lui hurler dessus que c'est un sale type qui préfère fréquenter une pouf plutôt que de m'accueillir pour mon retour ici !

— Ça va, tu as jeté un œil à ton casier ?

À mon casier ? De quoi il parle ?

— Mon casier ? Je ne comprends pas…

Est-ce qu'il y aurait fait une connerie ?

— Je t'ai glissé un mot à l'intérieur, me dit-il d'une voix timide.

— Tu m'as glissé un mot ? Quand ça ?

— Ce matin, j'attendais que tu le lises en fait…

Je réfléchis, mais… non, je ne suis pas allée à mon casier de la journée.

— Je n'ai pas eu besoin d'y déposer d'affaires, réponds-je, mais dis-moi.

— Non, je préfère que tu lises le mot, on en rediscute ce soir sur Internet, si tu veux.

Et il s'en va.

— Alex, attends !

Il se retourne.

— Dis-moi ce que t'as écrit sur ce mot.

— Je préfère que tu le lises, je n'arriverais pas à te le dire comme ça… Je n'oserais pas.

— Quoi ?

— Lis-le, s'il te plaît.

Et il repart.

Je m'apprête à l'appeler de nouveau, mais laisse finalement tomber, trop curieuse d'aller lire ce fameux mot. Je fais demi-tour et me dirige droit vers mon casier. Mais… Et si le message n'était pas sympa… Ce petit lâche n'a pas osé me le dire en face parce que c'est méchant !

Il me largue peut-être ? Non, ça il l'a déjà fait. Ou il m'annonce qu'il est en couple avec cette salope de Betty Stanford ! Voilà, je suis sûre que c'est ça !

Je ne veux pas le lire ce mot, mais j'ouvre mon casier malgré tout. Un bout de papier plié se trouve sur mes livres. Je sais que ça va me faire souffrir, mais tant pis…

Alice,

Je suis super content de te revoir, à un point… Enfin, je ne pourrais dire à quel point. J'ai vraiment flippé. Depuis que tu as disparu, je n'ai fait que baliser… Je m'en veux de ce que je t'ai dit, je m'en veux de t'en avoir voulu pour Peter.

Quand je t'ai revue ce matin… Je ne t'explique même pas dans quel état j'étais !

Je n'osais même pas te regarder, j'avais peur de me mettre à pleurer. Tu dois me prendre pour un idiot en lisant ces lignes et je dois sûrement te paraître ridicule, mais je m'en fous. Je me dis qu'il faut que je t'écrive pour te dire ce que je ressens. Je suis bien trop fier pour te le dire en face.

Depuis deux semaines, depuis que j'ai été libéré, chaque jour j'ai voulu venir chez toi. Je mourais d'envie de te voir, de te serrer contre moi, de m'assurer que tu allais bien.

Mais je n'ai pas osé. Peut-être m'en veux-tu pour ce que je t'ai dit… Ou peut-être m'en veux-tu maintenant de ne pas être passé durant ces deux semaines…

Donc je t'écris cette lettre pour te dire ce que je suis incapable de te dire en face, te dire que je veux que tout redevienne comme avant. Alors à toi de choisir le « avant » que tu préfères. Il y a celui où nous étions amis, et il y a celui où nous étions ensemble. Je t'avoue que j'ai une préférence pour le dernier. Mais j'accepterai ton choix tant que je te retrouve.

Je l'avoue, je ne suis pas très courageux, je préfère t'écrire plutôt que de venir te parler. Le courage te va mieux qu'à moi, je pense. Donc je compte sur toi pour venir me parler après m'avoir lu. Enfin, évidemment… Si tu ne le fais pas, je le ferai.

J'espère à tout à l'heure.

Alex

63

Sept mois plus tard.

J'arrive avec mon père au tribunal, on m'a expliqué hier comment ça allait se passer. Il y aura probablement trois jours de procès, trois jours nécessaires pour écouter tout le monde. Je pourrai être appelée à la barre n'importe quand, et c'est cela qui me stresse. Je vais devoir raconter ce qui m'est arrivé devant une centaine de personnes. Je ne suis pas certaine d'y arriver, je sais que je vais me mettre à pleurer en me remémorant ces souvenirs. Moi qui m'efforce de ne plus y penser, je vais devoir tout déballer à nouveau.

Notre avocat, maître Fields, m'a rassurée en me disant que si c'était trop difficile pour moi, ils pouvaient se servir de mes différentes dépositions faites à la police suite au drame, et que je n'aurais alors qu'à les confirmer et les étayer si besoin. Mais il m'a aussi rassurée sur la probable finalité du procès et je suis plutôt sereine. Maître Fields est avant tout l'avocat de la famille Miller, mais il s'est proposé pour me défendre également. Mon père n'allait pas dire non, il paraît que Fields est un des avocats les plus réputés de New York.

Je m'assieds à ma place, mon père à mes côtés. Je regarde tout autour de moi et j'ai l'impression que tout Laneford est présent. Il n'y aura pas de public pour assister à l'audience, il n'y a pas assez de place, donc toutes les personnes présentes sont en lien avec les victimes ou les accusés et peuvent être appelées à tout moment pour témoigner. Seuls les membres de leurs familles sont également acceptés.

Tout cela, c'est Fields qui me l'a expliqué.

Soudain, je suis prise de panique, car je ne vois Alex nulle part. Ce n'est pas si grave en soi, il est forcément présent dans la salle, mais c'est que j'ai besoin de savoir où il se trouve. Je l'aperçois enfin, mes yeux s'arrêtent sur lui, il était justement en train de me regarder. Il me lance un sourire, le genre qui veut dire « tout va bien se passer ». Je me dis qu'il a raison, puis une porte s'ouvre et les accusés font leur apparition. Des larmes emplissent mes yeux tandis que je réprime un cri lorsque je vois Matt, celui à qui j'en veux le plus. Il ne regarde pas dans ma direction, et quelque part, ça me rassure, je n'ai pas envie de croiser son regard. Il est suivi de Rick, Tyler, et enfin Sarah.

Sarah… J'ai encore du mal à croire qu'elle soit liée à tout ça. Non pas que je l'appréciais, ni qu'elle m'appréciait. Elle me détestait, je le sais très bien, mais ça n'explique en rien son projet.

Mon père, lui, est persuadé de sa culpabilité. Matt et Tyler l'ont accusée, tandis que Rick et Sarah nient tout en bloc. Aucun élément trouvé dans le hangar n'a prouvé la présence de cette dernière. Mais mon père est persuadé qu'elle a participé. La seule chose qui l'angoisse vraiment, c'est que sa culpabilité ne soit pas prouvée. Mais au fond de moi, je n'ai pas envie qu'elle soit coupable, trois tortionnaires, c'est déjà suffisant. J'aimerais ne pas apprendre qu'une quatrième personne me voulait du mal.

C'est assez bizarre cette sensation d'être la victime, ce qui veut dire qu'eux sont mes bourreaux. Je me demande ce que j'ai fait pour motiver leur haine envers moi. On ne fait pas du mal à quelqu'un juste pour le plaisir ! Mon père a beau me répéter que si, que certaines personnes le font, de mon point de vue de victime, je ne peux pas m'empêcher de me dire que moi, et que Doria avant moi, avons dû faire quelque chose pour déclencher tout ça. J'ai du mal à me dire qu'ils se sont simplement dit :

« tiens, on va torturer quelqu'un », et qu'ils nous ont choisies au hasard.

L'arrivée de la juge me coupe dans mes pensées ; Fields m'a parlé d'elle, il m'a dit qu'elle pouvait se montrer dure, mais qu'elle était toujours juste. Et qu'elle avait du cœur.

Je l'écoute présenter le déroulement du procès, et durant ce laps de temps, je ne peux m'empêcher de regarder Sarah. Elle paraît calme, sûre d'elle, comme à son habitude. C'est justement elle qui est appelée la première à la barre. La juge vient d'expliquer que toute la première partie du procès sera menée par maître Fields. L'avocat des accusés n'interviendra qu'en fin de journée, s'il reste assez de temps.

Je regarde Sarah s'installer seule à la barre, face à cent personnes, et je flippe à l'idée de me retrouver à sa place. Notre avocat se lève et se place face à elle.

— Mademoiselle Sarah Garner, commence-t-il, maintenez-vous que vous n'avez aucunement agi dans toute cette affaire de séquestration ?

— Je maintiens mes dires.

— Vous n'avez pas non plus agi dans le meurtre de Doria Miller ?

— Non plus.

— Vous niez toute influence sur les personnes de Matt Ferman et de Richard Butler ?

— Peut-être que j'avais une influence, en effet, mais elle était alors totalement involontaire.

— Quel genre d'influence ?

— Le genre…

— Oui ? dit-il en tendant l'oreille.

Je suis surprise par cette entrée en matière, abrupte, et par la vitesse à laquelle les questions fusent. Maître Fields se déplace devant Sarah comme les avocats dans les films, en usant d'une gestuelle parfaitement maîtrisée.

— Ils agissaient en conséquence à ce que je pensais. Ils

savaient que je n'appréciais pas Doria donc ils s'en sont pris à elle. Mais jamais je ne leur ai demandé de le faire.

— Et lorsqu'ils affirment que vous étiez présente sur les lieux lors des différents sévices ?

— Ils mentent.

— D'accord…, s'exclame-t-il en se tournant vers l'assemblée.

Je suis assez impressionnée par l'attitude de Fields. C'est clair qu'il joue un rôle, on dirait un comédien sur une scène de théâtre. Tout en parlant, il fait des allers-retours entre l'accusée et l'assistance.

Il se retourne vers Sarah :

— Mademoiselle Garner, pouvez-vous nous décrire votre relation avec Matt Ferman ?

— Nous étions amis.

— C'est tout ?

— Oui.

— Il n'y avait pas de sentiments amoureux entre vous ?

— Pas de mon côté, répond-elle froidement.

L'avocat se tourne vers Matt, je le regarde moi aussi, il fixe Sarah d'un regard noir.

— Et votre relation avec Richard Butler ? reprend Fields.

— Nous sortions ensemble.

— Richard Butler est donc votre petit ami ?

— Il l'était, oui.

— Mais il ne l'est plus ?

— Pas après ce que j'ai appris le concernant.

— Le meurtre de Doria Miller ou la séquestration avec violences sur la personne d'Alice Wayne ?

— Les deux.

Entendre mon nom à voix haute me donne la chair de poule.

— Pouvez-vous nous décrire vos sentiments pour Richard Butler ?

— Je ne sais pas…, répond-elle en regardant Rick.

— Est-ce que vous l'aimez ?

— Non.

— Et avant de savoir qu'il était lié au meurtre de Doria Miller, et avant de savoir pour la séquestration d'Alice Wayne, est-ce que vous l'aimiez ?

— Non plus, affirme-t-elle aussitôt.

— Vous ne l'avez donc jamais aimé ?

— Non.

J'ouvre de grands yeux ; je ne comprends pas à quoi elle joue.

— D'accord, déclare l'avocat en se tournant vers la juge. Je n'ai plus de questions pour Sarah Garner, j'aimerais maintenant entendre Richard Butler.

— Merci, mademoiselle Garner, s'exclame la juge, et j'appelle à la barre monsieur Richard Butler.

Durant cette transition, des murmures s'élèvent dans l'assemblée. Je réalise que tout le monde commente les réponses obtenues par Fields. De mon côté, je reste muette, je vois du coin de l'œil que mon père me lance quelques regards furtifs pour s'assurer que je tiens le coup, mais je me sens bizarre. Je crois que je suis en train de réellement me rendre compte que c'est durant ces trois prochains jours que je vais apprendre les vraies raisons qui les ont poussés à s'en prendre à moi. Sarah est allée se rasseoir, Richard s'est levé, j'ai cru remarquer qu'il cherchait à capter le regard de Sarah, mais elle s'est assise en gardant les yeux rivés au sol.

— Vous avez entendu votre amie Sarah Garner ? demande aussitôt Fields à Rick.

— Oui.

— Pouvez-vous nous préciser vos sentiments vis-à-vis de mademoiselle Garner ?

Je le regarde hésiter, il se tourne vers Sarah, et cette fois elle le regarde droit dans les yeux. Je ne vois pas très bien d'où je suis, mais j'ai l'impression qu'elle lui jette un regard froid…

— Je crois que j'ai toujours été amoureux de cette fille, répond Rick.

— Toujours, vous dites ?

— Depuis le premier jour où je l'ai vue, nous étions au collège.

— Mais vous sortiez ensemble depuis moins longtemps…

— Oui.

— Est-ce vrai qu'avant cela, elle fréquentait votre ami Matt Ferman ?

— Ils ont été ensemble, oui.

— Matt Ferman était votre meilleur ami ?

— Oui, et il l'est toujours.

— Cela a donc dû être difficile à vivre pour vous.

— Non, ça a été.

— Ça a été ? répète l'avocat. Expliquez-moi ce qui vous a fait tenir.

— Sarah m'avait laissé entendre que c'était moi qu'elle aimait, et qu'elle quitterait Matt pour moi.

— Ce qu'elle a fait ?

— Oui.

— Et pourtant vous avez entendu ce qu'elle a dit ?

— Oui.

— Elle n'aime aucun de vous deux, et ne vous a jamais aimé.

— C'est ce qu'elle a dit.

— Qu'est-ce que cela vous inspire, monsieur Butler ?

Rick ne dit mot. L'avocat le fixe un moment, mais devant le mutisme du jeune homme, il reprend :

— Sa réponse vous a déçu ?

— Qu'est-ce que vous cherchez à me faire dire ?

— Répondez, monsieur Butler, intervient la juge.

— Ça n'a plus d'importance…

— Mais vous, vous l'aimez toujours ?

— Oui.

— Maître, déclare la juge, pouvez-vous en venir au fait ?

— Bien sûr, votre honneur, j'en ai terminé avec monsieur Butler sur les questions concernant Sarah Garner. Puis-je aborder le sujet de sa culpabilité dans le meurtre de Doria Miller ?

— Faites.

— Monsieur Butler, confirmez-vous être l'assassin de Doria Miller ?

— Non.

Des bruits s'élèvent dans la salle. Je me mets à douter.

— Vous ne l'avez pas tuée ?

— Non.

— Alors qui l'a tuée ?

Richard ne répond pas.

— Ce serait Matt Ferman ? reprend Fields.

Rick restant toujours muet, la juge intervient :

— Répondez aux questions de l'avocat, monsieur Butler.

C'est surréaliste, j'ai l'impression de rêver. Ou d'être dans un cauchemar. C'est bizarre de voir des gens que l'on connaît être les accusés d'une affaire que je ne connais que trop bien. Mais je suis aussi surprise par les réponses, et je n'ai aucune idée de là où ça va nous mener.

— Lorsqu'elle est morte, déclare Rick, ce n'était pas moi qui venais de la frapper.

— Les derniers coups ont été donnés par Matt Ferman, c'est ce que vous voulez nous dire ? demande l'avocat.

— Oui.

— Mais vous, vous ne l'avez pas frappée ?

— Si.

— Eh bien, monsieur Butler, sachez que les examens faits sur la victime ont signifié que sa mort avait été entraînée par une succession de coups portés à son encontre. La victime serait décédée d'une hémorragie interne, il nous est donc impossible de déterminer quel coup précis a causé la mort.

C'est le genre d'information dont je n'avais pas connaissance. Sept mois que mon père m'informe au compte-gouttes, craignant de me choquer, et toute son entreprise va être fichue en l'air avec ce procès. Je vais tout savoir de cette histoire qui me concerne directement.

Et pendant ce temps, Rick reste toujours impassible. Je suis bluffée par leurs réactions, qu'ils puissent répondre aux questions comme si de rien n'était. Alors que je sais d'avance que je craquerai lorsqu'arrivera mon tour.

— Et vous confirmez l'avoir frappée ? reprend Fields.

— Oui.

— Donc, cela fait-il de vous un coupable au même titre que monsieur Ferman ?

— J'imagine.

— J'en ai terminé avec monsieur Butler, j'aimerais maintenant parler à Matt Ferman, annonce l'avocat à l'attention de la juge.

— Alors ce sera après une pause, répond-elle, l'audience reprendra à 14 h.

— Ça va ? s'assure mon père.

— Oui, murmuré-je simplement, pas certaine de pouvoir argumenter.

Je me lève, mais il me fait signe de me rasseoir.

— Attendons que tout le monde sorte, me conseille-t-il.

— On fait quoi jusqu'à 14 h ?

— Fields s'est arrangé pour nous faire prévoir des repas dans une salle du tribunal, ça nous évitera d'avoir à sortir.

— Il y a des journalistes ? demandé-je.

— Dehors, oui.

Tout cela est surréaliste. Je me tourne vers Matt, Rick et les autres, mais ils ont déjà disparu. Ils ont dû être escortés par des agents. Je regarde Fields qui discute avec madame Miller. Entre deux échanges, il jette un coup d'œil dans ma direction. Je devine qu'ils parlent de moi, car madame Miller se retourne à son tour et nous regarde. L'avocat nous fait signe de les rejoindre.

— Nous n'allons pas sortir de l'enceinte durant la pause, d'accord ?

— OK, répond mon père.

— Écoutez, le procès ne fait que commencer, mais tout se passe bien, soyez rassurés.

Mon père regarde autour de lui, comme s'il était gêné de ce qu'il allait dire.

— Et pour Sarah Garner ? demande-t-il.

— Ne vous inquiétez pas, je vous l'ai déjà dit, si Garner est coupable, je la démasquerai.

— Elle l'est, assure mon père d'un ton catégorique.

De mon côté, je n'en suis pas si certaine. Et rien dans ce début de procès ne m'a fait changer de point de vue.

***

À la reprise de l'audience, une fois tout le monde installé, la juge appelle Matt à la barre, tandis que notre avocat reprend sa place.

Lors du déjeuner, Fields nous a exposé sa tactique. Durant cette première journée, il va tenter d'approfondir le profil psychologique de Sarah. Tout tourne autour d'elle, et même si elle aime être sous les feux des projecteurs, il ne la voit pas nier tout le long du procès si, comme en est persuadé mon père, elle est coupable. Il ne pense pas avoir besoin de m'appeler à la barre cet après-midi et je ne répondrai aux questions qu'à partir de demain. Mais je dois quand même me tenir prête au cas où. Le fait de ne pas être appelée me rassure. Je suis coincée entre deux sentiments : j'ai envie de me confronter à Matt et Rick pour ce qu'ils m'ont fait endurer, mais je suis toujours tétanisée à l'idée de devoir tout raconter face à autant de personnes.

Je regarde Alex pour m'assurer qu'il est toujours à la même place, nos regards se croisent. J'aurais voulu qu'il soit à côté de moi aujourd'hui, mais ce n'était évidemment pas possible.

— Monsieur Ferman, commence l'avocat, nous avons retrouvé le corps de Doria Miller et vous avez avoué en interrogatoire que vous étiez coupable de sa séquestration ainsi que de son meurtre.

Matt Ferman se contente de hocher la tête.

— Répondez, s'il vous plaît, s'exprime la juge.

— Oui, votre honneur.

— Maître, répétez votre question, s'il vous plaît.

— Monsieur Ferman, avez-vous oui ou non avoué votre culpabilité pour la séquestration et le meurtre de Doria Miller ?

— Oui.

— Et pour la séquestration et les coups portés à Alice Wayne ?

— Oui.

J'ai envie de le tuer. L'entendre le dire rend les choses plus réelles.

— Confirmez-vous également avoir déclaré, lors de différents interrogatoires, avoir agi sous influence ?

— Oui.

— Sous quel genre d'influence, pouvez-vous nous le préciser ?

Matt se retourne vers Sarah, il la regarde vraiment méchamment.

— Nous avons agi sous l'influence de Sarah Garner, dit-il en continuant de la regarder.

— Précisez le « nous », intervient la juge.

— Rick et moi, répond-il.

— Richard Butler, ici présent ? demande l'avocat.

— Oui, Richard et moi.

— Vous nous dites que Sarah Garner vous a demandé d'enlever Doria Miller ?

— Oui.
— De même pour Alice Wayne ?
— Oui.
— Sarah Garner, qui nous a elle-même dit ne pas avoir agi dans ces affaires ?
Matt fixe Sarah. Elle le regarde aussi, et tout le monde le remarque dans la salle, Fields le premier. On dirait que Sarah et Matt se sont déclaré la guerre, mais lequel croire ?
— Monsieur Ferman, reprend l'avocat, essayant de capter à nouveau l'attention du garçon. Vous avez entendu les réponses de Sarah Garner ?
— Oui.
— Alors je vais vous poser des questions similaires. Pouvez-vous me décrire votre relation avec Sarah Garner ?
Le jeune homme se retourne encore une fois vers Sarah Garner ; on dirait qu'il a décidé que s'il tombait, elle tomberait avec lui.
— Nous étions amants, dit-il.
Cette fois, Sarah baisse les yeux. Des murmures s'élèvent dans la salle, moi-même je n'en reviens pas de ce que je viens d'entendre.
— S'il vous plaît, lance la juge à destination de l'assemblée, qui se calme aussitôt.
— Vous étiez amants ? répète l'avocat.
— Oui.
— Vous dites que vous aviez des relations sexuelles avec Sarah Garner ?
— Oui.
— Récemment ?
— Oui.
— Alors qu'elle était la petite amie de votre meilleur ami ?
— Oui, répète Matt.
Alors que moi j'étais avec Matt ! Enfin ce n'est pas le plus grave dans cette histoire, mais quand même ! Je n'en reviens

toujours pas de ce qu'il raconte.

— Il peut mentir ? m'informé-je auprès de mon père qui m'a rejoint pour cette deuxième partie.

— Normalement il n'en a pas le droit, me susurre-t-il avant de poser son index sur ses lèvres.

— Je ne suis pas certain de bien comprendre…, s'exclame l'avocat avant de se racler la gorge. Sarah Garner avait une relation avec Richard Butler, et malgré cela vous vous fréquentiez tous les deux en cachette.

— C'est arrivé.

— Mais quand cela a-t-il commencé ? l'interroge-t-il.

— Durant la période Doria.

— La « période Doria », répète l'avocat. Quand avez-vous couché pour la première fois avec Sarah Garner ? Lorsque vous sortiez ensemble ?

— Non, nous ne l'avions pas fait à l'époque.

— Donc votre première fois date de ce que vous appelez la « période Doria ».

— Oui.

— Et votre ami Richard n'en a jamais rien su ?

— Il était là, répond Matt.

Fields ne cache pas sa surprise et se tourne vers Rick afin de voir sa réaction. Ce dernier ne bouge pas, et ne semble pas surpris de cette réponse.

— Est-ce que vous êtes en train de nous dire que Sarah Garner, Richard Butler et vous-même aviez des rapports sexuels à trois ?

— Tout a commencé à la période Doria.

— Oui, la fameuse « période Doria », répète l'avocat en mimant les guillemets. C'est-à-dire ?

— La séquestration plaisait à Sarah, elle l'excitait.

Cette fois, des voix s'élèvent dans la salle. Ce ne sont plus des murmures et la juge doit même intervenir, mais cela ne suffit pas à faire taire les protestations de madame Garner, choquée par les diffamations à propos de sa fille. Tout le monde se tourne vers elle. Elle se tient debout dans la salle et demande en hurlant que cela cesse. Madame Garner demande à Matt d'arrêter de dire des choses pareilles, puis elle le traite de menteur. La juge lui demande de se calmer, mais la mère de Sarah refuse. À côté, son mari tente de la faire se rasseoir, mais elle se débat, forçant deux agents de sécurité à intervenir. Elle repousse violemment le premier. Monsieur Garner ne semble pas trop savoir quoi faire : défendre sa femme ou tenter de la contrôler ? Mais le second agent parvient enfin à maîtriser madame Garner. Elle comprend rapidement qu'elle ne fait pas le poids et se laisse accompagner vers la sortie, tout en continuant de traiter Matt de menteur. Le père de Sarah accompagne sa femme d'un regard bienveillant, mais semble avoir fait le choix de rester dans la salle auprès de sa fille.

Il faut quelques secondes pour que le silence revienne. Fields a profité de ce moment pour s'entretenir avec madame Miller et mon père, puis il retourne doucement se positionner face à Matt.

— Monsieur Ferman, reprend-il comme s'il ne s'était rien passé, vous dites que vous vous adonniez à des relations sexuelles à trois, parce que Sarah Garner était excitée par la séquestration de Doria Miller, c'est bien ça ?

— Oui.

— Est-ce que vous agissiez en conséquence ?

Matt ne répond pas.

— Je reformule, reprend l'avocat. Est-ce que vous agissiez afin d'obtenir les faveurs de Sarah Garner ?

— Oui.

— Donc elle ne vous demandait pas explicitement de faire telle ou telle chose, comme enlever Doria Miller par exemple, mais vous le faisiez parce que vous estimiez que cela l'exciterait.

— Non, elle nous l'avait demandé.

— Elle vous avait demandé de l'enlever ?

— Tout est parti d'un film, dit Matt.

— Ah oui, le film, dit l'avocat. *Au bout du sixième jour*, c'est bien ça ?

— Oui.

— Vous l'aviez regardé avec Sarah ?

— Et d'autres amis.

— D'accord, racontez-nous.

— Le film ?

— Non, je vais vous épargner cela. Pour faire simple, le film raconte l'histoire d'un homme qui enlève des jeunes femmes et qui les séquestre six jours durant avant de les tuer. Et chaque jour, il devient de plus en plus cruel envers ses victimes. Vous me confirmez que c'est bien l'histoire ?

Matt hoche la tête.

— J'aimerais plutôt que vous m'expliquiez le lien entre le film et les demandes de Sarah Garner.

— Ça n'a pas été immédiat, répond-il. Elle n'aimait pas Doria Miller, et un jour elle nous a proposé de nous amuser à lui faire peur.

— « Proposé », vous dites ?

— Oui.

— Si elle vous avait proposé de vous allonger sur des rails de chemin de fer, vous l'auriez fait ?

— Probablement pas.

— Comment vous a-t-elle « proposé » d'enlever Doria ?

— Elle nous a simplement dit : « Tiens, ce serait cool si on faisait la même chose avec la petite Miller. »

— Et vous avez accepté ?

— Elle nous a expliqué comment on pourrait s'y prendre, ça paraissait simple et marrant.

Fields se tourne vers l'assemblée en répétant « marrant », rendant les explications de Matt ridicules.

— D'accord, reprend l'avocat, continuez.

— Il y avait un hangar où nous avions l'habitude de nous

retrouver, elle nous a proposé d'attirer Doria dans cet endroit et de lui faire peur à la manière du film.

— De lui faire peur ?

— Au début, c'est tout ce qu'on avait prévu. On devait lui bander les yeux et lui mettre quelques gifles, juste pour l'effrayer.

— Vous l'avez fait ?

— Oui.

— Vous avez attiré Doria Miller dans ce hangar ?

— On l'a fait venir de force.

— Qui était présent ?

— Il y avait… Sarah, Rick…

— Richard, corrige aussitôt Fields.

— Oui, Richard… Et il y avait Douglas et Tyler.

— Et vous, conclut l'avocat.

— Oui.

— Vous étiez donc cinq à lui faire peur.

— Au début, oui.

— Au début ?

— Lorsqu'il ne s'agissait que de petites gifles, nous étions tous là. On lui tournait autour, elle avait les yeux bandés et était attachée à une chaise.

Un sanglot se fait entendre dans la salle et tout le monde se tourne vers la mère de Doria.

— Souhaitez-vous sortir, madame Miller, demande la juge, ou désirez-vous que l'on fasse une pause ? Aborder les détails est malheureusement primordial.

— Ça va aller, assure-t-elle en s'efforçant de se contenir.

— Maître, s'exprime la juge à l'attention de Fields, nous attendrons la fin de l'audience pour aborder les détails des séquestrations si vous le voulez bien.

— Bien sûr, répond-il avant de se retourner vers Matt. Pour en revenir à ce que vous nous avez dit tout à l'heure, lors de vos rapports sexuels, vous étiez trois, c'est bien ça ?

— En fait, il y avait Doria.

— Pardon ? Vous dites que Doria Miller a participé ?

— Non, elle était juste là. C'est ce qui excitait Sarah, explique tranquillement Matt, de voir Doria attachée.

Fields paraît décontenancé, et cette fois, je ne suis pas certaine que ce soit de la comédie. Il fait quelques pas vers l'assemblée, semblant réfléchir, puis revient vers Matt.

— Vous faisiez ça dans le hangar ?

— Oui.

L'avocat se tourne vers madame Miller, comme pour s'assurer qu'elle va bien. Puis il reprend :

— Et lors de vos ébats, où se trouvaient vos autres amis ?

— Ils étaient chez eux. Douglas et Tyler ne servaient à rien, enfin c'est ce que disait Sarah.

— Et ils revenaient lorsque vous aviez terminé, c'est ça ?

— Non, Douglas et Tyler n'étaient là qu'au tout début, on ne leur a pas demandé de revenir après. Ils étaient moins dans le truc.

— Moins dans le truc ?

— Ouais.

Je n'en reviens pas de la façon de répondre de Matt, nonchalant, comme si ses déclarations n'avaient pas grande importance, comme s'il s'agissait d'une chose futile.

— Si je vous suis bien, Douglas Ford et Tyler Brickwaith ne seraient coupables que de séquestration suivie de gifles ? demande Fields.

— Oui.

— D'accord. Et vous, pourquoi ne vous êtes-vous pas arrêtés aux simples gifles, comme vous l'aviez prévu au départ ?

— Parce que Sarah aimait ça, elle nous en a demandé davantage. Et plus on frappait Doria, plus Sarah aimait ça.

— Et plus elle aimait ça, plus vous obteniez ses faveurs, c'est ça ?

— Oui, répond Matt en gardant la tête haute.

— Donc si je comprends bien, et je vais tenter de résumer, surtout n'hésitez pas à me couper si je me trompe…, dit l'avocat en s'adressant à Matt avant de se tourner vers l'audience. Vous et vos amis attirez Doria Miller dans ce hangar, parce que cela pourrait être marrant selon Sarah Garner. Vous l'attachez à une chaise, les yeux bandés, vous lui tournez autour et la giflez afin de vous amuser à lui faire peur.

Fields se retourne et Matt hoche la tête. L'avocat continue :

— Ça, c'est le premier jour ?

— Les deux premiers jours, corrige Matt.

— Ah, les deux premiers, d'accord. Ensuite, vos deux amis Tyler Brickwaith et le regretté Douglas Ford ne sont plus revenus ?

— Non.

— Je reprends, dit-il en marchant vers nous et en haussant la voix. À partir du troisième jour, vous continuez à trois : Sarah, Richard et vous ?

— Oui.

— Vous frappez Doria tous les trois ?

— Non, Sarah ne la touchait pas.

— D'accord. Donc vous giflez Doria, et Sarah vous demande d'en faire plus.

— Elle nous a demandé de lui donner des coups de poing au visage.

— Je vous ai demandé d'aborder les détails en fin d'audience, les coupe la juge.

— Oui, en effet, pardon votre honneur, s'excuse Fields avant de se tourner de nouveau vers l'assemblée. Je vais alors être bref… Sarah Garner demande à Matt Ferman et à Richard Butler d'accentuer leurs sévices, cela excite Sarah Garner, qui décide de s'adonner à une relation sexuelle avec les deux garçons, et ce, face à Doria Miller.

Puis il se tourne vers Matt :

— Euh… Avait-elle les yeux bandés lorsque vous faisiez

votre partie de jambes en l'air ?

— Au début, oui, puis Sarah a voulu qu'elle regarde.

— Bien sûr, répond l'avocat comme si c'était évident, avant de se retourner vers nous. Les jours suivants, il en faut toujours plus à Sarah Garner pour l'exciter, elle demande plus de sévices et en récompense, les garçons obtiennent de nouveau ses faveurs. Et on sait comment l'histoire se termine.

L'avocat se dirige vers sa place, saisit une petite bouteille d'eau et en avale une gorgée avant de reprendre :

— Je pense en avoir terminé pour le moment avec monsieur Ferman, j'aimerais maintenant parler à Peter Godson.

Cette histoire devient folle, je me tourne vers mon père qui doit le sentir, car il me regarde.

— Ça va ? s'inquiète-t-il.

— C'est totalement dément, réponds-je.

— Je le sais.

— Mais je n'y crois pas, me sens-je obligée de préciser.

— À ce qui vient de se dire ?

— Ce n'est pas possible, Matt doit baratiner.

Mon père adopte un air… dubitatif ? Je ne sais pas trop en fait, mais il se retourne vers la barre où vient de s'installer Peter. Nous apprenons beaucoup de choses, c'est clair, mais j'ai quand même du mal à croire tout ça. Et tant que Sarah n'aura pas avoué, je ne pense pas pouvoir l'imaginer capable de ce que prétend Matt.

— Monsieur Godson, commence Fields, connaissiez-vous Sarah Garner ?

— Oui.

— Peut-on connaître la nature de votre relation ?

— Nous nous connaissions, rien de plus.

— Vous n'êtes jamais « sortis ensemble » ? demande l'avocat en mimant de nouveau les guillemets.

— Non.

— D'accord. Monsieur Godson, avez-vous déjà eu

connaissance d'un quelconque intérêt de Sarah Garner à votre encontre ?

— Oui.

— Expliquez-nous.

— Mon frère...

— Alex Godson, précise Fields.

Je me tourne alors vers Alex, qui ne lâche pas son frère des yeux.

— Oui, Alex. Elle lui avait plusieurs fois fait passer des messages à mon attention.

— Quel genre de messages ?

— Elle aurait aimé que l'on se voie en dehors du lycée, elle disait que je lui plaisais...

— Donc Sarah Garner était intéressée par vous ?

— C'est ce qu'elle disait à mon frère.

— D'accord. Venons-en à Doria Miller, s'il vous plaît. Quelles étaient vos relations ?

Peter prend un moment avant de répondre, je repense à la soirée où nous avions parlé de la lettre, il était sincère.

— Nous sommes sortis ensemble, s'exclame-t-il enfin, juste avant qu'elle disparaisse.

— Ah tiens, fait l'avocat en feignant la surprise. Et pensez-vous que Sarah Garner ait pu l'apprendre ?

— Jusqu'à peu, je ne pensais pas.

— Vous ne pensiez pas ? Mais maintenant, oui ?

— Je sais maintenant que Matt Ferman nous avait vus, Doria et moi.

— Donc Matt Ferman était au courant de votre relation avec Doria Miller ?

— Oui.

— Et il aurait très bien pu l'apprendre à Sarah Garner ?

— Je pense, en effet.

— Et que pensez-vous de Sarah Garner ?

Encore une fois Peter prend un moment, il regarde en

direction de Sarah.

— Alors ? insiste Fields.

— Je pense qu'elle est folle.

— D'accord, dit l'avocat en se tournant vers la juge. Votre honneur, puis-je abuser de la patience de l'assemblée en appelant une nouvelle fois Sarah Garner à la barre ?

— Faites, Maître, répond-elle, mais ce sera ensuite au tour de la défense.

Sarah reprend sa place à la barre. Son visage est rouge, ce qui dénote avec la contenance dont elle faisait preuve jusque-là.

— Mademoiselle Sarah Garner, commence Fields, vous seriez donc folle ?

Sarah souffle.

— Ce n'est pas moi qui l'ai dit, se défend l'avocat, c'est Peter Godson.

— Il ne me connaît pas.

— Et pourtant, il pense que vous vous intéressiez à lui.

Elle ne dit rien.

— Était-ce le cas ? insiste-t-il.

De mon côté, je sais bien qu'elle s'intéressait à lui, Alex me l'avait dit et elle avait plusieurs fois abordé le sujet de Peter avec Lydia.

— Répondez, intervient la juge.

— Ce n'est pas grave, tempère l'avocat avant de poursuivre. Vous étiez au courant que Doria Miller sortait avec Peter Godson ?

— Il méritait bien mieux, réplique Sarah.

— Donc vous l'aviez appris ? Par elle directement ?

— Il n'était pas question qu'elle fasse sa fière au lycée, je ne voulais pas les voir ensemble.

— Euh… je ne suis pas sûr de bien comprendre, hésite l'avocat. Revenons en arrière, aimiez-vous Peter Godson ?

— Peter mérite une fille comme moi, et je mérite un mec

comme lui.

— Vous le méritez ?

— Plus que cette Miller ! Peter est promis à un brillant avenir de footballeur professionnel, et il allait gâcher sa réputation avec une fille banale !

— Donc, vous vous êtes occupée de son cas, si je puis dire ?

— Non ! crie-t-elle. Je n'ai jamais levé la main sur elle, je ne l'ai pas touchée une seule fois ! Même quand elle était morte, je n'ai pas touché son corps !

— « Même quand elle était morte », dites-vous…

Sarah se tourne vers l'assemblée, le visage rougi par la colère, des larmes ruisselant le long de ses joues ; son regard s'arrête, je crois, sur celui de son père.

— Je voulais…, pleurniche-t-elle en le regardant. Je suis désolée…

Puis elle fond définitivement en larmes.

64

La main de mon père contre mon épaule, je sors du tribunal les larmes aux yeux. Je ne saurais expliquer l'état d'esprit dans lequel je me trouve, je ne saurais dire quelle est la nature des larmes qui perlent le long de mes joues, mais ce ne sont pas celles du bonheur. Peut-être celles du soulagement, mais je n'en suis pas réellement certaine. Je sais pourtant que ce devrait être celles-ci, c'est d'ailleurs ce que mon père me répète tandis que l'on marche rapidement, comme pour nous éloigner au plus vite de cette salle d'audience dans laquelle j'ai tant pleuré, cette salle que je crains depuis des semaines et où je viens de passer trois jours affreux.

Mais j'ai tenu bon, j'ai répondu aux questions à la barre, et j'ai expliqué du mieux que je pouvais ce qu'ils m'ont infligé. J'ai craqué, c'est clair, et je m'y attendais. Mais j'ai su à chaque fois me reprendre afin de faire face à ceux qui m'ont frappée. Et pour ça, je me sens assez fière. Mais je me sens surtout soulagée. Soulagée de savoir que ces quatre personnes impliquées viennent d'être jugées et qu'elles vont être emprisonnées. Sarah a fini par tout avouer, je n'aurais jamais cru qu'une fille d'apparence aussi normale puisse être aussi machiavélique. Mais c'est peut-être Matt qui m'a le plus impressionnée, dans le mauvais sens du terme. Pas une seule fois il n'a baissé les yeux. Pas une seule fois il n'a craqué. Et même lors de l'annonce des peines, alors que Rick, Tyler et Sarah étaient en pleurs, lui restait comme indifférent à sa condamnation. On aurait dit qu'il acceptait sa peine, d'ailleurs il l'a lui-même dit, sans jamais faire part de remords. Comme s'il savait que ce qu'il avait fait était mal, mais que pour autant il était capable de recommencer. Je crois que je ne suis pas près d'oublier son image et je sens que les cris et les larmes de leurs familles lors de l'annonce du verdict, les larmes de leurs mères, de leurs pères, mais aussi celles de leurs frères et sœurs, me hanteront toute ma vie. En plus de tous ces souvenirs…

J'essaie de me sortir ces idées de la tête et suis le rythme des pas de mon père. Nous retrouvons Claire en haut des marches, qui accourt dans notre direction pour m'embrasser. Je vois ses larmes, elles réveillent les miennes et je m'effondre.

Elle me prend dans ses bras et je sens, par-dessus, l'étreinte de mon père… Et je me laisse enfin aller. Je ferme les yeux, j'oublie les quelques caméras et journalistes du coin venus pour l'annonce du verdict et je sens sept mois de retenue m'échapper. Je m'effondre et pleure comme une enfant.

Je finis quand même par relever la tête et aperçois Alex au loin, auprès de ses parents et de son frère. Ils me regardent tous les quatre et le fait de voir Alex me fait comprendre qu'il est pour beaucoup dans mon bouleversement aujourd'hui.

Sa mère me sourit de loin, mais n'ose pas s'approcher. Elle m'a dit dernièrement avoir compris la réaction de mon père durant l'enquête, mais ne lui a malgré tout toujours pas pardonné son acharnement contre ses deux fils. Je desserre un peu l'étreinte de Claire et de mon père pour les abandonner et rejoindre mon petit ami. Ses parents m'enlacent tous les deux et me font part de leur soulagement avant de s'éloigner pour me laisser seule avec leur fils. Je jette un regard en direction des journalistes tenus à bonne distance et suis soulagée de voir que les avocats arrivent et que ce sont eux qui auront la responsabilité de répondre aux questions.

— Ça va, ma belle ? me demande Alex.

— Ça va.

Il m'embrasse sur le front avant de m'étreindre.

— Et toi, ça va ? demandé-je.

— Soulagé. Même si on se doutait du verdict, ça fait du bien de l'entendre.

— Oui…

Il penche sa tête vers moi.

— Qu'est-ce qu'il y a ? me demande-t-il.

— Rien…

— Alice, je vois bien que tu veux me dire quelque chose.

Il a raison, bien sûr que je veux lui dire quelque chose. Voilà pourquoi je pleure comme une gamine, ce n'est pas seulement le soulagement de me savoir à l'abri, c'est aussi ce que je viens de réaliser, de comprendre…

— C'est au sujet de l'opportunité de mon père, réponds-je enfin.

Il y a deux mois, Patrick, l'ami détective qui a participé aux recherches après mon enlèvement, lui a fait part de son départ en retraite et lui a proposé de reprendre les rênes de son agence. Mon père était bien tenté de le faire, mais cela supposait de retourner s'installer à New York. À ce moment-là j'étais totalement contre, je sortais de nouveau avec Alex et je savais que j'étais accro à lui.

Mais aujourd'hui, l'annonce du verdict a été pour moi comme un déclic. Je me sens soulagée, mais je sais maintenant que je ne pourrai me reconstruire sans m'éloigner de Laneford… Je comprends enfin que si je reste ici, je serai toujours aux yeux des habitants la fille qui a survécu aux quatre jeunes meurtriers. Et je serai toujours amenée à croiser les membres de la famille de ceux qui m'ont enlevée et torturée…

— Tu m'as dit que tu avais le soutien de Claire, me dit-il, que ton père allait refuser la proposition.

— Je crois que je ne veux plus qu'il la refuse…

Alex me regarde d'un air inquiet, je lève mes yeux embués et vois à sa réaction qu'il comprend ce que je suis en train de lui annoncer. Il me relâche et recule. Mais je ne veux pas, pas maintenant.

— Attends, murmuré-je en tentant de reprendre ma place au creux de ses bras.

Seulement au lieu de cela, il me regarde avec un air désolé.

— Tu dois me comprendre, ajouté-je.

— C'est bien ça le problème.

— Quoi ?

— Je te comprends. J'avais compris dès le début. Dès que tu m'en as parlé, j'ai su que c'était la meilleure solution pour toi. Dès que tu m'en as parlé, j'ai flippé en me disant que ça allait arriver. Mais tu m'as dit vouloir rester, ne pas avoir besoin de t'éloigner et j'ai voulu te croire…

— Je suis désolée, bredouillé-je en m'approchant de nouveau pour me lover contre lui.

Cette fois-ci, il ne me repousse pas et m'étreint.

— Ça ne veut pas dire « rupture », susurré-je contre son torse.

Mais il ne répond pas et cela ne fait que confirmer mes craintes, car Alex est toujours très lucide lors de ses rares moments de sérieux.

FIN

REMERCIEMENTS

Je tiens pour commencer à remercier Julia. Tu as lu *Cry for help* de nombreuses fois. Merci pour tes compliments qui m'ont encouragé, pour tes conseils qui m'ont aidé à améliorer ce texte, et merci pour ta « présence » constante malgré la distance qui nous sépare.

Merci à tous mes lecteurs des différentes plateformes internet. Grâce à vous j'ai trouvé la confiance pour tenter l'aventure de l'édition et c'est aussi pour vous que j'ai écrit *Cry for help*.

Merci Ophélie, de m'avoir convaincu de faire « renaître » Alice et Alex sous leurs nouvelles couleurs inceptionnelles.

Merci Eva, pour ton soutien sans failles et pour tout ce que tu m'apportes chaque jour.

Et pour terminer, merci à Alice qui après déjà quelques manuscrits achevés reste ma protagoniste favorite. J'ai avec elle vraiment pu ressentir le personnage qui vous échappe pour prendre vie et vous rendre l'écriture quasi intuitive. Elle est l'héroïne dont je pourrais écrire toute la vie pour le simple plaisir de la voir grandir et s'épanouir.

Par le même Auteur,
en septembre chez
Inceptio

Imprimé en France en mai 2020
par l'Imprimerie Maury S.A.S. à Millau (12)
N° d'impression : E20/59810C
Dépôt légal : mai 2020

PEFC 10-31-2774 / Certifié PEFC / Ce produit est issu de forêts gérées durablement et de sources contrôlées. / pefc-france.org